SARAH SPRINZ
What if we Drown

SARAH SPRINZ

What if we Drown

Roman

LYX

LYX in der Bastei Lübbe AG
Dieser Titel ist auch als E-Book und als Hörbuch erschienen.

Die Bastei Lübbe AG verfolgt eine nachhaltige Buchproduktion.
Wir verwenden Papiere aus nachhaltiger Forstwirtschaft und
verzichten darauf, Bücher einzeln in Folie zu verpacken. Wir stellen
unsere Bücher in Deutschland und Europa (EU) her und arbeiten mit
den Druckereien kontinuierlich an einer positiven Ökobilanz.

Originalausgabe:
Copyright © 2020 by Bastei Lübbe AG,
Schanzenstraße 6 – 20, 51063 Köln

Vervielfältigungen dieses Werkes für das Text- und Data-Mining bleiben
vorbehalten.

Copyright © 2020 by Sarah Sprinz
Dieses Buch wurde vermittelt von der Literaturagentur erzähl:perspektive,
München (www.erzaehlperspektive.de)

Textredaktion: Susanne George
Umschlaggestaltung: © ZERO Werbeagentur, München unter Verwendung
von Motiven von © shutterstock (Mari Dein/letovsegda)
Illustration Innenklappe: © Guter Punkt, München | www.guter-punkt.de
Satz: Greiner & Reichel, Köln
Gesetzt aus der Adobe Caslon
Druck und Verarbeitung: GGP Media GmbH, Pößneck
Printed in Germany
ISBN 978-3-7363-1448-1

13 15 17 19 18 16 14 12

Weitere Informationen unter:
lyx-verlag.de
luebbe.de | lesejury.de

Liebe Leser*innen,

What if we Drown enthält Elemente, die triggern können.
Deshalb findet ihr auf Seite 391 eine Triggerwarnung.

Wir wünschen uns für euch alle
das bestmögliche Leseerlebnis.

Eure Sarah und euer LYX Verlag

Für Steffen.

We'll survive,
you and I.

F. Scott Fitzgerald

PLAYLIST

lovers – anna of the north
overgrown – machineheart
technicolour beat – oh wonder
ocean eyes – billie eilish
finally // beautiful stranger – halsey
line of sight (reprise) – odesza
new york – andrew belle
summer '09 – vancouver sleep clinic
i love you – billie eilish
more – halsey
we are – kid million
out of the woods – taylor swift
big bad city – evalyn
it's only (vip remix) – odesza
sirens – fleurie
drowning – banks
the enemy – andrew belle
white blood – oh wonder
the breach – dustin tebbutt
glow (acoustic) – robinson
you & i – rhodes
higher ground (reprise) – odesza

I. KAPITEL

»Laurie, es *war* die richtige Entscheidung. Vertrau mir, ich weiß es einfach.« Ambers Stimme drang blechern verzerrt durchs Handy an mein Ohr.

»Aber warum fühlt es sich dann kein bisschen richtig an?« Ich konnte mir noch so viel Mühe geben, das Zittern in meiner Stimme zu unterdrücken, meine beste Freundin würde es auch über die drei Zeitzonen hinweg heraushören.

»Laurie, du bist gerade ans andere Ende des Landes gezogen. Es ist okay, dass du dich jetzt so fühlst.«

Ich zwang mich zu schlucken, doch der Kloß in meiner Kehle wollte nicht verschwinden.

»Und dein Koffer taucht auch wieder auf, da bin ich mir sicher. Weißt du, wie oft sie mein Gepäck schon verbummelt haben, wenn ich von Toronto zurück nach Vancouver geflogen bin? Und wenn sie ihn echt verloren haben, ersetzt dir die Airline den Inhalt.«

Mit jedem ihrer Worte stieg der Druck hinter meinen Pupillen.

Nicht heulen, Laurie. Du. Wirst. Nicht. Heulen.

Du bist stärker als diese dumme Panik.

»Aber es ist der mit *seinen* Sachen.«

Amber verstummte. Und dann verstand sie.

Es waren nicht nur Sachen. Es waren die wertvollsten Erinnerungen, die ich besaß, und vielleicht waren sie weg. Für immer. Genau wie er.

»Okay.« Amber räusperte sich. »Gut. Wo bist du gerade? Immer noch in diesem Taxi?«

Ich nickte, auch wenn mir klar war, dass sie es nicht sehen konnte.

»Wie weit ist es noch bis zu deiner Unterkunft?«

»Ich hab keinen blassen Schimmer! Komm ich aus Vancouver oder du?« Ich konnte nicht ruhig bleiben. Auch wenn ich wusste, dass meine beste Freundin am allerwenigsten etwas dafür konnte, dass mein Umzug schon jetzt in eine Katastrophe mündete. Der Stress und Schlafmangel der letzten Tage ließen meine Nerven zum Zerreißen dünn werden. Und Amber wusste das. Sie wusste es besser als ich selbst.

»Gut. Okay.« Ihre Stimme klang unerwartet sanft. »Setz dich richtig hin, aufrecht. Lehn den Kopf an. So. Und jetzt mach die Augen zu.« Sie schwieg einen Moment. »Du sollst die Augen zumachen!«

»Amber«, flehte ich, doch sie sprach ungerührt weiter. Was zur Hölle sollte das werden?

»Und jetzt hörst du mir gut zu. Erinnerst du dich an die Nacht vor ein paar Monaten, als du heulend in der Wohnheimtoilette saßt und meintest, du erträgst keinen weiteren Tag in Toronto?«

Der hohle Schmerz in meiner Brust machte mir das Atmen schwer. Ich presste die Lider aufeinander, doch die Tränen rannen trotzdem zwischen ihnen hervor. Natürlich erinnerte ich mich.

»Was soll der Scheiß, Am?«, krächzte ich.

»Was fühlst du, wenn du daran denkst?«

»Den Drang, das Gespräch jetzt sofort zu beenden!«

»Es ist Panik und Angst und Schmerz, richtig? Ich will, dass du dich daran erinnerst. Ich will, dass du wieder in der Situation bist und fühlst, wie absolut furchtbar es war.«

»Lass es! Das macht es nicht besser, hör einfach auf damit, ich ...«

»Laurie, du bist jetzt frei.« Amber betonte jede einzelne Silbe, und sie klang so entschieden, dass ich verstummte. »Du bist jetzt in fucking Vancouver. Du hast es durchgezogen. Du hast es geschafft, okay? Ich weiß, du bist allein und übernächtigt und hast ein bisschen Heimweh und Angst vor dem, was kommt. Das ist alles erlaubt. Das ist normal. Aber wehe, du ziehst jetzt wegen dieser paar lächerlichen Kleinigkeiten ernsthaft in Betracht, alles hinzuschmeißen. Obwohl du weißt, dass du schon viel schlimmere Dinge ertragen hast.«

»Ich ziehe es nicht in Betracht«, flüsterte ich. Und das war die Wahrheit. Ich zwang mich, tief durchzuatmen. Als ich blinzelte, huschte der neugierige Blick des Taxifahrers vom Rückspiegel zurück auf die Straße. Sollte er doch denken, was er wollte. Dass ich völlig hysterisch und erbärmlich war. Schließlich lag er damit gar nicht so falsch.

»Ich verstehe, dass du Angst hast. Aber bitte glaub mir, es wird nicht so sein wie bei ihm. Das verspreche ich dir.«

»Woher willst du das wissen?« Beinahe grob wischte ich mir die Tränen von den Wangen. »Er war auch an diesem Punkt. Neues Leben, neue Uni. Endlich die Zulassung für Medizin. Und dann ...« Meine Stimme versagte, bevor ich es über die Lippen brachte.

»Laurie, es war ein verdammter Unfall. Eine beschissene Verkettung unglücklicher Umstände.«

»Ja, aber es wäre vielleicht nie dazu gekommen, wenn ich einfach ...«

»Stopp. Hör auf. Keine toxischen Schuldzuweisungen mehr. Das höre ich mir nicht länger an.« Ambers Worte trafen mich wie schallende Ohrfeigen. Aber sie waren nötig, damit ich wieder zur Besinnung kam. Als sie fortfuhr, war ihre Stimme weicher. »Es ist nicht deine Schuld. Du musst endlich anfangen, das zu kapieren. Es tut mir immer noch so unendlich leid. Jeden Tag, Laurie. Aber ich werde nicht zulassen, dass du deshalb dein ganzes Leben wegwirfst. Jetzt wird alles besser, wirklich. Verstehst du das?«

Stumm schüttelte ich den Kopf, während die Umgebung erneut vor meinen Augen verschwamm.

»Ob du das verstehst?«, rief sie durch das Telefon.

»Ja.« Ich schluckte. »Ich verstehe es.«

»Gut, sehr gut. Mehr verlange ich nicht von dir. Aber bitte verlier nicht das große Ganze aus dem Blick.«

Ich zwang mich, tief Luft zu holen. Ich wusste, dass Amber recht hatte. Aber um wie viel einfacher wäre es gewesen, mich jetzt der dummen Panik hinzugeben, anstatt gegen sie anzukämpfen?

»Also.« Niemand schaffte es, so bestimmt und zugleich so sanft zu klingen wie sie. Die Tausenden Kilometer, die von nun an zwischen uns lagen, wurden mir in dem Moment schmerzhaft bewusst. »Was ist das große Ganze?«

»Der Traum«, flüsterte ich, und mein Herz zog sich zusammen.

»Welcher Traum?«

»Ärztin werden«, sagte ich noch leiser.

»Und warum?«

»Um Menschenleben zu retten«, hauchte ich und presste die Lider aufeinander. Egal, wie oft ich es sagte, es wurde nicht erträglicher. *Menschenleben retten.* Er hatte das auch gewollt.

»Laurie, du machst diesen Scheiß nicht für ihn« sagte Amber. »Okay? Du machst das für dich. Nur für dich. Das ist wichtig, verstehst du?«

Ich nickte und stieß ein heiseres »Ja« hervor. Sie hatte ja recht, zumindest theoretisch. Praktisch gesehen war dieser Neubeginn das Einzige, was ich noch für ihn tun konnte. In seine Fußstapfen treten. Meinen Traum verwirklichen, der einmal seiner gewesen war.

»Und wenn alles zu viel wird, dann setze ich mich in den nächsten Flieger und bin schneller bei dir, als du *Amber Gills ist die beste Freundin des ganzen Universums* sagen kannst.«

»Daran werde ich dich erinnern, wenn du vor lauter Abgaben deinen eigenen Namen vergisst.«

Ambers Lachen war voll und klar. »Ich bitte dich. Eher vergesse ich die ganzen Abgaben als meinen Namen.«

Unwillkürlich musste ich schmunzeln.

»Nein, ich mein's ernst, Laurie. Mom und Dad bedrängen mich eh schon dauernd, wie schön es doch wäre, wenn ich mich mal wieder in Vancouver blicken ließe. Aber dann hätte ich wenigstens einen Grund. Für dich würde ich sogar ein paar Tage auf den hervorragenden Sex mit Peter Cooper verzichten. Und glaub mir, der ist wirklich verdammt hervorragend. Beim letzten Mal hat er mich mit in sein Atelier genommen, diese artsy Künstlertypen sind der Jackpot und Staffeleien tatsächlich doch ein bisschen instabil, wenn man ungebremst dagegen …«

Ich verdrehte die Augen.

»Hat da gerade jemand gegrinst? Ganz kurz wenigstens? Komm schon, gib's zu, Darling.«

»Du spinnst doch.«

»Ich vermisse dich auch. Ehrlich, Laurie. Aber zum Glück gibt es so wundervolle Erfindungen wie WhatsApp und Skype. Ich mein's wirklich ernst. Wenn was ist, bin ich bei dir. Du weißt ja, dass mich das Studium nicht weniger interessieren könnte.«

»Miss?«

Ich fuhr zusammen. Dank Ambers ausschweifenden Erzählungen war mir völlig entgangen, dass das Taxi in einer ruhigen Seitenstraße angehalten hatte.

»Wir sind da.«

»Amber, wir reden später noch mal, okay? Ich bin jetzt bei meiner Unterkunft.«

»Wundervoll, mein Herz«, flötete sie. »Erzähl mir gleich, ob dein Host wirklich so scharf ist wie auf seinem Profilbild.« Sie kicherte. »See you!«

Aufgelegt.

Ich atmete einmal tief durch, während ich die Umgebung wieder wahrzunehmen begann. Gepflegte Vorgärten, üppige Kastanien, die die gepflasterte Carnarvon Street säumten.

Die Tränen verklebten noch meine Wimpern, aber Amber hatte recht. Ich war nun hier, und nichts hatte ich so sehr gewollt wie diesen Neuanfang. Reset. All das verfluchte Unglück hinter mir lassen. Im Grunde war es simpel. Am absoluten Tiefpunkt angelangt, gab es nur noch zwei Möglichkeiten. Entweder man verharrte dort oder es würde wieder aufwärtsgehen. Und Letzteres war es, wofür ich stumm betete.

2. KAPITEL

Wen interessierte es, ob mein Gastgeber scharf war oder nicht? Ich hatte auf seinem Foto den Hoodie mit dem Logo der University of British Columbia gesehen und das Zimmer sofort bei Airbnb angefragt. Für die erste Zeit bei einem künftigen Kommilitonen zu wohnen schien mir nicht die dümmste Idee zu sein. Insbesondere nicht angesichts der ernüchternden Lage auf dem Wohnungsmarkt, der kaum etwas Bezahlbares hergab. Vielleicht hatte der Kerl ja einen Tipp für mich, wo ich nach den ersten zehn Tagen in seiner WG wohnen könnte. Aus dem Wohnheimplatz auf dem Campus ganz im Westen der Stadt war leider nichts geworden. Blieben also nur noch eine private WG oder ein Einzimmerapartment. Wenn ich ehrlich war, hatte ich nach den drei Jahren im Studentenwohnheim der University of Toronto während meines Bachelors in Sozialwissenschaften gegen ein wenig mehr Privatsphäre nichts einzuwenden. Andererseits würde es mir in dieser neuen Situation vermutlich ganz guttun, Menschen um mich zu haben.

Das Taxi brauste davon. Vor mir ragte die hellgraue Holzfassade eines typisch kanadischen Einfamilienhauses in den violett verfärbten Abendhimmel. Dunkelgrüne Hecken schützten den schmalen Vorgarten vor neugierigen Blicken. Das schmiedeeiserne Tor war nur angelehnt, sodass ich mein Gepäck mit vollem Körpereinsatz bis vor die breite Eingangstreppe aus dunklem Holz hievte. Wenn ich mich nicht irrte, lag mein Zimmer auch noch im Obergeschoss … Das würde spaßig werden.

Ich unterdrückte ein Seufzen und stieg die wenigen Stufen hinauf. Die anthrazitfarbenen Fensterrahmen passten zum dunkel gedeckten Dach, das sich über mehrere Giebel und verspielte Vorsprünge erhob. Efeuranken schlängelten sich an den Holzpfeilern der kleinen Veranda empor. Vor der Haustür entdeckte ich ein Paar dreckige Wanderschuhe und kleinere, knöchelhohe dunkelblaue Gummistiefel.

Ich musste lächeln, während ich läutete. *MacKenzie/Sorichetti* stand auf dem kleinen Schild neben der Türklingel. Hinter den beiden Namen schien ein weiterer gestanden zu haben, der mit dicken schwarzen Strichen überkritzelt worden war.

Bevor ich weiter darüber nachdenken konnte, wurde ein Flügel der Tür vor mir aufgerissen. Doch statt in ein fremdes Gesicht blickte ich auf den breiten Rücken eines Mannes, der sich zu Boden bückte.

»Oh nein, Kitsilano, hiergeblieben!« Das schwarz-rot karierte Flanellhemd spannte sich leicht über seinen Schultern, als er nach dem dunkelgrauen Etwas griff, das da zwischen seinen Beinen gen Freiheit drängte. »So siehst du aus … Du kannst doch nicht schon wieder abhauen.«

Der Unbekannte richtete sich auf. Dunkle Locken fielen ihm in die Stirn, und seine Mundwinkel hoben sich, als er mich nun ansah, während er ein Kätzchen gegen seine Brust gedrückt hielt.

»Ah, du musst Laurence sein«, vermutete er, legte sich die Katze über die Schulter und streckte mir die frei gewordene Hand entgegen. »Entschuldige, wir haben gerade ein ausführliches Zecken-entfern-Date. Nicht wahr, Kits?«

»Oh, verstehe.« Ich schüttelte seine Hand, woraufhin er seinen Griff von der Katze löste. Kurz balancierte sie auf seiner Schulter, ehe sie in einem eleganten Bogen und völlig lautlos hinter ihm auf den Boden sprang. Nur um keine zwei Sekunden später an unseren Beinen vorbei in den Vorgarten zu verschwinden.

»Na ja, dann halt morgen«, meinte er leichthin, ehe er mich anlächelte. »Komm rein. Hattest du eine gute Reise?« Mein Gastgeber trat einen Schritt zur Seite und warf einen kritischen Blick auf meine Koffer am Fuß der Treppe. »Willst du hier dauerhaft einziehen, oder ist das da tatsächlich dein Gepäck für einen zehntägigen Aufenthalt?« Er lachte dabei, kleine Fältchen gruben sich rund um seine funkelnden Augen und nahmen seinen Worten die Schärfe. Unwillkürlich stimmte ich in sein Lachen ein.

»Tatsächlich plane ich, etwas länger zu bleiben. Ich komme aus Toronto und ziehe gerade hierher.«

»Ach so. Das erklärt's!«

»Ignorier ihn einfach.« Eine zarte Stimme ertönte hinter dem jungen Mann. Sie gehörte zu einem Mädchen in meinem Alter, das nun neben ihn trat und mich anlächelte. Ihre blauen Augen leuchteten und bildeten einen erstaunlichen Kontrast zu ihren dunklen Haaren, die ihr fein geschnittenes Gesicht als kinnlanger Bob rahmten. Auch sie reichte mir die Hand. Entgegen meiner Erwartung war ihr Händedruck bemerkenswert kräftig. »Ich bin Hope, die zweite Mitbewohnerin. Schön, dass du da bist.«

»Laurie. Freut mich«, erwiderte ich und spürte, wie die Anspannung der letzten Stunden langsam von mir abfiel.

Hope wandte sich an ihren Mitbewohner und stieß ihn leicht an. »Wie wär's, wenn du dich vielleicht auch mal vorstellst?«

Er lachte. »Oh, ähm, ja, stimmt. Ich bin Emmett.«

»So, und jetzt komm rein.« Hope griff nach meiner Hand, und ich sah zu meinen Sachen.

»Ich hole noch eben mein Gepäck.«

»Warte, wir helfen dir.« Emmett trat bereits an mir vorbei.

»Oh, das ist wirklich nicht …«

»Doch, doch. Außerdem geht es zu dritt schneller.« Hope schenkte mir ein Lächeln, dann folgte sie Emmett und mir in ihren Birkenstocks und den grünen Socken die Treppe hinab. In ihre ausgewaschenen Mom-Jeans hatte sie ein weißes T-Shirt gesteckt, über dem sie ein dunkles Trägershirt trug. Emmett ging barfuß die Stufen hinunter. Seine schwarzen Jeans waren mit Katzenhaaren übersät und klebten geradezu an seinen langen Beinen. Nun schob er die Ärmel seines karierten Hemds bis zu den Ellbogen hoch, als bereitete er sich darauf vor, einen ganzen Waldabschnitt zu fällen. In Anbetracht meiner Berge an Gepäck wäre das vermutlich nur unbedeutend anstrengender gewesen. Emmett rückte seine runde Nerdbrille zurecht und griff nach einem der Koffer. Er stöhnte übertrieben laut auf, als er ihn anhob.

»Um Gottes willen, hast du den ganzen CN Tower eingepackt?«

Die Hitze stieg mir in die Wangen. Tatsächlich hatte ich die erlaubten dreiundzwanzig Kilogramm pro Gepäckstück bis aufs Äußerste ausgereizt. Nun kam es mir fast lächerlich vor, wie viel ich besaß, dass es drei Menschen brauchte, um meine Koffer ins Haus zu schaffen.

»Stell dich nicht so an«, wies Hope ihren Mitbewohner zurecht, doch auch ihre Stimme klang gepresst, während sie mir mit dem zweiten Koffer half.

»Wie um alles in der Welt hast du das überhaupt allein hierher transportiert?«

»Gepäckwagen am Flughafen und überzeugendes Trinkgeld für den Taxifahrer.« Ich keuchte.

»Na, hoffentlich hast du auch ein überzeugendes Trinkgeld für uns.«

»Emmett!« Hope schüttelte den Kopf. »Sei nicht so.«

»Ein Obstkorb täte es auch.« Er lachte leise.

»Soll ich die Schuhe ausziehen?«, fragte ich aus einem Reflex antrainierter Höflichkeit, sobald ich wieder auf der Veranda angekommen war.

Hope stieß die Luft aus. »Ach Unsinn. Fühl dich ganz wie zu Hause.«

»Ja, Hope putzt dir dann liebend gern hinterher.« Emmett funkelte sie an.

»Hey, ich habe erst letzten Sonntag gewischt!«

»Nachdem du euren halben Bauernhof im Flur verteilt hast, war das auch mehr als nötig. Nächstes Mal bleiben deine Stallschuhe draußen.«

»Was soll das? Farmkind-Shaming ist nicht okay.« Hope grinste. Dann wandte sie sich mir zu. »Meine Familie hat einen Hof, draußen auf dem Land. Ich bin oft am Wochenende dort, um ihnen zu helfen.«

»Das ist ja cool.«

»Ja, total …«, grummelte Emmett, doch seine Mundwinkel zuckten. »Sie versucht mich immer noch zu überreden, Hühner im Garten zu halten.«

»Das wäre doch mega! Und ein richtiger Game Changer für unser Airbnb-Inserat. Stell dir vor, wir könnten den Leuten dann unsere eigenen frischen Eier anbieten.« Hope kicherte. »Laurie, du hättest sicher keine Sekunde gezögert, wenn das mit im Angebot gestanden hätte, nicht wahr?«

»Ich habe auch so keine Sekunde gezögert.«

Emmett lachte. »Du weißt genau, was Hope hören will.«

»Das heißt, du bist Team Hühner, richtig?«, sagte Hope zu mir und wandte sich wieder an Emmett. »Vielleicht bringe ich nächsten Sonntag einfach ein paar von zu Hause mit.«

»Ja, großartig. Ich weiß jetzt schon, wer sich dann um sie kümmern darf, wenn du jedes Wochenende abhaust.«

Ich musste lächeln. Während die beiden sich weiter einen verbalen Schlagabtausch lieferten, streifte ich meine Sneakers ab. Ein Zuhause war erst ein Zuhause, wenn man es auf Socken betrat.

»Also, Laurie, was führt dich her? Fängst du an der UBC an?«

Ich nickte, während Emmett die Tür hinter mir schloss. »Ja, mit Medizin.«

»Oh, wow!« Emmett wirkte nicht minder beeindruckt als ungefähr jeder, dem ich bislang meine Pläne verraten hatte. Auch Hope sah mich voller Bewunderung an. Eine Bewunderung, die ich nicht verdiente, schließlich stand ich ganz am Anfang meiner Ausbildung und hatte keinen blassen Schimmer, ob ich das Studium überhaupt bewältigen würde. Und ob es wirklich das war, was ich wollte.

»Ist es tatsächlich so hart, einen Studienplatz zu bekommen?«

»Einfach war es nicht.« Ich zuckte mit den Schultern. »Ich habe erst meinen Undergrad-Abschluss in Toronto gemacht und mich nebenbei auf die Zulassungstests und Auswahlgespräche vorbereitet.«

»Heftig«, murmelte Hope.

»Und ich dachte, Architektur wäre hart«, meinte Emmett.

»Machst du das?«, fragte ich ihn.

Er nickte, und ein stolzes Funkeln trat in seine dunklen Augen. »Es ist stressig, aber ich liebe es mehr als alles andere.«

Unwillkürlich musste ich lächeln. Nichts war inspirierender, als Menschen über etwas sprechen zu hören, das sie begeisterte. Sie waren dann schöner. Leuchtende Augen, lebhafte Gesten. Wie Austin, wenn er über seinen großen Traum gesprochen hatte.

»Kurz vor den Projektabgaben kriegt man ihn tagelang nicht mehr zu Gesicht.« Hope grinste, und ich war ihr dankbar, dass sie mich davor bewahrte, in meiner Gedankenspirale zu versinken.

»Studierst du auch?«

Sie nickte. »Ja, Kreatives Schreiben und im Nebenfach Botanik.«

»Das ist … eine interessante Kombination.«

»Ich liebe Pflanzen und Geschichten«, erklärte sie. »Aber gut, du bist sicher erledigt von der langen Reise. Magst du was trinken? Emmett bringt dir bestimmt deine Sachen aufs Zimmer. Nicht wahr, Em?« Hope blitzte auffordernd in seine Richtung.

»Oh ja, das macht Emmett gern«, säuselte er und duckte sich unter dem kleinen Boxer weg, den Hope ihm gegen den Oberarm verpassen wollte. »Aber vielleicht zeig ich Laurie lieber erst ihr Zimmer«, erklärte er, und noch bevor ich mich überhaupt richtig umsehen konnte, spürte ich seine flache Hand zwischen meinen Schulterblättern. Emmett schob mich zu einer Treppe, die links von uns um eine Ecke nach oben führte. »Nicht dass sie gar nicht erst einziehen will und ich dann schon alles hochgeschleppt habe …«

Ich sah noch, wie Hope mit den Augen rollte und hinter einem frei stehenden Tresen in die offene Küche verschwand. Bereits am Fuße der mit weichem elfenbeinfarbenem Teppich belegten Treppe begann Emmett seine Hausführung.

»Also, dein Zimmer ist im Obergeschoss, genauso wie das von Hope. Ein ganzes Stockwerk nur für euch. Fantastisch, nicht wahr? Ich armer Schlucker dagegen habe hier im Haus nichts zu sagen und muss mit den Waschbären unten im Keller wohnen.«

Ich grinste. »Waschbären habt ihr also, aber bei Hühnern stellst du dich quer?«

»Emmett, ich bitte dich.« Hopes Stimme drang aus der Küche zu uns. »Dein Zimmer ist so groß wie unsere beiden zusammen, und außerdem hast du direkten Zugang zum Garten.«

»Na gut, stimmt schon, ich kann mich nicht beklagen«, meinte Emmett vergnügt. »Wo war ich stehen geblieben?« Er tippte sich kurz mit der Spitze seines Zeigefingers gegen die Nase und sah sich um. »Also, das Leben spielt sich hauptsächlich hier unten ab. Wir sind keine reine Zweck-WG, wie du vielleicht schon bemerkt hast. Wir können uns auch ganz gut leiden.«

»Na ja …«, rief Hope von irgendwoher.

Emmett lachte. »Nein, echt, wir kochen oft zusammen oder sitzen bei einem Glas Wein hier unten. Gern auch zu dritt, wenn du magst.«

»Aber wenn du lieber deine Ruhe haben möchtest und etwas Privatsphäre bevorzugst, ist das natürlich auch völlig in Ordnung«, hörte ich Hope sagen. »Nicht wahr, Emmett?«

»Absolut.« Er wies mit einer ausladenden Geste um sich. »Also, hier ist unser Wohnzimmer, die Küche steht dir offen, und du kannst natürlich jederzeit auf die Veranda oder in den Garten.«

Ich brachte nur ein Nicken zustande. Der Anblick hatte mich völlig eingenommen. Durch die großen Fensterfronten des lichtdurchfluteten Raums bot sich eine einmalige Aussicht. Über die tiefer liegenden Hausdächer hinweg konnte ich bis zur Skyline von Vancouver sehen. Umrahmt von den dunkelblauen Ausläufern des Pazifiks, lag sie golden angestrahlt vor einer Reihe wilder Berggipfel. Die Großstadt inmitten einer Kulisse aus Bergen und Meer raubte mir für einen Moment den Atem.

»Wow«, murmelte ich, und zum ersten Mal seit meiner Ankunft war auch Emmett beinahe andächtig still. »Was für eine Aussicht.«

»In diesem Viertel hast du einen der besten Blicke auf die Stadt.«

»Es ist unfassbar schön«, meinte ich. Dann lenkte ich meine Aufmerksamkeit wieder auf das Innere des Hauses. Ein dunkelgraues Sofa stand zu unserer Linken vor der Glasfront, die Zugang auf die breite Veranda bot. Mein Blick wanderte zu einem großen Holztisch mit zusammengewürfelten Stühlen vor dem Tresen, der die offene Küche vom Rest des Raumes trennte. Der Kühlschrank war gigantisch. Von einer so großzügigen Küche hatte ich im Wohnheim nur träumen können. Mein Blick streifte Hope, die gerade in Windeseile benutzte Teller und Gläser in den Geschirrspüler räumte, so als wollte sie verhindern, dass ich das Chaos bemerkte.

Rasch folgte ich Emmett die Treppe hinauf.

»Hier rechts ist Hopes Zimmer«, erklärte er und wies zu einer offen stehenden Tür, durch die ich einen kurzen Blick in ihr Reich erhaschte. Es glich einem urbanen Dschungel. Selten hatte ich so viele sattgrüne Palmen und andere Zimmerpflanzen auf einem Fleck gesehen. Hopes Nebenfach wunderte mich nicht länger. Zwischen all den Pflanzen entdeckte ich helle Möbel, ein Bett mit Dutzenden Kissen und ein wandfüllendes Regal voller Bücher, die akkurat nach den Farben des Regenbogens sortiert waren. »Und das hier ist dein Zimmer.«

Ich folgte Emmett zu der Tür auf der gegenüberliegenden Seite des Flurs. Wir traten in einen Raum, dessen Wände zu einem Großteil aus Fenstern bestanden. Perplex blieb ich stehen. Zwar hatte ich online Fotos von dem Zimmer gesehen, doch auf denen hatten die cremefarbenen Vorhänge die Aussicht über die Stadt größtenteils verdeckt. Ein Stockwerk höher als eben im Wohnzimmer, bot sich ein noch besserer Blick über die idyllisch gelegenen Vororte bis nach Downtown. Es war … einfach wunderschön.

»Wir vermieten das Zimmer erst seit Kurzem«, riss mich Emmetts Stimme aus meiner stillen Bewunderung. Ich nickte und zwang mich, ihm zuzuhören. Es fiel mir denkbar schwer. »Wir waren eine Dreier-WG, aber jetzt steht das Zimmer leer und wir hatten noch keine Zeit, es besonders einzurichten. Es müsste aber eigentlich alles da sein, was man zum Überleben braucht. Ich hoffe, es macht dir nichts aus, dass die Möblierung noch etwas spartanisch ist.«

Ich hätte nicht gewusst, was ich hier vermissen sollte. An einer Seite des Raums stand ein breites Bett, ihm gegenüber ein einfacher Schreibtisch aus hellem Holz mit passendem Korbstuhl und daneben ein leeres Regal. Entlang der gesamten Stirnseite erstreckte sich ein schmaler Balkon, der mit einem winzigen Klapptisch samt Stühlen möbliert war.

»Das Bad und der Einbauschrank sind hier.« Emmett deutete um eine Ecke.

»Ich liebe es«, entfuhr es mir, und Emmett lachte.

»Wie schön, dass deine Ansprüche nicht sonderlich hoch sind.«

»Ich bitte dich …« Mit einem Arm machte ich eine ausholende Bewegung. »Wird man für diese Aussicht blind, wenn man nur lange genug hier lebt?«

»Nein, da kann ich dich beruhigen, definitiv nicht.« Emmett sah nun ebenfalls nach draußen, und etwas Nachdenkliches trat in seinen Blick. »Aber du würdest dich wundern, was manchen Gästen so einfällt. Wo ist der Föhn? Warum gibt es keinen Safe? Die Vorhänge dunkeln den Raum nicht ausreichend ab. Und überhaupt, sind die Bettlaken auch wirklich frisch gewaschen?«

»Du meine Güte.« Ich musste grinsen. »Nein, wirklich, es ist ein wahr gewordener Traum.«

»Perfekt.« Emmett strahlte. »Dann lass uns deine Sachen holen.«

Bevor ich auch nur die Chance hatte zu antworten, hatte er sich schon umgedreht. Ich warf meinen Rucksack aufs Bett, ehe ich ihm folgte.

Wenig später hatten wir das Gepäck in mein Zimmer gebracht, und eine seltsame Melancholie überfiel mich, als mir bewusst wurde, dass das gerade wirklich der Beginn meines neuen Lebens war. Hope und Emmett reagierten verständnisvoll, als ich mich kurz darauf in mein Zimmer zurückzog. Ich musste dringend duschen und dann den Schlaf der letzten Nacht nachholen, in der ich vor lauter Aufregung kaum ein Auge zugetan hatte.

»Du weißt ja«, sagte Emmett noch, während ich nach oben ging, »der erste Traum in einer neuen Wohnung geht in Erfüllung.«

»Ach ja?«

»Absolut. Hope, weißt du noch, wie ich in meiner ersten Nacht hier geträumt habe, dass alle um mein preisgekröntes Modell für den Pritzker-Preis herumstehen?«

»Dafür bräuchtest du erst mal ein Modell für den Pritzker-Preis«, gab Hope ungerührt zurück.

»Ja, warte ab. Spätestens nächstes Semester ...«

Ich unterdrückte ein Grinsen, und Hope bedeutete mir mit einer raschen Handbewegung, dass ich nun besser meine Chance ergriff und zusah, dass ich wegkam. Während Emmett aufgeregt gestikulierend an der Theke lehnte, huschte ich hinauf.

Meine besockten Füße versanken im weichen Teppich. Hatte ich nur deshalb das Gefühl, wie auf Watte zu gehen, oder lag es an meiner Müdigkeit? Emmetts Stimme wurde leiser, die Stille in meinem Kopf lauter, sobald ich durch die Tür in mein Zimmer trat.

Die Koffer standen neben dem Bett, aber ich konnte mich nicht dazu aufraffen, jetzt noch auszupacken. Mit einem leisen Seufzen fiel ich auf die Matratze.

Unfassbar, dass ich gestern um diese Zeit noch mit Amber auf dem Fußboden des Wohnheimzimmers gesessen und meinen ganzen Besitz hektisch und planlos in die Koffer gestopft hatte. Dieser Schritt in ein neues Leben war das Beängstigendste, was ich seit Langem getan hatte. Bis zuletzt ertrug ich die bevorstehende Veränderung nur, indem ich jeden Gedanken daran verdrängte. Damit war jetzt Schluss. Ich würde wieder im Hier und Jetzt leben, nicht länger im Was-wäre-wenn.

Vor sieben Stunden war ich in dieses Flugzeug auf dem Weg ins Ungewisse gestiegen.

Ich hatte nichts mehr zu verlieren gehabt.

3. KAPITEL

Dunkelheit, Licht, es war von gleißender Helligkeit. Die Stimmen lachten, ausgelassen und grölend. Fröhliche Gesichter verwandelten sich in hässliche Fratzen, die mich verhöhnten. Glas traf auf Glas, die Nacht erzitterte klirrend und rief mir zu, ich solle besser das Weite suchen. Und das so schnell ich konnte.

Irgendwo zwischen all den Betrunkenen musste er sein. Diesmal musste ich es schaffen. Rechtzeitig, nur dieses eine Mal ...

Ich rannte durch die beißende Kälte, rempelte gegen taumelnde Körper, entschuldigte mich, nur um im gleichen Atemzug zu fragen, ob ihn jemand gesehen habe. Austin. Austin war sein Name, einen Kopf größer, vier Jahre älter als ich. Blaue Augen, dunkelblonde Haare. Doch keiner hatte ihn gesehen. Niemand. Nie wusste jemand etwas, und ich lief weiter. Schrie seinen Namen in die Nacht, er musste hier sein, irgendwo, und wenn ich ihn nicht fand, dann war es zu spät. Dann war alles verloren, schon wieder, für immer. Mein Herz raste, Übelkeit stieg in mir hoch. Ich schmeckte die Galle bereits auf der Zunge. Sie vermischte sich mit seinem Namen. *Austin ...*

Die Stimmen um mich herum wurden panisch, Hektik lag in der Luft. Schreie, ich hörte sie entfernt, wurde von ihnen angezogen wie eine Motte von den diesigen Lichtkegeln, die ihre Handylampen suchend auf die schneebedeckten Wiesen des

Campus warfen. Sie standen da, zu Dutzenden, schwankend, hielten sich aneinander fest. Niemand tat etwas.

Die Beine drohten mir zu versagen. Die Panik schnitt jegliche Verbindung zu meinen Gefühlen ab. Es war wohl besser so.

Meine Schulter stieß schmerzhaft gegen die Hausecke. Ich blieb stehen, so abrupt, dass ich mich kaum aufrecht halten konnte. Handylichter, kalt und hart, sie zuckten über den Körper, der am Boden lag. Kopf zur Wand. Reglos.

Jemand schrie. Und wie jedes Mal war ich es. Wie jedes verdammte Mal

war

ich

zu

spät.

Nein ...

Nein, nicht schon wieder. Herrgott, *bitte nicht.*

Ich fuhr aus dem Schlaf und rang nach Atem. *Himmel ...*

Das Herz raste in meiner Brust, schlug mir gegen die Rippen wie ein wild gewordenes Tier. Als wollte es endlich entkommen. Doch die Gitterstäbe gaben nicht nach.

Tränen stiegen mir in die Augen, ohne dass ich es verhindern konnte. Zitternd stützte ich mich auf den Ellbogen, versank in einem der Kissen. Mit den Fingerspitzen fuhr ich mir über die feuchte Stirn. Schweißtropfen liefen mir über die Schläfen, verfingen sich in meinen Wimpern und brannten in den Augen. Vielleicht waren es auch die Tränen. Hektisch schnappte ich nach Luft.

Okay, Laurie. Es war nur ein Traum. Ein dummer, bescheuerter Traum. Der gleiche wie immer. Wir kennen es doch. Es hat nichts zu bedeuten. Es war nicht real. Das war nur meine Fantasie, die mir einen Streich gespielt hat. Mein unfähiges

Gehirn. Wie immer, wenn neue Eindrücke auf mich einstürzten, mich ablenkten, krochen die schmerzhaften Erinnerungen aus allen Ecken. Dort, wo ich nur spekulieren, nur mutmaßen konnte, produzierte mein Kopf die grausamsten Bilder. Sie weckten Gefühle, so beißend und echt, wie ich sie schon lang nicht mehr gespürt hatte. Als wollten sie mir sagen: Hey, ich bin noch da. Du kannst fortgehen, so weit du willst. Ans andere Ende des Landes. Bis an einen anderen Ozean. Ich werde dich dort finden. Ich werde dich *immer* finden. Dachtest du wirklich, es wäre so leicht?

Ich presste die Lider aufeinander. *Zur Hölle* ... Meine Augen brannten wie Feuer, doch ich wollte nicht weinen. Nicht wegen eines dummen Traumes, der nicht von Bedeutung war. Nicht wegen dieses Horrors, der Jahre zurücklag. Ich durfte den Emotionen keinen Raum geben. Sie würden ihn nicht zurückbringen. Gegen sie anatmen, sie dorthin verbannen, wo sie hergekommen waren. Aus dieser dunklen, kleinen Ecke meines Gehirns, die ich beinahe vergessen hatte. Beinahe ... Die ich irgendwann vielleicht ganz vergessen würde.

Ich vergrub das Gesicht in einem der Kissen. Die Decke klebte an mir, doch allmählich wich die Hitze aus meinem Körper. Zurück blieb nichts als Leere.

Seit Wochen hatte ich nicht mehr davon geträumt, und ein naiver Teil meines Verstandes hatte Hoffnung geschöpft. Hoffnung, dass ich es geschafft hatte. Dass das Schlimmste vorüber war. Dass drei Jahre und sechs Monate ausreichten, um es zu verarbeiten. Als ich den Kopf wandte und die Augen wieder aufschlug, verschwamm die Welt um mich herum. Sie reichten nicht aus.

Eine Zeit lang lag ich nur da. Zwang mich, gleichmäßig zu atmen, auf meinen Herzschlag zu achten. Darauf, wie er sich beruhigte und endlich langsamer wurde. Drei Jahre und sechs

Monate reichten nicht aus, um ein schreckliches Erlebnis zu vergessen, aber sie reichten, um sich daran zu gewöhnen. An die Panik und Furcht, die in den unpassendsten Momenten in mir heraufkroch und mich in die Knie zwang. Inzwischen blieb ich stehen. Zumindest meistens. So schlimm wie eben war es lange nicht mehr gewesen. Und das war gut. Das war ein Fortschritt. Das war es doch, nicht wahr?

Ich schluckte eine seltsame Mischung aus Spucke und Tränen. Mit steifen Gliedern richtete ich mich auf. Noch immer fühlte ich mich wie benebelt, als säße ich unter einer Glocke aus milchigem Glas. Ich atmete und hatte das Gefühl, der Sauerstoff wurde weniger. Ich sollte ein Fenster öffnen.

Mit etwas Anstrengung befreite ich mich von der Decke, und erst als ich zur Bettkante rutschte, nahm ich meine Umgebung wieder richtig wahr. Meine nackten Füße versanken im Teppich, und ich fühlte mich auf der Stelle ruhiger.

Der Flug, Vancouver, das Haus, Emmett und Hope … Alles kehrte in diesen Sekunden zurück. Meine Knie waren noch weich, doch sie trugen mich, als ich den Raum mit wenigen Schritten durchquerte. Die Vorhänge hielten das Tageslicht nur notdürftig ab, und als ich sie zur Seite schob, strahlte mir eine orangerote Sonne entgegen. Wie in Trance fasste ich nach dem Griff der Balkontür, löste die Sicherung und schob die Tür auf. Stille empfing mich, Morgenluft, so frisch und klar, dass ich automatisch tief einatmete. Die kalten Holzdielen unter meinen nackten Füßen fühlten sich feucht an. In meinen Pyjama-Shorts und dem leichten Top fröstelte ich, doch es spielte keine Rolle. Es war gut. Ich fühlte es und das war alles, was zählte. Ich war am Leben. Ich stand hier und atmete die salzige Luft, spürte den leichten Wind, der vom Meer herzog, hörte die Möwen kreischen, die Blätter der Bäume rascheln. Kilometerweit entfernt erhoben sich die Bergspitzen in den blassblauen Himmel, wurden goldgelb angestrahlt, als wollte die Sonne sie an diesem Morgen ganz besonders für mich in Szene setzen.

Das war der erste Morgen meines neuen Lebens. Der erste Morgen in Freiheit. Denn ich *war* frei. Ich war hier, und ich würde es leben. Dieses Leben, das mir zustand.

Und dann würde ich ihm davon erzählen. Jeden Abend, jeden verdammten Tag. So lange, bis er alles erfahren, alles miterlebt hatte. Ich war es ihm verflucht noch mal schuldig.

*

Ich hörte die vertrauten Klänge bereits, während ich die Stufen hinunter ins Wohnzimmer ging. Mit jedem Schritt, den ich näher kam, wich meine innere Unruhe einer vorsichtigen Gelassenheit. Ich bemerkte, dass ich lächelte. Offenbar teilten wir den gleichen Musikgeschmack.

Abwesend sang Hope den Songtext mit, der mir sofort bekannt vorkam. *Lovers* von Anna of the North drang aus der Bluetoothbox auf der Küchentheke, vermischte sich mit dem Brutzeln in der Pfanne und dem betörenden Duft von gebratenen Eiern und Speck. Hope trug ausgeleierte Sportshorts und einen dünnen Sweater, auf dessen Rücken Daten einer alten Konzerttour von 2014 gedruckt waren. Sie bewegte sich zur Musik, und es war deutlich zu sehen, dass sie den Song absolut fühlte. Ich wollte ihr zuwinken oder mich irgendwie anders bemerkbar machen, doch als sie sich in meine Richtung drehte und zur Küchentheke tänzelte, hielt sie die Augen geschlossen.

Zaghaft kam ich einen Schritt näher, und als hätte sie meine Anwesenheit gespürt, riss Hope im gleichen Moment die Augen auf.

»Oh Gott, hast du mich erschreckt!« Sie erblasste, nur um einen Atemzug später zu erröten. Fahrig tastete sie nach ihrem Handy, das vor uns auf der dunklen Arbeitsplatte lag, um die Musik etwas leiser zu machen. »Entschuldige, ich hab dich gar nicht gehört.«

»Kein Wunder, bei *diesem* Song«, sagte ich lachend. »Ich hatte sofort Peter Kavinskys nackten Oberkörper vor Augen. Nachts, im Hot Tub.«

»Oh, du kennst den Film?« Hope strahlte mich an. »*To All the Boys I've Loved Before* war mein absolutes Jahreshighlight.«

»Was für eine Frage. Noah Centineo ist nicht nur das Jahreshighlight, er ist das Highlight für die nächsten zwanzig Jahre.«

»Ich liebe diesen Typen.« Hope seufzte hingebungsvoll. »Seine Hände … Und diese Augen. Mein Gott, ich muss aufhören, von einem Celebrity Crush zum nächsten zu leben. Das ist echt nicht gesund. Oh …« Sie brach ab. Als sie zum Herd hechtete, stieg auch mir der leicht verbrannte Geruch in die Nase.

»Ach Mist.« Sie hielt die Pfanne mit den angekokelten Spiegeleiern und Baconstreifen hoch.

»Ich würde sagen, daran ist nur Noah schuld.«

»Und wie er das ist.« Nach einem prüfenden Blick zuckte sie mit den Schultern. »Kann man schon noch essen.« Hope sah vom Eierkarton auf der Theke zu mir. »Willst du auch welche?«

Ich zögerte. »Danke, das ist lieb von dir … aber ich kann mir auch irgendwo was besorgen.«

»Ach komm, ich bitte dich.« Hope nahm zwei Eier aus der Packung. »Kein Grund für falsche Höflichkeit. Oder bist du Veganerin?«

»Nein, das nicht«, brachte ich heraus, »aber ich will nicht, dass ihr mein Essen bezahlt.«

»Mach dir darum mal keine Gedanken.« Hope schlug die Eier in die Pfanne, wo sie zischend aufs Teflon trafen. Das klare Eiweiß begann sofort zu stocken. »Wir nehmen mit dem Airbnb-Zimmer genug ein, da kommt es auf die paar Cents wirklich nicht an.«

»Scheint eine komfortable Einnahmequelle zu sein«, vermutete ich und sah mich um, ob ich Hope bei etwas behilflich sein konnte. Ich versuchte mich an der Kaffeemaschine, die so aussah, als wäre sie recht einfach zu bedienen, und befüllte den Wasserbehälter.

»Absolut.« Hope hielt mir mit einem fragenden Blick die Toastpackung entgegen, woraufhin ich nickte. Sie zog den Toaster heran. »Aber das Ganze ist nur eine Notlösung. Unsere ehemalige Mitbewohnerin ist Hals über Kopf ausgezogen, als sie durch ihre Uniprüfungen gerasselt ist.«

»Oh, das ist mies.« Ich löffelte das Kaffeepulver in den wiederverwendbaren Filter. »Was hat sie denn studiert?«

Schon bevor Hope antwortete, war mir klar, dass ich vielleicht besser nicht hätte fragen sollen. Ihre Miene gefiel mir ganz und gar nicht. Hope biss sich auf die Unterlippe. »Ähm, Medizin ...«

Ich schluckte. Das waren ja fabelhafte Aussichten.

Hope machte eine wegwerfende Handbewegung, bevor sie Teller und Tassen aus den Hängeschränken nahm. »Lass dich davon bloß nicht verunsichern. Ich glaube, Agnes hat das mit dem Studium eh nicht so wirklich ernst genommen. Sie hing eigentlich ständig nur bei ihrem Freund rum und hat dauernd davon gesprochen, dass sie sowieso aufhören will.«

Ich wollte Hopes Worten gern Glauben schenken, doch angesichts des aufwendigen Bewerbungsprozesses und vor allem der exorbitant hohen Studiengebühren konnte ich mir nur schwer vorstellen, dass jemand Medizin studierte und es *nicht so wirklich ernst* nahm. Vielleicht war ich aber auch nur eine panische Streberin.

»Willst du Orangensaft?«, fragte Hope und riss mich aus meinen finsteren Gedanken. »Oh, Emmett hat *Tropicana* gekauft.« Sie grinste diabolisch und griff nach dem großen Tetrapack.

»Ja, gern.«

Sie füllte zwei Gläser. »Und, hast du gut geschlafen in deiner ersten Nacht hier?«

Ich hatte Hope den Rücken zugewandt und schloss für einen Moment die Augen. Soeben hatte ich die Erinnerung an meinen Traum fast verdrängt, doch sie war sofort zurück. Als hätte sie nur hinter einer Ecke gelauert, bis ich sie für einen Wimpernschlag vergaß. Und leichtsinnig wurde. Meine Stimme klang gepresst, als ich viel zu schnell antwortete.

»Ja, danke.« Mein Lächeln fühlte sich absolut gezwungen an. Vielleicht hatte ich Glück, und Hope würde mir die Worte abkaufen, immerhin konnte sie mein Gesicht nicht sehen. Sie zögerte. Als ich in ihre Richtung blinzelte, sah sie mich einen Moment lang an. Sie sagte nichts, als das Brot aus dem Toaster hüpfte und ich sofort danach griff, um irgendetwas zu tun.

»Was hast du heute vor?« Hope klang unbekümmert, doch ich war mir sicher, dass ihr meine seltsame Stimmung nicht entgangen war. Dass sie darüber hinwegging und keine unangenehmen Fragen stellte, rechnete ich ihr hoch an.

»Ich muss meinen Studentenausweis abholen und wollte mich ein bisschen auf dem Campus umschauen.«

»Wenn du magst, kann ich dir eine kleine Führung geben. Ich muss sowieso ein paar Sachen im Bookstore besorgen.«

»Wirklich? Das wäre toll.«

Hope erwiderte mein Lächeln. »Ach, und sag mal, ist das deiner?« Mit einem Kopfnicken deutete sie Richtung Tür.

Mein Herz stolperte, als ich den dunklen Koffer erkannte, der dort einsam neben einem Berg Schuhe stand.

»Oh Gott, ja!« Am liebsten hätte ich Hope umarmt. »Wie spät ist es? Ich habe völlig vergessen, dass sie den noch bringen wollten.«

Am Griff war ein unübersehbares Etikett befestigt. *Dringende Lieferung* stand in leuchtend roten Lettern darauf, außerdem der Name der Fluggesellschaft und meine Adresse.

»Da hat jemand geklingelt und nach dir gefragt, also habe ich ihm das Ding einfach abgenommen. Ich hoffe, es war okay, dass ich für dich unterschrieben habe? Unterschriften fälschen ist normalerweise nicht so mein Ding.« Hope wirkte tatsächlich leicht schuldbewusst.

»Quatsch, ich bin froh. Danke!« Ich unterzog den Koffer einer genauen Kontrolle, doch er schien weder beschädigt noch gewaltsam geöffnet worden zu sein. Mir fiel ein ganzer Fels vom Herzen. Ein paar schwache Momente lang war ich mir nicht sicher gewesen, ob es vielleicht doch etwas zu bedeuten hatte, dass einer meiner Koffer in Toronto geblieben war. Und mit ihm ein Teil von mir. Der Teil, der nicht loslassen konnte, obwohl ich all meine Hoffnungen auf diesen Neubeginn setzte. Jetzt war er da. Der Koffer und mit ihm der langsam aufkeimende Mut, dass es möglich sein musste, die Dunkelheit hinter mir zu lassen.

— SEELENVERWANDT —

Als Mom starb, war ich zweieinhalb Stunden alt. Ich glaube, für Dad war es härter als für mich. In dieser Nacht im Toronto General Hospital hatte er nicht nur die Liebe seines Lebens verloren, sondern auch jegliche Chance, angemessen zu trauen. Er hatte dafür schlicht und ergreifend keine Zeit. Er hatte jetzt mich.

Heute sagt er immer, ich war der einzige Grund, der ihn damals bei Verstand hielt. Und ich glaube ihm das. Aber ich glaube auch, dass es die schwerste Zeit seines Lebens war. Bis zu Austins Tod.

Die ersten sieben Jahre meines Lebens gab es nur Dad und mich. Ich kannte es nicht anders. Als ich kleiner war, dachte ich immer, alle Mütter sterben bei der Geburt. Wenn ein neues Leben beginnt, hört ein altes auf. Es hat irgendwie Sinn ergeben. Dann kam ich in den Kindergarten, und plötzlich hatten alle anderen Kinder zwei Elternteile. Meistens noch eine Mutter.

Ich kannte meine nur von Bildern. Sie war jung und hübsch, sie sah aus wie ich. Lange braune Haare, grüne Augen und eine winzige Lücke zwischen den geraden Schneidezähnen. Auf den Fotos hat sie immer gelacht. Manchmal habe ich sie mir stundenlang angesehen und mit ihr gelächelt. Zu behaupten, ich empfände echte Trauer, wenn ich an sie dachte, wäre gelogen. Ich vermisste sie, aber ich kannte sie nicht. Es war nichts verglichen damit, was jeder Gedanke an Austin in mir hervorrief. Und es war so verdammt falsch.

Wir hätten uns hassen müssen. In all den Büchern und Filmen verabscheuten sich die Stiefgeschwister, wenn sich ihre alleinstehenden Elternteile zu einer neuen Familie zusammenschlossen. Austin Clayburn und ich hassten uns nicht. Es war, als hätten wir aufeinander gewartet.

Als ich fünf Jahre alt war und Dad mir erklärte, dass ich keine Geschwister bekommen konnte, weil es dazu einen Vater und eine Mutter bräuchte, hatte ich tagelang geheult. Ich wünschte mir einen großen Bruder, wie Chelsea McQuiston einen hatte. Jemand, der mir verbot, sein Zimmer zu betreten, und mir die Legosteine wegnahm. Mit Lego hatte Austin nichts mehr am Hut, als seine Mom und er zwei Jahre später bei uns einzogen. Ich war sieben, er elf, und er hatte dieses unfassbar coole Operationsspiel, bei dem man mit kleinen Pinzetten winzige Organe aus dem Körper eines Plastikmenschen herausholen konnte. Ich sah ihm stundenlang dabei zu, wie er mit ruhiger Hand seine OPs durchführte. Als ich irgendwann alt genug war, durfte ich ihm sogar dabei assistieren.

Ich hatte mir nichts so sehr gewünscht wie einen großen Bruder, und plötzlich hatte ich einen. Ich hatte Austin und eine Mom und einen glücklichen Dad, also war ich es auch. Glücklich.

Es war absurd. Ich hätte ihn als Konkurrenten sehen müssen. Mich von ihm bedroht fühlen. Um Dads Aufmerksamkeit und Zuneigung fürchten müssen, doch wieso hätte ich das tun sollen? Ich hatte nichts verloren, als Austin in mein Leben trat. Im Gegenteil. Ich hatte gewonnen. Einen großen Bruder und eine Mom, durch die ich erst verstand, wie sehr mir eine weibliche Bezugsperson gefehlt hatte. Später entdeckte ich all die Ratgeber in einer Ecke unseres Bücherregals, die Mom und Dad damals angeschafft hatten. *Patchworkfamilie – so klappt es miteinander* oder *Stiefgeschwister als Team: Ideen für eine starke Familie.*

Entweder waren diese Bücher irrsinnig gut, oder wir waren seltsame Kinder. Ich hatte es gar nie hinterfragt. Die Veränderung. Austin, Mom und Dad. Sie waren meine Familie. Mein sicherer Hafen, in dem auch Boote mit geflickten Segeln lagen. Vielleicht war es der Verlust, der uns zusammenschweißte. Austins Dad, der ihn und Mom kurz nach seiner Geburt verlassen hatte. Er wusste, wie es sich anfühlte, jemanden zu vermissen, den man eigentlich gar nicht kannte. Gar nicht vermissen konnte, aber irgendwie sollte.

Und dann war es auf einmal andersherum. Austin war fort, und ich vermisste ihn, obwohl ich es eigentlich gar nicht sollte. Zumindest nicht in diesem Ausmaß. Nicht so sehr wie einen leiblichen Bruder. Doch wenn mich all der Tod in meinem Leben, all der verfluchte Verlust eines gelehrt hatte, dann, dass es meinem Herzen egal war, was es durfte und was nicht.

Er war mein Bruder, und eigentlich war er es nicht. Jedenfalls nicht auf dem Papier. Nicht in der Highschool, wenn die Lehrer wegen unserer unterschiedlichen Nachnamen nicht begriffen, dass wir aus einem Elternhaus kamen. In meinem Herzen waren wir Geschwister. Vom ersten Tag an. Seit er mir dieses schiefe Grinsen schenkte, mich neugierig musterte und eine halbe Stunde später mit unserem Hund Tucker und mir durch den riesigen Garten jagte. Dank Austin und Mom wurde meine tolle Kindheit zu einer großartigen. Bedingungslose Liebe, verlässlicher Zusammenhalt. Als ich älter wurde, fragte ich mich, womit ich all das Glück verdiente.

Und seit mein bester Freund und größtes Vorbild weg war, verstand ich nicht, wie der Schmerz so körperlich sein konnte. So beißend, so echt, obwohl er *nur* mein Stiefbruder war. Es spielte keine verfluchte Rolle. Ich hatte gelernt, was Brutalität wirklich bedeutete.

Das Schicksal hatte mir einen Bruder geschenkt. Nur um mir Jahre später einen Seelenverwandten wieder zu entreißen.

4. KAPITEL

An der nordwestlichen Pazifikküste blieb die Augustsonne sogar dann erträglich, wenn sie mit voller Kraft vom stahlblauen Himmel brannte. Der Wind spielte mit meinen Haaren, während ich neben Hope über den Campus schlenderte. Mir die Namen der Dutzenden Gebäude und Vorlesungssäle zu merken, hatte ich längst aufgegeben. Schon jetzt wusste ich nicht mehr genau, welches das Learning Center und welches die Unibibliothek beherbergte. Historische Backsteinfassaden, über und über mit Efeu überwuchert, wechselten sich mit futuristischen Bauten aus Glas und Metall ab. Hinter fast jedem Fakultätsgebäude verbarg sich eine weitere Parkanlage. Platanen säumten die breiten Wege, und unter den Trauerweiden saßen Studenten auf dem akkurat gemähten Rasen, noch ohne dicke Lehrbücher und Laptop auf dem Schoß, dafür mit Vorfreude auf das kommende Semester in den leuchtenden Augen. Mein Herz schlug schneller beim Gedanken, dass von nun an auch ich an diesem traumhaft schönen Ort lebte und studierte.

»Was ich an diesem Campus besonders liebe, ist seine Lage«, erzählte Hope, während wir uns einer Aussichtsplattform oberhalb eines liebevoll angelegten Rosengartens näherten. Die letzten Sträucher verblühten, und ihre herabgefallenen Blütenblätter bedeckten das Gras wie ein Teppich aus sattem Dunkelrot und tiefem Rosa. Vom abschüssigen Gelände schaute ich auf die Bucht, hinter der sich am Horizont die Berge erhoben. »Die Uni liegt ganz im Westen der Stadt. Der Campus hier am Point Grey ist in drei Himmelsrichtungen vom Pazifik umgeben. Das ist einfach einmalig.« Hope drehte sich um die eigene Achse. »Rund um die Halbinsel führt der Marine Drive, vorbei am Spanish Banks Beach und dem Botanischen Garten. Wir sollten dir dringend ein Fahrrad besorgen. Die Tour dort entlang ist wunderschön.«

Ich folgte Hopes Gesten, die mir die Bergketten von Bowen Island und die Gipfel des Mount Seymour Provincial Park im Norden von Vancouver zeigte. Dieser Ort war völlig surreal.

»Bist du sicher, dass das hier eine Uni ist und kein Ferienresort?«

Hope lachte kurz auf. »Keine Sorge, spätestens kurz vor den Midterms beantwortet sich deine Frage von selbst.«

»Vermutlich sogar schon eher.«

»Geht's bei euch am Montag gleich richtig los?«, fragte Hope, als wir die breite Hauptallee entlang zum Bookstore liefen.

»Wenn ich es richtig verstanden habe, finden an den ersten beiden Tagen hauptsächlich Einführungsveranstaltungen statt. Ab Mittwoch beginnen dann die Vorlesungen.«

»Das klingt nicht nach allzu viel Schonfrist.«

»Nicht wirklich. Aber ja, wir sollen in vier Jahren den ganzen menschlichen Körper in- und auswendig lernen. Keine Ahnung, wie das überhaupt funktionieren soll.«

»Dein Pre-Med-Studium kommt dir da hoffentlich ein bisschen zugute?«

»Na ja, ich habe Sozialwissenschaften studiert. Biochemie oder Neurowissenschaften wäre vermutlich klüger gewesen. Aber ich habe recht spontan entschieden, dass ich am Auswahlverfahren für die Med School teilnehme.«

45

»Wer sagt denn, dass das ein Nachteil ist? Keiner will eine Ärztin, die sich nur mit Naturwissenschaften und Diagnosen auskennt, aber den Menschen dahinter nicht versteht.«

Ich musste lächeln. »Wenn du das so sagst, klingt es tatsächlich gar nicht so schlecht.«

»Außerdem hat es ja geklappt, oder etwa nicht?« Hope sah mich lächelnd an. »War Vancouver deine erste Wahl?«

»Alles außer Toronto war meine erste Wahl.«

»Wieso? Die U of To hat doch einen exzellenten Ruf, oder?«

»Mag schon sein, aber ich musste einfach weg. Ich habe mein ganzes Leben dort verbracht, es war an der Zeit für was Neues.«

»Auf jeden Fall hast du die beste Wahl getroffen. Vancouver ist echt ein Traum. Ich würde nirgendwo lieber leben.«

»Wie weit entfernt liegt die Farm deiner Familie?«

»Nur gute anderthalb Stunden von hier, direkt im Fraser Valley. Der Ort heißt Chilliwack. Es ist dort … nun ja, sehr friedlich, um es mal nett auszudrücken.«

»Ich wollte früher immer auf einer Farm leben«, seufzte ich.

»Ich auch.« Hope lachte. »Früher. Da fand ich das super. Inzwischen hält sich meine Begeisterung in Grenzen.«

»Das Landleben muss ja auch nicht jedermanns Sache sein.«

»Na ja, sag das mal meinen Eltern.« Ein Schatten huschte über ihr Gesicht, und ich verstand. Ich war nicht die Einzige, bei der es mehr zu entdecken gab, als auf den ersten Blick ersichtlich.

»Sind sie dagegen, dass du studierst?«

»Wenn es Agrarwissenschaften wären und nicht Kreatives Schreiben, wären sie begeistert.« Hope kickte einen Stein mit der Spitze ihrer schwarzen Leder-Flats vor sich auf dem Weg her. Nichts an ihrem geschmackvollen Outfit und dem lässig gestylten Bob ließ vermuten, dass sie vom Land kam. Irgendwie armselig, dass ich annahm, ihre Herkunft müsste sich auch nur im Entferntesten in ihrem Äußeren widerspiegeln. »Der Betrieb ist schon seit Generationen in Familienhand, weißt du. Mom und Dad haben nicht studiert, es wäre ihnen gar nicht eingefallen. Es lag nicht am Geld oder daran, dass sie nicht durften. Sie haben sich in der Highschool in Chilliwack kennengelernt, geheiratet, und sie sind geblieben, um die Farm zu übernehmen, auf der Mom aufgewachsen ist. Was sie hatten, hat sie einfach erfüllt.« Hope schluckte. »Aber mich erfüllt es nicht. Sie haben sich so sehr gewünscht, dass ich den Hof mal übernehme. Und eine Zeit lang hätte ich ihnen gerne den Gefallen getan. Aber wenn ich ehrlich bin, habe ich mich an diesem Ort immer nur gefangen gefühlt.«

»Chilliwack … Nie gehört«, gab ich zu.

»Besser so! Ich hätte mir ernsthaft Sorgen gemacht, wenn es dir ein Begriff wäre.«

»Und du wolltest nach Vancouver?«

»Absolut. Von Anfang an. Hier bin ich weg von zu Hause, aber nicht zu weit weg. Wenn ich zum Beispiel spontan heimfahren muss, um Hühner für Emmett zu holen, ist das gar kein Problem.« Sie grinste. »Und du hast hier wirklich alles an einem Ort: die Großstadt, das Meer und die Berge direkt vor der Haustür. Nach Whistler sind es nur gute hundert Kilometer. Mit der Fähre bist du in ein, zwei Stunden auf Vancouver Island und direkt am offenen Meer.«

Je länger Hope sprach, desto schneller klopfte mein Herz. Ich wollte das alles sehen, und nun, wo ich hier lebte, waren es mehr als wilde Fantasien und Tagträume. Es war meine neue Realität. Mom und Dad waren immer viel mit uns gereist. Ich hatte Europa gesehen, war den Wurzeln meiner Großeltern nach Frankreich gefolgt, durfte Urlaube in Asien, den USA und an südamerikanischen Traumstränden verbringen. Doch von meinem Heimatland hatte ich zu meiner Schande bis auf die alljährlichen Winterurlaube in Banff und Lake Louise nur wenig gesehen. Das würde sich nun ändern.

»Da vorn ist der Bookstore.« Hope deutete auf ein gläsernes Gebäude zu unserer Linken. Studenten strömten aus der breiten Eingangstür, die Arme voller Lehrbücher und dunkelblauer Stofftaschen, die das Logo der UBC trugen. Auf dem gepflasterten Vorplatz waren unzählige runde Tische mit Sitzgelegenheiten aus dunkelgrünem Metall aufgestellt, an denen junge Leute die Spätsommersonne genossen. Ich sah mich dort bereits sitzen, einen Pumpkin Spice Latte in meinem wiederverwendbaren To-go-Becher und einen dicken Anatomieatlas vor mir auf dem Tisch. Bei der Vorstellung prickelten Vorfreude und Nervosität gleichermaßen in meinem Bauch.

»Magst du mitkommen? Du brauchst definitiv noch einen Hoodie mit unserem Logo. Das Gelb wird dir so gut stehen.«

»Das bezweifle ich. Niemandem steht Gelb.«

»Oh doch. Keine Sorge.« Hope sah mich prüfend an, dann strahlte sie. »Es ist dieses dunkle Gelb, fast Senf oder Ocker. Ich liebe die Kombination mit unserem Logo in Dunkelblau.«

Ich wagte einen Blick ins Innere des Ladens, in dem sich die Studenten in endlosen Schlangen an den Kassen drängten. »Vielleicht kümmere ich mich besser zuerst um meinen Studentenausweis. Nicht, dass dort genauso viel los ist wie hier.«

»Stimmt, das ist vermutlich klüger.« Hope erklärte mir den Weg zu dem betreffenden Gebäude, und wir verabredeten uns für später bei unserem campuseigenen Starbucks.

Ich fühlte mich seltsam allein, als ich den breiten Weg unter den dunkelgrünen oder bereits leicht orange verfärbten Blätterdächern der Bäume entlangging. Viele Studenten waren in Grüppchen unterwegs, lachten und unterhielten sich. Es kam mir vor, als könnte mir jeder ansehen, wie neu und verloren ich hier war. Fast so, als trüge ich einen dicken Stempel auf der Stirn, der mich als Freshman kennzeichnete. Aber vermutlich genügte dazu der hilflose Ausdruck auf meinem Gesicht, während ich ein Gebäude nach dem anderen passierte – die Medizinische Fakultät beherbergte keines davon. Ich unterdrückte ein Seufzen und kramte mein Handy aus der Tasche. Mal sehen, wie viele Wochen es dauern würde, bis ich mich ohne Google Maps zurechtfand.

Ich tippte gerade die letzten Buchstaben ein, als mich ein Klingeln innehalten ließ. Schlagartig wurde mir bewusst, dass ich mitten auf dem schmalen Weg lief. Ich riss den Blick vom Handy los und blieb ruckartig stehen. Bremsen quietschten, mein Herz übersprang einen Schlag.

»Ah, Fuck!«

Mein Gegenüber kam gerade noch rechtzeitig vor mir zum Halten, doch die schmalen Reifen seines Rennrads rutschten auf dem Splitt weg. Mein Puls schoss in die Höhe, während der Kerl vor mir mit seinem Rad auf den Boden stürzte.

Scheiße, scheiße, scheiße.

Drei Atemzüge lang war es still, dann hörte ich sein leises Stöhnen.

»Oh Gott, sorry!« Ich machte einen Satz nach vorn und ging in die Hocke. Der Typ stützte sich bereits auf dem Unterarm auf, sog jedoch dabei scharf die Luft ein. »Es tut mir so leid. Bist du okay? Ich hab dich nicht gesehen, ich hab nach dem Weg gesucht und …« *Atmen. Nicht durchdrehen, Laurie.*

»Nichts passiert«, presste er hervor, und am liebsten hätte ich laut gelacht.

»*Nichts passiert?* Du bist gerade in hohem Bogen von diesem Fahrrad gesegelt. Hast du Schmerzen? Ist mit deinem Arm …?«

»Nur ein paar Kratzer«, erklärte er und verzog die Lippen zu einem schiefen Lächeln. Es endete in einer recht gequälten Version.

»Okay. Nein, ernsthaft, ich ruf einen Krankenwagen.« Hilflos schaute ich auf mein Telefon.

Er hob beschwichtigend die Hand. »Quatsch, das ist nicht …«

»Es sah echt heftig aus«, redete ich auf ihn ein. »Vielleicht hast du dir was gebrochen und spürst es jetzt nur noch nicht. Das ist bei Unfällen oft so, der Körper schüttet Adrenalin aus und blendet Verletzungen aus, um …« Ich brach jäh ab, als er mich mit einem belustigten Schmunzeln ansah.

»Sehr gut, in welchem Jahr bist du?«

»Äh …« Ich starrte ihn an.

»Du studierst doch Medizin, oder? So was weiß sonst kein normaler Mensch.«

Zum ersten Mal sah ich ihm richtig ins Gesicht. Ein Fehler, denn diese Augen nahmen mir den Atem. Eine Mischung aus hellem Grau, kühlem Blau, ich konnte es nicht wirklich ausmachen. Der Blick aufmerksam und tief. Unter dem Helm hingen ihm die braunen Strähnen in die Stirn. Hohe Wangenknochen, dunkler Dreitagebart, der seine ausgeprägte Kieferlinie betonte. Ich schluckte. Herrgott noch mal, dieser Typ hatte wegen mir einen Fahrradunfall, und alles, woran ich dachte, war, wie gut er aussah? Was stimmte nicht mit mir?

»Ich fange gerade erst an«, brachte ich heraus. »Erstes Semester.«

»Oh, wow.« Er lachte leise und setzte sich etwas aufrechter hin. »Das geht ja gleich gut für dich los.«

»Vermutlich ein Zeichen, dass ich eine richtig tolle Ärztin werde.«

Sein Grinsen wurde breiter. »Ach, Unsinn. Ich hätte auch

einfach ein bisschen langsamer fahren können. Ich bin wohl noch den ausgestorbenen Campus während der Ferien gewohnt.« Er begutachtete seinen Arm und streckte ihn vorsichtig.

»Du solltest das trotzdem anschauen lassen. Zumindest kurz in der Notaufnahme. Ich bring dich hin.«

»Den Weg dorthin kennst du also?«

»Nein, aber … du vielleicht?«

»Durchaus.« Er schmunzelte »Aber das ist wirklich nicht nötig.«

»Bist du sicher? Nicht, dass am Ende doch …«

»Ich kann die Finger bewegen, spüre alles. Das ist kein Fall für die Notaufnahme. Ich würde mich auch bedanken, wenn mich ein Patient mit nicht mehr als ein paar Kratzern von der wirklich wichtigen Arbeit abhält.«

Die Hitze schoss mir in die Wangen.

»Du bist Arzt?«

»Noch nicht ganz. Aber letztes Semester war ich vier Wochen in der Notaufnahme eingesetzt. Echt irre, womit die Leute so reinkommen. Rückenschmerzen, unverändert seit vier Wochen, die sollte man unbedingt sonntagnachts abklären lassen, findest du nicht? Und ganz wichtig: Während der Wartezeit muss man sich natürlich mehrfach beschweren, warum es so lange dauert. Wie auch immer, ich schweife ab … Du hast dir nichts getan, oder?«

Etwas überrumpelt schüttelte ich den Kopf.

»Okay, gut. Nächstes Mal nehme ich einfach besser den Bus.« Er sah mich an, und als er lächelte, stand für einen Moment die Zeit still. Er streckte mir die Hand entgegen. »Und ich bin Sam, hi! Im vierten Jahr.«

»Laurie.« Ich schluckte. Seine Hand war warm, und mir entging nicht, wie er leicht zusammenzuckte, als ich sie drückte.

Direkt an meiner Haut spürte ich seine aufgeschürften Ballen, mit denen er über den Asphalt gerutscht war. Bevor ich darüber nachdenken konnte, was ich tat, drehte ich seine Handfläche nach oben. »Sorry noch mal«, wiederholte ich.

Sam schüttelte nur den Kopf, seine Lippen teilten sich, doch er sagte nichts mehr. Sein Blick war auf unsere Hände geheftet, und da erst bemerkte ich, was ich tat. Und wie übergriffig es war. Rasch ließ ich seine Hand los.

»Das sollte sauber gemacht werden«, murmelte ich und senkte den Blick.

»Ich habe genug Desinfektionsmittel zu Hause, um darin zu baden, keine Sorge.« Er räusperte sich. Eilig sah er zu seinem Fahrrad, das zumindest auf den ersten Blick unversehrt und weiterhin fahrtüchtig aussah. Als Sam sich erhob, erwachte ich aus meiner Starre.

»Kannst du aufstehen, bist du sicher? Willst du nicht lieber einen Moment warten, ob wirklich alles …« Ich brach ab und rappelte mich ebenfalls auf.

Er kam ohne Anstrengung auf die Füße und klopfte sich etwas Staub von den dunklen Jeans. Erst als er vor mir stand, bemerkte ich, wie groß er war. Seine Schultermuskulatur zeichnete sich unter dem grauen Shirt ab, während er sich noch mal bückte, um das Rad aufzuheben. *Sportler …* Verdammt. Ich musste damit aufhören, ihn so ungeniert anzustarren.

»Es ist echt alles okay.« Er wischte sich die zerschrammte Handfläche an der Hose ab.

»Normalerweise schaue ich im Gehen wirklich nicht aufs Handy, sondern auf die Straße vor mir.«

»Wonach hast du denn gesucht? Vielleicht kann ich dir helfen.«

»Nach der Medizinischen Fakultät.« Ich biss mir leicht auf die Unterlippe.

»Weiter geradeaus und dann das nächste Gebäude auf der rechten Seite.«

»Oh, danke.«

»Keine Ursache.« Er umfasste die Griffe des Rads fester. »Ich bin auf dem Sprung und muss leider gleich weiter. Hat mich gefreut.« Er lachte, als er selbst zu bemerken schien, wie absurd das alles war. Verfluchte kleine Fältchen gruben sich um seine leuchtend graublauen Augen.

»Mich auch. Na ja, eigentlich nicht! Also, nicht so, du weißt schon … Oh Mann, jedenfalls sorry noch mal …«

»Hey, kein Thema«, unterbrach er mich. »Man sieht sich, Laurie.«

»Bye«, murmelte ich, während er einen Fuß aufs Pedal stellte, sich abstieß und das andere Bein im Fahren über den Sattel schwang.

Heilige Scheiße, was war das gerade gewesen? Erst als seine schlanke Silhouette am Ende des Wegs verschwand, schüttelte ich den Kopf und atmete einmal tief durch.

*

Die Medizinische Fakultät glich einem Bienenstock, so viele angehende Ärztinnen und Ärzte huschten durch das lichtdurchflutete Foyer. Dank Sams Wegbeschreibung hatte ich das Gebäude ohne weitere Zwischenfälle gefunden und stellte mich in die Schlange der Wartenden vor dem Studierendensekretariat.

Kaum dass ich hinter sie trat, ließ das Mädchen vor mir die kleine Kamera sinken, mit der sie sich gerade selbst gefilmt hatte, bevor ich versehentlich in ihr Bild geraten war. Verlegen steckte sie das Gerät in ihre Tasche. Eine leichte Röte färbte ihre Wangen, als sie sich zu mir umwandte.

»Lass dich nicht stören«, sagte ich, dämpfte jedoch meine Stimme, damit ich nicht die Aufmerksamkeit der übrigen Anwesenden auf uns zog.

»Oh, sorry. Ich lade selbstverständlich keine Aufnahmen hoch, in denen andere Menschen zu erkennen sind«, begann sie sofort. »Ich sollte lieber nur draußen vloggen …«

»Du machst YouTube-Videos?«, mutmaßte ich, und die Unbekannte nickte.

»Ja, ab und zu. Ich dachte, es wäre mal an der Zeit für einen realistischen YouTube-Kanal über die Med School. Es gibt viel zu viele von diesen Vloggern, die behaupten, sie würden zwanzig Stunden am Tag lernen. Ich schaffe es nicht mal, zwanzig Stunden am Tag wach zu sein!«

Ich lachte auf. »Du bist mir sympathisch.«

»Gleichfalls.« Das Mädchen strahlte mich an, dann streckte sie mir die Hand entgegen, während mein Blick über ihr weißes Shirt glitt, das sie in ihre weiten Jeans gesteckt hatte. *The 21st Century Woman – Loud & Powerful* stand darauf. Ihr Händedruck ließ daran keinerlei Zweifel. »Kian Seton, hi! Suchst du zufällig noch eine beste Freundin, damit du nicht genauso verloren rumlaufen musst wie ich? Falls ja, stelle ich mich gerne zur Verfügung.«

»Deal. Ich bin Laurie.«

»Und weiter?«

Ich zögerte. »Cavelle. Und eigentlich Laurence.«

»Laurence Cavelle … Okay, lass mich überlegen.« Ein verklärter Ausdruck trat in Kians dunkelbraune Augen. »Dr. Cavelle. Hmm, klingt für mich nach Plastischer Chirurgie. Oder was schwebt dir vor?«

»Was mir vorschwebt? Erst mal die Midterms bestehen?«

»Auch kein schlechter Plan. Wir sollten eine Lerngruppe gründen. Also, natürlich nicht nur zum Lernen. Ich hasse diese

Zweckgemeinschaften. Das ist so ... wenig. Oh Mann, ich rede schon wieder zu viel, oder? Hör mir am besten gar nicht zu. Das passiert leider immer, wenn ich aufgeregt bin.«

»So entstehen wenigstens keine unangenehmen Gesprächspausen«, scherzte ich.

»Die Gefahr besteht bei mir definitiv nicht. Es gibt nicht viel, was ich ausschließen kann, aber Gesprächspausen ...« Sie lachte. »Was soll das sein?«

Der Kerl vor uns rollte genervt mit den Augen, und ich musste mich schwer beherrschen, um nicht laut zu lachen.

»Weißt du, in welcher Gruppe du bist?« Kians forschender Blick legte sich auf mich.

»Es gibt schon eine Einteilung?«

»Das stand in einer Mail vom Studienkoordinator. Ganz klein im letzten Absatz. Ich hab's beim ersten Mal auch überlesen.«

»Ah ...« Dunkel erinnerte ich mich. »Gruppe 12, kann das sein?«

»Nein!« Ein strahlendes Lächeln breitete sich über Kians Gesicht aus. »Ich auch!«

Mit genervter Miene eilte der Kerl vor uns in das inzwischen freie Sekretariat.

»Oh, ich freu mich. Können wir uns bitte treffen, bevor am Dienstag das erste Seminar stattfindet? Sonst verlaufe ich mich wahrscheinlich und komme schon zum ersten Kurs zu spät.«

»Ja, das kriegen wir hin. Das Gemeinsam-zu-spät-Kommen, meine ich.«

»Vielleicht bringt uns auch meine Freundin hin, wenn ich sie ganz lieb frage. Ich wäre wirklich verloren ohne Teddie. Sie studiert ebenfalls Medizin. Ich weiß also, von wem ich uns die Altfragen organisieren kann. Mach dir mal keine Sorgen um die Midterms.«

Ein Räuspern ließ uns herumfahren. Ertappt strich sich Kian eine Strähne ihres langen, seidigen Haars aus dem Gesicht. Im Mittagslicht, das durch die verglasten Fronten fiel, glänzte es in magischem Schwarz. Eine junge Frau mit karierter Bluse und blonden Korkenzieherlocken stand in der offenen Tür vor uns.

»Die Nächste bitte!«, rief sie uns zu, und Kian tänzelte schuldbewusst davon.

»Okay, ich warte nachher auf dich«, versprach sie, bevor sie in dem Raum verschwand.

Es dauerte nur wenige Minuten, bis ich ebenfalls hereingerufen wurde. Nachdem ich diverse Formulare unterschrieben und für das Lichtbild posiert hatte, händigte mir die Dame tatsächlich meinen Studentenausweis aus. Meine Fingerspitzen prickelten, als ich ihn entgegennahm. Meinen Namen und mein Foto neben dem UBC-Logo und den magischen Worten *Medizinische Fakultät* zu sehen war ein unbeschreibliches Gefühl.

Die Sonne stand bereits tiefer, als ich das Sekretariat verließ. Ich hob die Hand, um meine Augen von den blendenden Strahlen abzuschirmen, die durch das gläserne Dach in das Gebäude fielen. Eine Menge Leute tummelte sich im Foyer, aber Kian konnte ich nirgends entdecken. Vielleicht war sie doch schon gegangen?

Als ich mich gerade gen Ausgang wenden wollte, sah ich, dass Kian auf mich zulief. Ihr folgte ein schlankes Mädchen, das ihre blonden Strähnen mit einem rot-blau gepunkteten Bandana zurückhielt und zu einem unordentlichen Knoten gebunden hatte. Kian zog sie an der Hand mit sich und blieb vor mir stehen. Stolz streckte sie mir ihren Studentenausweis entgegen. *Kian Lillian Seton* entzifferte ich neben ihrem Porträt, das weniger auf einen Ausweis als vielmehr in eine Modelmappe gehört hätte. Kians Gesicht war vollkommen symmetrisch und ihre Haut makellos, selbst ohne die geringste Spur von Make-up.

»So, damit ist es nun also offiziell«, strahlte sie und verlangte nach meinem Ausweis. »Wir sind die Ärztinnen von morgen.«

»Und, wie fühlt es sich an?« Kians Begleiterin grinste. Ich lächelte ihr zu, als mir bewusst wurde, wie unhöflich es war, dass ich mich noch nicht vorgestellt hatte.

»Absolut magisch«, erwiderte Kian und sah kurz zu ihr. »Ted, das ist Laurie, meine Kommilitonin und neue beste Freundin. Laurie, Teddie – du weißt schon, die mit den Altfragen.«

»Wusste ich's doch, dass du dich nur deshalb mit mir abgibst«, witzelte Teddie, bevor wir uns die Hände schüttelten.

»Ertappt. Aber der Sex ist auch nicht so schlecht.«

Teddies Mundwinkel zuckten. »Oh mein Gott. Laurie, tut mir echt leid, dass du dir das anhören musst. Normalerweise ist sie nicht ganz so furchtbar beim ersten Kennenlernen.«

»Na ja …«, meinte Kian vergnügt.

Teddie beachtete sie nicht weiter, sondern sah wieder mich an. »Glückwunsch zum Studienplatz!«

»Danke.« Ich lächelte, doch das nervöse Flattern in meiner Brust kehrte zurück.

»Ted ist im vierten Jahr«, erklärte Kian und schlang einen Arm um die Taille ihrer Freundin. In ihrer Stimme schwang unverhohlener Stolz mit, und auch ich sah beinahe ehrfürchtig zu der Blonden auf.

Teddie lachte nur. »Das hört sich für euch vermutlich ewig weit weg an, aber ihr werdet euch wundern, wie schnell ihr selbst im letzten Jahr seid. Ich fühle mich, als hätte ich vorgestern erst angefangen, und jetzt sollte ich mich langsam nach Assistenzarztstellen umsehen. Du meine Güte!«

»Ist es wirklich so hart, wie alle sagen?«, fragte ich, und Teddie kräuselte die Lippen.

»Klar ist es hart, aber das sind alle anderen Studiengänge auch. Natürlich werdet ihr phasenweise verzweifeln, alles verfluchen und den ganzen Krempel hinschmeißen wollen. Aber am Ende jedes Jahres werdet ihr so stolz sein. Inzwischen glaube ich wirklich, dass dich die Med School vor allem lehrt, wie man durchhält und sich selbst besiegt.«

Sie lachte, und obwohl ich wusste, dass ihre Worte nicht ganz ernst gemeint waren, wuchs der Kloß in meinem Hals. Da war sie wieder, meine innere Panik-Laurie.

»Aber lasst euch nichts erzählen.« Teddie lächelte erst mich, dann Kian an. »Ihr habt es bis hierher geschafft, also packt ihr auch den Rest. Genießt das erste Jahr, es war so toll, wirklich. Ich habe nie wieder so viele fantastische Menschen kennengelernt.«

Kian grinste in meine Richtung und brachte mich zum Schmunzeln. Damit hatte Teddie jedenfalls recht.

»Und, was hast du noch so vor?«, fragte Kian und löste sich etwas von Teddie. »Ted macht gleich mit mir eine kleine Führung über den Campus, und noch hättest du die Möglichkeit, exklusiv dabei zu sein, wenn ein Senior mit den Geheimtipps rausrückt.«

Ich lachte. »Danke, aber ich hatte meine Führung gerade schon – wenn auch nur von einer Sophomore. Aber trotzdem lieb von euch. Außerdem bin ich gleich verabredet.«

»Kein Problem. Wir sehen uns ja bald öfter. Gruppe 12 wird dafür sorgen.« Kian begann in ihrer Tasche zu kramen. »Aber lass uns in Kontakt bleiben. Ich nehme dich beim Wort, dass wir uns gemeinsam verlaufen. Am besten fangen wir gleich Montag zur Einführungsveranstaltung damit an.«

»Zur Not bringe ich euch persönlich zum Hörsaal«, versicherte Teddie.

»Ich dachte, du musst direkt im Krankenhaus antreten?«, erinnerte sie Kian.

»Nächste Woche noch nicht. Ich habe mich doch für die Betreuung der neuen Freshmen eingetragen. Vielleicht darf ich dich ja höchstpersönlich babysitten. Wär das nicht bezaubernd?«

»Oh, und wie!« Kians Augen blitzten herausfordernd, doch mir entging nicht, wie sie Teddie daraufhin ansah. Unwillkürlich musste ich lächeln.

»Kommst du Sonntag zur Fakultätsparty?«, fragte mich Teddie, als ich meine Nummer in Kians Telefon tippte.

Noch während ich die letzten Ziffern eingab, wurden meine Finger zu Eis. Krampfhaft bemühte ich mich, die Fassung zu wahren und mich an meine Nummer zu erinnern.

Okay. Es war klar, dass das geschehen würde. Ich war auf die Einladungen zu Einführungspartys und Kneipenabenden vorbereitet gewesen. Zumindest hatte ich das gedacht.

»Ähm ... wo ist die denn?«, brachte ich mühsam heraus und hoffte, Kian würde nicht bemerken, wie sehr meine Finger zitterten, als ich ihr das Handy zurückgab.

»Die Party steigt im *Koerner's Pub* hier auf dem Campus, aber wir treffen uns davor schon mit ein paar Freunden am Strand. Wenn du magst, kannst du dich gern anschließen.«

Teddie lächelte, und auch Kian sah mich so erwartungsvoll an, dass mein Vorhaben, freundlich, aber bestimmt abzulehnen, ins Bröckeln geriet.

»Hm, ich weiß nicht«, druckste ich herum. Dann fasste ich mir ein Herz. »Wisst ihr, Partys sind nicht so mein Ding. Ich trinke nicht und ...«

»Das musst du auch nicht« entgegnete Teddie sofort. Ihr Lächeln war so unbefangen, dass ich die angespannten Schultern wieder etwas sinken ließ. »Wir sind ein ganz toleranter Haufen, versprochen. Du kannst ja einfach mal nachmittags vorbeischauen und dann entscheiden, ob du länger bleiben magst. Wir haben uns zum Kiten verabredet und wollen anschließend eine Kleinigkeit essen, bevor wir ins *Koerner's* fahren. Nur ein paar Freunde aus meinem Semester, Kian und ich. Du bist herzlich willkommen.«

Mein Herz blieb stehen, und obwohl ich mich bemühte, mir nichts anmerken zu lassen, musste man mir meine Gedanken ansehen.

Teddie blickte mich neugierig an. »Kitest du auch?«

Ich schüttelte den Kopf. »Nein. Nicht mehr jedenfalls …« Nicht seit Austin tot war und ich es nicht mehr wagte, das Schicksal derart herauszufordern. Aber das behielt ich für mich. »Ich habe es vor Jahren mal probiert, aber … Na ja, ist auch nicht so wichtig.«

Das war glatt gelogen. Fast ein ganzes Jahrzehnt war es eines der wichtigsten Dinge meines Lebens gewesen.

Teddie musterte mich. »Schade.« Sie lächelte vorsichtig. »Aber vielleicht hast du ja trotzdem Lust, mit uns abzuhängen.«

»Ich schaue mal.«

»Es wär so schön, wenn du kommst.« Kian schickte ihr gewinnendstes Lächeln hinterher und sah mich beinahe flehend an. Ihre Lippen formten ein lautloses *Bitte*.

Ich nickte, was ich sofort bereute. »Ich überleg's mir, okay?«, schob ich schnell hinterher.

Wie einfach wäre es gewesen, mir eine Ausrede einfallen zu lassen. Doch dafür war ich nicht ans andere Ende des Landes gezogen. Ich wollte nicht mehr das Mädchen mit der tragischen Vergangenheit sein. Ich wollte einen Neubeginn. Auch wenn es dafür nötig war, mich meinen Ängsten zu stellen.

Es musste sein. Ich tat es für mich. Und damit auch für ihn, so hatte ich es mir geschworen.

5. KAPITEL

»Halt! Du kleine Streunerkatze bleibst gefälligst hier«, ertönte Emmetts Stimme. Sie vermischte sich mit den begeisterten Kommentaren einer Sprecherin welcher Sendung auch immer, die er sich da gerade reinzog. Ich konnte keinen Blick auf den Fernseher erhaschen, während ich mit Hope ins Wohnzimmer trat.

Emmett lag rücklings auf der Couch – Kitsilano fest gegen seine Brust gedrückt. Während er das Kätzchen an der Flucht zu hindern versuchte, segelte ein ganzer Stoß eng bedruckter Seiten von seinem Bauch zu Boden.

»Ja, schön, dich zu sehen. Wir freuen uns auch«, flötete Hope, ehe sie die Tür hinter mir zuwarf.

»Wie ich euch vermisst habe!« Emmett griff sich theatralisch an die Brust, woraufhin Kitsilano ihre Chance nutzte, auf die Rückenlehne der Couch und von dort zu Boden sprang. Als wollte auch die Katze ihre Begeisterung kundtun, kam sie auf mich zugetrabt und strich erhobenen Hauptes um meine Beine. Dabei schnurrte sie betörend, was mich regelrecht dazu zwang, in die Hocke zu gehen, um ihr über das seidene Fell zu streichen.

»Schaust du wieder *Fixer Upper*?« Hope warf einen belustigten Blick Richtung Flachbildschirm, auf dem die Renovierungsserie flimmerte.

»Das ist nur Hintergrundbeschallung.« Emmett angelte nach den Blättern auf dem Fußboden.

»Es ist nur seine Lieblingsserie«, formten Hopes Lippen beinahe lautlos. Ich lachte leise.

»Ohne euch ist's mir zu still hier«, fuhr Emmett fort.

»Aha, gut zu wissen. Daran erinnere ich dich, wenn du dich das nächste Mal darüber beschwerst, wie ich stundenlang mit meinen Freundinnen telefoniere.«

»Sie telefoniert nicht, sie schreit geradezu«, erklärte Emmett mit einem wissenden Blick in meine Richtung.

»Er lügt.« Hope verschwand kopfschüttelnd in der Küche. Ich half ihr, die Einkäufe zu verstauen, die wir auf dem Rückweg bei *Save-On-Foods* gemacht hatten. Im Gegensatz zu mir besaß sie ein Auto, und inzwischen befürchtete ich, dass ich bei den gigantischen Ausmaßen der kanadischen Großstadt nicht darum herumkommen würde, mich ebenfalls nach einem motorisierten fahrbaren Untersatz umzusehen. Und nach einem Job. Damit ich mir diesen Spaß überhaupt leisten konnte. In Toronto hatte sich mein Wohnheim in unmittelbarer Nähe der Uni befunden, und für den Rest reichte die U-Bahn.

»Und, hattet ihr einen großartigen Tag?« Ohne eine Miene zu verziehen, schaltete Emmett den Fernseher auf stumm und sah zu uns hinüber.

»Absolut.« Ich wechselte einen Blick mit Hope. »Ich habe eine exklusive Campusführung bekommen und meinen Studentenausweis abgeholt.«

»Laurie hat sogar schon Freunde gefunden.« Hope räumte ein paar Sachen in den monströsen Kühlschrank. Sie klang wie eine stolze Mutter.

»Ach ja? Dann braucht sie uns jetzt wohl nicht mehr.« Emmett hob vorwurfsvoll die Augenbrauen und widmete sich wieder seinem Text.

»Ohne euch wäre ich aufgeschmissen.«

»Hörst du? Wir werden immer besser darin, die Leute zu manipulieren und emotional an uns zu binden.«

Emmett raschelte mit seinen Blättern, während ich mich an der großen Papiertüte von *El Furniture Warehouse* zu schaffen machte – Hopes Lieblingsrestaurant, das Menüs aller Art für läppische fünf Dollar anbot. Ich hatte die braunen Pappverpackungen gerade ans Tageslicht befördert, als Emmetts Kopf bereits über der Kante der Couch hervorschoss.

»Ist es das, was ich denke?« Er verengte die Augen zu schmalen Schlitzen, und mir fiel auf, dass er seine Brille nicht trug. »Hat mir da etwa jemand Poutine mitgebracht?«

»Wir haben *uns* Poutine mitgebracht«, verbesserte Hope.

Emmetts Miene verwandelte sich binnen einer Sekunde in pure Enttäuschung. »Wow.« Er schürzte beleidigt die Lippen und ließ sich zurücksinken. »So ist das also … Wenn ich nach der Spätschicht Reste aus dem Diner mitbringe, denke ich jedes Mal an dich.«

»Und wir natürlich an dich«, beschwichtigte ich ihn schnell.

Emmett hob eine Hand. »Schön. Laurie, du darfst bleiben. Und du ziehst aus, Hopi-Hope!«

Hopes Lachen war ihm Antwort genug. Ich platzierte die drei Pappschachteln auf dem Couchtisch, den Emmett angesichts der bevorstehenden Nahrungsaufnahme erstaunlich schnell von seinen Dutzenden Zetteln befreit hatte.

»Was liest du da?« Ich deutete zu dem dicken Stoß Blätter, bevor ich mich neben ihn fallen ließ.

»Ach, nur ein bisschen leichte Lektüre. Nenn mich ruhig Hermine Granger.«

Ich schmunzelte. »Danach sieht es aus.«

»Wir haben gleich am Montag ein Architekturseminar, und ich wollte mich schon mal etwas vorbereiten.«

»Ganz schön fleißig.«

»Fleißig? Professor Gills' Seminare sind so was von gefürchtet. Da kreuzt man lieber nicht unvorbereitet auf. Und es ist höchst unwahrscheinlich, dass er dieses Semester mehr Gnade walten lässt als bisher. Nicht einmal in der ersten Woche, ich kenne den Typ.«

»Professor Gills?« Bei dem Namen wandte ich ihm das Gesicht zu. »Jonathan Gills?«

»Ja. Wieso?« Emmett blickte mich verwundert an.

»Oh Gott, das ist der Vater meiner besten Freundin. Amber studiert in Toronto Architektur.«

»Wow, das sagt ja schon alles, wenn selbst seine eigene Tochter ans andere Ende des Landes flüchtet, um nicht mehr unter ihm leiden zu müssen.« Emmett lachte und griff nach der Gabel, mit der er die ersten Pommes frites in der Gravy tränkte.

Die Bratensoße und der geschmolzene Käse verbreiteten einen betörenden Duft im Wohnzimmer. Mein Magen knurrte ungeduldig. Als Hope drei ineinandergestapelte Gläser und eine große grüne Flasche *Canada Dry* auf den Tisch stellte und nach der Fernbedienung griff, beugte sich Emmett ruckartig vor. »Hey!«

»Nix da, jetzt sind wir dran.« Gnadenlos drückte Hope das Programm weg und wechselte zu Netflix.

»Aber sie reißen gleich eine tragende Wand raus!«

»Wie in jeder Folge?«

Emmett bedachte Hope mit einem bitterbösen Blick. Ich lehnte mich mit meiner Portion Poutine zurück. Nach unserem Gespräch beim Frühstück beschlich mich eine leise Vorahnung, wonach sie suchte. Sie hatte gerade erst *To All ...* eingegeben, als Emmett aufjaulte.

»Nein, bitte nicht schon wieder!« Er sah mich flehend an. »Laurie, hilf mir, noch haben wir die Chance, Schlimmeres abzuwenden. Weißt du, wie oft sie mich schon gezwungen hat, diesen Film anzuschauen? Das ist Folter!«

Hopes Grinsen wurde diabolisch. »Du wirst mir noch danken. Von Peter Kavinsky kannst du dir nämlich abschauen, wie man die Girls verzaubert.«

»Ich will *die Girls* aber gar nicht *verzaubern* ...«

»Nur diese Morgan, oder etwa nicht?«

Emmett lief tatsächlich rot an, während Hope sich zu mir beugte.

»Ein Mädel aus einem Nebenfach-Seminar, das er letztes Semester belegt hat.«

»Dann solltest du jetzt wirklich aufmerksam zuschauen.«

Emmett verdrehte die Augen, doch die Röte in seinen Wangen verriet ihn. Er grummelte noch eine Weile vor sich hin, aber entgegen meiner Erwartung verschwand er nicht in seinem Zimmer, sondern blieb. Obwohl ich ihn bereits unzählige Male gesehen hatte und die meisten Dialoge mitsprechen konnte, langweilte mich der Film nicht im Geringsten. Bei Lara Jeans und Peters Kuss im Hot Tub hatten Hope und ich eventuell im Chor geseufzt, und inzwischen ruhte Emmetts Kopf in Hopes Schoß, wo sie ihm gedankenverloren mit den Fingern durch die dunklen Locken fuhr. Erst das Vibrieren meines Handys brachte mich zurück in die Realität. Ich überflog die Nachricht, die ich soeben auf die Anfrage zu einer Wohnungsanzeige erhalten hatte. Die Absage war freundlich und nachvollziehbar begründet, doch sie erinnerte mich trotzdem schmerzlich daran, dass ich über kurz oder lang ein ziemliches Problem hatte.

Ich sah hoch, als mich Emmetts besockter Fuß anstupste.

»Dein geheimer Lover?«, fragte er und fing sich eine kleine Ohrfeige von Hope ein.

»Ich glaube nicht, dass dich das was angeht.«

Ich lachte. »Oh Gott, nein. Für Dating habe ich gerade wirklich keinen Nerv. Ich habe mich auf ein paar Wohnungsanzeigen und WG-Angebote in Facebook-Gruppen gemeldet.«

»Echt? Warum ziehst du nicht einfach hier ein?« Emmett gähnte herzhaft.

Im ersten Augenblick dachte ich, er mache Witze, doch als Hope und er mich beide erwartungsvoll ansahen, wurde ich unsicher. »Wie? Ihr meint …?«, begann ich, konnte aber nicht weitersprechen.

»Weißt du, uns war das echt zu blöd mit dem WG-Casting, als Agnes so überraschend ausgezogen ist.« Emmett rollte mit den Augen. »Zwei, drei Idioten waren hier, um sich das Zimmer anzusehen, aber Gott bewahre. Einer hat sich mit seinem homophoben Kommentar gleich selbst disqualifiziert, der andere hat total nach Schweiß gestunken. Wir haben noch tagelang gelüftet.«

»Sei nicht so fies, Em«, mahnte Hope ihn.

»Aber so war's doch!«

»Wir haben dann beschlossen, das Zimmer erst mal bei Airbnb reinzustellen. Bringt auch mehr Kohle.«

»Und mehr Stress. Wer darf denn jedes Mal putzen, nachdem ein Gast da war?«

»Du warst ja nicht zufrieden, als ich …«

»… als du mit einem feuchten Einmaltuch über die Badarmaturen gewischt hast und meintest, das sei jetzt sauber genug? Nee, so funktioniert Putzen echt nicht.«

»Siehst du.« Hope setzte sich auf. »Du hast nun also die einmalige Chance, dieses Zimmer in Zukunft selbst zu reinigen. Und dich von unserem Putzteufel drangsalieren zu lassen.«

Emmett überhörte sie geflissentlich. »Angehende Ärztinnen sind mit Sicherheit sehr reinlich, oder?«

Ich lachte. »Wenn du drauf bestehst, schrubbe ich die Küche auch mit Sterillium.«

»Also willst du einziehen?« Hope strahlte mich an. Ich zögerte einen Augenblick zu lang, denn sie fuhr direkt fort. »Ich könnte schon verstehen, wenn dir das Haus zu weit vom Campus entfernt ist, das dachte ich damals auch. Aber inzwischen genieße ich es total, nicht Tür an Tür mit der Bibliothek und den Hörsälen zu wohnen. Hier kann ich viel besser abschalten.«

»Du manipulierst sie, Hope.«

»Nein, ich schildere nur die Gegebenheiten.«

»Du beschönigst sie.«

»Nur ein bisschen.« Hope sah mich an. »Laurie, ich mag dich voll, und Emmett tut das auch, er ist nur ein Idiot, der's nicht zugeben kann. Also, wenn du magst, zieh doch bei uns ein. Wir würden uns riesig freuen!«

Völlig überfordert von ihrem verbalen Schlagabtausch, schaute ich in die beiden abwartenden Gesichter. Hope, die mich anlächelte, das gleiche zugewandte Lächeln, mit dem ich sie kennengelernt hatte. Emmett, der verschmitzt grinste und nun eine Augenbraue hob.

»Wir haben auch schon Erfahrung mit Medizinerinnen und sind ganz leise, wenn du lernen musst. Versprochen!«

»Ihr meint das echt ernst?« Endlich fand ich meine Stimme wieder. Die beiden nickten, ohne auch nur einen Moment lang zu zögern.

»Also, Regel Nummer eins.« Emmett hievte sich zurück in eine sitzende Position. »Alles, was hier gesagt wird, ist zu hundert Prozent ernst gemeint.«

»Oh, den Eindruck hatte ich bisher nur bedingt.«

»Sie scheint nicht dumm zu sein.« Emmett warf Hope einen vielsagenden Blick zu.

Sie drückte ihn an den Schultern nach hinten, damit sie mich ansehen konnte. »Ignorier ihn einfach. Und werde unsere neue Mitbewohnerin. Bitte, ich brauche in diesem Haus dringend Frauenunterstützung.«

Ich lachte. »Okay, krieg ich hin. Beides«, sagte ich, und Emmett atmete geräuschvoll aus. »Aber erst sollten wir darüber sprechen, ob ich mir das hier überhaupt leisten kann.«

Emmetts Blick huschte zu Hope.

»Das Haus gehörte meinen Großeltern mütterlicherseits«, sagte sie. »Ich selbst kann hier umsonst wohnen, und meine Eltern vermieten die beiden übrigen Zimmer zu wirklich fairen Preisen. Ansonsten könnte sich das hier wohl keiner von uns beiden leisten.« Als Hope mir daraufhin den Betrag für das freie Zimmer nannte, klappte mir der Mund auf.

»Ernsthaft?« Ich sah zu den beiden. »Und ihr würdet wirklich … Ihr könntet euch das mit mir vorstellen?«

»Frag die Hausherrin.« Emmett senkte den Blick, und Hope verdrehte die Augen.

»Ich würde mich freuen, wenn wir hier zusammenwohnen, Laurie«, sagte sie dann.

»Okay!«, platzte es aus mir heraus. Die Miete überstieg mein selbst gesetztes Limit nur minimal. Wenn ich einen Job fand, könnte ich es mir definitiv leisten, hier zu wohnen. In diesem absolut traumhaften Haus mit der sagenhaften Aussicht. Schöner als in meinen kühnsten Vorstellungen. Mit Emmett und Hope, die ich jetzt schon so lieb gewonnen hatte.

Mit jeder weiteren Sekunde löste sich der Knoten in meinem Magen. Wie konnte es sein, dass absolut alles so reibungslos verlief? Mehr als das, ich hatte innerhalb von zwei Tagen in der neuen Stadt eine WG mit tollen Mitbewohnern gefunden und eine nette Kommilitonin kennengelernt.

Doch bei aller Freude, ein Teil von mir blieb skeptisch. Ich hatte es in den letzten Jahren schmerzhaft und auf viele verschiedene Arten lernen müssen. Das Schicksal hielt nicht viel davon, nur positive Vibes zu verbreiten. Im Gegenteil. Meist schlug es genau dann zu, wenn ich unachtsam war. Abgelenkt, einfach glücklich. Ich konnte nicht riskieren, dass es mir abermals das Genick brach. Genau in dem Moment, in dem ich es endlich wieder wagte, nach vorn zu sehen. So töricht war ich nur einmal in meinem Leben gewesen.

6. KAPITEL

»Ach Quatsch, nein. Nach zwei Tagen schon?« Ambers Stimme klang etwas verzerrt, was an der miesen Übertragungsqualität von Skype lag, doch ihr Strahlen war deutlich zu erkennen. Ich lag bäuchlings auf dem Bett und nickte in die Laptopkamera vor mir.

»So ein Glück.« Ich seufzte erleichtert. »Ich habe mich schon von WG-Casting zu WG-Casting hetzen sehen. Oder in einer überteuerten Kellerwohnung ohne Fenster leben.«

»Und, sind sie cool?«, fragte meine beste Freundin unnötigerweise. »Also die Mitbewohner.«

Ich lachte. »Cool ist gar kein Ausdruck. Hope ist einfach nur lieb, und Emmett ist die Ironie in Person.«

Amber spitzte sofort die Ohren. »Ist er scharf? Single? Oder schwul?«

»Er ist mein Mitbewohner. Und ich werde den Teufel tun und gleich zu Beginn dafür sorgen, dass unser Zusammenleben durch irgendwelche Flirtaktionen kompliziert wird. Außerdem … ist er im Kurs von deinem Dad.«

»Was? Nein, niemals!« Sie richtete sich etwas auf. »Oh Gott, dann muss er ein absoluter Streber sein. Oder lebensmüde.« Sie kicherte. »Falls Ersteres zutrifft, wäre er ja eigentlich was für dich.«

»Amber!«

»Was denn? Ich versuche nur deine Marktlage zu checken.«

»Tu dir keinen Zwang an. Aber es kann nicht immer nur um Typen gehen.«

»Ach so?«

»Du weißt genau, dass ich gerade etwas andere Prioritäten habe, als möglichst schnell einen Kerl zu daten.«

»Auch wenn es mir nach wie vor unverständlich ist, ja, ich weiß es.« Amber seufzte laut auf. In ihrer Miene veränderte sich etwas. Es war mir bis heute ein Rätsel, wie sie nachts ruhig schlafen konnte, während sie einen Typen nach dem anderen aufriss und dafür in Kauf nahm, durch ihre Prüfungen zu rasseln. Ich wusste bereits, was kommen würde, noch bevor sie es ausgesprochen hatte. »Jack hat übrigens nach dir gefragt.«

Der Name meines Ex-Freunds versetzte meiner guten Laune einen ordentlichen Dämpfer. Zwar lag unsere Trennung fast anderthalb Jahre zurück, doch Jack und ich waren danach noch einmal rückfällig geworden. Erst als ich merkte, dass ich einen klaren Schlussstrich ziehen musste, um irgendwie zurechtzukommen, hatte ich den Kontakt zu ihm auf Eis gelegt. Was alles andere als leicht gewesen war, wenn man einen Freundeskreis teilte, der vor Jahren hauptsächlich durch meinen großen Bruder zusammengehalten wurde. Und nun durch nichts mehr.

»Ach«, brachte ich heraus und bemühte mich, unbeeindruckt zu klingen. Dabei löste der Gedanke an Jack noch immer eine Vielzahl unterschiedlicher Emotionen in mir aus. »Wie geht's ihm?«

»Ganz gut so weit.« Amber zögerte. »Ich habe ihn im *Chew Chew's* getroffen. Mit einem Mädchen. Er sah glücklich aus.«

Gut. Damit hatte ich rechnen müssen. Ich war mir bewusst gewesen, dass Jack ebenso wie ich neue Leute kennenlernen würde, auf neue Dates gehen würde. Und trotzdem nahm mir

die Vorstellung, dass er nun andere Frauen in das Diner ausführte, in dem wir beide unsere ersten Milchshakes getrunken
hatten, für einen winzigen Augenblick die Luft. Es war weniger die Eifersucht auf die neue Frau an seiner Seite. Schließlich
war ich diejenige gewesen, die unsere Beziehung nach Austins
Tod beendet und den Kindergartenfreund meines großen Bruders damit in ein noch größeres Gefühlschaos gestürzt hatte.
Das war es nicht. Vielmehr traf mich die Tatsache, dass Jack
es anders als ich offenbar geschafft hatte weiterzumachen. Die
Trauer hinter sich zu lassen und wieder glücklich zu sein. Sich
einem neuen Menschen zu öffnen. Und nicht ständig wieder
von seinem Trauma und den sinnlosen Schuldgefühlen ein-
geholt wurde.

»Wie schön«, brachte ich hervor, doch ich merkte selbst, wie
hölzern es klang.

Ambers dunkle Augen auf dem Bildschirm sahen mich eindringlich an. »Wie geht's dir damit?«

»Jack darf daten, wen er will. Ich komme damit klar.«

»Sicher? Ich kenne da jemanden, der noch vor zwei Tagen
heulend in einem Taxi saß.«

»Danke, dass du mich daran erinnerst.«

Amber musterte mich weiter. Dann senkte sie den Blick.
»Ich wollte nur abwarten, bis du ein bisschen besser drauf
bist.«

»Du weißt es schon länger?«, entfuhr es mir.

»Ja, wir haben uns letzte Woche gesehen.« Zerknirscht sah
sie mich an. »Bist du jetzt sauer?«

»Quatsch, nein.« Ich zwang mich zu einem Lächeln. »Mir
ist klar, dass du es mir nicht aus böser Absicht verheimlicht
hast. Sondern um mich zu schützen.«

Ambers Lächeln war voller Erleichterung. »Jedenfalls, er
lässt dir Grüße ausrichten und hofft, dass es dir gut geht.«

Meine Mundwinkel schmerzten, so schwer war es, weiter zu lächeln. Ich hatte nicht gedacht, dass ich mich so schnell wie eine Fremde fühlen würde.

Doch genau das hatte ich schließlich gewollt, oder nicht? Verdrängen, vergessen. Jede Bekanntschaft, jeden Menschen, der etwas mit diesem Unglücksort zu tun hatte. Vielleicht war ich mir nicht bewusst gewesen, was es wirklich bedeutete, einen Ort zu verlassen, der zwanzig Jahre lang mein Zuhause gewesen war. Und das, obwohl es tiefe Risse bekommen hatte, seit eine der wichtigsten Personen in meinem Leben fort war.

*

Wie versprochen hatte Kian mir wegen der Party am Sonntag getextet. Sie trafen sich gegen vier zum Kiten am Kitsilano Beach. Sowohl Hope als auch Emmett hatten bereits etwas vor, also hatte ich Kian schließlich doch zugesagt. Wenn es mir zu viel wurde, konnte ich mich jederzeit wieder verdrücken. Der Bus brauchte von Vancouvers Stadtstrand bis hierher nicht einmal zwanzig Minuten. Ganz einfach. Doch je näher die vereinbarte Uhrzeit rückte, zu der mich Teddie und Kian abholen wollten, desto unruhiger wurde ich. So unruhig, dass ich tatsächlich begann, auch die letzten Dinge aus meinen Koffern zu räumen – eine Aufgabe, die ich von Grund auf verabscheute. Doch alles erschien mir besser, als untätig zu warten und Panik zu schieben. Gedankenverloren stellte ich meine Lieblingsbücher ins Regal neben dem Schreibtisch. In *mein* Regal neben *meinem* Schreibtisch. Womöglich hatte ich letzte Nacht Pinterest nach geschmackvoller Einrichtung durchsucht und mir vorgestellt, wie sich dunkelgrüne und ockerfarbene Kissenbezüge zu den Zimmerpflanzen machen würden, die ich gern in einer naturweißen Makramee-Ampel von der Decke baumeln hätte.

Ich freute mich darauf, dieses Zimmer in einen Rückzugsort zu verwandeln, an dem ich mich an verregneten Herbsttagen einkuscheln konnte. Es war wie eine perfekte Leinwand. Weiß und clean. Ein bisschen weniger weiß und clean, als ich das *Fangirl*-Paperback neben der Sonderausgabe von *Six of Crows* im Regal platzierte.

Die Türklingel riss mich aus meinen Gedanken. Eilig griff ich nach meinem Handy und dem Beutel mit wärmerer Kleidung für den Abend, bevor ich die Treppe hinablief.

»Hier wohnst du also?«, rief Kian entzückt und warf einen Blick an mir vorbei ins Innere des Hauses.

»Seit drei Tagen, ja.« Ich lachte. Während ich abschloss, erzählte ich, wie sich mein Airbnb spontan in mein neues Zuhause verwandelt hatte. Vor dem Haus winkte mir Teddie aus einem klapprigen GMC Pick-up zu. Meine Nervosität verwandelte sich in pure Vorfreude, als wir Richtung Strand fuhren, der mich auf die Frage brachte, ob es Zufall war, dass unsere Hauskatze nach ihm benannt war. So wie ich Emmett einschätzte, gab es dazu eine passende Geschichte. Ich würde ihn gleich morgen danach fragen.

»Wir wohnen gar nicht weit von hier«, sagte Kian. »Kitsilano hat einen superniedlichen Stadtkern, hier geht alles ein wenig entspannter zu als in den anderen Vierteln. Manchmal komme ich mir fast vor wie auf Hawaii.«

»Vergleichst du den Strand gerade wirklich mit meiner Heimat, Babe?« Im Rückspiegel sah ich, wie Teddie eine Augenbraue hob.

»Wie könnte ich es wagen?« Kian grinste. »Aber ein bisschen ähnlich ist es schon …«

»Wo habt ihr euch eigentlich kennengelernt?«

»Tinder.« Kian drehte sich zu mir. Einen Moment lang war ich mir nicht sicher, ob sie mich auf den Arm nahm. Dann lachte sie. »Kein Scherz.«

»Ehrlich?«

»Teddie wollte mich erst gar nicht. Ich habe damals Biochemie in Calgary studiert und war nur für ein langes Wochenende zurück in Vancouver, als wir uns das erste Mal getroffen haben. Außerdem musste Teddie sich ja auf das erste Jahr der Med School konzentrieren.«

Teddie gab ein abfälliges Geräusch von sich.

»Zum Glück konnte ich sie vom Gegenteil überzeugen.«

»Und seitdem bin ich sie nicht mehr losgeworden.«

»Ich liebe dich auch sehr.«

Ich musste schmunzeln.

»Sieht aus, als wären die anderen schon draußen«, meinte Teddie, als sie den Wagen wenig später auf dem Strandparkplatz abstellte. Mit der flachen Hand schützte sie die Augen vor der Sonne.

Tatsächlich erkannte ich zwei Kiteschirme, die sich im Wind blähten und ihre zugehörigen Surfer über die schäumenden Wellen rissen. Sofort schlug mein Herz schneller, doch es war keine freudige Aufregung. Die Erinnerungen übermannten mich.

Austin, ich und ein paar seiner Freunde auf dem Lake Simcoe, direkt vor der Tür unseres Elternhauses in Barrie. Der Wind bauschte Schaumkronen auf den Wellen auf, riss die Kiteschirme in die Höhe. Und in der Gischt, dem Getöse und der grenzenlosen Freiheit dort draußen war Austins Lachen am lebendigsten gewesen.

Ich hatte das Gefühl, als würde ich neben mir stehen, während ich mit Teddie und Kian aus dem Wagen stieg und zum Strand hinabging. Es kostete mich all meine Selbstbeherrschung, ihnen dort angekommen nicht beim Auspacken der Ausrüstung und Aufpumpen der Kites zu helfen. Ich hätte mich sofort als Wassersportlerin geoutet. Und wenn sie erst wussten, dass ich nahezu die Hälfte meines Lebens gekitet hatte, würden sie Fragen stellen. Warum ich es jetzt nicht mehr tat. Und ob es mir nicht fehlte.

Ja, es fehlte mir. Aber Austin fehlte mir noch mehr. Wie tief ich bereits wieder in meine Gedankenspirale abgerutscht war, fiel mir erst auf, als jemand laut rief.

Teddie winkte freudig in Richtung Wasser, aus dem die beiden Kiter wateten. Uns trennten gut zwanzig Meter. Die dunklen, nassen Haare klebten ihm wirr in der Stirn, und trotzdem erkannte ich ihn sofort. Mein Herz übersprang einen Schlag.

Natürlich … Er war auch im vierten Jahr, wie Teddie, das hatte er mir doch gesagt. Mit einer Hand hielt Sam den Schirm, der ihn im starken Aufwind beinahe gewaltsam am Trapez nach vorn riss, in der anderen trug er sein Brett. Als er wiederum mich erkannte, breitete sich ein überraschtes Lächeln auf seinem Gesicht aus.

»Das sind Cole und Sam«, erklärte Kian, und ich nickte abwesend. »Und so sieht das also aus, wenn sie auf uns warten wollen.«

Ich wollte ihn wirklich nicht anstarren. Doch nachdem Sam seinen Schirm sicher am Strand gelandet hatte, bückte er sich zu einem Haufen Rucksäcke und Taschen und holte eine Flasche hervor. Er legte den Kopf in den Nacken, schloss die Augen, während er gierig den Inhalt in sich hineinschüttete. Das Salzwasser tropfte aus seinen Haaren. Meine Kehle wurde trocken, und ich schluckte rasch, als er die Flasche wortlos seinem Freund reichte, der sich die langen blonden Locken aus dem Gesicht schüttelte, die er bis eben zu einem lässigen Knoten zusammengebunden hatte.

»Ihr seid ganz schöne Verräter, wisst ihr das?«, rief Teddie, als die beiden näher kamen.

Sam grinste und schälte sich aus seinem Trapez.

»Hey, Teds. Freu mich auch, dich zu sehen.« Sein Blick wanderte zu mir, ganz kurz nur, doch es war mir nicht entgangen.

»Ihr habt doch nicht ernsthaft erwartet, dass wir bei diesem Wind am Strand auf euch warten und Däumchen drehen?«, mischte sich der Blonde, Cole, ein. »Habt ihr meinen letzten Sprung gesehen? Das ist der geilste Tag, seit wir im Juni in Squamish waren.«

»Also, du hast ihn gehört.« Sam zuckte hilflos mit den Schultern. »Ich wollte ja auf euch warten, aber …«

»Alter, du bist so ein elendiger Lügner!« Cole lachte.

»Freunde der Nacht, das ist Laurie.« Kian zog mich am Arm etwas näher. »Auch ein First-Year, also seid nett zu ihr.«

»Oh, gratuliere. Und viel Spaß mit Professor McLean – er ist ein noch viel größeres Ekel, als man sich erzählt«, scherzte Cole.

»Wie wundervoll …«, entgegnete ich. »Und cool, dass du mich wieder an die Uni erinnerst, wo ich gerade zum ersten Mal seit Tagen nicht in panischer Angst daran gedacht habe.«

»Vielleicht sollten wir ihr lieber die ganze Wahrheit erzählen? Was meinst du, Cole?« Teddie boxte ihm gegen den Oberarm, und aus der Trinkflasche, die er noch in der Hand hielt, spritzte Wasser. »Also, keine Sorge, er sagt das nur, weil er als Einziger von uns allen Herz-Kreislauf zweimal schreiben musste, bis er es endlich bestanden hat.«

Cole gab ein verächtliches Schnaufen von sich. »Kann ja nicht jeder so ein Streber sein wie Sam und du.«

Mein Blick zuckte zurück zu Sam. Er wischte sich das Wasser vom Gesicht, fuhr sich mit der Hand über die hohen Wangenknochen und den markanten Kiefer. Die Tropfen verfingen sich in seinen dunklen Bartstoppeln. Mit seinem von der Sonne gebleichten Haar und dem gebräunten Gesicht sah er nicht so aus, als hätte er den ganzen Sommer nur am Schreibtisch verbracht.

»Wir geben dir immer gern Nachhilfe, Kumpel«, sagte er, doch er sah dabei mich an. »Und dir bei Bedarf natürlich auch, Laurie.«

Ich brachte keinen Ton heraus, doch zum Glück übernahm Teddie das Antworten für mich. »Oh, Sam, bitte tu uns allen einen Gefallen und lass *dir* mal Nachhilfe geben – im Flirten. Ist ja wirklich kein Wunder, dass es mit dir und den Frauen nichts wird.«

Er wurde tatsächlich rot. »Das sollte gar kein …«

»Ja, ja, das hätte ich jetzt an deiner Stelle auch gesagt. Ich weiß aber, wem du Nachhilfe geben könntest: meinem Herzblatt höchstpersönlich. Ich spiele definitiv nicht mehr Kitelehrerin.« Mit wissendem Blick sah Teddie zu mir. »Dreimal darfst du raten, wer neulich tagelang nicht mehr mit mir gesprochen hat, weil natürlich nur ich schuld daran war, dass nichts so geklappt hat, wie Miss Seton sich das vorstellt.«

»Stimmt gar nicht«, empörte sich Kian. »Ich habe dich nur gefragt, wie lange ich noch hier auf dem beschissenen Strand üben soll, bevor ich endlich mal richtig aufs Brett darf.«

»So lange, bis du den Kite anständig starten und in der Luft halten kannst.«

Kian verdrehte die Augen.

»Aber wie gesagt, Sam ist dein Mann. Nicht wahr, Darling?« Sie grinste in Sams Richtung, der ertappt zusammenfuhr. Ich wurde das Gefühl nicht los, dass er mich anstarrte.

»Äh, ja. Heute üben wir im Wasser.« Er fuhr sich mit der Hand durch die Haare.

»Wie geht's deinem Arm?«, fragte ich ihn.

Sam zuckte mit den Schultern und streckte den Ellbogen. »Gut, gut. Alles noch dran, schätze ich.«

Kian drehte sich ruckartig zu mir. »Moment. Ihr kennt euch?«

»Wir hatten Freitag auf dem Campus eine kleine Kollision.«

»Kollision?!« Kian riss die Augen auf.

»Er war mit dem Rad unterwegs, und ich hielt es für klug, mitten auf der Straße auf mein Handy zu starren.«

Teddie lachte laut auf. »Oh Gott, das ist seine Masche! Entweder er verletzt sich oder andere, nicht wahr, Baby? So versucht er die Frauen rumzukriegen. Ich sag's dir, Laurie, nimm dich in Acht vor ihm. Der Kerl ist gefährlich.«

»Oh nein, jetzt erzählt sie wieder die Geschichte, wie sie sich kennengelernt haben.« Kian rollte mit den Augen, und Sam machte einen eiligen Satz auf Teddie zu. Sie quietschte auf, als er ihr den Mund zuhielt.

»Es ist überhaupt nicht so, wie sie gleich behauptet.« Er sah zu mir, während Teddie seine Hand von ihrem Mund zerrte.

»Oh doch! Willst du es ihr selbst erzählen, oder soll ich?«

»Ich war nervös und hab mich mindestens tausendmal entschuldigt, okay?«

Ich stutzte. »Das klingt schon mal wenig vertrauenerweckend.«

Teddie kicherte, während Sam ihre Arme hinter ihrem Rücken festhielt und sie Richtung Wasser zog. »Im ersten Präpkurs hat er statt des Körperspenders mich seziert.«

»Er hat *was?!*«

»Es war ein Ausrutscher! Mit dem Skalpell ... Ich ... Oh Mann, warum muss es das Erste sein, was fremde Menschen von mir erfahren? Ich schäme mich immer noch, okay?«

»Ich weiß, Sam. Ich habe es überlebt.«

Ich sah sie ungläubig an. »Oh Gott. Wie schlimm war es?«

»Nur ein kleiner Schnitt am Handgelenk. Hier, siehst du?« Teddie wandte sich aus Sams Griff und präsentierte mir ihre rechte Hand. »Man sieht die Narbe noch. Andere lassen sich als Erinnerung an die Qualen der Med School ein Tattoo stechen. Ich habe eins von meinem besten Freund höchstpersönlich.«

»Ich hasse dich, Teds.« Sam funkelte sie an, doch seine Mundwinkel zuckten dabei. Als sein Blick daraufhin zu mir ging, huschte ein Schauer über meinen Nacken.

»Das ist eine wirklich schöne Geschichte.«

»Nicht wahr?« Teddie begutachtete ihr Handgelenk mit einem liebevollen Ausdruck.

»Ich verspreche dir, dass ich dich nicht mit einem Skalpell verstümmeln werde«, meinte Sam zu mir.

Ich lachte. »Sehr nett, vielen Dank.«

»Oh, pass auf. Am Ende ist er dein Hiwi im Präpkurs«, mischte sich Cole ein. »Dann kannst du den Tisch immer noch wechseln. Und zu mir kommen. Da ist es sicherer.«

»Das würde ich so nicht sagen. Wir erinnern uns doch alle an den einen Nachmittag, als Cole dachte, es wäre eine kluge Idee …«

Kian warf mir vielsagende Blicke zu, während die drei ihren Schlagabtausch fortsetzten.

Ich schüttelte schmunzelnd den Kopf. »Sind sie immer so?«

»Leider ja.«

»Das kann spaßig werden.« Ich musste grinsen. Und da erst fiel mir auf, dass ich mich zum ersten Mal bedingungslos auf die kommende Woche freute.

— DER KICK —

»Du bist lebensmüde!«, hatte er gerufen, während ich meinen Kite am Ufer des zugefrorenen Lake Simcoe startete. Statt Board Schlittschuhe an meinen Füßen. »Viel Spaß, bitte stirb einfach nicht. See you!«

Ich war nicht gestorben. Ich hatte mich nicht ein einziges Mal verletzt, und das, obwohl ich eine der risikoreichsten Sportarten ausübte, die man sich vorstellen konnte. Und das nicht nur, wenn ich wie in den Weihnachtsferien Experimente auf zugefrorenen Seen wagte, weil die Winter in Ontario einfach zu lang waren. Weil ich das Kiten zu sehr vermisste und auch in der kalten Jahreszeit nicht darauf verzichten konnte.

Es fehlte mir. Das offene Wasser, der unberechenbare Wind. Wellen und eine Oberfläche, die massivem Beton glich, wenn ich aus atemberaubenden Höhen auf ihr aufkam. Leinen, scharf wie Messer, wenn der Schirm auf Spannung war.

Es war unglaublich, doch ich hatte mir in zehn Jahren Extremsport nicht mehr als ein paar lächerliche Kratzer zugezogen. Es ergab keinen irdischen Sinn, wie er tot sein konnte. Und ich am Leben.

Ja, auch Austin war Wassersportler gewesen. Doch kein so hoffnungsloser Adrenalinjunkie wie ich. Kein leichtsinniger Freak, niemand, der alles für den Kick tat. Und trotzdem war er tot. Mom und Dad hatten es uns nie verboten, doch ich wusste, dass sie jedes Mal erleichtert aufatmeten, wenn wir lebendig und unversehrt wieder aus dem Wasser kamen.

Ich wusste nicht, wie es dazu kam, doch nach Austins Tod hatte ich damit aufgehört. Es war keine bewusste Entscheidung gewesen, eher ein schleichender Prozess. Die Momente auf dem Wasser waren nicht mehr schwerelos. Meine Gedanken blieben am Boden, und ich ertrank in ihnen. Alles erinnerte mich an Austin. Und ich wollte nicht erinnert werden.

Es erschien mir falsch, das Schicksal weiter herauszufordern. Mein schlechtes Gewissen hielt mich davon ab, so mit meinem Leben zu spielen. Auch wenn es mir unfassbar fehlte. Die echte Gefahr in brenzligen Situationen, die Herzstillstandmomente und die, in denen jeder Muskel wehtat, wenn Naturgewalten meinen Körper herumrissen, als wäre ich ein lächerliches Fähnchen im Wind.

Kiten war alles. Freiheit. Spüren. Fallen. Nur noch spüren, was wirklich von Bedeutung war. Draußen auf dem Wasser konnte ich es zulassen. Nach seinem Tod war mir nicht einmal das geblieben.

Ja, es war absurd. Und nein, ich begriff es nicht. Bis heute nicht. Schenkte man der Statistik Glauben, müsste unser gemeinsames Hobby Austin das Leben gekostet haben. Extremsport war gefährlich. Kiter ertranken, brachen sich das Genick, strangulierten sich mit ihren eigenen Leinen. Es wäre so viel wahrscheinlicher gewesen, dass er draußen auf dem Wasser starb als in seiner ersten Woche an der Med School. Mit festem Boden unter den Füßen.

Und mir den unter meinen unvorbereitet wegzog.

7. KAPITEL

»Langweilst du dich sehr?«

Ich zuckte zusammen, als Sam sich neben mir auf die Decke fallen ließ. Seit die anderen ins Wasser gegangen waren, hatte ich mich nicht vom Fleck bewegt. Ich war so mit meinem Handy und Ambers Textnachrichten beschäftigt gewesen, dass ich nicht bemerkt hatte, wie Sam zurück an Land gekommen war. Während Teddie, Kian und Cole ihre Kiteschirme am Strand landeten, musste er bereits duschen gewesen sein.

»Quatsch, gar nicht.« Ich versuchte ein Lächeln, doch er hatte mich unvorbereitet erwischt. Die Haare hingen ihm noch feucht in der Stirn, in seinem Gesicht leuchtete das pure Leben. Zu den verblichenen schwarzen Jeans mit zerfetzten Knien trug er einen großen hellgrauen Hoodie mit dem Logo der UBC. Mir war nicht ganz klar, wie jemand, der etwas so Simples trug, dermaßen umwerfend aussehen konnte. Ich schluckte. Diese verfluchten Augen …

»Du kitest auch«, sagte Sam. Es war keine Frage, es war eine Feststellung.

Er klang so sicher, dass mein Herz stolperte. Lähmende Kälte breitete sich in meinem Inneren aus, während ich das Gefühl bekam, keinen meiner Gedanken vor ihm verbergen zu können.

»Wie … wie kommst du darauf?« Die Hitze stieg mir in die Wangen, während er sich zurücklehnte und auf den Unterarmen abstützte.

»Hab dich beobachtet, als ich mit Kian in Ufernähe üben war. Du hast manchmal die Handbewegungen gemacht, als würdest du mitlenken. Immer dann, wenn ich auch wenden wollte.«

Ich öffnete den Mund, nur um doch nichts zu sagen. Ertappt presste ich die Lippen wieder aufeinander.

»Oder irre ich mich?«

Ich zog die Knie an meinen Körper und schlang beide Arme darum. Dann erst zuckte ich mit den Schultern.

»Warum hast du nichts gesagt? Wir hätten bestimmt noch einen Satz Ausrüstung und einen Neoprenanzug für dich organisieren können.«

»Ich kite nicht mehr«, unterbrach ich ihn eilig. »Ich bin ziemlich aus der Übung.«

Drei Atemzüge lang war es still. Leises Rauschen der Wellen, die an den Strand rollten. Entferntes Lachen vereinzelter Grüppchen in unserer Nähe. Sonst war da nichts.

»Ach so.« Sams Stimme war belegt, und er fragte nicht weiter nach.

Super. Jetzt hatte ich ihn direkt vergrault. Er hatte nur nett sein und sich mit mir unterhalten wollen … Und ich? Ich vermasselte es gleich wieder. Als ich vorsichtig in seine Richtung blinzelte, sah er ebenfalls nach vorn.

»Schade eigentlich.«

Ich biss mir leicht auf die Unterlippe, als er den Kopf wieder zu mir drehte. Für einen kurzen Moment ruhte sein Blick auf meinem Mund. Ich hielt den Atem an. Dann sah er mir wieder in die Augen.

»Fühlst du dich bereit für morgen?«

Im ersten Moment wusste ich nicht, was er meinte, dann fiel es mir wieder ein. Morgen. Der erste Tag der Med School. Wie auf Kommando kehrte das nervöse Magenkribbeln zurück. *Morgen schon …*

»Nicht wirklich.«

Er lächelte. »Das wird super.«

»Denkst du?«

»Ich weiß es.« Seine Stimme duldete keinen Widerspruch, doch etwas Dunkles mischte sich in seinen Blick. Ein paar Sekunden lang sah er wie durch mich hindurch. Dann schien er sich selbst zur Vernunft zu rufen und richtete seine Aufmerksamkeit wieder auf mich. »Du kommst noch mit ins *Koerner's*, oder?«

»Ich weiß nicht. Partys sind nicht so mein Ding. Ich trinke nicht und …«

»Ich auch nicht.«

»Oh, wirklich?«

»Ja, ich … Nicht nur, weil ich noch Auto fahren muss. Ich habe vor einer Weile damit aufgehört.« Er schenkte mir ein Lächeln, das seine Augen nicht erreichte. »Mir ist es lieber, alles um mich herum mitzubekommen.«

»Und die Kontrolle zu behalten«, entfuhr es mir, bevor ich darüber nachdenken konnte.

Sam nickte nach kurzem Zögern. »Und das.« Er schluckte. »Also, wenn du dir deshalb Gedanken machst … Wir sind nicht mehr in der Highschool. Keiner wird versuchen, dich zu etwas zu überreden.«

Ich zwang mich zu einem Nicken.

»Und ich schon gar nicht.«

»Wieso?«, entfuhr es mir. »Ich meine … Wieso trinkst du nicht?«

Ich wusste wirklich nicht, was mich ritt, als ich ihm diese

Frage stellte. Noch in dem Moment, in dem die Worte meine Lippen verließen, hätte ich sie am liebsten zurückgenommen. Natürlich interessierte es mich, woher der Schatten kam, der in seinen Augen lag, wenn er sich unbeobachtet fühlte. Dieser Typ übte eine unerklärliche Faszination auf mich aus, doch das gerade war gefährlich. Er würde auch nach meinem Grund fragen. Und wenn ich eines verhindern wollte, dann, dass ich auch hier wieder nur Laurie mit dem toten Bruder und der absurden Panik vor Alkohol sein würde.

Sam schluckte, ein harter Ausdruck mischte sich in seinen Blick. Ich war eindeutig zu weit gegangen.

»Entschuldige, nein … Vergiss es, ich hätte nicht fragen sollen«, begann ich, doch sein Kopfschütteln ließ mich verstummen.

»Nein. Schon okay.« Seine Schultern hoben sich, während er tief einatmete. »Es ist nur … Vor einigen Jahren sind Dinge passiert, die ich einfach auf keinen Fall noch mal erleben will.«

Seine Kiefermuskulatur spannte sich an, und zugleich verkrampfte sich mein Magen. Ich konnte das dumpfe Gefühl nicht benennen, das sich in meinem Bauch ausbreitete. Ich wusste nur, dass es mich beunruhigte.

»Das tut mir leid.«

Der Schleier, der sich über seine Augen legte, ließ mich die Luft anhalten. »Mir auch.«

Zwei, drei Atemzüge lang wusste ich nicht, was ich sagen sollte. Dann ging ein Wandel durch Sams Körper. Sein Blick fand meinen, fast zögerlich und die Kälte in meiner Mitte kehrte zurück. Er würde fragen, er würde wissen wollen, was mein Grund war …

Seine Lippen öffneten sich, ich presste meine fester zusammen und wünschte, ich wäre einfach ein klein wenig vorsichtiger gewesen.

»Hey! Ich bin am Verhungern, wie sieht's bei euch aus?«

Ich fuhr zusammen, als Teddie mit Kian im Schlepptau vor uns auftauchte. Ich hatte nicht einmal bemerkt, dass sie die Kitesachen inzwischen eingepackt hatten. Cole joggte hinter den beiden auf uns zu.

»Äh ... ja.« Sam setzte sich etwas aufrechter hin. »Zu *Beverly's*? Was wollt ihr? Dann fahre ich.«

Er erhob sich und griff nach dem dunklen Rucksack, der neben mir auf der Decke lag. Während er darin herumkramte, sein Handy und Portemonnaie in den Taschen seiner Jeans versenkte, war er mir so nah, dass ein feiner Schauer über meinen Körper rieselte.

Er roch ganz frisch und herb. Nach Meer und Abenteuern. Unwillkürlich hielt ich den Atem an, und fast so, als hätte er es gespürt, verharrte er für Sekundenbruchteile in seiner Bewegung. Sam sah zu mir, ich schlug den Blick nieder, nur um einen Atemzug später wieder zu ihm zu schauen.

Hellgrau. Kühles Blau. Seine undefinierbare Augenfarbe passte zu allem, was ich für ihn empfand. Sie war wie der Ozean vor uns, der ständig seine Farben wechselte.

»Also ...« Er räusperte sich. »Bestellungen bitte.«

»Ich nehm die Zwölf, extrascharf mit Zwiebelringen«, schoss Cole los.

»Für mich die Vierzehn, wie immer.« Teddie blinzelte in Sams Richtung.

»Also mit Süßkartoffelpommes und Sour Cream?« Er sah nicht auf, während er sich alles im Handy notierte.

»Exakt.«

»Alles klar. Und ihr zwei?« Er wandte sich an Kian und mich. Kian orderte eine weitere dubiose Zahl samt Poutine mit extra Gravy, dann war ich an der Reihe.

»Ähm, was steht denn zur Auswahl?«, brachte ich hervor

und machte mich auf einen ausschweifenden Vortrag zur Speisekarte gefasst. Stattdessen wandte sich Teddie an Sam.

»Nimm sie doch einfach mit, oder? Dann kannst du selbst aussuchen, Laurie, und Sam zeigt dir gleich ein bisschen die Gegend.«

»Klar, gern.« Bildete ich es mir nur ein, oder klang er tatsächlich etwas abwesend, während er mich weiter ansah?

Zögerlich erhob ich mich und griff nach meiner Tasche.

»Wer kommt mit mir duschen?« Teddie nahm Kian am Arm, die sich schlotternd in ihr Handtuch hüllte.

»Also ich mit Sicherheit nicht«, flachste Cole, dann verloren sich ihre Stimmen im leichten Wellenrauschen, während ich Sam den Strand hinauf folgte. Bei jedem Schritt versanken meine Schuhe im Sand.

»Wohin genau fahren wir?«

»Zu *Beverly's*. Unserem Stammdiner.« Sam klopfte sich die dunklen Vans auf dem Asphalt ab, ehe er die Zentralverriegelung seines Jeeps klicken ließ. »Ein paar Blöcke weiter. Warst du schon ein bisschen in Kitsilano unterwegs?«

»Noch gar nicht.« Ich musste lachen, als ich die Beifahrertür öffnete. »Aber unsere WG-Katze heißt so.«

Seine linke Augenbraue wanderte in die Höhe, während er mich über den Wagen hinweg ansah. Seine Lippen zuckten, in meinem Bauch breitete sich ein warmes Gefühl aus. Er war ein anderer Mensch, wenn er lachte, und ich konnte mich nicht entscheiden, welche seiner Facetten mich am meisten faszinierte.

»Eure WG-Katze«, wiederholte er langsam, als wir nebeneinandersaßen. Die Türen fielen dumpf ins Schloss, und Sam startete den Motor. »Interessant, interessant. Wohnst du schon länger dort?«

»Offensichtlich nicht, wenn du mir die Gegend zeigen sollst, oder?«

»Also bist du nicht von hier.«

»Brillant, Sherlock …«

»Klappe.« Er grinste. »Ich meine, nicht aus British Columbia.«

»Denkst du?«

»Ja, lass mich raten, bitte …« Es war beinahe niedlich, wie aufgeregt er klang. In meiner Brust flatterte etwas. Er musterte mich eingehend, und ein Teil von mir wünschte, er würde den Blick nie wieder abwenden. »Sprichst du Französisch? Hundertpro, oder?«

»Wenn ich dir diese Frage beantworte, ist es viel zu leicht.«

»Gut, dann sag ich einfach direkt Toronto.«

Ich lachte auf. »Ja, okay. Ich weiß, dass man es raushört.«

»Ha!« Er schmunzelte. »Das war einfach.«

»Ich bin in Barrie aufgewachsen, eine knappe Stunde von Toronto entfernt, direkt am Lake Simcoe.«

»Klingt schön.«

»Das ist es auch. Woher kommst du?«

»Rate auch.«

»Ich bin bei so was eine totale Niete.«

»Dann erst recht. Das wird lustig.«

»Hm …« Ich musterte ihn ebenfalls, als könnte mir seine Erscheinung irgendetwas über seine Herkunft verraten. Sam wahrte sein Pokerface, doch als er den Wagen über eine Kreuzung lenkte, zuckten seine Mundwinkel verräterisch.

»Auch Toronto? Nee, das wäre zu einfach, oder? Vielleicht aus den Staaten. Seattle?«

»Willst du mich beleidigen?«

»Wieso, ich habe gehört, es ist schön da?«

»Bevor sie diese Pfeife zum Präsidenten gewählt haben, war es das vielleicht.«

Ich lachte. »Okay, ich mag dich.«

Die Worte waren mir ohne jeden Hintergedanken über die Lippen gekommen, doch als Sam daraufhin zu mir sah, schien für einen Moment die Zeit stillzustehen.

»Gleichfalls, Laurie aus Toronto.«

Obwohl er es leicht dahinsagte, huschte eine Gänsehaut über meinen Körper.

Er mag dich, er mag dich, er mag dich.

Und er war so schön, wenn er lächelte, so wie er jetzt lächelte.

»Aber nein, nicht die Staaten. Neuer Versuch.« Er richtete den Blick zurück auf die Straße.

»Okay. Kanadier also?«

»Fragen sind nicht erlaubt.«

»Aha, wann haben wir das entschieden?« Ich lehnte mich im Sitz zurück. »Nachdem du mir deine gestellt hast?«

»Pschhht.« Er lachte, und beim Anblick der kleinen Fältchen rund um seine Augen schmunzelte ich. »Na gut. Aber nur Ja- und Nein-Fragen.«

»Wundervoll, dann antworte bitte.«

»Ja, Kanadier.«

»Sehr schön. British Columbia?«

»Schuldig im Sinne der Anklage.«

»Okay, lass mich überlegen. Calgary oder Vancouver?«

»Hey, nur Ja-Nein-Fragen …«

»Ich wollte dich nur testen. Also, Vancouver?«

Sein Grinsen verriet ihn. »Raincouver, schon immer, für immer.«

»Ihr habt wirklich entzückende Spitznamen für eure Stadt.«

»Nicht wahr? Besser als Muddy York ist er allemal.«

»Für Toronto? Ich bevorzuge Little York.«

»Verstehe.« Abermals huschte Sams Blick zu mir. »Und warum dann die Med School der UBC? Toronto steht in den

Rankings eine Spur besser da, zumindest war das vor ein paar Jahren so.«

»Tja.« Ich schluckte und starrte durch die Windschutzscheibe.

»Sorry, du musst nicht …«, begann Sam, während ich krampfhaft nach einer unverfänglichen Antwort suchte.

»Weil ich es wollte. Ich musste einfach mal weg.«

»Zeit für einen Neubeginn, hm?«

Ich nickte. »Ja.«

»Cool, du hast meinen Respekt. Dafür braucht es Mut.«

Oder einen Grund, der einem keine andere Wahl lässt, als fortzugehen. Aber das behielt ich für mich.

»Hier sind wir.« Sam lenkte den Jeep auf einen Parkplatz vor einem niedrigen roten Backsteingebäude, über dessen Glasfront ein geschwungener Schriftzug in Form von schlanken Neonröhren leuchtete. Das *Beverly's* war gut besucht, durch die Fenster sah ich voll besetzte Tische, und Sam ergatterte den letzten freien Parkplatz vor dem Diner. Ich folgte ihm zum Eingang und blieb kurz stehen, als ich das Plakat an der Tür sah.

AUSHILFE GESUCHT! Ab sofort, flexible Arbeitszeiten … Weiter kam ich nicht, denn Sam hielt die Tür für mich auf. Sitzgruppen aus knallrotem Kunstleder und ein Fußboden mit schwarz-weißem Schachbrettmuster schoben sich in mein Blickfeld. Der Raum war erfüllt von Stimmengewirr und Gelächter. Zwei gestresst wirkende Kellner liefen zwischen den Tischen umher. Ich stutzte, als einer von ihnen hinter die Theke hastete und sich zu uns umdrehte.

»Willkommen im *Beverly's*, einen kurzen Augenblick …« Der Kellner hielt inne.

»Hey.« Ich grinste, und Emmett strahlte.

»Ich fasse es nicht!«

»Hier arbeitest du also?«, fragte ich ihn.

Emmett machte eine ausholende Bewegung mit dem Arm. »Sieht ganz so aus.« Sein Blick wanderte von mir zu Sam, dem die Verwirrung deutlich im Gesicht geschrieben stand.

»Sam, das ist Emmett, mein Mitbewohner.« Dann wandte ich mich wieder an Emmett. »Em, das ist Sam, mein …«

»… Date?«, ergänzte Emmett, und seine Mundwinkel zuckten verräterisch. »Verstehe. Für zwei? Ich habe leider gerade keinen freien Tisch für euch, aber wenn ihr zehn Minuten warten wollt …?«

»Nein, nein«, platzte ich heraus, und es klang vielleicht etwas erschrockener als unbedingt nötig. »Wir wollten nur was zum Mitnehmen bestellen. Für uns und ein paar Freunde«, schob ich hinterher.

Emmett nickte. »Selbstverständlich, was darf's sein?« Er zückte seinen Bestellblock und ließ den Kuli klicken.

»Können wir vielleicht kurz einen Blick in die Karte werfen?«, fragte ich, während sein Kollege mit fliegenden Schritten in der Küche verschwand. Nur Sekunden später schwang die Tür wieder auf, und er balancierte drei ovale rote Teller, die über und über mit Burgern, Quesadillas und Sandwiches beladen waren, in Richtung der Tische.

»Aber sicher.« Emmett schob uns eins der riesigen Hefte zu und klappte die laminierte Titelseite um. Sam diktierte ihm die Bestellungen der anderen, während ich die Karte überflog und mich kaum zwischen dem Workout-Burger, der Falafelplatte und diversen Wraps entscheiden konnte.

»Was nimmst du?« Verzweifelt sah ich zu Sam.

»Magst du Fisch?«

Als ich nickte, deutete er auf den Austernburger, der in der Karte besonders hervorgehoben war. *Was zur Hölle?* Ich runzelte die Stirn.

Mein skeptischer Blick blieb ihm nicht verborgen. »Das dachte ich mir beim ersten Mal auch, aber seitdem habe ich nie wieder was anderes bestellt.«

»Die Spezialität des Hauses«, ergänzte Emmett. »Also zweimal?«

Sam sah mich erwartungsvoll an, und ich nickte.

»Wie stehst du zu Zwiebeln?«, fragte Sam.

»Soll das ein Witz sein?«

»Okay, dann noch zweimal die Zwiebelringe«, sagte Sam, ohne den Blick von mir abzuwenden.

»Sicher, Kumpel?« Emmett grinste. »Du stürzt dich ins Verderben. Mit dem Rumknutschen wird's so wohl nichts mehr …«

Als er mir einen vielsagenden Blick zuwarf, schnappte Sam nach Luft. Er wurde tatsächlich rot, und ich unterdrückte mein Lachen.

»War nur 'n Scherz, Mann. Zweimal Zwiebelringe, ist notiert.« Emmett trat zur Schwingtür, um diverse Zahlen in die Küche zu rufen. »Dauert circa zehn Minuten«, erklärte er dann und deutete zu den letzten beiden freien Barhockern. »Setzt euch! Drink gefällig? Geht aufs Haus.«

Ich zögerte, dann sprang mir ein weißes Schild an der Wand ins Auge. *We proudly do NOT serve alcoholic beverages.* Darunter hatte jemand mit Filzstift *And no plastic straws! #savetheplanet* gekritzelt.

Ich wusste, dass die Alkoholgesetze in Kanada schärfer waren als in anderen Ländern, doch in den meisten Lokalen wurde zumindest Bier und Wein ausgeschenkt. Dass hier selbst darauf verzichtet wurde, passte zum ganzen hipstrigen Flair des Viertels.

»Irgendwer laktoseintolerant? Vegan?« Emmett wartete unser perplexes Kopfschütteln kaum ab, bevor er mit diversen Flaschen hinter der Theke zu hantieren begann. Nur kurze Zeit später schob er uns zwei hohe Gläser hin, bis zum Rand gefüllt mit cremigem Milchshake, der mit einem Sahnehäubchen und einer knallroten Kirsche verziert war.

»Et voilá, Virgin Vanilla. Lasst es euch schmecken!«

»Das wär echt nicht nötig gewesen«, entgegnete ich.

»Ach was, seht es als das spontane Date, das ihr haben könntet, wenn sich einer von euch nur trauen würde.«

Diesmal war ich diejenige, der die Hitze in die Wangen stieg.

»Santé!«, rief Emmett und wandte sich ab.

Sam lachte, doch auch er klang etwas peinlich berührt. »Na dann …« Er hob sein Glas. »Auf unser spontanes Date, das wir haben könnten.«

Meine Finger waren wie aus Wachs, als ich ebenfalls zum Milchshake griff und mit Sam anstieß. Als ich ihm dabei in die Augen sah, wurde mir flau im Magen. Rasch nahm ich einen ersten Schluck.

Ich ließ meinen Blick durch den Raum schweifen. Die Wände hingen voller Bilder, ich entdeckte Kanadaflaggen und ein künstliches Hirschgeweih. Runde Kugellampen hingen in jeder der Sitznischen von der Decke und tauchten den Raum in ein weiches Licht. Hinter der Theke stapelten sich die Gläser, die so unterschiedlich aussahen, als wären sie auf Flohmärkten erstanden worden. Neben einer Auswahl an Sirupflaschen, die mit jedem Supermarkt-Sortiment mithalten konnte, stand eine riesige silbrig glänzende Espressomaschine. Emmetts Kollege drückte den Siebträger in die dafür vorgesehene Halterung, woraufhin sich betörende Kaffeenoten unter den Duft von fettigen Burgern mischten. Als sich die Tür öffnete und eine Gruppe junger Leute hereinkam, sah ich wieder die Jobanzeige, die auch an der Innenseite hing.

»Woran denkst du?«, fragte Sam, und ich zuckte zusammen.

»Würdest du sagen, es ist realistisch, neben dem Studium noch zu arbeiten?«

»Klar.« Er zögerte keine Sekunde lang. Sein aufmerksamer Blick fand meinen. »Wir haben alle Jobs. Es ist schon anstrengend, aber man kriegt es hin«, versicherte er mir. »Wieso fragst du? Suchst du was?«

Ich deutete mit einem Kopfnicken zur Tür und wartete, während Sam las.

»Na, so ein Zufall.«

»Ich habe aber überhaupt keine Gastro-Erfahrung«, gab ich zu bedenken.

»Kein Thema!« Wie aus dem Nichts tauchte Emmett wieder vor uns auf. »Der Job beschränkt sich darauf, Getränke zu mixen und den Gästen das Essen an den Platz zu bringen. Es ist echt spaßig und auch nicht immer so stressig wie jetzt gerade. Außerdem kann sich das Trinkgeld sehen lassen.«

»Wie viele Stunden sind denn angesetzt?«

»Ich arbeite circa fünfzehn pro Woche. Aber das ist verhandelbar, Beverly lässt sicher mit sich reden. Sie ist echt in Ordnung.«

»Das wäre ideal. Ich suche etwas für ein, zwei Tage die Woche.«

»Klingt gut. Ich kann sie fragen und dir ihre Kontaktdaten geben, wenn du magst.«

»Wenn du mir jetzt auch noch einen Job vermittelst, dann muss ich dich heiraten«, scherzte ich, und Emmett grinste.

»Womöglich komme ich darauf zurück. Also für den Fall, dass das später noch geht.«

Mir entging nicht, wie sein Blick Sam streifte, der nicht wusste, wo er am besten hinsehen sollte. Doch nicht deshalb klopfte mein Herz schneller. Die Aussicht auf einen Job erfüll-

te mich mit prickelnder Vorfreude. Warum lief alles so dermaßen am Schnürchen? Wo war der Haken?

Sam schmunzelte, während ich mich überschwänglich bei
Emmett bedankte, und nahm die beiden großen Papiertüten
mit unserer Bestellung entgegen.

Die ganze Fahrt zurück zum Strand wartete ich darauf, dass
mir ein Haken einfiel.

Vermutlich bestanden zwei Möglichkeiten.

A) Ich war verdammt naiv geworden.

B) Es gab keinen. Wirklich keinen.

In der Highschool hatte sich diese Technik als ausgezeichnet erwiesen. Wenn ich die Antwort nicht wusste, wirklich keinen blassen Schimmer hatte, wählte ich B. Im Zweifel immer
B.

Sam lenkte den Wagen auf den Strandparkplatz, der sich
bereits deutlich geleert hatte. Das letzte Sonnenuntergangs-
licht spiegelte sich auf der Wasseroberfläche. Davor dunkler
Strand, fast schwarz, ein paar Lichter, Teddie, Kian und Cole.
Eine Handvoll Menschen, die ich vor zwei Tagen nicht einmal
gekannt hatte. Und jetzt sorgten sie für dieses warme Gefühl
in meinem Bauch.

B, B, B.

Bitte Universum.

Bitte B.

Ob der Trick auch dann noch funktionierte, wenn man sich
eine der Möglichkeiten wie besessen wünschte, wusste ich
nicht.

8. KAPITEL

»Also, du und dieser Emmett ...« Sam stützte den Ellbogen neben mir auf dem langen Holztisch auf. Trotz der lauten Musik wandte ich ihm sofort den Kopf zu. Nur um mich eine Sekunde später zu vergewissern, ob die Menschen rund um uns herum weiter in ihre eigenen Gespräche vertieft waren. Sie waren es. Kians Blick klebte an Teddies Rotweinlippen, und in Coles blonde Locken gruben sich die weiß lackierten Fingernägel einer dunkelhaarigen Frau, deren Namen ich schon wieder vergessen hatte. »Seid ihr ...?«

»Mitbewohner, ganz recht. Sonst natürlich gar nichts.« Er hatte es nicht anders gewollt. Ich schenkte Sam ein zuckersüßes Lächeln.

»War das jetzt Ironie?«

»Es gab das WG-Zimmer nur unter bestimmten Bedingungen.« Ich zuckte mit den Schultern. Die stickige Luft im *Koerner's Pub* bestand aus nichts als Rauchschwaden, Schweiß und ein paar lächerlichen Restprozent Sauerstoff.

»Die da wären?«

»Für Emmett kochen, für Emmett aufräumen, Emmetts Wäsche machen ...« Ich zögerte und biss mir leicht auf die Unterlippe, ehe ich fortfuhr. »Und, na ja, er sieht vielleicht nicht aus wie der klassische Bad Boy, weißt du, aber die Regeln lauten trotzdem *Nur Sex, keine Gefühle.*«

97

Sam verschluckte sich an seinem Wasser. Ich bekam ein schlechtes Gewissen, als er sich hustend wegdrehte und die Aufmerksamkeit des gesamten Tisches auf sich zog.

»Muss man ihn retten?«, murmelte Cole, während Teddie die Augen verdrehte und meinte: »Ich denke nicht.«

»Das merk ich mir.« Sam blitzte seine Freunde an, dann ging sein Blick zurück zu mir. »Du schläfst mit ihm?«, fragte er mit gedämpfter Stimme, als er sich sicher war, dass die anderen wieder mit sich selbst beschäftigt waren.

»Täglich. Mehrmals. Nein, komm schon. Fragst du mich das gerade wirklich?«

Sam zuckte mit den Schultern. Er duckte sich leicht, als Cole neben ihm aufstand und das Mädchen mit sich zog. Nach circa drei Bechern Bier und einigen Shots, die mir allesamt mehr als suspekt waren, schwankte Cole leicht und rempelte Sam an, der ihn in Richtung der Tanzfläche wegschob. Er stieß dabei gegen mich. Der weiche Stoff seine Shirts streifte meine nackte Schulter, und ein Kribbeln huschte über meine Arme. Es war so warm im Pub, dass ich mich kurzerhand meines Cardigans entledigt hatte und nur noch dieses schwarze Top aus dünnem Samt trug. Während sich Sam wieder aufrecht hinsetzte, erhaschte ich einen Blick auf sein Schlüsselbein im Ausschnitt seines Shirts. Er sah mich an, und ertappt zwang ich mich, ihm wieder ins Gesicht zu sehen.

»Hat er eine Freundin?« Seine Stimme klang seltsam abwesend.

»Wer?« Ich hatte völlig den Faden verloren. Cole? Das wüsste er wohl besser als ich, oder etwa nicht?

»Emmett.«

»Ich hab keine Ahnung, Sam.«

Er zuckte leicht zusammen, als ich seinen Namen sagte. »Sorry. Das geht mich auch nichts an.«

»Frag doch einfach, ob ich einen Freund habe.«

Erst als sich seine Augen weiteten, wurde mir klar, dass ich das gerade wirklich gesagt hatte. Heilige Scheiße.

Er schien sich dasselbe zu denken.

Was zum Teufel stimmte nicht mit mir? Dachte ich bis eben, mir wäre heiß gewesen, wurde ich eines Besseren belehrt, als mir die glühende Scham in die Wangen stieg.

Was tat ich hier überhaupt? Ich hätte nach unserem Essen am Strand nach Hause gehen sollen. So wie ich es vorgehabt hatte. Nicht mit den anderen in dieses Pub auf dem Campus fahren und mich in peinliche Situationen manövrieren. Ich brauchte dafür nicht einmal Alkohol. Großartig.

»Ähm, ich …« Sam kratzte sich verlegen an der Schläfe. »Ich wollte nicht …«

»Sorry, das war unnötig.«

O Erde, tu dich auf!

»Also *er* ist jedenfalls *single as a pringle*«, schaltete sich Teddie ein und deutete mit einem Kopfnicken auf Sam. Hatte sie uns etwa gehört?! Ich war mir sicher gewesen, Kian hätte all ihre Sinne in Anspruch genommen, doch das schelmische Grinsen verhieß etwas anderes. Gott, war das alles peinlich.

»Danke, Teddie, vielen Dank.«

»Immer gern, Baby.«

»Was?«

»Nicht du, Babe.« Sie küsste Kian auf die Nasenspitze und zog sie wieder näher an sich, während Sam und ich sie gleichermaßen hilflos ansahen.

»Was ist hier los, warum lacht keiner? Ihr braucht dringend mehr zu trinken.« Cole drückte sich zurück auf den nicht vorhandenen Platz neben Sam und knallte ein Tablett voll kleiner Gläser auf den Tisch. Während die anderen nach den Shots griffen, waren Sam und ich die Einzigen, die seiner Aufforderung, sich zu bedienen, nicht folgten. Er prostete den anderen halbherzig mit seinem Wasser zu, und ich klammerte mich mit einem verkrampften *Cheers* an meine Cola. Eigentlich war zumindest Kian schon viel zu betrunken, als dass ich noch entspannt hier sitzen konnte. Teddie, Cole und die anderen Studenten, die man mir in Windeseile vorgestellt hatte, waren ebenfalls auf einem guten Weg dahin. Und es bereitete mir Bauchschmerzen.

So ganz klar war mir nicht, wie ich es überhaupt ertrug. Der Grund dafür saß wohl Zentimeter neben mir und stieß mit der Hüfte gegen mich, als Cole ihn zur Seite drängte, um sich mehr Platz zu verschaffen.

»Sorry.« Sam drehte sich reflexartig zu mir, als ich gegen die Wand gedrückt wurde. Seine Hand lag auf meinem Arm, und ich konnte plötzlich nicht mehr atmen. Die Geste mochte völlig unverfänglich sein, doch den feinen Härchen, die sich unter seinen Fingerspitzen aufstellten, war das egal. Ein Schauer jagte durch meinen Körper, und als spürte er es ebenfalls, erstarrte Sam in seiner Bewegung. All meine Antennen richteten sich in diesen Sekunden neu aus. Nach ihm. Nach Sam, dessen Blick von seiner Hand zu meinem Gesicht zuckte. Zu meinen Lippen, über meine Schulter und wieder zu seinen Fingern.

Er zog die Hand zurück, es waren nur wenige Sekunden gewesen, und doch brannte die Stelle, an der er mich berührt hatte, wie Feuer. Die anderen lachten grölend über einen Witz, den ich nicht mitbekommen hatte. Sam auch nicht. Seine Miene blieb unbewegt.

Bitte. Fass mich wieder an ...

Doch seine Hand sank zurück in seinen Schoß, als wüsste er nicht, was er mit ihr anfangen sollte. Diese langen, sehnigen Finger. Vom Kiten raue Handflächen, weiche Fingerspitzen. Ich würde mir nicht vorstellen, wie sie mich berührten.

Ich würde es einfach nicht tun. Nein. Keine Chance. Verfluchte Scheiße …

Sam fuhr zusammen, als Cole ihn etwas zu beschwingt gegen den Oberarm boxte.

»Und weißt du, egal wie sehr wir uns vornehmen, lieb zu unseren neuen Erstis zu sein, Sam ist und bleibt der Scheiße-König höchstpersönlich.« Sein Lallen ging im ausgelassenen Lachen der anderen unter.

»Äh, der *was*?«, prustete Kian.

Sams Mundwinkel zuckten. Er stützte sich mit einem Ellbogen auf dem Tisch ab und verbarg das Gesicht für einen Moment in der Hand. Diese große Männerhand, die eben noch mich berührt hatte. Ich brauchte dringend einen Kübel Eiswasser oder sonst etwas, das mich wieder zur Besinnung brachte.

»Ja, ich bitte dich, warst du schon mal dabei, wenn er seine Erstis unterrichtet? Egal wie unfassbar dumm du dich bei ihm anstellst, es gibt immer erst ein Lob, dann die Kritik, dann noch ein paar nette Worte zum Schluss. Ein original Scheiße-Sandwich, wie es im Buche steht.«

»Ja, ich hab eben beim Pädagogik-Teil der Tutoreneinarbeitung aufgepasst. Was man nicht von jedem hier behaupten kann …«

»Also, ihr betet besser, dass ihr in seiner Gruppe landet«, überging Cole Sams Konter. »Er ist letztes Jahr nicht umsonst zum Tutor des Jahres gewählt worden. Wo hast du deine Urkunde aufgehängt?«

»Im Klo, damit ich sie immer sehen kann.«

»Wie passend.«

»Könnt ihr das nicht irgendwie drehen?« Kian schien das Gespräch schon mit einer gewissen Verzögerung mitzubekommen. Ihre dunklen Augen waren glasig, immer wieder musste

Teddie sie festhalten, wenn sie selbst im Sitzen leicht zur Seite kippte. Wenn sie nicht bereits dabei gewesen wäre, ihr ein großes Glas Wasser einzuflößen, hätte ich es spätestens jetzt getan.

»So einfach ist das nicht.« Cole lehnte sich zurück und legte der Dunkelhaarigen einen Arm um die Schultern. »Wir kriegen die Freshmen zugeteilt.«

»Du arbeitest doch im Studierendensekretariat!« Das Wort kam Kian als eine nahezu unverständliche Mischung aus Sch-Lauten und Konsonanten über die Lippen.

»Ja, aber da kopiere ich nur und trinke Kaffee.«

»Wie lahm.«

»Jep. Den Job kann ich nur eingeschränkt weiterempfehlen.«

»Leute!«

Kians aufgeregte Stimme ließ mich zusammenfahren, und Sam wandte abrupt den Blick zu ihr.

»Himmel, Babe, was ist denn?«

Kian schloss die Finger fest um Teddies Handgelenk und strahlte sie an. »Es ist schon morgen!« Enthusiastisch streckte sie uns ihr Handy entgegen, auf dessen Display die Uhrzeit stand. Tatsächlich.

»Das ist es seit fast zwei Stunden, Sweetheart.«

»Und warum sagt keiner was?« Kian lallte mehr, als dass sie sprach.

»Warum sollten wir was sagen?«

»Na, deshalb.« Kian räusperte sich und richtete sich leicht auf. Als sie uns der Reihe nach ansah, glänzten ihre braunen Augen. »Wisst ihr, wie lang ich darauf gewartet hab, diesen Satz endlich zu sagen?«

Sam runzelte die Stirn, und auch ich fragte mich, ob ich etwas verpasst hatte. Dann holte Kian Luft, hielt andächtig inne und schloss die Augen.

»Es ist ein wunderschöner Tag, um Leben zu retten.«

»Oder es erst mal zu lernen, was meinst du, Babe?« Teddie beugte sich zu Kian. »Let's have some fun«, ergänzte sie das *Grey's Anatomy*-Zitat und streifte Kians Lippen mit ihren eigenen.

Ich kämpfte, doch ich verlor. Es war nur ein lächerlicher Satz, ein albernes Zitat aus einer Fernsehserie, fiktiv, alles ausgedacht, doch er traf mich so unvorbereitet an meinen verletzlichsten Stellen, dass ich meine Gesichtszüge nicht länger unter Kontrolle hatte.

Auch wenn Austin ihn meist halb ironisch gesagt hatte. Es war sein Satz. Der, den ich mit meinem Bruder verband wie kaum einen anderen.

Ein wunderschöner Tag, um Leben zu retten.

Und dann fiel mir auf, dass Sam mich keine Sekunde lang aus den Augen ließ, während mein mühsam erzwungenes Lächeln erstarb.

*

»Denkst du eigentlich, der Mond fühlt sich manchmal ungerecht behandelt?«, fragte Sam, und ich schlug die Augen auf.

»Äh, ehrlich gesagt, nein?«

»Nein, du denkst es nicht, oder nein, er fühlt sich nicht ungerecht behandelt?«

»Wieso sollte er?«

Sam zuckte stumm mit den Schultern und schlang die Arme um seine angezogenen Beine. Ich fuhr mit den Fingern durch den kühlen Sand zwischen uns. Wortlos starrte er auf das Wasser. Das leise Rauschen der Wellen vermischte sich mit den Rufen der Möwen. Seit ich hier neben ihm saß, hatten wir kaum ein Wort gesprochen. Ein paar Meter weiter schlief Kian in eine Decke gewickelt ihren Rausch in Teddies Armen aus.

Als das *Koerner's* gegen vier seine Tore schloss, war ich nicht nach Hause gefahren. Ich war geblieben. Wegen Sam und dieser süchtig machenden Wärme, die seine Blicke auslösten. Wegen Teddie und Kian und dem Gefühl, dass sie meine Anwesenheit schätzten. Nur Cole war längst mit dem dunkelhaarigen Mädchen verschwunden, als wir vier zum Strand aufbrachen und dem Himmel dabei zusahen, wie er langsam die Farbe wechselte. Tiefes Schwarz, Tintenblau. Ein blasser werdender Mond, ein warmes Indigo, das heller wurde mit jeder Minute, die verstrich. Bis Orange- und Rottöne hinter den Bergketten am Horizont emportraten und mich Sams Umrisse nicht länger nur erahnen ließen. Ich fühlte mich so sicher im Fünf-Uhr-Morgenlicht. Ruhig und gelassen. Vielleicht nur seinetwegen.

»Na ja, er macht das alles«, sagte Sam, und einen kurzen Moment lang hatte ich den Faden verloren. Dann folgte ich seinem Blick aufs Wasser und was sich darauf spiegelte. Ach ja. Der Mond. »Die Gezeiten, Ebbe und Flut. Dieses unwirkliche Licht.« Er zögerte. »Und so viele Menschen wissen es nicht mal. Alle reden immer nur von der Sonne. Warum fotografieren wir immer nur den Sonnenaufgang und Sonnenuntergang? Ich finde, der Monduntergang ist manchmal noch viel schöner.«

»Du hast recht«, flüsterte ich. Der Moment ließ es nicht zu, lauter zu sprechen. Es würde alles zerstören. Die Gänsehaut auf meinen Unterarmen, wenn Sam mich so ansah wie in diesen Sekunden. Sein müdes Gesicht, das in diesem weichen Licht noch viel schöner war. Er war wunderschön ... Ich erlaubte mir, den Gedanken zum ersten Mal vollständig zu denken, und er überwältigte mich. Ich saß hier im Morgengrauen neben einem Kerl, mit dem ich die ganze Nacht verbracht hatte. Kleine Berührungen, verstohlene Blicke, und mein Herz hielt sie kaum aus. Ich wollte ihn küssen, und ich wusste, dass ich verflucht noch mal nichts überstürzen sollte. In weniger als fünf Stunden würde ich für meine erste Veranstaltung in der Med School sitzen. Wahrscheinlich ohne eine Minute geschlafen zu haben. Und ich fühlte mich so sehr am Leben wie lange nicht.

Teddies Augen waren ebenfalls geschlossen, als ich zu ihr sah. Ein weiches Lächeln umspielte Sams Lippen, als er sie und Kian betrachtete. Es war so verdammt surreal, und plötzlich waren da nur noch wir zwei.

Ein Schwarm Möwen segelte über die Bucht. Mit ausgebreiteten Flügeln ließen sie sich von den Böen in weiten Kreisen tragen. Eine unwirkliche Wärme breitete sich in meiner Brust aus, je länger ich ihnen dabei zusah. Es war, als würde der Funke auf mich überspringen, und in mir loderte dieser Wunsch auf, den ich lange verdrängt hatte.

Wie frei sie waren. Wie schwerelos und leicht. Und wie mir dieses Gefühl fehlte.

»Vermisst du es nicht?« Ich spürte seinen Blick auf mir, und eigentlich wunderte es mich nicht einmal mehr, dass er meine Gedanken erriet. Eigentlich war es sogar schön.

»Doch.« Ich klang bitter und ehrlich. Als ich von der Bucht zu Sam sah, hatten seine Augen die Farbe des Wassers im Morgengrauen. Blass und sanft. Weit und tief. Alles und nichts. Ich versank in ihnen, und mein Herz wurde leicht. »So sehr.«

»War es ein Unfall?«

Ich schüttelte stumm den Kopf.

Es war ein Unfall, ja. Aber nicht beim Kiten. Und bis heute verstand ich nicht, wieso Austins Tod es mir trotzdem unmöglich machte, mein liebstes Hobby auszuüben.

»Nein, ich ... ich habe irgendwann aufgehört. Einfach so.« Ich schluckte.

»Bist du sicher, dass du es nicht noch mal probieren willst?«

»Ich weiß nicht.«

»Warst du schon mal im Morgengrauen kiten?«

»Sam …«

»Ich meine nur … Teddies Wetsuit müsste dir passen. Und, na ja, es wäre irgendwie cool, oder?«

Einige Atemzüge lang sah ich ihn an. Hatte es in dieser Nacht viele Momente gegeben, in denen er verlegen, fast gehemmt gewesen war, strahlte er nun nichts als Entschlossenheit aus. Als könnte er spüren, dass er der Erste seit so langer Zeit war, dem es gelingen könnte, mich aus der Reserve zu locken. Die graublauen Augen musterten mich. Sie waren völlig wach.

»Das ist absolut verrückt«, sagte ich.

»Das ist es«, erwiderte Sam, ohne den Blick von mir zu nehmen.

»Also?«

»Lass uns raus.«

Ein Lächeln blitzte auf, es kam unerwartet und setzte etwas in mir in Brand. Mein Bauch füllte sich mit Wärme, während wir uns ohne ein weiteres Wort aufrappelten. Ich wusste nicht, was ich tat, doch da fasste er mich auch schon am Handgelenk und zog mich mit.

Der Mond war ganz blass, als ich aus den Umkleideräumen nach draußen trat. Ich trug nur meine Unterwäsche unter Teddies klammem Wetsuit, der in Sams Wagen halb getrocknet war. Mein Herz übersprang einen Schlag, als ich die Kites sah, die er in der Zwischenzeit aufgepumpt hatte. Der schwarze Neoprenanzug klebte wie eine zweite Haut an Sams Körper. Lange, muskulöse Beine, schlanker Bauch, fester Po. Er war so unfair attraktiv, sah selbst nach einer durchgemachten Nacht umwerfend aus. Etwas Dunkles flackerte in seinem Blick, als ich näher kam. Er musterte mich. Es verschwand nicht, während er mir ins Trapez half und schließlich nach seiner eigenen Ausrüstung griff.

»Und jetzt, Laurie aus Toronto«, sagte er, und sein Lächeln wurde breiter, »lass uns kiten gehen.«

*

Der Sand war nass und feucht unter meinen nackten Füßen, das Wasser eisig. Doch das war egal. Ich war am Leben. Mein Herz klopfte heftiger mit jedem Schritt, den ich durch das kniehohe Wasser watete. Wie lange hatte ich das hier nicht mehr getan?

Der Wind schlug in den Schirm, riss mich am Trapez nach vorn, und als schwappte Wasser gefährlich über den Rand einer Tasse, lief mein Herz fast über. Wie hatte ich vergessen können, wie unfassbar es sich anfühlte? Wie hatte ich so lange auf dieses grenzenlose Glück verzichten können?

Ich ignorierte die Gänsehaut, als sich der Wetsuit mit Wasser vollsog. Sam wartete einige Meter hinter mir, während ich für den Start mit beiden Füßen in die Schlaufen des Kiteboards schlüpfte. Handbewegungen an der Lenkstange, die ich im Schlaf beherrschte. Dann eine unvorstellbare Kraft, die mich in einer fließenden Bewegung in eine stehende Position zog. Ein ungläubiges Lachen löste sich aus meiner Kehle. Es vermischte sich mit Sams begeistertem Schrei, der sich in rasender Geschwindigkeit entfernte.

Der Wind peitschte mir ins Gesicht, Gischt spritzte, feine Tropfen flogen um mich herum, und ich war frei. Ich glitt über die Wellen, und es war alles. Ich wollte die Augen schließen und schreien, weinen und nie mehr etwas anderes tun. Es war so leicht. Alles war so unendlich leicht, wenn ich mich den

Naturgewalten hingab und nahm, was sie mir anboten. Es gab nur mich, das Wasser und den Himmel, der in den schönsten Farben leuchtete, die ich je gesehen hatte.

Und ihn. Sams Blick fand mich, als er aufholte und in einigen Metern Abstand weiter nach draußen kitete. Es war völlig surreal. Er löste eine Hand von der Lenkstange. Streckte den Arm gen Himmel. Legte den Kopf in den Nacken. Sein Schrei verlor sich im peitschenden Wind, im rauschenden Wasser, doch er traf mich trotzdem mitten in die Brust. Und als ich in ihn einstimmte, wurde mir klar, dass dieser Kerl als Einziger fühlen musste, was ich fühlte. Und ich wusste nicht, ob ich den Grund dafür wissen wollte.

9. KAPITEL

Sich die Nacht an Stränden und in überfüllten Pubs um die Ohren zu schlagen war eine Sache. Nach einer kurzen Dusche mit feuchten Haaren im Bus zur Uni gegen die langsam aufkeimende Müdigkeit anzukämpfen eine völlig andere. Wie im Rausch hatte ich neben einer verkaterten Kian im großen Hörsaal gesessen und der Begrüßungsansprache des Dekans gelauscht. Meine Gedanken schweiften ab, waren überall und nirgendwo. Am Strand, der im Morgengrauen noch so viel magischer aussah als im grellen Sonnenlicht. Bei Sam und dem Leuchten in seinen Augen. Dem Wind in meinen Haaren.

Der erste Tag an der Med School zog wie ein Film an mir vorbei. Immer wieder hielt ich auf dem Campus nach Sam Ausschau. Ich musste dringend damit aufhören. Ich konnte mich nicht in den erstbesten Kerl verknallen, der mir in Vancouver über den Weg lief. So funktionierte das nicht. Und doch ertappte ich mich auch am nächsten Tag dabei, wie ich meinen Blick durch die Gänge schweifen ließ, als ich Kian aus dem Hörsaal folgte.

Der Flur vor den Seminarräumen war so voll, dass ich mich kaum um die eigene Achse drehen konnte. Vor den Aushängen an den schwarzen Brettern drängten sich die Studierenden, um herauszufinden, welchem Tutor sie für das heutige Einführungsseminar zugeteilt waren. Kian war nicht mehr bei mir. Sie hatte Teddie entdeckt, die das Geschehen vom Ende des Ganges aus verfolgte.

Als ich mich nach einer halben Ewigkeit endlich bis zu den Aushängen vorgearbeitet hatte, scannte ich die unzähligen Reihen, bis ich schließlich die Zeile mit meinem Namen fand.

Cavelle, Laurence – Gruppe 12 – Tutor: …

Mein Atem stockte.

Moment …

Ich las weiter, doch die Bedeutung der Buchstaben drang nicht bis in mein Gehirn vor. Zu sehr war es damit beschäftigt, nicht in Flammen aufzugehen. Irgendwo ganz tief in meinem Hinterkopf klingelte es. Schrill. Und es wurde lauter. Dröhnender. Bis nichts als ein unerträgliches Wüten meine Gedanken beherrschte.

Samuel Averett.

Fassungslos schnappte ich nach Luft.

Nein … Noch bevor mein Gehirn die Zusammenhänge begriff, erkannte es die Gefahr. Das war nicht möglich.

Averett …

Ein kahler Vernehmungsraum, die emotionslose Miene des Officers auf der anderen Seite des Tisches. Weißes, kaltes Licht. *Er heißt Samuel Averett, Miss. Sagt Ihnen der Name etwas? Er war als Einziger bei ihm, als …* Mein hilfloses Kopfschütteln. Nein, nein, verdammt! Ich hatte ihn nie zuvor gehört. Ich hatte keine Ahnung, wer dieser furchtbare Mensch war, der nicht verhindert hatte, dass mein Bruder gestorben war. Der ebenso wie das Datum seines Todes in den Tiefen meiner Seele verankert war.

Samuel Averett …

Der Kerl, der sich mit Austin während der Erstiparty für die zukünftigen Medizinstudenten an der University of Toronto bis zur Besinnungslosigkeit betrunken hatte. Der Kerl, der meinen großen Bruder gefunden hatte, als er im Gedränge unbemerkt zusammengebrochen war und das Bewusstsein verloren hatte. Aufgehört hatte zu atmen. Und nicht wieder damit anfing.

Schwindel packte mich, mein ganzer Körper begann zu zittern.

Dreh nicht durch, dreh jetzt nicht durch ... Doch wie, verdammt noch mal, sollte ich das verhindern?

Samuel Averett, der Einzige der Erstsemester, der sich nach Austins Tod exmatrikuliert und die Universität verlassen hatte. Der Einzige, der es nicht für nötig gehalten hatte, auf Austins Beerdigung zu erscheinen, meiner Familie gegenüberzutreten und sich zu entschuldigen. Zu erzählen, was geschehen war. Es mir verdammt noch mal zu erklären, wie mein Bruder in jener Nacht ums Leben gekommen war.

Bleiche Gesichter der anderen Studenten. Das leise Weinen, als sie meiner Familie ihr Beileid ausgesprochen hatten. Dieses furchtbare Schluchzen, das ich nie wieder vergessen würde.

Er hat nicht aufgehört nachzuschenken. Austin und er haben sich gegenseitig hochgepusht. Immer weiter abgefüllt. Samuel hat immer weitergemacht. Auch diejenigen gedrängt, die nicht trinken wollten ...

Tränen traten mir in die Augen, doch ich zwang mich, sie wegzublinzeln. Die Aushänge vor mir verschwammen, aber ich hatte richtig gelesen. Er konnte nicht mein Tutor sein. Das ging nicht. Das war unmöglich. Ich konnte nicht ...

»Sorry, dürfen wir auch mal?«

Ich wich, eine Entschuldigung murmelnd, zur Seite, als sich andere Studenten an mir vorbeidrückten, um ebenfalls einen Blick auf die Liste zu werfen. Und dann, als täte sich in diesen Sekunden die Hölle auf, starrte ich plötzlich in ein Paar graublaue Augen, die inmitten der herumwuselnden Leute direkt auf mich gerichtet waren.

Sam sah mich an, und plötzlich ergab alles Sinn.

Ich trinke nicht. Ich habe vor einer Weile damit aufgehört.

Nein. Nein, nein, nein. Das war nicht möglich, das war verflucht noch mal nicht …

Aber natürlich war es das.

Sam. *Samuel* … Er stand da, lehnte neben Teddie und Kian an der Wand. Etwas übernächtigt, aber immer noch wunderschön. Er schaute mich an, erst herausfordernd, beinahe belustigt. Dann verwirrt, besorgt. Als hätte er ein gottverdammtes Recht dazu, mich so anzusehen.

Erinnerungen an vorletzte Nacht zuckten durch meinen Kopf. Seine Hand auf meinem Arm. Sein Lachen, als wir über die Wellen flogen. Während ich verdammt noch mal mit dem rückgratlosen Menschen kiten war, der möglicherweise meinen Bruder auf dem Gewissen hatte.

Mir wurde schlecht. So unendlich schlecht, dass ich befürchtete, mich jeden Augenblick auf das helle Parkett übergeben zu müssen. Die Knie drohten unter mir nachzugeben, doch ich hielt mich mit letzter Mühe aufrecht.

Ich hatte einen Neuanfang gewollt. Endlich hinter mir lassen, was mich seit dreieinhalb Jahren verfolgte. Ich hatte meinen Bruder verloren, auf eine Art und Weise, die so grausam und unnötig war, dass mir beim bloßen Gedanken daran die Tränen in die Augen stiegen. Ein Unfall. Ein gottverdammter Unfall, hieß es später. Alle, die dabei gewesen waren, hatten ausgesagt, geschildert, wie sie diese Horrornacht erlebt hatten. Auch er. Auch Samuel Averett. Und dann verschwand er. Nur um mir erneut mit voller Wucht den Boden unter den Füßen wegzureißen, als ich gerade einen ersten zaghaften Versuch wagte, wieder aufzustehen.

IO. KAPITEL

»Nein, Sie verstehen mich nicht, es ist *wirklich* wichtig.« Ich ballte die Hand zur Faust und kratzte all meine verbliebene Selbstbeherrschung zusammen, um nicht vor lauter Verzweiflung auf die Tischplatte zu schlagen. Stattdessen biss ich die Zähne aufeinander.

»Tut mir leid, Miss, aber wenn wir jetzt mit Ausnahmen anfangen und alle möglichen Sonderwünsche erfüllen, sind wir hier noch bis nächste Woche beschäftigt.« Die streng dreinblickende Dame hinter dem Computerbildschirm musterte mich kopfschüttelnd.

»Das verstehe ich ja, aber ich habe persönliche Gründe, wieso ich …«

»Ich kann Ihnen wirklich nicht helfen.« Sie stieß einen Seufzer aus. »Und wenn Sie glauben, ich werde für Sie die ganze Gruppenaufteilung ändern, nur damit Sie nicht mit Ihrem One-Night-Stand zusammenarbeiten müssen, dann haben Sie sich getäuscht.«

Ich schnappte nach Luft. »Es ist kein One-Night-…«

»Nicht, dass es mich weiter interessieren würde.« Sie rückte ihre Brille zurecht und wandte sich demonstrativ ihrem Computer zu. Die Sache schien für sie erledigt zu sein.

»Und wenn ich jemanden finde, mit dem ich tauschen kann?«, brachte ich mühsam hervor. Meine Stimme vibrierte vor lauter unterdrückten Gefühlen. Es war nicht fair. Es *muss-te* eine Lösung geben. Samuel Averett. Ich konnte wirklich nicht in seiner Gruppe sein, ihm noch mal ins Gesicht schauen. Nicht so wie vorletzte Nacht. Er würde sofort bemerken, dass sich etwas zwischen uns verändert hatte.

»Ausgeschlossen.« Mechanisch hackten ihre Finger auf die Tastatur ein.

»Bitte.« Ich schluckte. *Verflucht noch mal.* Ich war nie der Typ Mensch gewesen, der eine Sonderbehandlung verlangte. Nie. Doch jetzt war es für mich von so essenzieller Bedeutung, dass ich hartnäckig blieb.

Mit einem schweren Seufzen wandte sich die Dame erneut vom Bildschirm zu mir. Quälend langsam wanderte ihr Blick über mein pastellgrünes Rippshirt bis zu meinem Gesicht. »Miss …«

»Cavelle«, presste ich hervor.

»Miss Cavelle.« Sie verschränkte die Finger und stützte ihr Kinn darauf. Ich ertrug es kaum, ihrem Blick standzuhalten. »Die Med School wird Sie viele Dinge lehren. So auch, dass im echten Leben nicht immer alles nach Ihrem Kopf geht. Als zukünftige Ärztin werden Sie lernen müssen, Kompromisse einzugehen.« Ihre Stimme wurde eindringlicher. »Fangen Sie also besser schleunigst damit an.«

Ich brachte kein Wort hervor. Ein älterer Mann mit spärlichem Haarwuchs am Arbeitsplatz neben ihr lugte mitfühlend hinter seinem Monitor hervor. Die drückende Stille im Raum wurde unerträglich. Besser, ich sah zu, dass ich wegkam, ehe ich vor versammelter Mannschaft in Tränen ausbrach.

Beherrscht griff ich nach meiner Tasche. Gerade wollte ich nichts lieber, als sie dieser schrecklichen Person mitten ins Gesicht zu schleudern. Wie konnte es ihr so egal sein, was das für mich bedeutete?

»Auf Wiedersehen.« In diesem Moment verteufelte ich meine gute Erziehung. Austin hätte seinen Mann gestanden, ihr die Meinung gegeigt. Aber Austin war tot. Und der Grund, weshalb ich kurz davor war, die Nerven zu verlieren.

»Es ist nur für das erste Semester«, erklärte die Sekretärin noch, während sie erneut auf ihrer Tastatur zu tippen begann. »Dann werden die Gruppen neu zusammengestellt.«

Die Tür schwang hinter mir ins Schloss. Wie betäubt bahnte ich mir einen Weg durch den Flur. Ein Toilettenschild ließ mich abrupt links abbiegen. Und dann, kaum dass die Tür zu den Damenkabinen zugefallen war, ließ ich meinen bitteren Tränen freien Lauf.

*

Es war so viel schlimmer als gedacht, mit ihm in diesem Raum zu sein, seine Stimme zu hören, auch wenn ich es vermied, ihn anzusehen. Alles, was mich Sonntagnacht an Samuel Averett fasziniert hatte, war in lodernden Hass umgeschlagen. Ich brachte nicht mehr als ein Nicken zustande, als Kian völlig aus dem Häuschen war, sobald ihr klar wurde, dass Sam unser Tutor war. Wie erstarrt saß ich da, während er vor unserer Gruppe am Pult lehnte und seine Begrüßungsworte sprach.

»Ihr habt es in den letzten Tagen sicher oft genug gehört, aber auch von mir noch mal: herzlich willkommen an der UBC. Heute ist der Tag, für den ihr alle so hart gearbeitet habt, und es ist mir eine Ehre, euch in den ersten Monaten an der Med School als euer Tutor zu begleiten.«

Mit jedem seiner Worte schwoll das Beben in mir an. Wie sollte ich es eine Dreiviertelstunde lang mit ihm in diesem Raum aushalten? Wie sollte ich ihm die nächsten Wochen nahezu täglich begegnen?

»Mein Name ist Sam Averett, ich bin im vierten Jahr. Meine eigene Freshman-Zeit kommt mir vor, als wäre sie gestern gewesen, und ich weiß noch genau, wie einschüchternd ich alles fand. Aber bei all den Schauergeschichten, die ihr über die Med School zu hören bekommt, vergesst eines nicht: Dieses Studium ist ein Privileg, eine Herausforderung, die eure Persönlichkeit prägt und wachsen lässt. Wir lernen, Menschenleben zu retten, und das sollte immer unser oberstes Ziel sein. Noten, Punkte, Prüfungen – das alles sind nur Etappen auf dem Weg dorthin. Und egal, was die Profs euch erzählen«, er schmunzelte, doch sein Blick blieb ernst, »es ist nicht verboten, dabei ein kleines bisschen Spaß zu haben.«

Um mich herum erstes zögerliches Lachen, die anderen Studenten setzten sich etwas lockerer hin, die Anspannung fiel von ihnen ab, nur meine blieb.

Wir lernen, Menschenleben zu retten … Am liebsten hätte ich laut gelacht. War das wirklich das, was er glaubte? Dass er nun den Gott in Weiß mimen und damit wiedergutmachen konnte, dass durch sein Versagen jemand gestorben war? Übelkeit stieg in mir hoch.

Ich spürte seine Blicke. Anders als noch heute Morgen und irgendwie doch gleich. Sie hinterließen glühende Spuren auf meiner Haut. Sonntagnacht noch hatte mir das gefallen. Gewollt zu werden. Von ihm. Jetzt verabscheute ich es und wünschte mir nichts sehnlicher, als dass er den Blick von mir abwandte. Dass das hier ein furchtbar schlechter Scherz war oder ein Traum, aus dem ich jeden Moment schweißgebadet erwachte. Austin wäre immer noch tot. Aber ich säße nicht mehr in einem Raum mit dem Menschen, der vielleicht Schuld daran trug. Fernsehbilder, hektische Journalistenstimmen drängten sich zwischen meine Gedanken.

Die Ermittlungen im Fall Austin Clayburn sind offiziell abge-

schlossen. Elf Mitstudenten hatten beim Toronto Police Service ausgesagt und den Hergang des Abends geschildert. Auch Sam. Fernsehen und Zeitungen waren voll damit gewesen. Plötzlich war Austins Bild überall. Im *CBC*, der *National Post*, der *Toronto Sun*. Das ganze Land war entsetzt über diese Tragödie, deren Gesicht das meines Bruders war. Plötzlich kannte es jeder. Und ich würde es nie wiedersehen. *Tragischer Unfall, schreckliche Verkettung unglücklicher Umstände, die einen jungen Hoffnungsträger unserer Nation das Leben kosteten.*

Unfall ... Wie konnte Austins Tod ein verfluchter Unfall sein, wenn Samuel Averett anschließend das Weite gesucht und sich am anderen Ende des Landes eine neue Existenz aufgebaut hatte? Warum war er nicht in Toronto geblieben? Hatte dort studiert, dort gelernt, wie man *Menschenleben rettete* ... Vermutlich weil er ein ebensolches auf dem Gewissen hatte.

Ein bitterer Laut kroch aus meiner Kehle, und als sich daraufhin dreizehn Augenpaare auf mich richteten, kaschierte ich ihn rasch mit einem Husten.

»Entschuldigung«, brachte ich heraus. Ich musste mich verflucht noch mal zusammenreißen, ansonsten würde mir diese Angelegenheit hier schneller um die Ohren fliegen, als mir lieb war.

Als ich kurz den Kopf hob, sah ich geradewegs in Sams Augen. Immer noch graublau, so tief wie das Meer. Doch jetzt verschluckten sie mich, und ich konnte kaum atmen. Ich riss den Blick los.

»Alles okay?« Am liebsten hätte ich Kians Finger auf meinem Unterarm abgeschüttelt. Stattdessen zwang ich mich zu einem Lächeln.

»Klar.«

Sie musterte mich skeptisch, doch ich hatte es mit den Jahren perfektioniert, über meine wahre Gefühlslage hinwegzutäuschen. Und Kian fiel darauf herein. Sam nicht. Er sah mich weiter an, ich spürte es, doch ich tat ihm nicht den Gefallen, ihm noch mal ins Gesicht zu schauen. Alles an ihm machte mich rasend. Wie er glaubte, ein Recht zu haben, mich auf diese Art und Weise anzusehen. Er war mein verfluchter Tutor, also sollte er sich auch so verhalten. Die flirty Blicke konnte er sich sparen. Zum Beispiel für die drei Mädchen vor mir, die zu tuscheln begannen, während Sam nach der Anwesenheitsliste griff.

»Da hast du deinen McDreamy-Kandidaten.« Das Mädchen direkt vor mir kicherte. »Den würde ich gern mal im Kittel sehen.«

»Oder ohne …«

Ich biss mir auf die Unterlippe, als ich Kians Blick auf mir spürte. *Zeig. Keine. Gefühle.* Nicht jetzt. Nicht hier.

Nie wieder vor ihm.

Mir wich die gesamte Farbe aus dem Gesicht, als Sam begann, die Namen zu verlesen. Tessa Aldridge, Joshua Barlow … Mit jedem Studenten, der sich anwesend meldete, wurde meine Kehle enger. Ich musste atmen. Auch mein Name würde auf dieser Liste stehen. Und ja, ich hatte einen anderen Nachnamen als Austin, doch wenn Samuel Averett nicht völlig bescheuert war, würde er das wissen. Ich krampfte die Finger um die Kanten meines Stuhls.

»Camilla Burrard?«

Das McDreamy-Mädchen hauchte ein verführerisches »Anwesend« in seine Richtung. Sam sah kurz hoch, bevor er ihren Namen abhakte. Glaubte er, er konnte mit jedem weiblichen Wesen in diesem Raum hemmungslos flirten? Meine Anspannung verwandelte sich in lodernde Wut.

Dann zögerte er. Nur den Bruchteil einer Sekunde, doch es war mir nicht entgangen.

»Laurence Cavelle?« Er hob den Kopf, und mir zog sich der Magen zusammen. Mit geballten Fäusten wartete ich darauf, dass ihm ein Licht aufging. Dass sich sein Blick veränderte, erst irritiert, dann fassungslos wurde. Doch nichts dergleichen geschah. Stattdessen zog er die Augenbrauen etwas zusammen, als ich noch immer nicht reagierte.

»Anwesend«, sagte ich schließlich. Meine Stimme klang erstaunlich fest. Seine Lippen öffneten sich leicht, fast so, als wollte er noch etwas sagen. Die Sekunden verstrichen, mir kamen sie ewig vor, bis er wieder auf sein Klemmbrett sah, um meinen Namen abzuhaken.

»Augustus Foster?«

Das konnte nicht sein Ernst sein. Wie vom Donner gerührt saß ich auf meinem Stuhl, während ein hochgewachsener Typ die Hand hob und Sam zufrieden nickte. Wie konnte ihm das nicht aufgefallen sein? Cavelle war kein häufiger Name. Oder wusste er gar nicht, dass ein Teil von Austins Familie einen anderen Nachnamen trug?

»Alle da, sehr schön.« Sam legte das Brett zur Seite. »Heute besprechen wir zunächst den organisatorischen Kram und behandeln dann einige ethische Fragen zu eurem ersten Präparierkurs, der morgen beginnt. Euer Tisch ist Frau Professor Barnett zugeteilt, sie ist eine hervorragende Anatomin und wird euch am Ende auch prüfen. Ich empfehle euch jetzt schon den *Gray's Anatomy*-Atlas. Am besten, ihr bringt ihn zu jeder Stunde mit, so lernt ihr am effektivsten. Ich selbst bin bei dem Kurs immer dabei, ihr könnt mich also jederzeit mit Fragen löchern, wenn ihr wollt. Morgen starten wir mit den oberflächlichen Rückenmuskeln. Seht euch wenn möglich bis dahin schon mal Kapitel drei und vier im *Gray's* an und …«

Ich konnte ihm nicht zuhören. Es ging nicht. Seine ruhige Stimme machte mich wütend. Alles an Samuel Averett machte mich wütend. Die Selbstverständlichkeit, mit der er diesen *UBC Medicine*-Hoodie trug, als hätte er ein verdammtes Recht dazu. Ich biss die Zähne zusammen, während Sam sich zum überdimensionalen Whiteboard an der Wand umdrehte und den Weg zu den Präpariersälen skizzierte.

»Scharfer Hintern, oder?«, raunte Kian mir zu, und ich zuckte so heftig zusammen, dass mein Ellbogen gegen die Tischkante knallte. Sam warf einen kurzen Blick über die Schulter, während mir die Hitze in die Wangen schoss.

Als er sich wieder umwandte, rieb ich mir das schmerzende Gelenk. Das hier würde so viel härter werden, als ein einzelner Mensch es verdiente.

*

»Laurie?«

Verflucht … Ich schloss die Augen und beschleunigte meinen Schritt, während ich so tat, als hätte ich ihn nicht gehört.

»Warte mal. Bitte.«

Ich rammte beide Beine in den Boden, als ich eine Berührung an der Schulter spürte. Sie durchfuhr mich wie ein Stromschlag. Es kostete mich all meine Selbstbeherrschung, ihm nicht ins Gesicht zu springen.

»Was gibt's?«

Bleib ruhig. Lass dir nichts anmerken.

»Ähm …« Sam wich ein Stück zurück. Er war nicht dumm. Er spürte meinen plötzlichen Stimmungsumschwung. Sonntag noch hatte ich ihm nicht nah genug kommen können. Jetzt ertrug ich es kaum, im selben Raum mit ihm zu sein. Sollte er mich doch für völlig paranoid halten. Vielleicht schreckte es ihn ab.

Abwartend musterte ich ihn. Er biss sich leicht auf die Unterlippe. Er sollte den Scheiß lassen!

»Ich … ich war mir nicht sicher …«

»Ja?«

»Ich wollte nur fragen, ob du okay bist.«

Ich zögerte. Die verfluchte Aufrichtigkeit in Sams Augen ließ mich ins Wanken geraten. Er meinte es tatsächlich ernst.

»Klar«, erwiderte ich. Es klang beinahe lächerlich unbeschwert.

»Sicher? Ich wollte nur …« Er schluckte, und sein Blick huschte von meinen Augen zu meinem Mund. Und zurück. Und obwohl ich mich mit aller Macht dagegen wehrte, löste es die exakt gleichen Gefühle in mir aus wie Sonntagnacht. Sam schien sich selbst zur Vernunft zu rufen und sah mir fest in die Augen. »Ich weiß, wie schwer es sein kann, hier neu zu sein und alles.« Sein Atem ging schwer, aber er hatte vermutlich auch rennen müssen, um mich nach dem Seminar einzuholen. »Aber falls du … mit jemandem reden möchtest, ich wäre gern für dich da. Ich hab viel an dich gedacht seit Sonntag.«

Meine Knie wurden weich, und ich hatte das dringende Bedürfnis, mich irgendwo festzuhalten. Was tat er da? Und wo war Kian, wenn man sie brauchte? Sie hatte sich direkt verdrückt, um Teddie nach ihrem Kurs abzufangen.

»Das ist … nett von dir«, krächzte ich. Gott, was geschah hier? Ich konnte nicht auf dem Flur stehen und mir anhören, dass Samuel Averett viel an mich gedacht hatte. Es war auf so vielen Ebenen falsch, dass ich wie gelähmt vor ihm stand.

»Krieg ich deine Nummer?« Er brachte die Worte so rasch hervor, als wäre er froh, es endlich getan zu haben.

Lügen schummelten sich auf meine Zunge. *Ich hab 'nen Freund. Du bist nicht mein Typ …* Hauptsache, er gab den furchtbaren Gedanken auf, aus uns beiden könnte mehr werden. Beinahe unsicher sah er mich an, und es war einfach nur lächerlich. Es wäre ein Leichtes für ihn gewesen, die Handynummern seiner weiblichen Tutandinnen zu bekommen, die sich gleich nach dem Ende des Seminars mit unnötigen Fragen um ihn geschart hatten. Stattdessen stand er hier vor mir und wollte etwas, was ich ihm nicht geben konnte. Meine gottverdammte Aufmerksamkeit.

Aber was, wenn doch? Die Idee zuckte grell durch meine Synapsen und legte für einen Augenblick mein gesamtes Denken lahm. Es war so unendlich dumm und falsch. Alles, was ich jetzt tun sollte, war, Sam freundlich, aber bestimmt abzuwimmeln. Ihm klarzumachen, dass er mich besser in Ruhe ließ. Doch das tat ich nicht. Stattdessen tastete ich an die Gesäßtasche meiner Jeans und zog mein Handy hervor.

»Gib mir deine.« Diese Stimme konnte unmöglich meine eigene gewesen sein … Doch das zaghafte Lächeln, das Sams Gesicht aufhellte, bewies das Gegenteil.

Als ich ihm das Handy gab und ihn seine Nummer eingeben ließ, schoss mir der Gedanke durch den Kopf, das verdammte Gerät danach auf direktem Wege gegen die Wand zu schleudern. Noch nie hatte sich etwas so falsch angefühlt wie die letzten Stunden.

Doch wenn Austin mir auf diese Art und Weise ein Zeichen zukommen ließ, konnte ich es nicht ignorieren. Ich hatte lange genug gelogen, was diesen Neuanfang anging. Insgeheim war ich dafür immer noch nicht bereit. Nicht solange ich nicht sicher wusste, was in jener Nacht geschehen war. Plötzlich kannte ich nicht nur seinen Namen, sondern auch sein Gesicht. Seine ganze gottverdammte Erscheinung, die nicht zu dem kaltblütigen Menschen in meiner Vorstellung passte. Aber er war es. Hinter hypnotisierenden Augen und diesem perfekten

Gesicht verbargen sich Abgründe. Es war an mir herauszufin-den, wer Samuel Averett wirklich war. Und das Monster in ihm wieder zum Leben zu erwecken. Bis jeder erfahren würde, was er getan hatte.

»Laurie?« Ambers Stimme klang gepresst, sie murmelte eine Entschuldigung, im Hintergrund knallte eine Tür. »Was gibt's?«

Panisch wechselte ich die Straßenseite, als mir eine Gruppe Studenten entgegenkam. Ich musste so schnell wie möglich weg von diesem verfluchten Campus, ehe ich jemandem begegnete, den ich kannte.

»Er ist hier, er ist mein bescheuerter Tutor«, brach es aus mir heraus. Krampfhaft versuchte ich, meine Stimme zu dämpfen.

»Äh, was? Ich glaube, du musst mir erklären, was ...«

Ich presste das Telefon fester gegen meine Wange und schüttelte den Kopf. »Wie zur Hölle ist das möglich, Amber, womit hab ich das verdient ...«

»Laurence Cavelle!« Ihre durchdringende Stimme brachte mich zum Schweigen. »Halt die Klappe und sag mir verdammt noch mal, was los ist.«

»Das widerspricht sich. Ich kann nicht die Klappe halten und dir ...«

»Laurie!«

»Okay.« Ich holte tief Luft. »Ich hatte mein erstes Seminar.«

»Ja, und? War es so dermaßen kacke?«

»Nein ... Also, doch.« Ich verstummte. *Atmen, Laurie. Hör auf, dich so lächerlich aufzuführen.* »Ich ... ich hab Sonntag 'nen

Kerl kennengelernt.« Es kostete mich all meine Selbstbeherrschung, die Worte halbwegs verständlich herauszubringen.

»*Was*?!« Ich hielt das Handy etwas vom Ohr weg, so schrill
klang Amber plötzlich. »No freaking way, und das erzählst du
mir *jetzt*?«

»Hör auf, hör auf, hör auf«, bettelte ich. »Es ist nicht so. Es
ist, also, er … Ach Scheiße.« Der Druck in meinen Augen
stieg, doch ich würde nicht weinen. So viel Macht durfte er
nicht über mich haben.

»Laurie.« Ich wusste, was Amber dachte, noch bevor sie es
aussprach, so tonlos klang sie mit einem Mal. »Erzähl mir jetzt
bitte nicht, dass ihr's ohne Kondom gemacht habt.«

»Nein! Wir haben gar nichts … Ich hab ihn nicht mal geküsst. Wir haben nur geredet. Und wir waren kiten. Da wusste ich ja noch nicht, dass er mein Tutor ist und vor allem *wer*
er ist.«

»Du warst wieder kiten?«, fragte Amber überrascht, doch
dafür hatte ich jetzt keine Nerven.

»Amber, es ist dieser Sam. Und ich hatte keine Ahnung.
Samuel Averett.« Jede Silbe seines gottverfluchten Namens
brannte sich auf direktem Weg in meine Seele. Genau dorthin,
wo sie vor Jahren Narben hinterlassen hatten.

»Hä, wer?«, fragte Amber, doch dann schien sie zu begreifen.
»Was? Nein, das ist nicht möglich. Das … Verdammt, Laurie.«
Nun schossen mir doch die Tränen in die Augen.

»Willst du mir gerade ernsthaft sagen, es ist der Typ, der mit
Austin …?«

Ich presste die Lider zusammen, doch es war unmöglich,
nicht zu heulen.

»Shit«, flüsterte Amber so leise, dass ich mir nicht sicher war,
ob sie es wirklich gesagt hatte. »Das … das ist … Ich verstehe
nicht …«

»Ich doch auch nicht! Ich versteh gar nichts mehr. Ich dachte gerade, ich hätte neu angefangen. Alles war so leicht, ich war mit Leuten weg, wir waren sogar in einer Bar, es war schlimm, aber nicht so schlimm, wie ich befürchtet hatte. Er war dabei und hat es erträglich gemacht. Und jetzt …«

»Ist ihm klar, dass du Austins Schwester bist?«, unterbrach sie mich.

»Das ist ja das Lächerlichste«, presste ich hervor. »Eben in seinem Kurs hat er die verfluchte Teilnehmerliste vorgelesen und … Er hat überhaupt nicht reagiert, als er meinen Nachnamen gesehen hat.«

»Vielleicht kennt er nur Austins Namen und deinen nicht?«

»Denkst du wirklich?«

»Es würde mich nicht wundern.«

Ich schwieg. Je länger ich darüber nachdachte, desto mehr Sinn ergab es. Selbst einige meiner Schulfreunde waren überrascht gewesen, als sie herausgefunden hatten, dass Austin und ich verschiedene Nachnamen hatten.

»Okay.« Ich hörte sie durchatmen. »Okay, das kommt unerwartet. Aber Laurie, das kriegen wir hin. Du kannst bestimmt die Gruppe wechseln und einfach …«

»Nein, kann ich nicht. Ich hab's schon versucht, aber keine Chance.«

»Gar keine?«

»Absolut keine.«

»Dann hältst du dich einfach von ihm fern. Mein Gott, er ist nur dein Tutor.« Natürlich wurde sie misstrauisch, als ich darauf nichts erwiderte. »Oder etwa nicht?«

»Er hat mir seine Nummer gegeben.«

»Du hast sie hoffentlich sofort wieder gelöscht.«

Ich schluckte hart.

»Laurie, was soll der Bullshit?«

»Ich … ich dachte, vielleicht ist es ein Zeichen oder so.«

»Was? Dass du den Kerl in Vancouver triffst?« Amber zögerte. Meine beste Freundin war nicht dumm. Sie würde mich sofort durchschauen. Ungefähr in drei, zwei … »Bitte sag mir, dass das nicht dein verfluchter Ernst ist.«

»Ich habe mich jahrelang gefragt, was in dieser Nacht wirklich passiert ist. Ich träume immer noch davon, Am! Ich … Er muss es wissen, er war dabei. Vielleicht kann ich …«

»Willst du ihn fragen?«

»Nein.« Ich holte tief Luft. »Ich weiß nicht, ob er dann die Wahrheit sagen würde.«

»Laurie, bitte«, drängte Amber, und ich konnte mich nur schwer davon abhalten, einfach aufzulegen. »Bitte, lass es einfach gut sein. Wer weiß, ob der Kerl wirklich der von damals ist.«

»Er studiert fucking Medizin, Amber!«

»Ich kenne dich, Laurie.« Sie klang mit einem Mal ganz ruhig. »Er triggert dich nur, halt dich einfach fern. Und lösch seine verfluchte Nummer. Du hast Seelenfrieden verdient.« Sie zögerte.

Ich drehte den Kopf, als ein Linienbus Richtung Downtown angebraust kam. Entschlossen tastete ich nach meinem Semesterticket und lief auf die Haltestelle zu.

»Versprichst du mir, keinen Mist zu bauen?«

»Ich werde mir Mühe geben«, nuschelte ich, während ich in den Bus stieg und mein Ticket an das elektronische Lesegerät hielt.

»Was machst du heute noch?«

»Nach Hause fahren und mich mit *Riverdale* im Bett verkriechen.«

»Klingt gut. Hast du eine Familienpackung Eis?«

»Noch nicht«, schnaubte ich.

»Dann auf zu *Thrifty Foods*! Es war ein harter Tag.«

»Wir haben keinen in der Nähe.«

»Gott bewahre, du brauchst dringend einen fahrbaren Untersatz, mein Herz.«

»Ich weiß«, seufzte ich. »Und einen Job.«

Während ich Amber von der freien Stelle in Emmetts Diner erzählte, beruhigte ich mich allmählich wieder. Der hohle Schmerz in meiner Brust ließ nach, und es tat gut, mir von Amber berichten zu lassen, wie ihr Tag gelaufen war. Banale Gespräche, so tun, als wäre alles in Ordnung. Als wir uns schließlich verabschiedeten, weil ich demnächst aussteigen und für meine Busverbindung zur WG einen Blick in Maps werfen musste, fühlte ich mich wieder annähernd zurechnungsfähig. Mir blieb keine Zeit, zu meinen zerstörerischen Gedanken zurückzukehren, denn kaum hatte ich die App geöffnet, leuchtete ein Anruf auf meinem Display auf.

»Hey, meine Lieblingsmitbewohnerin!« Emmett schien bester Laune. Der Kerl war echt unglaublich. »Was machst du gerade?«

»Bin auf dem Weg nach Hause. Was gibt's?«

»Ah, fantastisch. Also keine Uni mehr?«

»Nein, heute nicht.«

»Prima.« Er legte eine vielsagende Pause ein. »Willst du vorbeikommen und einen Arbeitsvertrag unterschreiben?«

*

Beverly war eine zierliche Frau in den Fünfzigern mit rot gefärbten Haaren und einer von der Sonne beinahe ledern gegerbten Haut. Mit ihrer tiefen Reibeisenstimme hatte sie mir einige simple Fragen gestellt und mich anschließend mit Emmett, der mich ihr bereits als ihre zukünftige Mitarbeiterin des

Monats vorstellte, allein gelassen, um ein paar Stunden zur Probe zu arbeiten. Emmett lieh mir eine seiner roten Kellnerschürzen und betrachtete mich zufrieden, als ich damit aus der Umkleide kam und zu ihm hinter die Bar trat.

»Ist das nicht fantastisch?«, fragte er, während wir wenig später gemeinsam Gläser abtrockneten. »Wir beide, das coolste Diner der Stadt und ganz viel Zeit, in der du mir von allen möglichen Dingen erzählen kannst. Zum Beispiel, wie euch Virgin Vanilla geschmeckt hat.«

»Ich dachte, du sollst mich einarbeiten, nicht ausquetschen?«

»Weißt du, Laurie, es ist ein absolut sexistisches Gerücht, dass nur ihr Frauen multitaskingfähig seid. Ich kann sehr wohl beides gleichzeitig.«

»Bist du dir sicher?« Obwohl ich nicht gerade in bester Stimmung war, übertrug sich Emmetts gute Laune auf mich und drängte die Erinnerung an den furchtbaren Vormittag in der Uni in die dunklen Ecken meines Kopfes.

»Ich meine, es hat bisher ganz gut funktioniert.« Er hielt eines der Gläser prüfend gegen das Licht und polierte die Kalkflecken weg. »Also, wie war das Date, das du mit deinem Begleiter hättest haben können?«

Der hohle Schmerz in meiner Brust kehrte zurück. Ich wollte nicht daran denken, dass ich Sonntag noch hier mit Sam gesessen hatte. Ohne einen Schimmer, dass er die Person war, die ich am allerwenigsten in meinem Leben brauchen konnte.

»Es war kein Date, Emmett.«

Sein Blick zuckte wissend zu mir, doch dann veränderte sich der Ausdruck in seinen dunkelbraunen Augen. Statt weiterzuwitzeln, ließ er es zu, dass ich das Thema wechselte.

»Hast du heute keine Uni?«

»Dienstags habe ich meinen freien Nachmittag.«

»Nach *frei* sieht das hier aber auch nicht wirklich aus.«

Emmett zuckte leichthin mit den Schultern, doch mir entging der Schatten nicht, der sich über sein Gesicht legte.

»Ich muss ein bisschen schauen, wie ich mit der Kohle hinkomme, also ja …« Er warf sich das Geschirrtuch über die Schulter und half mir, die Gläser ins Regal zu räumen. »Eigentlich habe ich einen Job auf dem Bau, aber seit eine Kollegin hier gekündigt hat, springe ich auch unter der Woche ein. Und artsy Kitsilano-Hipster bedienen ist doch deutlich entspannter, als Eimer voller Bauschutt zu schleppen.«

Mein Blick huschte über seine schlanken, aber wohldefinierten Oberarme, über denen sich die aufgekrempelten Ärmel seines Shirts leicht spannten.

»Wo du's gerade sagst … Es ist kein Zufall, dass unsere Katze so heißt wie dieser Stadtteil, richtig?«

Emmett lachte. »Ich wusste, es war nur eine Frage der Zeit.«

»Dazu gibt es bestimmt eine tolle Geschichte, oder?«

»Na ja, toll ist sie nicht wirklich. Ich war letztes Jahr hier im Viertel laufen und neben dem Parkplatz am Strand hat es mich aus einer Pappschachtel an den Müllcontainern angemiaut. Drin saß dieses kleine Fellknäuel neben einem Zettel mit den Worten *Zu verschenken*.« Emmett schnaubte leise, fast so, als könnte er es noch immer nicht fassen. »Als wär sie kein Lebewesen, sondern irgendein ausrangierter Gegenstand, den man einfach so auf der Straße abstellt.«

»Krass«, entfuhr es mir.

»Einfach völlig daneben. Aber gut, seitdem haben wir eine WG-Katze. Und wie sie heißen soll, war sofort klar. Wir haben sie mit der Flasche aufgepäppelt, und wie du siehst, ist das Dickerchen ganz prächtig gediehen.«

»Wer kümmert sich um sie, wenn ihr beide nicht da seid?«

Emmetts Miene verdunkelte sich etwas. »Ich bin selten länger als ein Wochenende weg.«

»Kommst du aus der Gegend?«

Er nickte, wirkte jedoch plötzlich ungewohnt ernst. »Aus White Rock, einem Ort nicht weit von hier, direkt an der amerikanischen Grenze.« Er richtete den Blick auf die Theke. »Es ist ... ein bisschen kompliziert. Mein Dad ist früh gestorben. Mom ist ... sie hat genug damit zu tun, meine jüngeren Geschwister durchzufüttern. Und meine Großeltern, seit sie letzten Winter zu ihnen gezogen sind. Ich versuche so oft wie möglich dort zu sein, aber manchmal schaffe ich es einfach nicht.«

»Tut mir leid«, brachte ich hervor, doch ehe ich weitersprechen konnte, schien Emmett sich bereits wieder gefangen zu haben. Als er sich zu mir drehte, präsentierte er mir erneut nichts als sein gewinnendes Lächeln.

»Aber gut, Lust, die Leute in der Küche kennenzulernen? Moose wird dir die Füße küssen, wenn er zu den Stoßzeiten nicht mehr selbst Bedienung spielen muss.«

Emmett führte mich durch die Schwingtüren in die Küche und stellte mich der vierköpfigen Crew vor, dann widmeten wir uns hinter der Bar dem Mixen der ersten Drinks, und Emmett gab mir einen Crashkurs im Bestellungen-Aufnehmen und Servieren. Schließlich brachte ich es tatsächlich fertig, drei Teller auf einmal zu balancieren, ohne dass etwas zu Bruch ging. Auch wenn ich noch eine ganze Weile brauchen würde, bis ich ebenso leichtfüßig wie Emmett durchs Diner eilen, mit den Gästen schäkern und gleichzeitig ihre Wünsche behalten würde, die Arbeit machte mir Spaß. Und sie half mir zu verdrängen. Knappe zwei Stunden begleitete ich Emmett während seiner Schicht, und als wir um kurz vor sechs gemeinsam die Schürzen in seinen Spint hängten, konnte ich kaum glauben, was zuvor an diesem Tag geschehen war.

Ich verbot es mir, mich an den Vormittag und Sam zu erinnern, während ich meine Unterschrift auf die dafür vorgesehene Linie des Arbeitsvertrags setzte und unter Beverlys festem Händedruck angestrengt lächelnd die Zähne zusammenbiss.

Ich wurde das Gefühl nicht los, dass Emmett meine Anspannung nicht entging. Doch er verlor kein Wort darüber. Nicht während er mich rasch seiner Ablöse vorstellte, einer jungen Frau in unserem Alter mit lila Haarspitzen, unzähligen Tattoos und dem strahlendsten Lächeln, das ich je zu Gesicht bekommen hatte. Und auch nicht, während ich mich neben ihn in seinen alten Subaru setzte, der definitiv schon bessere Tage gesehen hatte, aber seinen Zweck erfüllte. Während wir nach Hause fuhren, lag mein Handy wie ein glühendes Eisen in meiner Hand. *Lösch seine verfluchte Nummer ...* Ambers drängende Stimme. *Er triggert dich nur.*

Vermutlich wäre es klüger, ihren Rat zu befolgen. Meine beste Freundin kannte mich. Manchmal sogar besser als ich mich selbst. Und trotzdem tat ich es nicht. Es wäre lächerlich gewesen. Ich sah den Kerl morgen im Präpkurs wieder. Und Freitag im Seminar. Und Dienstag gleich wieder. Für die nächsten Wochen war ich gefangen, und mein Käfig nannte sich Gruppe 12.

Ich lehnte den Kopf zurück. Strahlen der tief stehenden Sonne fielen durch die Windschutzscheibe auf mein Gesicht. Ich schloss die Augen.

Was tat ich nur?

— EINTAUSEND UND IMMER —

Ich hatte nie verstanden, wie man sich einer Sache zu hundert Prozent sicher sein konnte. Nicht den leisesten Zweifel hegte, dass sie absolut richtig sei. Sich nicht ständig den Kopf darüber zerbrach, einen tieferen Sinn suchte, die Bedeutung, andauernd.

Austin jedoch war sich sicher gewesen. Medizin studieren, Arzt werden. Das oberste Ziel, sein Lebenstraum, es stand völlig außer Frage, dass er alles dafür gab.

Sei zielstrebig, sei ehrgeizig. Tu alles dafür, der Beste zu sein, dich selbst zu übertreffen, jeden Tag, jedes Mal wieder.

Volle Punktzahl in der Hochschulzulassung, Jahrgangsbester, Prom King. Manchmal hatte ich den Eindruck, Austins Leben sei die Parodie einer Netflix RomCom, mit dem winzigen Unterschied, dass er es hinbekam, ein absoluter Streber und zugleich der beliebte Kerl zu sein. Während die anderen in der Highschool kaum wussten, wohin mit sich und wofür das alles, hatte er längst einen Plan.

Nach wie vor konnte ich mir nicht erklären, woher seine Faszination für die Medizin kam. In unserer Familie gab es keine Ärzte oder Krankenpfleger. Und doch hatte er alles an Filmen und Büchern verschlungen, was er in die Finger bekam, und sich schon als Kind stundenlang mit seinem OP-Spiel beschäftigt.

Seine erste Halloween-Verkleidung, an die ich mich bewusst erinnerte, bestand aus einem weißen Kittel und einer Notarzttasche. Zu einer Party in der Grundschule verkleidete er sich als Chirurg, nachdem Chelsea McQuistons Vater ihm aus dem Krankenhaus Mundschutz, Haube und einen sterilen Kittel mitgebracht hatte. Austin hatte die Sachen anschließend in seinem Wandschrank aufbewahrt.

Zu behaupten, ich sei deshalb eifersüchtig auf ihn gewesen, wäre falsch. Ich liebte meinen großen Bruder, und auch wenn ich ihn um seine klaren Visionen beneidete, hätte ich niemandem den Erfolg so sehr gegönnt wie ihm. Austin verdiente es. Er verdiente die ausgezeichneten Noten, die hervorragenden Empfehlungsschreiben, den lächerlich perfekten Pre-Med-Abschluss. Er verdiente es, an seiner Wunschuni für seinen Traumstudiengang zugelassen zu werden. Er war so verdammt glücklich gewesen.

Vielleicht bestand das Problem darin, dass ich seinen Lebenstraum nicht einfach für ihn erfüllen konnte. Ich interessierte mich für den menschlichen Körper, ich wollte Menschen helfen. Aber die Vorstellung davon hatte mich nie so vollends erfüllt wie ihn. Amber hatte gesagt, ich müsse nicht ausschließlich für das Studium leben, um eine gute Ärztin zu werden. Ich wollte wirklich glauben, dass sie recht behielt.

Vielleicht war ich sprunghaft, ein schwacher Charakter, der dazu neigte, sich schnell verunsichern zu lassen. Einer Sache wirklich sicher gewesen war ich mir selten. Mein Bachelor-Studienfach hatte ich aus einer Reihe von Möglichkeiten gewählt, wobei mir keine davon Herzklopfen und aufgeregtes Magenflattern bereitet hatte. Ich war im Grunde mehr oder weniger hineingerutscht. Es war wie mit meiner Beziehung zu Jack. Sie gefiel mir, aber die Zweifel blieben.

Selbst vor meinem Umzug nach Vancouver war ich mir unsicher gewesen, ob das, was ich tat, wirklich das Richtige war. Dann traf ich Sam. Und zum ersten Mal in meinem ganzen verfluchten Leben wusste ich eine Sache mit tausendprozentiger Sicherheit.

Ich würde alles daransetzen, die gottverdammte Wahrheit ans Licht zu bringen.

12. KAPITEL

Ich presste den dicken Anatomieatlas an meine Brust und klammerte mich an ihn wie an einen Anker. Ich war vorbereitet. Ich trug die blauen Scrubs und meinen Kittel, hatte die angegebenen Kapitel im Lehrbuch studiert und fühlte mich doch kein bisschen bereit für diesen Tag. Mein Magen drohte sich schon vor dem Präpsaal umzustülpen. Vielleicht hätte ich etwas frühstücken sollen, doch ich hatte beim besten Willen nichts herunterbekommen. Nicht einmal die Pancakes, die Hope an diesem Morgen gebacken hatte.

Kian wartete vor dem Saal, durch dessen Flügeltüren aus milchigem Glas bereits die ersten Kommilitonen hineinströmten. Am liebsten wäre ich auf der Stelle wieder umgedreht.

Plötzlich war alles so verflucht real, dass ich kaum atmen konnte. Egal, wie viele Erfahrungsberichte und YouTube-Videos mit Tipps zum ersten Präparierkurs ich gelesen und angeschaut hatte. Nichts kam an den Moment heran, in dem all das Wirklichkeit wurde.

»Hey, na?« Kian wirkte selbst etwas blass um die Nase und sah immer wieder verunsichert zu den Türen. »Bereit für die Kammer des Schreckens?«

»Es wird schon nicht so schlimm werden«, presste ich hervor, nahm mir jedoch die Worte selbst kaum ab.

»Immerhin ist Sam auch da.«

Und leider beruhigte mich das nicht im Geringsten. Im Gegenteil: Es reichte nicht, dass ich gleich in einen Saal voller Tod gehen würde, nein. Ich sollte dabei auch noch Samuel Averett ins Gesicht schauen.

Mein Herz rutschte mir in die Hose, während ich Kian folgte und meinen Studentenausweis hervorkramte, den wir am Eingang vorzeigen mussten. Präparateure in blauen Kitteln winkten uns mit gelangweilten Mienen hinein. Für sie schien das hier eine alltägliche Angelegenheit zu sein. Ob auch ich irgendwann abstumpfen würde und keinen Puls von zweihundert mehr hatte, sobald ich mich diesem Raum näherte?

»Er macht das bestimmt richtig gut mit den neuen First-Years«, plapperte Kian, doch ihre Stimme klang dünner als sonst. Während sie in hilfloses Plaudern verfiel, wurde ich immer stiller.

»Mhm.« Mein Lächeln scheiterte kläglich. Ein scharfer Geruch stieg mir in die Nase, kaum dass wir den Saal betreten hatten.

Obwohl an die hundert Leute im Raum sein mussten, war es bis auf das Surren der Lüftungsanlagen an der Decke gespenstisch ruhig. Ich blickte in bleiche und starre Gesichter, die hilflos auf die Tutoren und Dozenten oder die Tische gerichtet waren. Es war eiskalt, und ich bekam eine Gänsehaut am ganzen Körper, als die kühle Luft in Kragen und Ärmel meines Kittels kroch. Mit jedem Schritt machten die Sohlen meiner Sneakers dumpfe Geräusche auf dem zweckmäßigen Fliesenboden. Die formalingeschwängerte Luft ließ meine Augen tränen, als ich an einer langen Reihe metallener Waschbecken vorbeiging, der stechende Geruch schien meine Schleimhäute wegzuätzen.

Durch den Mund atmen, Laurie. Ich hatte es oft genug gelesen. Die ersten fünf Minuten waren die schlimmsten. Es konnte nur besser werden.

Als ich an den ersten Tischen vorbeikam, musste ich schlucken. Sie waren abgedeckt mit strahlend weißen Tüchern, unter denen sich die Körperformen abzeichneten. Formen *echter* Körper. Das hier waren keine Plastikattrappen. Das waren echte Menschen. Sie alle hatten zu Lebzeiten freiwillig entschieden, ihren Körper nach dem Tod der Wissenschaft zur Verfügung zu stellen, doch das machte sie nicht weniger menschlich. Im Gegenteil.

Kian hatte Sam entdeckt, der sich an einem der hinteren Tische mit dem McDreamy-Mädchen und einem anderen Studenten aus Gruppe 12 unterhielt. Mit steifen Bewegungen kam ich näher.

Kian umarmte ihn sofort, ich gab mir Mühe, beschäftigt zu wirken, und suchte einen geeigneten Ablageplatz für meinen Atlas. Hauptsache, er kam nicht auf die Idee, mich auch so zu begrüßen. Am besten, er sah mich überhaupt nicht an. Mein Herz hämmerte.

Reiß dich zusammen, Cavelle. Wenn er hier stehen kann, kannst du es auch.

Ich hatte mich nicht bei ihm gemeldet. Seine Nummer gelöscht aber auch nicht. War er sauer? Oder beleidigt? Erst als ich mich neben den anderen rund um den Tisch einfand und den Begrüßungsworten unserer Dozentin lauschte, sah ich wieder zu ihm.

Ein Fehler. Denn der Blick seiner Ozeanaugen war geradewegs auf mich gerichtet. Fast so, als hätte er mich die ganze Zeit über angesehen.

Ich schaute sofort wieder weg, auf das weiße Tuch, heuchelte Interesse. Doch gleichzeitig spürte ich erneut die Übelkeit in mir hochkommen. Wie zur Hölle sollte ich das hier überleben?

Hilflosigkeit machte sich in mir breit. Floss durch meine Adern, gemeinsam mit einer irrationalen Angst. Das hier war nur Uni, redete ich mir gut zu. Mir konnte nichts passieren. Ich musste ruhiger atmen. Mein Herz zwingen, langsamer zu schlagen. Doch die aufkeimende Panik hielt mich bereits fest in ihrer eisernen Faust.

Ich musste mich einfach irgendwie ablenken. Der Dozentin zuhören, denn bislang war kaum mehr als ein Bruchteil ihrer Worte bei mir angekommen. Doch nun übergab sie an Sam, der uns erklärte, wie wir den Körperspender aufdecken sollten.

Ich wollte es gar nicht sehen. Schon die Vorstellung genügte, und Schwindel tanzte hinter meiner Stirn.

Rings um mich herum schlüpften die Studenten in Einmalhandschuhe, ehe sie die weißen Tücher entfernten. Nur ich stand da wie erstarrt. Darunterliegende Plastikfolien raschelten im ganzen Saal, und der kaum erträgliche Geruch des Formalins wurde noch intensiver. Meine Augen brannten und tränten. Doch vielleicht nicht nur deshalb.

Als der Körper entblößt vor uns lag, hatte ich das dringende Bedürfnis, mich irgendwo festzuhalten. Ich hatte noch nie einen toten Menschen gesehen. Außer …

Meine Knie wurden weich, doch ich zwang mich, gleichmäßig zu atmen. Das hier war wichtig für meine Anatomiekenntnisse. Ich musste mich nur aufs Wesentliche konzentrieren. Es interessant finden und faszinierend. Den anderen gelang es doch auch.

Es funktionierte nicht. Meine Kehle schnürte sich weiter zu. Keine Ahnung, was Sam sagte. Ich hörte ihn nicht mehr. Nur weißes Rauschen, abwechselnd Hitze und Eiseskälte in meiner Brust. Mein Pulsschlag dröhnte in meinen Ohren. Ich musste hier raus. Jetzt, auf der Stelle. Ich konnte nicht hier stehen, in einem Raum voller Tod, so übermächtig, dass ich nicht mehr atmen konnte.

Oder mich zumindest kurz setzen …

Sams Blick zuckte alarmiert zu mir, als ich leicht in die Knie ging. Die Köpfe der anderen wandten sich mir zu. Seine Lippen bewegten sich, doch sie taten es ohne Ton. Watte lag auf meinen Ohren. Dichter Nebel hüllte mich ein.

Mir brach der kalte Schweiß aus, mein Herz raste. Ich klammerte mich an das kühle Metall, doch es nützte nichts. Die Wände kamen näher, mein Blickfeld verengte sich. Alles geschah wie in Zeitlupe und doch viel zu schnell. Ich hatte nicht den Hauch einer Chance.

Irgendwer griff nach mir, Sam machte einen Satz auf mich zu.

Die Last auf meiner Brust ließ nach. Alles wurde leichter, während ich fiel. Die Stimmen hörte, die Hände spürte.

Was folgte, war die Dunkelheit.

13. KAPITEL

Pechschwarze Stille. Allmählich wurde mir wärmer. Wenn das hier das Ende war, gefiel es mir eigentlich ganz gut. Es war beinahe gemütlich. Und definitiv besser als das grelle Licht, als ich blinzelte. Unscharfe Umrisse setzten sich zu fremden Formen zusammen. Mit jedem Atemzug kehrte ein Stück Realität zurück.

Jemand hielt meine Beine hoch und ließ sie langsam wieder nach unten sinken. Warm und fest legte sich eine Hand an meinen Arm. Die Realität nahm an Fahrt auf, jemand hatte den Ton wieder eingeschaltet. Plötzlich stürzten alle Erinnerungen auf mich ein.

Präpsaal, abgedeckte Körper. Austin. Und …

Ich fuhr herum.

»Hey, ganz langsam.«

Ich blickte in die Ozeanaugen und sank zurück. Sam sah mich an, so besorgt, dass ich mich nicht mehr bewegen konnte. Er saß vor mir auf einem Hocker neben der Liege, die den winzigen Raum beinahe komplett ausfüllte. Nur er. Mit mir. Hier drin. Absolute Stille.

Oh Gott, ich war tatsächlich umgekippt. Kein Zweifel, der absolute Worst Case war eingetreten.

Mit einer Hand tastete ich an meine Stirn, hinter der die Kopfschmerzen hämmerten. Ich schloss die Augen.

»Fuck, ey«, murmelte ich lautlos.

»Schon gut, bleib einfach liegen. Du bist nicht allein, ich bin da, falls …«

Seine Stimme verschwand im Rauschen.

Er ahnte nicht ansatzweise, dass genau *das* mein Problem war. Dass *er* da war. Er, den ich als Allerletzten in meiner Nähe haben wollte.

Und doch war ich entgegen aller Vernunft froh über seine Anwesenheit. Seine Finger strichen beruhigend über meine Schulter. Tränen schossen mir in die Augen. Es war alles zu viel.

»Du musst atmen, Laurie.«

Ich presste die Lider fester aufeinander. *Seine beschissene ruhige Stimme …*

»Hey.« Als sein Griff um meine Schulter fester wurde, schlug ich die Augen wieder auf. Er war direkt vor mir. »Atmen.« Er flüsterte. Und ohne es zu wollen, tat ich, was er sagte. »Schau mich an.«

Die Tränen brannten in meinen Augen, mein Herz rebellierte. Ich wusste nicht, wie lange ich so dalag, einfach nur atmete. Doch irgendwann ließ das Engegefühl in meiner Brust nach.

»Laurie, ich muss das fragen. Nimmst du irgendwelche Medikamente? Chronische Krankheiten, irgendetwas, das ich wissen sollte? Kian konnte mir nichts sagen.«

Ein Kopfschütteln war alles, was ich zustande brachte.

»Gar nichts?«

»Nein, ich …« Meine Stimme war ein einziges Krächzen.

»Was war los?«

Ich schaffte es nicht einmal, mit den Schultern zu zucken.

»Alles zu viel geworden?« Er nahm den Blick nicht von mir. Keine verdammte Sekunde lang. Und Sam sah alles. Mich und meine ganze Verzweiflung. Ich atmete tief ein und verbarg mein Gesicht in den Händen.

So viel zu *Halt dich von ihm fern*. Das hatte ja wunderbar geklappt. Jetzt saß er neben mir in einem lächerlich kleinen Raum und musste meinen rasenden Herzschlag wohl mit bloßen Ohren hören.

Ein lautes Ratschen zerriss die Stille, und ich nahm die Hände vom Gesicht.

»Darf ich?« Sam hielt fragend die Blutdruckmanschette und das Stethoskop hoch. Ich zwang mich zu einem Nicken und schälte mich aus meinem Kittel. Dann hielt ich still, während er sich an meinem Arm zu schaffen machte. Seine Finger streiften meine Haut. Er befestigte den Klettverschluss, und ich spürte, wie sich die feinen Härchen auf meinem Arm aufrichteten. Er hatte es bemerkt, ganz sicher.

»Sag mir bitte, dass du heute schon was gegessen hast.« Mit einer Hand pumpte er die Manschette auf, mit der anderen steckte er sich das Stethoskop in die Ohren. Fragend sah er mich an. Mein Schweigen genügte, und seine linke Augenbraue wanderte missbilligend in die Höhe.

»Hab nix runtergekriegt«, gab ich zu und meinte, ihn leise seufzen zu hören. Dann senkte er den Blick, als der Druck um meinen Arm unangenehm wurde, und ließ die Luft aus der Manschette ab.

Eine steile Falte grub sich zwischen seine Augenbrauen, während der Zeiger auf dem Zifferblatt zitternd in den Keller rauschte.

»Dann wundert mich erst recht nichts mehr.« Er tastete nach meinem Handgelenk, und ich verharrte, während Sam die Uhr an der Wand fixierte. Unendlich lange und stille fünfzehn Sekunden später sah er mich wieder an. Auf seinem Gesicht lag ein Ausdruck, den ich bislang nicht bei ihm kannte.

War er genervt, weil er sich um mich kümmern musste? Es kostete mich all meine Überwindung, nicht einfach wegzusehen.

Ich stützte mich auf der Liege ab, sobald er mich von der Manschette befreit hatte. Als er auf dem drehbaren Hocker zu einer Tasche am Ende der Liege rollte, richtete ich mich etwas auf. Die Welt um mich herum schwankte nur noch ein kleines bisschen.

»Hey, bleib sitzen.« Er funkelte mich warnend an, während er etwas Knisterndes aus den Tiefen seiner Tasche beförderte. Ich erkannte den Müsliriegel erst, als er ihn mir demonstrativ hinhielt. »Erst isst du was.«

»Ist das dein Mittagessen?«

»Das ist der Notfallsnack, den ich immer dabeihabe für den Fall, dass einer meiner First-Years 'nen Abgang macht.«

Röte schoss mir in die Wangen, und ich griff nur nach dem Müsliriegel, um Sam nicht weiter ansehen zu müssen.

Er rollte ein Stück zurück, lehnte sich mit dem Rücken an die Wand und legte den Knöchel seines angewinkelten Beins auf das Knie des anderen. In meinem Hals bildete sich ein Kloß, während ich den Riegel zwischen den Fingern drehte. Mag sein, dass mein Körper nach Nahrung verlangte. So deutlich, dass er mir zwischenzeitlich die Lichter ausgeknipst hatte. Doch mein Magen rumorte immer noch.

»Rede mit mir.« Seine Stimme war völlig ruhig. Uns trennten kaum zwei Meter, und sein Blick ging tief.

»Wie schaffst du das?« Ich klang heiser. »Wie kannst du da drinnen stehen, während um dich herum nur …« Ich brach ab, als mir bewusst wurde, dass ich mich völlig lächerlich machte. »Vielleicht ist das alles einfach doch nichts für mich.«

»Denkst du nicht, es ist ein wenig früh, um schon aufzugeben?«

Ich brachte nicht mehr als ein Schulterzucken zustande.

Entgegen meiner Erwartung folgte keine hohle Floskel. Kein *Reiß dich zusammen* oder *Gewöhn dich besser dran.* Sam sah mich an. Lange. Schließlich beugte er sich vor und stützte die Ellbogen auf den Knien ab.

»Es wird besser«, sagte er. »Mit jedem Mal wird es ein kleines bisschen erträglicher. Unvorstellbar, ich weiß. Aber in ein paar Wochen wird es sich ganz normal anfühlen. Mein erstes Mal da drinnen war auch purer Horror.«

»Aber du bist nicht vor allen zusammengeklappt.«

»Nein, bin ich nicht, aber es hat nicht viel gefehlt. Ich bin aufrecht stehen geblieben und war anderthalb Stunden wie gelähmt. Danach bin ich raus und anstatt zu meinem Spint auf die Toilette gegangen. Ich hab mich übergeben und lautlos dabei geheult. Ich wollte nie wieder da rein. Und dann kam die nächste Stunde und die übernächste, und es war immer noch furchtbar, aber es wurde besser.«

Ich schluckte hart. »Und warum tust du dir das an?«

Er sah hoch. »Weil es nur diese eine Option gibt.« Seine Stimme genügte, und ich bekam wieder eine Gänsehaut. »Wir bezwingen uns selbst, jeden Tag aufs Neue. Und jeder von uns hat einen Grund, ansonsten würden wir es nicht durchhalten.«

Meine Finger krampften sich um den Müsliriegel. »Und wenn mein Grund nicht reicht?«

»Ich kenne deinen Grund nicht, aber ich habe dich gesehen. Ich wusste es von der ersten Sekunde an. In dir brennt etwas. Und die Flamme lodert höher als bei anderen.«

Oh, wie recht er hatte ... Es war Austins verfluchtes Vermächtnis, das in mir hochzüngelte. Und jetzt saß ich hier, mit dem Kerl, der ihn auf dem Gewissen haben könnte. Weil ich verdammt noch mal zu schwach gewesen war. Bei meinem ersten Versuch, Austins Traum zu erfüllen, einknickte. Meine Kehle wurde enger. Vielleicht würde ich auch einfach an diesem beschissenen Müsliriegel ersticken.

»Ich will, dass wir gemeinsam wieder reingehen, Laurie.« Sams Stimme riss mich aus meinen Gedanken. Als er meinen Namen sagte, schien für einen Augenblick die Zeit stillzustehen. »Ich bin die ganze Zeit hinter dir. Und wenn es dir zu viel wird, gibst du mir ein Zeichen. Aber es ist wichtig, okay? Wenn du dich heute von deiner Angst besiegen lässt, schlägt sie beim nächsten Mal nur noch geballter zu.«

Wieso hatte ich den Eindruck, er wusste nur zu gut, wovon er sprach? Und wieso wich der Hass in meiner Brust diesem verzweifelten Verlangen, seine Haut auf meiner zu spüren? Warum nur musste er es mir so schwer machen?

Ich nickte, ohne es wirklich zu wollen.

»Aber vorher musst du was essen.«

Das Knistern war ohrenbetäubend laut, als ich die Verpackung öffnete. Einen kurzen Moment lang rang ich mit mir. Dann nahm ich einen ersten Bissen.

»Warum tust du das?«, brachte ich hervor.

Sams Lippen verzogen sich zu einem leichten Grinsen. »Ich werde dafür bezahlt.«

»Sam …«

Seine Miene wurde wieder ernst. »Weil ich weiß, wie es ist. Wie allein man sich fühlt, gerade am Anfang, wenn man glaubt, es nicht zu schaffen.« Er zögerte. »Und deshalb will ich etwas zurückgeben. Meine Erfahrungen teilen, damit andere es leichter haben. Das Leben ist hart genug. Ich glaube, jemand wie du weiß das …«

Kälte durchflutete mich. *Oh Gott.* Hatte er vielleicht doch eine Ahnung? Doch während mein Herz stolperte und er mich weiter ansah, verschwand meine Furcht.

Verfluchte Scheiße, wenn ich bei ihm war, vergaß ich, wer er war. Es war, als hypnotisierte er mich. Ich musste um alles in der Welt bei Verstand bleiben. Mich an meine Aufgabe erinnern. Herauszufinden, was sich hinter der Fassade des perfekten Vorzeigestudenten verbarg.

Ich zerknüllte die Verpackung. »Was ist dein Grund? Wieso willst du Arzt werden?«

Einen Moment lang schien er zu überlegen. »Ich habe die Hälfte meiner Kindheit im Krankenhaus verbracht. Meine Eltern sind beide Ärzte. Ich kannte es gar nicht anders, als nach der Kita mit in die Klinik zu kommen und im Wartebereich mit den anderen Kindern zu spielen. Den kranken Kindern oder ihren Geschwistern. Lange Zeit habe ich nicht begriffen, dass diese Kinder nicht deshalb im Krankenhaus waren, weil ihre Eltern dort arbeiten.« Sam schluckte, die ganze Zeit war sein Blick auf den Boden gerichtet. Dann sah er mich kurz an. »Meine kleine Schwester kam zur Welt, als ich acht war. Sloan war von Anfang an ein Sonnenschein. Alles an ihr ist hell und schillernd.« Ein trauriges Lächeln zuckte an seinen Lippen, und ohne dass er ein weiteres Wort sagen musste, wurde mir klar, wie sehr er sie liebte. »Sie war schon als kleines Kind ständig krank. Hatte dauernd Lungenentzündungen, einmal war es so schlimm, dass sie nicht mehr richtig atmen konnte. Es war ein Sonntag, einer dieser seltenen Tage, an denen Mom und Dad beide freihatten.« Seine Finger verkrampften sich um den Rand des Hockers. »Der Notarzt kam, und Sloan wurde sofort ins Krankenhaus gebracht. Sie musste beatmet werden, und ich durfte nicht zu ihr rein. Ich stand draußen in der Warteecke und um mich herum haben die anderen Kinder gespielt wie sonst auch immer. Plötzlich war alles anders. Ich wusste nicht, was passiert. Ob sie stirbt, was jetzt ist, und plötzlich war da ein Kollege meiner Eltern, der mich kannte und mitgenommen hat. Eigentlich hat er gar nichts Besonderes gemacht. Mir das Gefühl gegeben, dass ich nicht allein bin, und mir versichert, dass es ihr gut geht. Ich hatte so viel Angst, und da war dieser Arzt, der mich durch den härtesten Tag meines Lebens begleitet hat. Zumindest bis dahin war es der härteste. Ich habe später noch so oft daran gedacht, und irgendwie wusste ich, das ist es, was ich für andere Menschen tun möchte. Dann helfen und stark sein, wenn andere es nicht mehr können.«

Sekundenlang war es still.

»Wie geht es ihr heute?«

»Ausgezeichnet.« Seine Lippen verzogen sich zu einem Lächeln, doch seine Augen blieben ernst. »Sie hat chronisches Asthma, weshalb meine Familie schon vor Jahren aus Vancouver weggezogen ist. Sie leben jetzt in Victoria auf Vancouver Island, die Luft am Meer ist viel besser für sie.«

»Seht ihr euch oft?«

»Viel zu selten. Sie ist sechzehn, gerade in die Senior High gekommen.«

»Sie muss verdammt stolz auf dich sein.«

Sam lachte. »Sie ist die Einzige in unserer Familie, die mit Medizin absolut nichts am Hut hat. Sie weiß noch nicht, was sie machen will, aber sie weiß, dass es auf keinen Fall etwas mit kranken Menschen zu tun haben soll.«

Ich musste lächeln.

»Also.« Erst als sein entschlossener Blick mich fand, wurde ich mir meiner Situation wieder bewusst. »Gehen wir wieder rein? Ich glaube, Professor Barnett fände es auch schön, wenn du es noch mal versuchst.«

Ich wusste nicht, was ich tat, als ich nickte. Und auch nicht, als Sam mir half, wieder in den Kittel zu schlüpfen. Meine Knie waren weich, als ich zur Tür ging.

Ich spürte Sams Fingerspitzen an meinem Rücken, diese

winzige Bestätigung, dass er direkt hinter mir war. Vor den Toren des Schreckens setzte mein Herz erneut einen Schlag aus.

»Es kann nichts passieren«, sagte er. Ich schloss für einen winzigen Moment die Augen. »Okay?«

Er wartete mein Nicken ab, dann trat er an mir vorbei und öffnete die Tür. Meine Kommilitonen beugten sich über die Tische, nur die wenigsten nahmen überhaupt Notiz von mir. Lediglich an unserem Tisch zuckten die Blicke in unsere Richtung. Kian war völlig durch den Wind und versicherte sich ein Dutzend Mal erst bei mir, dann bei Sam, ob ich okay sei.

Es war immer noch schrecklich, als ich mit rasendem Puls an den Tisch trat und auf den konservierten Körper vor mir blickte. Doch Sams Hand an meinem Rücken half. Sie hielt mich, als ich leicht zurückwich und für einen kurzen Moment das Gefühl hatte, erneut den Mut zu verlieren. Das hier niemals schaffen zu können.

Während Professor Barnett ihren Unterricht fortsetzte, erklärte Sam mir mit gedämpfter Stimme die Details, die ich verpasst hatte. Ich konzentrierte mich ganz auf ihn. Auf seine Anwesenheit, die mich beruhigte, obwohl sie es nicht durfte. Doch in diesen Sekunden war es nicht von Bedeutung. Nur Sam war es. Er stand die ganze Zeit in meiner Nähe. Behielt mich im Blick. Und sorgte die restlichen fünfundvierzig Minuten dafür, dass ich nicht den Verstand verlor.

*

Es war erst Ende August, doch an diesem Nachmittag konnte von Spätsommer nicht die Rede sein. Stattdessen machte Raincouver seinem Namen alle Ehre.

Sams Scheibenwischer liefen auf Hochtouren. Regen prasselte aufs Dach seines Jeeps und füllte die Stille im Inneren des Wagens. Ich hatte erst abgelehnt, doch er hatte darauf bestanden, mich nach Hause zu fahren. Von unserer Unbefangenheit wie beim ersten Mal, als ich in seinem Wagen gesessen hatte, war nichts mehr übrig. Etwas lag bleischwer zwischen uns.

»Da vorne musst du abbiegen, dann ist es das dritte Haus auf der linken Seite.«

»Hier?« Er setzte den Blinker, ehe er in die Carnarvon Street abbog.

»Danke«, sagte ich, während er vor dem Haus hielt.

»Keine Ursache.«

Der Motor erstarb. Übrig blieb das Prasseln des Regens.

»Auch für vorhin.« Ich schluckte. »Das … Ich hätte es nicht geschafft, da noch mal reinzugehen, wenn du nicht da gewesen wärst.«

»Du bist viel stärker, als du denkst«, sagte Sam. Seine Stimme klang fremd, und mit einem Mal war es vorbei mit meiner Beherrschung. Ich presste die Backenzähne aufeinander, doch es war zu spät. Ich schloss die Augen, ließ den Kopf gegen die Rücklehne sinken. Meine Schultern zitterten. Und dann nahm ich beide Hände vors Gesicht, als die Emotionen mich überwältigten.

»Sorry …«

Für Sekunden vergaß ich Sams Anwesenheit völlig, dann spürte ich, wie er meine Schulter berührte. Einen Moment lang verharrten wir. Und plötzlich legte er die Hand an meinen Kopf und zog mich beinahe grob zu sich. Der Verschluss des Sicherheitsgurtes bohrte sich in meine Hüfte, als er sich über die Mittelkonsole zu mir hinüberbeugte, doch es spielte keine Rolle. Meine Stirn sank an seine Schulter. Er legte beide Arme um mich, und dann hielt er mich einfach nur fest. Seine Muskeln spannten sich an, als ich die Finger in seine Seite grub.

Was geschah hier? Wie konnte ich mich derart gehen lassen? Der trommelnde Regen hatte etwas nachgelassen, als ich mich irgendwann von ihm löste. Ein wenig zurückwich, doch nicht so weit, als dass mir die Sorge und der Schmerz in seinem Blick entgingen. Er war nah. Zu nah.

Meine Mitte zog sich zusammen. Blut schoss an Körperstellen, an denen es gerade nichts zu suchen hatte. Ich konnte den Blick nicht von ihm abwenden. Sah den Farbverlauf seiner Augen, jeden Schatten in seinem Gesicht. Sah Sam, wie ich lange keinen Menschen mehr gesehen hatte.

Sein Daumen fuhr über meine Wange. Seine Lippen teilten sich kaum wahrnehmbar. Sekunden verstrichen, ohne dass sich einer von uns beiden bewegte. Mein Puls raste, mein Mund wurde trocken. Sein warmer Atem strich über meine Oberlippe.

Was tun wir, was tun wir …? Ich wollte nicht fragen, ich wollte, dass wir weitermachten, solange die Zeit für uns stillstand.

Sam löste die Hand von meinem Kopf, wich leicht zurück, als würde er sich innerlich zur Vernunft rufen. Ich zog ihn wieder an mich heran.

Und dann keuchte er leise auf, als mein Mund auf seinen traf.

14. KAPITEL

Wir küssten uns, als würden wir den Verstand verlieren, und es kümmerte mich nicht. Dass ich mit Samuel Averett in seinem Wagen saß, vor ihm in Tränen ausbrach und wie ein kleines Baby an seiner Schulter schluchzte. Dass er mich ansah, als wäre ich das Kostbarste, was er je gesehen hatte, und dass dieser Blick seiner Ozeanaugen nichts als pures Verlangen in mir auslöste. Den Wunsch, von ihm berührt zu werden. Wieder und wieder, so lange, bis ich nichts anderes mehr spüren musste.

Während unsere Lippen aufeinandertrafen, brach etwas in mir entzwei. Hitze floss durch meine Mitte, verteilte sich rasend schnell in meinem ganzen Körper, erreichte meine Fingerspitzen.

Er vergrub die Hand in meinen Haaren und zog mich an sich. So fordernd, dass mir für einen Moment der Atem stockte. Seine Lippen waren so weich, schmeckten nach frischer Minze und dem Meer. Sein Geruch hüllte mich ein, mein Unterleib zog sich zusammen, und ein leises Seufzen entfuhr mir. Meine Lider schlossen sich von selbst, seine Nase streifte meine, seine Hand wanderte an meine Wange.

Auf meinem Gesicht klebten die Tränen, noch immer spürte ich einen leichten Schwindel. Ich wusste nicht, was ich tat. Ich wusste, dass es unendlich dumm war. Und genau das, was ich wollte. Seit ich ihn das allererste Mal gesehen hatte.

Noch nie hatte sich ein Kuss so falsch und zugleich so gut angefühlt. Es war mein größter Fehler und die ersehnte Erfüllung, so von Sam geküsst zu werden. Voller hilfloser Verzweiflung und bittersüßem Verlangen, das wir mit einem Mal teilten.

Doch ich war die Einzige von uns beiden, die wusste, was es wirklich bedeutete.

Die Erkenntnis traf mich wie ein Faustschlag. Das hier war nicht okay. Ich küsste Samuel Averett. Den Mann, den ich hassen wollte.

Mein Mund wurde trocken, meine Fingerspitzen fühlten sich taub an. Ich wollte etwas sagen, doch kein Laut verließ meine Kehle. Er merkte sofort, dass etwas nicht in Ordnung war. Sam schluckte. Dann zerriss das Klacken meines Sicherheitsgurtes die Stille.

Die Umgebung verschwamm leicht, während ich nach meiner Tasche griff. Verflucht, was hatten wir getan? Ich öffnete die Tür. Feuchte Kälte drang herein, ohrenbetäubendes Prasseln erfüllte den Wagen.

»Hey, ich …« Er schloss die Finger um mein Handgelenk. »Es tut mir leid, ich hätte nicht …« Er sah mich an, mindestens so entsetzt über das, was wir gerade getan hatten. Mein Blick huschte zu seinen Lippen. Ich wollte sie für immer auf meinen spüren. Egal, wie falsch es war.

Das letzte bisschen Vernunft in mir ließ mich den Kopf schütteln.

»Tut mir leid.«

Ich stieg aus und schlug die Beifahrertür zu. Binnen Sekunden war ich bis auf die Haut durchnässt. Während ich hektisch nach dem Haustürschlüssel suchte, hörte ich, wie der Motor angelassen wurde. Alles in mir wollte sich umdrehen, zurücklaufen, ihn bitten, nicht zu gehen. Bei mir zu bleiben. Mich vergessen zu lassen, wer er war und was das bedeutete. Ein paar Stunden Ruhe, nicht mehr denken müssen, nichts mehr spüren, nur ihn.

Krachend fiel die Haustür hinter mir ins Schloss und sperrte alles aus. Den trommelnden Regen, die feuchte Kälte. Ich stand im Flur, und Wasser tropfte von meiner Jacke auf den Holzboden. Die Haare klebten mir in feuchten Strähnen im Gesicht. Ich rieb mir die Augen, um wieder klar sehen zu können. Dunkel und verlassen lag das Wohnzimmer vor mir, von Emmett oder Hope keine Spur.

Gott … Was zur Hölle war gerade passiert? Wie hatte ich das zulassen können? Die ganze Fahrt über hatte ich nur aus diesem Wagen gewollt. Möglichst weit weg von Sam sein wollen. Doch vor meinen widersprüchlichen Gefühlen konnte ich nicht davonlaufen. In der einen Sekunde ertrug ich ihn kaum, sah ihn vor meinem geistigen Auge zusammen mit Austin, betrunken. In der nächsten lag ich schluchzend in seinen Armen und wollte, dass er mich nie wieder losließ. Was war nur in mich gefahren? Seit wann war ich so schwach? Ich durfte diesen Kerl nicht näher an mich heranlassen.

Meine Schritte hinterließen feuchte Abdrücke auf den Dielen, als ich mich zur Couch schleppte. Eigentlich hätte ich dringend aus meinen nassen Klamotten rausgemusst, aber ich hatte keine Kraft mehr, hoch in mein Zimmer zu gehen. Der heutige Tag war zu viel gewesen. Ich hatte kaum etwas gegessen. War vor aller Augen im Präpsaal umgekippt und nur vor denen von Sam wieder zu mir gekommen.

Vielleicht hatte Amber recht. Er triggerte mich nur. Sam erinnerte mich an die Schrecken der letzten Jahre. Und er traf nicht nur den Schmerz in mir. Er weckte eine Vielzahl unterschiedlicher Emotionen. Er ließ mein Herz erbeben und meinen Atem stocken. Ich durfte mich nicht in ihn verlieben. Wir durften uns nicht näherkommen. Doch wir waren es längst, und ich wollte mehr. Auch wenn alles darauf hindeutete, das mein Herz dabei in Abertausende kleine Stücke zerbrach.

– DIE HÖHEPUNKTE UND DER FALL –

Der Tag, an dem mein großer Bruder starb, der Mensch zu dem ich aufgesehen, den ich bewundert hatte wie keinen sonst, war beinahe grotesk schön. In Torontos Straßen dampften die Gullys, weiße Schwaden stiegen in die klirrende Februarkälte, mit jedem tiefen Atemzug bewahrte sie mich davor, die Besinnung zu verlieren. Sieben Uhr zweiundfünfzig an einem Freitagmorgen, bevor mein zweites Undergrad-Semester begann. Der schlimmste Tag meines Lebens.

Es war absurd, wie so etwas Schreckliches geschehen konnte und die Natur keine Notiz davon nahm. Der Himmel war blau, und vielleicht würde ich nie verstehen, wie die Sonne scheinen konnte, während Jack und ich aus seinem Apartment auf die Cumberland Street stolperten. Nicht mehr betrunken, aber auch noch nicht ganz nüchtern. Todmüde nach knappen drei Stunden Schlaf und vor Panik wie gelähmt nach einem Blick auf mein Telefon, der mein Leben für immer verändern würde. Siebzehn verpasste Anrufe. Mom, Dad, wieder Mom. Stunden zuvor, mitten in der Nacht, drei Mal Austin.

Seine letzte Nachricht hatte mich am späten Abend erreicht. Ein Foto aus der *Dance Cave*, einem der beliebtesten Studentenclubs in Downtown, verwackelt und unscharf, es zeigte nur einen Ausschnitt seines Gesichts, ein Auge, in dessen leuchtendem Blau pure Lebensfreude blitzte.

Wir waren an diesem Abend getrennt ausgegangen. Austin mit seinen zukünftigen Kommilitonen an der Med School, ich mit Amber und ein paar Freunden aus der Uni. Ich war aus Frust mitgekommen, ohne Jack, wir hatten uns einige Tage zuvor gestritten, und traurig war, dass ich nicht einmal mehr sagen konnte, weshalb. Es war so normal. Mich bei Amber auszuheulen und dann von ihr überreden zu lassen, feiern zu gehen. Von der dritten Bar waren wir weitergezogen in die noble Stadtvilla irgendeines Ryans oder Daves, den Amber über drei Ecken kannte. Jack auch, wie sich herausstellte, denn er war ebenfalls dort, betrunken inmitten einer Meute feiernder Studenten, die ich nicht kannte.

Statt eine Antwort an ihn zu tippen, schickte ich Austin einen Schnappschuss von uns, Ambers Arme um meinen Hals, ihr Kinn auf meiner Schulter, dunkelroter Lippenstift, den wir uns teilten und der doch komplett unterschiedlich bei uns beiden aussah. Es war ein belangloses *Hey, habt ihr Spaß? – Ja, und du?*, ein kurzes Geschwister-Update wie an jedem anderen Abend auch. Ich hatte mir Austins Foto nie wieder angesehen, ich brachte es nicht fertig, doch das musste ich auch nicht, denn es hatte sich eingebrannt. Austins halbes Gesicht, sein linkes Auge, sein jungenhaftes Lächeln, die Sommersprossen auf seiner Nase.

Bis heute verstand ich es nicht. Wie ich mich amüsieren konnte und nicht im Geringsten ahnte, dass meine gesamte Welt aus den Fugen geriet, während ich irgendwann doch mit Jack auf dem Flur landete, erst geschrien, dann geheult hatte. Natürlich hatten wir uns wieder vertragen, und natürlich war der Versöhnungssex wichtiger als alles andere.

Nicht eine Sekunde lang hatte ich an Austin gedacht, während ich mit Jack die Party verließ und wir zu ihm nach Hause gingen. Da waren nur er und ich und unsere taumelnden

Schritte in seinem dunklen Apartment, während er Stück für Stück das Dunkelrot von meinen Lippen küsste. Und am anderen Ende der Stadt etwas Erschütterndes geschah.

Ich hatte drei Orgasmen. Für jedes Mal, das Austin versucht hatte, mich zu erreichen, vielleicht Panik hatte, Todesangst, einen eigenen. Drei verfluchte Male erbebte mein Körper, drei verfluchte Male hatte ich versagt. Drei Mal hatte mein Bruder auf meine Hilfe gehofft, drei Mal hätte ich die Chance gehabt, eine Tragödie zu verhindern, ein Leben zu retten.

01:04 Uhr.

01:06 Uhr.

01:12 Uhr.

Drei Höhepunkte und seitdem freier Fall.

15. KAPITEL

»Also, welche nehmen wir? Pumpkin Praline oder Sweet Caramel?« Unschlüssig betrachtete Kian die beiden gigantischen Kerzengläser in den Händen und sah von mir zurück zum Regal. Dutzende Yankee Candles zum Sonderpreis stapelten sich vor uns. Schließlich seufzte sie. »Ach, weißt du, der Herbst kommt in großen Schritten. Da kann man gar nicht genug Duftkerzen besitzen.«

Zufrieden packte sie die Kerzen in meinen Einkaufswagen und betrachtete unsere Ausbeute der letzten anderthalb Stunden. Als ich sie gefragt hatte, ob sie vielleicht Lust hätte, mit mir ein wenig Dekozeugs und andere Sachen für mein neues Zimmer zu shoppen, war sie geradezu ausgeflippt. Und wie ich kurz darauf erfuhr, lag das nicht nur daran, dass sie bei *HomeSense* arbeitete. Kian veröffentlichte ein regelmäßiges Vorher-Nachher-Format auf ihrem YouTube-Kanal, und ich hatte nichts dagegen, dass sie ein Video zu meiner neuen Zimmereinrichtung abdrehte. Zwischen den Regalen lief sie zur Höchstform auf und erwies sich als die perfekte Beraterin. Neben einem grob gewebten Teppich aus beiger Schurwolle, Leinenbettwäsche und einem Überwurf für mein Bett hatten wir diverse Häkelkissen, einen runden Spiegel mit strahlenförmigem Metallrahmen, niedliche Laternen und eine Korblampe in Ballonform ausgesucht. Ich hatte sogar Pflanzenampeln aus naturweißem Makramee gefunden und direkt drei Stück in den Wagen befördert. Zu geeigneten Topfpflanzen würde ich Hope befragen.

»Wundervoll! Also ...« Kian senkte den Blick fachmännisch auf ihre Einkaufsliste. Bevor wir mit Teddies Pick-up zum Shopping gefahren waren, hatte ich ihr mein noch recht kahles Zimmer gezeigt, damit sie sich selbst ein Bild davon machen konnte. »Den Lesesessel bestellen wir gleich. Jetzt fehlt nur noch die Kommode, die wir vorhin im Eingangsbereich gesehen haben.«

Kian zückte ihre Mitarbeiterkarte, und mich beschlich auf der Stelle ein schlechtes Gewissen.

»Ist das wirklich okay?«, fragte ich. Ich wollte nicht von Kians Rabatt profitieren, zumal wir uns erst so kurz kannten. Doch als sie mich ansah, rutschte ihre linke Augenbraue sofort in die Höhe.

»Laurence Cavelle, mach dich nicht lächerlich.«

»Ich meine es ernst.«

»Oh, Girl, glaub mir, ich auch.« Sie wedelte mit der Karte. »Du kannst mich nachher auf einen Smoothie einladen, wenn es dein Gewissen beruhigt.«

»Du bist wirklich viel zu gut zu mir.«

»Erzähl mir was Neues.«

Wir arbeiteten uns zu den Kassen vor, bestellten auf dem Weg dorthin den Sessel, und ich entdeckte noch eine Himalaya-Salzlampe, die mit ihrem warmen orangenen Licht für zusätzliche Gemütlichkeit in meinem neuen Zimmer sorgen würde. Als wir schließlich bezahlten, musste ich trotz Kians Mitarbeiterrabatt schlucken. Glücklicherweise hatte ich einige Ersparnisse von den Nachhilfestunden, die ich in Toronto gegeben hatte. Wenn es nicht unbedingt sein musste, wollte ich Mom und Dad nicht um zusätzliches Geld bitten. Ich war ihnen schon unendlich dankbar, dass sie mich finanziell unterstützten und ich keinen Kredit für die horrenden Studiengebühren aufnehmen musste.

Während der Kassierer die Salzlampe und andere zerbrechliche Dinge in große naturweiße Papierbögen einschlug, dachte ich plötzlich daran, wie selten ich mich seit meinem Umzug nach Vancouver bei Mom und Dad gemeldet hatte. Die Familiengruppe auf WhatsApp nutzten wir nur noch in Ausnahmefällen. Zu schwer war es, den Chat zu öffnen und Austins Namen unter den Gruppenmitgliedern zu lesen. Dabei war ich insgeheim erleichtert, dass es keiner von uns wagte, ihn einfach aus der Gruppe zu löschen.

Natürlich hatten wir in den Tagen nach meiner Ankunft miteinander gesprochen, doch die erste Uniwoche war so anstrengend gewesen, dass ich gar nicht mehr an ein Telefonat gedacht hatte. In Toronto hatte ich mich kaum öfter bei ihnen gemeldet, dafür war ich hin und wieder an den Wochenenden nach Hause gefahren. Nun kam mir mein Verhalten egoistisch vor. Ich nahm das Geld meiner Eltern, die mir damit ein schönes Leben ermöglichten, und ich ließ sie nicht daran teilhaben.

Ich nahm mir fest vor, sie noch heute oder spätestens morgen anzurufen, als ich den überfüllten Einkaufswagen neben Kian durch die Schiebetüren des Ladens manövrierte.

Zurück in der WG, stellten wir unsere Errungenschaften nur rasch in meinem Zimmer ab. Bevor wir uns ans Auspacken und Einrichten machen durften, stand ein Lerndate an, um uns auf die nächste Präpstunde vorzubereiten.

Ich griff nach meinem Unirucksack und dem Anatomieatlas, bevor ich Kian die Treppe nach unten folgte. Als ich ihr vorschlug, im *Beverly's* zu lernen, war sie sofort Feuer und Flamme. Denn zu unserem grollenden Hunger kam ihre Neugier, Emmett kennenzulernen, der heute Dienst hatte. Sie kannte ihn flüchtig von den vielen Malen, die sie bereits dort gegessen oder etwas bestellt hatte.

Als wir das *Beverly's* betraten, wirbelte er in gewohnter Manier hinter der Bar herum, mixte Getränke und unterhielt sich mit einer Gruppe junger Frauen, die an einem Tisch nahe der Theke saßen.

»Na, so eine Überraschung!«, rief er und winkte fröhlich in unsere Richtung. »Meine Mitbewohnerin Schrägstrich Kollegin! Du bist doch heute gar nicht zum Arbeiten eingeteilt, oder?«

»Gut aufgepasst. Wir dachten, dass wir uns hier zum Lernen ausbreiten könnten.«

Emmetts Blick wanderte durch das Diner. Die meisten Tische waren frei, was gleichermaßen an der Uhrzeit zwischen Mittag- und Abendessen sowie dem strahlend schönen Wetter liegen dürfte.

»Wie ihr seht, ist kaum noch Platz.« Emmett grinste. Ich stellte ihm Kian vor, dann zogen wir uns in einer Ecke am Fenster zurück und schlugen unsere Bücher auf.

Emmett versorgte uns mit grünen Smoothies und köstlichen Burritos. Eine Weile arbeiteten wir konzentriert vor uns hin, ich starrte minutenlang auf die endlose Liste von Muskeln, ihren Ansätzen und Ursprüngen, den Aberhunderten Nerven und Blutgefäßen, die sie versorgten, und fragte mich einmal mehr, wie zur Hölle sich das ein Mensch merken sollte. Kian sah bald ebenso verzweifelt aus wie ich. Sie stützte die Stirn in einer Handfläche ab, während sie auf ihrem iPad skizzierte, was sie sich einzuprägen versuchte. Mir entging nicht, dass ihr Blick immer wieder vom Lehrbuch zur Fensterfront des Diners wanderte. Ein nachdenklicher Ausdruck trat in ihre dunklen Augen, wann immer sie glaubte, unbeobachtet zu sein.

»Das war echt meganett von Teddie, dass sie uns ihren Wagen geliehen hat«, sagte ich aus einem Gefühl heraus, das sich bestätigte, als Kian ertappt den Kopf hob. Ich schien sie mitten aus ihren Gedanken gerissen zu haben.

»Ja, total.« Das Lächeln erreichte ihre Augen nicht.

»Schade, dass wir nicht in ihrer Tutorengruppe gelandet sind.«

Kian drehte ihren Bleistift zwischen den Fingern und zuckte mit den Schultern. »Das stimmt. Aber na ja, vielleicht ist es auch besser so.«

Ich zögerte. »Ist alles okay bei euch?«

»Klar.« Die Antwort kam zu prompt, als dass ich ihr glauben konnte. Ein paar Sekunden verstrichen, dann stieß Kian ein leises Seufzen aus. »Wir haben uns ein bisschen gestritten, aber nicht so wichtig.«

»Wenn du darüber reden möchtest …«, entgegnete ich und klappte den Anatomieatlas demonstrativ zu.

»Wir wollten doch lernen und nicht über meine unwichtigen Probleme reden.«

»Und wir wollten doch mehr sein als nur Lernfreundinnen«, erinnerte ich sie an ihre eigenen Worte.

Ein müdes Lächeln zupfte an Kians Lippen. »Ach, manchmal ist es einfach schwierig. Es ist Teddies letztes Jahr an der Med School, und anschließend entscheidet sich, wo sie ihre Facharztausbildung beginnt. Sie kann darauf nur begrenzt Einfluss nehmen, die Plätze in Vancouver sind wahnsinnig begehrt, und sie will ständig darüber reden, was wir machen, wenn sie keine Stelle in der Umgebung findet. Gestern kam sie wieder damit an.« Kian schluckte. »Und, na ja, ich will das nicht hören. Ich will nicht darüber nachdenken, solange es noch nicht so weit ist.«

»Das verstehe ich.«

»Es steht für mich außer Frage, dass wir das hinkriegen. Auch eine Fernbeziehung, wenn es wirklich dazu kommen sollte. Es war nicht immer schön, aber die letzten Jahre haben wir das ja auch irgendwie geschafft. Aber Teddie … Sie dreht jetzt schon total durch. Sie hat sogar schon gesagt, dass wir uns vielleicht einfach besser gleich trennen sollten.«

»Aber wieso das denn?«

»Keine Ahnung.« Kian zögerte. »Okay, nein, das ist gelogen. Eigentlich weiß ich es genau. Aus dem gleichen Grund, weshalb sie zuerst gar keine Beziehung mit mir wollte. Weil ich jünger bin und sie diese kack Komplexe hat, dass sie mir nicht genügen könnte. Sie ist meine erste richtige Beziehung. Sie denkt, dass es mir irgendwann zu langweilig mit ihr wird und ich mich ausprobieren will. Mit ihrer letzten Freundin hat sie ziemlichen Mist erlebt, das sitzt so tief bei ihr, dieses Gefühl, austauschbar zu sein. Dabei ist sie Teddie! Sie ist der beste Mensch, den ich kenne.«

Kian verstummte, und mein Herz zwickte bei ihren Worten.

»Weißt du, manchmal frage ich mich, was ich noch tun muss, damit sie mir glaubt, dass ich sie liebe. Dass das mit uns verbindlich ist und ich nicht irgendwann auf die Idee komme, mich noch *ausprobieren* zu müssen.«

»Du solltest dir nicht einreden, dass du zu wenig tust.«

Kian zuckte mit den Schultern. Wie ein Häufchen Elend saß sie vor mir.

»Wie hast du reagiert, als sie das mit der Trennung meinte?«

Sie lachte freudlos auf. »Das ist es ja. Ich hab sofort Panik gekriegt und gesagt, wenn es das ist, was sie will, dann bitte … Weißt du, wie weh es tut, wenn jemand so was in den Raum wirft? Und dir das Gefühl gibt, man könnte dir nicht vertrauen?«

»Ich kann es mir vorstellen.«

»Das ist doch lächerlich. Also wirklich lächerlich. Selbst wenn sie nächsten Sommer aus Vancouver wegzieht, ändert das nichts daran, dass sie der wichtigste Mensch in meinem Leben ist.«

»Hast du ihr das auch gesagt?«

Kian schlug den Blick nieder. »Nein. Ich war verletzt und sauer und hab auf dem Sofa geschlafen.«

»Oh, Kian.« Ich musste unwillkürlich lächeln.

»Ja, ich weiß, dass das kindisch war.«

»Vielleicht solltest du ihr sagen, wie es sich für dich anfühlt, wenn sie solche Dinge sagt. Und dass ihre Vergangenheit zwar schmerzhaft war, sich aber nicht zwangsläufig wiederholen muss. Besonders dann nicht, wenn sie sich traut, an das Gegenteil zu glauben.«

Kian sah mich an. »Da hast du etwas sehr Kluges gesagt.«

Ich zögerte. Womöglich hatte ich das. Vielleicht sollte ich mir ein Beispiel daran nehmen und selbst anfangen, es zu beherzigen.

»Oh Mann, ich wollte dich wirklich nicht so damit vollheulen.« Kian lachte verunsichert. »Aber du hast irgendwas an dir, dass man dir alles erzählen möchte.« Tatsächlich hörte ich das nicht zum ersten Mal. »Aber jetzt zurück an die Arbeit.« Kian griff nach ihrem Stift. »Sonst wird es morgen richtig peinlich, wenn Professor Barnett uns abfragt.«

Ich zwang mich zu einem Lächeln, doch es misslang mir bei der Vorstellung, morgen erneut in diesen fürchterlichen Präpariersaal gehen zu müssen. Womöglich würde es im gleichen Desaster enden wie beim letzten Mal. Mein Magen grummelte, als sich die Zweifel zwischen meinen Gedanken einnisteten.

Mein Stimmungsumschwung blieb Kian nicht verborgen. Unter ein paar dunklen Strähnen, die sich aus ihrer Frisur gelöst hatten, sah sie mich besorgt an. »Du gehst doch wieder mit, oder?«

»Was bleibt mir anderes übrig?«

»Teddie hat gesagt, das passiert vielen. Sie hatte vor den ersten Stunden auch totale Panik.«

Ich schluckte. Aber sie war nicht vor dem gesamten Kurs umgekippt und hatte es nur mit der Hilfe ihres Tutors zurück in den Saal geschafft ... »Ich werde mich schon daran gewöhnen«, sagte ich. Besser, ich redete mir das so oft ein wie nur möglich. Vielleicht würde ich es dann irgendwann wirklich glauben.

*

»Laurie, wie schön!« Dad lächelte in die Kamera, und sofort durchflutete mich Wärme. Sein von der Sonne gebräuntes und von feinen Fältchen durchzogenes Gesicht wurde langsam scharf auf meinem Laptop.

Mit einem Mal bekam ich furchtbares Heimweh. Und ein schlechtes Gewissen, als ich an die verpassten Anrufe der letzten Tage dachte, auf die ich vor lauter Unistress nur mit knappen Nachrichten geantwortet hatte.

»Moment, ich hole Mom, sie wird sich so freuen, dich zu sehen.«

Als Moms Kopf neben seinem auftauchte, hätte ich den Moment am liebsten festgehalten und konserviert. Wie sehr ich sie vermisste, wurde mir in diesem Moment schmerzlich bewusst. Ich berichtete den beiden von meiner ersten Uniwoche und machte für sie eine virtuelle Tour durch mein Zimmer. Sie ließen sich nicht davon abhalten, einen kleinen Zuschuss zu meinem Einrichtungsshopping beizusteuern, und freuten sich mit mir, dass ich so schnell eine WG und einen Job gefunden hatte.

Ich warf mich gerade zurück auf mein Bett, als Dad eine Frage stellte, die mich erstarren ließ.

»Und, wie fühlt man sich als angehende Ärztin, Liebling?«

Ich schluckte, ehe ich ein Lächeln aufsetzte. »Gut. Letzten Mittwoch hatte ich meinen ersten Präpkurs.« Mein Magen zog sich zusammen, als Dad interessiert nickte, während Mom immer stiller wurde. Sie wussten beide, wie wichtig es für Medizinstudenten war, zum ersten Mal an diesem Kurs teilzunehmen. Austin hatte oft genug davon gesprochen.

Ich redete weiter, war jedoch nicht ganz bei der Sache. Sollte ich den beiden von Sam erzählen? Davon, wer er war? Vielleicht konnten sie mir Genaueres über ihn sagen.

Als Mom abrupt aufstand, hielt ich jäh inne.

»Ich ... ich hab völlig vergessen«, murmelte sie zusammenhanglos. Kurz bevor sie aus dem Bild verschwand, sah ich noch, wie sie sich über die Augen fuhr.

Es war, als hätte jemand einen Kübel Eiswasser über mir ausgekippt. Wie erstarrt saß ich da, während Dad ihr einen Moment lang hinterhersah. Dann ging sein Blick wieder zur Kamera.

»Tut mir leid«, brachte ich hölzern hervor. »Ich ... ich hätte nicht ...«

»Nein, Honey, alles ist gut. Es ist schwer für sie, dich über das Studium sprechen zu hören. Sie hat Austin vor Augen. So wie wir alle.« Er schwieg kurz, dann umspielte ein feines Lächeln seine Lippen. »Aber das ändert nichts daran, dass wir uns immer freuen, wenn du uns aus deinem neuen Leben berichtest. Ich bin so stolz auf dich, Laurie.«

Ich erstarrte. *Stolz ...* Wäre er das wohl auch noch, wenn er von Sam und mir wüsste? Ich konnte nur mutmaßen, doch ich bezweifelte es.

16. KAPITEL

Ich erinnerte mich gut an den Tag, als Austin sein Stethoskop bekommen hatte. Es war sein einundzwanzigster Geburtstag, eine Woche zuvor hatte er die Zulassung für Medizin an der U of To erhalten. An diesem Tag hatten wir beides gefeiert, und mein großer Bruder war der glücklichste Mensch auf der ganzen verdammten Welt gewesen.

Als Mom und Dad ihm ihr Geburtstagsgeschenk, das teure Littmann-Stethoskop in der Black Edition, überreichten, hatte ich ihn zum ersten Mal in meinem Leben mit Tränen in den Augen gesehen. Der Moment hatte sich eingebrannt. Fast so sehr wie der, in dem mir klar wurde, dass er es niemals selbst benutzen würde.

Meine Tasche wog schwerer aufgrund der Tatsache, dass in ihr die Box mit Austins Stethoskop lag. Schon im Bus wäre ich am liebsten wieder ausgestiegen. Wovor ich Angst hatte, wusste ich nicht. Vor meinem ersten Untersuchungskurs? Oder vor der Begegnung mit Sam, der uns anleiten würde?

Der Himmel war von einem strahlenden Indigoblau, keine Wolke trübte ihn, während ich wenig später unter den bunt verfärbten Platanen über den Campus lief. Wir sollten uns in einem Seminarraum im UBC Teaching Hospital einfinden, und ich vertraute darauf, Kian am Eingang zu treffen, damit wir uns gemeinsam auf die Suche nach dem Raum machen konnten. Seit dem Präpkurs am Anfang dieser Woche, bei dem Kian mir von ihrer Aussprache mit Teddie erzählt hatte, hatten wir uns nicht mehr gesehen.

Als ich mich dem weißen Gebäude näherte, konnte ich sie jedoch nirgends entdecken. Ich war recht früh dran, wie immer war meine Sorge, mich zu verspäten, größer gewesen als das Bedürfnis, weiter mit Hope am Küchentisch zu quatschen. Ich kramte mein Handy hervor und sah Kians Nachricht. Sie schrieb mir, dass sie mit einer Migräne flachlag, und bat mich, sie bei Sam zu entschuldigen. Meine Finger fühlten sich taub an, während ich ihr eine Antwort und Genesungswünsche schickte. Die Vorstellung, ohne Kian im Kurs zu erscheinen, war alles andere als beruhigend.

Inzwischen kannte ich meine Kommilitonen, allerdings nur flüchtig. So wie ich fast ausschließlich mit Kian abhing, hatten sich auch unter ihnen bereits Grüppchen gebildet. Ich verfluchte mich dafür, nicht von Anfang an mit ihnen Kontakt aufgenommen zu haben. Das hatte ich nun davon.

Doch schlimmer als das war der Gedanke, Sam gegenüberzustehen. Mit ihm sprechen zu müssen, um ihm Kians Abwesenheit zu erklären. Und womöglich noch die ein oder andere Sache.

Ich legte mir Formulierungen zurecht, während ich das Foyer der Klinik betrat und durch das verlassene Treppenhaus wanderte. Es glich einem Wunder, dass ich den richtigen Raum auf Anhieb fand.

Sam stand mit Camilla und Augustus zusammen, während ich mir einen Platz suchte. Er war so ins Gespräch vertieft, dass er mich gar nicht bemerkte. Beim Präpkurs am Montag hatte ich es gekonnt vermieden, mit ihm zu sprechen. Auch wenn wir beide wussten, wie nötig es war, nachdem wir uns geküsst hatten. Ich konnte ihm nicht in die Augen sehen.

Glücklicherweise war mein zweites Mal im Präpsaal ohne weitere Zwischenfälle verlaufen. Es war, wie Sam gesagt hatte. Immer noch sehr viel auf einmal, aber bereits etwas erträglicher. Vielleicht aus dem simplen Grund, dass ich diesmal genau wusste, was mich erwartete – und zuvor mit Hope und Emmett ordentlich zu Mittag gegessen hatte.

Die letzten Studenten trudelten ein, und als die Stunde begann, griff Sam zu seiner Anwesenheitsliste. Inzwischen kannte er unsere Namen und hakte stumm ab, ohne aufzurufen. Die anderen unterhielten sich weiter, und ich sah meine Chance, ihn nun kurz und schmerzlos anzusprechen. Ich stand auf und steuerte auf ihn zu.

Als er den Kopf hob und in meine Richtung sah, wäre ich am liebsten stehen geblieben. Stattdessen kleisterte ich mir ein unverbindliches Lächeln auf die Lippen.

»Hey«, begann ich und es war so unendlich lächerlich. Wir hatten uns geküsst, und alles, was ich für ihn übrig hatte, war ein dämliches *Hey*. Ich vermied den Blick in seine Augen und fixierte stattdessen den Kragen seines weißen Kittels. Was es nicht besser machte. Er sah darin unverhältnismäßig heiß aus. Die blauen Scrubs, die er darunter trug, deuteten darauf hin, dass er direkt von einer der Stationen kam. »Kian lässt sich entschuldigen. Sie fühlt sich nicht gut.«

»Ich weiß.« Seine Stimme genügte, und meine Knie wurden weich. »Teddie hat mich eben angerufen.«

»Oh.« Ich versteinerte. *Toll, klasse …* Ich wollte mich einfach nur in Luft auflösen. »Dann vergiss es.«

Ich drehte mich abrupt um, doch noch bevor ich den ersten Schritt zurück zu meinem Platz machte, hörte ich ihn murmeln: »So wie das letzten Mittwoch auch?«

Hitze schoss mir ins Gesicht. Verdammt noch mal. Zum Glück sah er es nicht, während ich so beherrscht wie nur möglich zurücklief. Er hatte recht, er hatte so absolut recht mit allem, was er sagte und tat. Ich verhielt mich kindisch, doch ich konnte nicht anders. Ich wollte ihn hassen, doch er war Sam und das Gefühl in meinem Bauch viel zu flau, wann immer ich in seiner Nähe war.

Während ich wieder Platz nahm, legte er die Liste zur Seite und setzte sich auf den Tisch an der Stirnseite des Raumes. Er neigte den Kopf kurz von einer zur anderen Seite. Wie lange war er heute wohl schon auf den Beinen?

Ich wusste, dass Studenten ab dem dritten Jahr für bestimmte Zeit auf den verschiedenen Stationen der Klinik eingesetzt wurden. Woher er die Energie dazu nahm, uns nebenbei auch noch zu unterrichten, war mir ein Rätsel. Denn schon nach der ersten Woche des Studiums und einem eigentlich entspannten Wochenende fühlte ich mich ausgelaugt und von allem überfordert.

»Schön, euch zu sehen«, begann Sam, nachdem Ruhe eingekehrt war. »Ich hoffe, ihr habt die erste Woche gut hinter euch gebracht und freut euch darauf, endlich ein bisschen praktisch tätig zu werden.«

Er griff in eine seiner Kitteltaschen und beförderte Stethoskop, Reflexhammer und Pupillenleuchte ans Tageslicht. Ich kramte in meiner Tasche nach dem Stethoskop, erstarrte jedoch, als Sam uns daraufhin bat, uns zu zweit zusammenzufinden, um die körperliche Untersuchung am Partner zu üben.

Oh nein. Das war jetzt hoffentlich ein ganz schlechter Scherz. Doch während ich meine Kommilitonen zählte, die bereits Zweierteams bildeten, konnte ich es nicht länger leugnen. Normalerweise waren wir eine gerade Zahl. Und außer Kian fehlte niemand.

Ich wollte nicht in seine Richtung schauen. Vielleicht konnte ich mich einfach einer Zweiergruppe anschließen? Doch alle waren bereits so miteinander ins Gespräch vertieft, dass ich es nicht wagte, unaufgefordert dazuzustoßen. Ich konnte es nicht länger hinauszögern. Als ich zu ihm sah, hüpfte mein Herz. Nur um danach von einem Felsvorsprung zu stürzen.

Er sah mich an. Nicht herausfordernd, nicht belustigt. Es war ein klarer, offener Blick.

Er musste damit aufhören. Er durfte mich nicht so ansehen.

Sam wandte sich dem Beamer zu und warf verschiedene Abbildungen an die Wand, anhand derer er erklärte, wie wir uns gegenseitig untersuchen sollten. Während die anderen loslegten, saß ich noch immer da wie bestellt und nicht abgeholt. Bis er auf mich zukam.

Gut. Ich straffte die Schultern. Ich würde mich nicht albern aufführen, ganz im Gegenteil. Jetzt konnte ich zum ersten Mal beweisen, dass ich professionell war und meine Gefühle von meinem zukünftigen Job trennen konnte.

Doch mit einem Mal war ich mir dessen nicht mehr so sicher. Ich stand auf. Und wusste plötzlich nicht mehr, wie das mit dem Sprechen funktionierte.

»In dem Fall bin ich dein Patient.« Er setzte sich vor mir auf die Tischplatte. »Mach mit mir, was du willst.«

Was ich wollte? Ich schluckte. Von hier verschwinden, das war alles. Stattdessen griff ich nach meinem Stethoskop. Herztöne abhören. Das konnte ja wohl nicht so schwer sein. Wir hatten den Ablauf der Untersuchung in der Freitagsvorlesung ausführlich durchgenommen. Mit leicht zittrigen Händen setzte ich mir die Ohrstöpsel ein.

»Falsch rum«, sagte er, und ich erstarrte in der Bewegung.

»Was?«

»Das Stethoskop. So hörst du nichts. Du musst es genau andersherum einsetzen, als es auf den ersten Blick logisch erscheint.«

Mein Puls stieg. Er hatte recht. *Gott, was wurde das hier?*

»Äh, ja. Danke.« Beherrscht drehte ich es um und machte es noch einmal. Dann stand ich mit dem Kopf des Stethoskops in der Hand da und wusste nicht weiter. Alles, was wir Freitag gelernt hatten, war plötzlich fort. Die Punkte auf dem Brustkorb, die sich dazu eigneten, die Herztöne und Klappen abzuhören. Es war, als wäre ich gar nicht da gewesen.

Sam schwieg. Er sah mich nicht an, sondern betrachtete seine Hände, die er auf den Oberschenkeln abstützte. Entweder er wollte mir Zeit geben, mich zu sammeln, oder er ließ mich absichtlich auflaufen. Meine Verunsicherung lähmte mich. Reglos starrte ich auf die Brusttasche seines Kittels. *Samuel M. Averett – Medizinstudent* stand da in feinen, aufgestickten Lettern. Als er zu sprechen begann, zuckte ich leicht zusammen.

»Zuallererst würde ich meinen Patienten bitten, die Jacke auszuziehen«, sagte er.

»Okay.« Ich schluckte und zwang mich, ihn anzusehen. »Würdest du …?«

»Mit dem größten Vergnügen«, sagte er und schälte sich provokativ langsam aus dem Kittel. Die kurzärmeligen Scrubs ließen den Blick auf seine definierten Oberarme zu. Alles an ihm war sehnig und trainiert. Bilder von vorletztem Wochenende tauchten vor meinem inneren Auge auf. Sam auf diesem Kiteboard. Seine schlanke, athletische Figur. Wie er den Schirm trotz der starken Windböen spielend leicht hielt.

Ich begegnete seinem Blick. Ein Fehler. Denn er war direkt auf mich gerichtet. Das helle Grau seiner Augen wirkte heute matt. Erst jetzt, wo uns kaum eine Armlänge voneinander trennte, fiel mir auf, wie müde er aussah.

Mein Mund wurde trocken. Ich stand so dicht vor ihm, dass ich seinen Geruch wahrnahm und mir einbildete, seine Körperwärme zu spüren. Das dumme Stethoskop an seine Brust zu legen kam mir plötzlich unmöglich vor. Als ich es schließlich neben dem V-Ausschnitt seines Oberteils platzierte, hörte ich nichts als das laute Rascheln des Stoffs. Aus den Augenwinkeln nahm ich wahr, dass sich die Jungs im Kurs ihrer Shirts bereits entledigt hatten. Ich konnte von Glück reden, dass Sam es ihnen nicht gleichtat. Es wäre mein Untergang gewesen.

Mein Herz setzte aus, als er die Hand hob und nach meiner griff. Ohne mich aus den Augen zu lassen, zog er sie näher und ließ sie unter den Kragen seines Shirts wandern. Er platzierte das Stethoskop blind auf einer Stelle rechts von seinem Brustbein und drückte meine Finger fester dagegen.

»Jetzt hörst du vielleicht auch was«, sagte er, doch seine Stimme verlor sich in dem heftigen Pulsieren, das plötzlich in meinen Ohren rauschte. Es war nicht mein eigener, sondern sein Herzschlag. Kräftig und gleichmäßig. Ein unaufhörliches Pochen, das mich sprachlos verharren ließ. Auf diese Weise hatte ich noch nie ein menschliches Herz schlagen gehört. In diesen Sekunden wurde es mir in all seiner unbeschreiblichen Kraft bewusst. Ich hörte, wie es sich zusammenzog und wie die Herzklappen pochend zufielen. Und ich hörte, wie schnell es war.

Als ich den Kopf hob und zu Sam sah, hatte sich sein Blick verändert. Er saß da, ganz still, die Finger um die Kante des Tisches gelegt.

»Hörst du's?«, fragte er leise, und seine Stimme klang plötzlich heiser. Ich brachte ein Nicken zustande. »Und korrekterweise musst du dabei den Puls ertasten.« Er räusperte sich. »Am Handgelenk.«

Ich nickte wortlos und tat, was er sagte. Während ich mit der freien Hand nach seinem Arm griff, streiften die Fingerspitzen meiner anderen seine nackte Haut. Sam sog leicht die Luft ein.

Ich musste ein Stück näher treten, stand mit einem Bein zwischen seinen. Und erstarrte, als ich spürte, dass er hart wurde.

Himmel ...

Seine Finger krallten sich um den Rand der Tischplatte, ich spürte das unterdrückte Beben, das seinen Körper durchfuhr. Wie ein Lauffeuer ging es auf mich über, und anstatt zurückzuweichen, bewegte ich mich eine Winzigkeit weiter nach vorn. Mein Oberschenkel streifte seine Mitte, und sein Herzschlag explodierte. Das Pulsieren nahm Fahrt auf. Ich keuchte leise, als er sich gegen mich drückte. Seine Hose war weit genug, um seine Erektion zu verbergen, doch durch den dünnen Stoff spürte ich alles.

Schwindel überkam mich, als ich den Blick hob und ihn ansah. Seine Lippen waren eine gerade Linie, seine Lider flatterten. Ich ließ die Fingerspitzen erneut über seine Haut gleiten. Strich über sein linkes Schlüsselbein bis hinauf zum Hals. Ein Zittern durchfuhr ihn, und die Hitze in meiner Mitte nahm zu.

Was in Gottes Namen taten wir hier?

Offenbar fragte sich Sam in diesem Moment dasselbe. Er rutschte ein Stück zurück und räusperte sich. Eine Vene pochte an seinem Hals, ansonsten war ihm die Erregung kaum anzusehen. Ich krallte die Finger um das Stethoskop und zwang mich, ruhig zu atmen.

»Okay.« Seine heisere Stimme bewirkte exakt das Gegenteil. Die anderen sahen zu uns, und mir wurde nur noch heißer. »Habt ihr alle einen ersten Eindruck bekommen? Dann würde ich vorschlagen, wir machen erst mal mit der Theorie weiter.«

Für jeden anderen musste Sam so ruhig und gelassen klingen wie immer, doch mir entging das leichte Beben in seiner Stimme nicht. Als er sich vom Tisch erhob und nach seinem Kittel griff, rang er kurz um sein Gleichgewicht. Es bereitete mir eine beinahe unanständige Genugtuung, zu sehen, wie sehr ihn meine Berührungen aus dem Konzept gebracht hatten.

Doch auch ich konnte das verlangende Ziehen in meiner Mitte nicht leugnen. Es ebbte nur sehr langsam ab, während sich Sam von mir entfernte.

Er begann mit seinem perfekt einstudierten Vortrag über die Anatomie des Herzens und die Besonderheiten der Untersuchung, wobei sein Blick ab und zu verstohlen in meine Richtung huschte. Bei jedem einzelnen Mal rieselte mir ein Schauer über den Rücken.

Mein Puls stieg, sobald ich es auch nur wagte, mich daran zu erinnern, wie ich ihn eben gespürt hatte. Unser Kuss in seinem Wagen war bereits intensiv gewesen, doch das eben überstieg all meine Vorstellung. Ich verstand mich selbst nicht mehr. Am einen Tag beschloss ich, Sam auf Abstand zu halten, am nächsten raubte mir der Wunsch, seine Lippen erneut auf meinen zu spüren, beinahe den Atem.

Selbst der trockenste Lehrstoff schaffte es nicht, meine Erregung zu dämpfen. Zumindest nicht, wenn Sam derjenige war, der ihn vortrug.

Die nächste halbe Stunde verging quälend langsam, und zum krönenden Abschluss des Seminars sollten wir uns erneut gegenseitig abhören. Glücklicherweise kam ich darum herum, denn Sam widmete sich übertrieben gewissenhaft dem technischen Equipment, schaltete den Beamer aus, verstaute den Laptop. Ich wiederum gab vor, unglaublich dringend meine spärlichen Notizen vervollständigen zu müssen, während die anderen miteinander beschäftigt waren.

Irgendwann hob ich den Blick von meinem iPad. Nur um direkt in Sams Ozeanaugen zu schauen. Das Leuchten war zurückgekehrt. Wie aufs Kommando begann mein Herz wieder zu rasen.

Mein Blick huschte über seine Nase zu seinen Lippen, seine sehnigen Arme entlang bis zu seinen Händen. Ich wollte, dass sie mich packten und so bestimmt an sich zogen, wie zuletzt in seinem Wagen. Und wenn mich nicht alles täuschte, wollte Sam dasselbe.

»Gut, danke euch allen, wir sind für heute fertig.« Sams Finger trommelten ungeduldig auf der Tischplatte herum, als wollte er zu verstehen geben, dass er diesmal nicht zum anschließenden Plaudern aufgelegt war. »Der Raum ist für den nächsten Kurs belegt, der gleich beginnt, und ich muss zurück in den OP.«

Ich war mir nicht sicher, ob er log. Langsam begann ich meine Sachen einzupacken. Während die ersten Kommilitonen an mir vorbei zur Tür gingen, fand Sams Blick erneut meinen.

Er sagte kein Wort, doch das leichte Kopfschütteln, das er andeutete, genügte. Oder interpretierte ich gerade zu viel in seine Geste? Meinte er tatsächlich, ich sollte …?

Verunsichert folgte ich den anderen Richtung Tür, dann ging plötzlich alles sehr schnell. Augustus Foster trat gerade vor mir in den Flur, als sich ein Arm zwischen mich und die Tür schob. Mit einem dumpfen Geräusch fiel sie ins Schloss, im nächsten Moment lag Sams Hand bereits an meiner Schulter. Ich wurde rücklings gegen die Tür gedrückt. Mein Atem stockte, als ich das Verlangen in seinem Blick erkannte und sah, wie sich seine Lippen öffneten.

»Was zur Hölle war das eben?«, krächzte er. Ich erschauerte, als er mich losließ und die flache Hand neben mir auf der Tür platzierte.

»Sag du's mir.« Meine Stimme klang nur wenig fester als seine.

»Ich weiß nicht, was du an dir hast«, murmelte er, »aber es hat mir von der ersten Sekunde an den Verstand geraubt.«

Meine Kehle war zu trocken, um auch nur ein Wort herauszubringen, doch ich wusste sowieso nicht, was ich hätte sagen sollen. Stattdessen neigte ich mein Gesicht seinem entgegen, und als Antwort kam auch seines näher. Er schloss die Augen, unsere Lippen streiften sich kaum merklich.

»Aber eines weiß ich. Wenn du mich jetzt bittest, dich noch einmal zu küssen, werde ich es tun.«

Seine Finger strichen über die Innenseiten meiner Handgelenke, und ich ging in Flammen auf.

»Küss mich«, flüsterte ich.

Er tat es.

Und ich küsste ihn zurück, als würden unsere Leben davon abhängen. Meine Finger in seinen Haaren, seine Hände an meinem Kopf. Seine Zunge glitt in meinen Mund, sanft und zugleich fordernd. Auf eine Weise überwältigend, wie ich es noch nie erlebt hatte. Ich nahm nichts mehr um mich herum wahr. Da war nur noch Sam.

Ich zog ihn so fest zu mir, dass er einen Schritt nach vorn stolperte. Ein leises Knurren entwich ihm, er musste sich mit der Hand an der Wand abfangen, um nicht mit seinem vollen Gewicht auf mir zu landen, bevor seine Lippen meine wiederfanden. Mit der Zunge fuhr ich über seine Unterlippe, er griff in meine Haare. Die Beine drohten unter mir nachzugeben, als seine Daumen nur Augenblicke später federleicht über meine Schläfen strichen.

Ich begriff nicht, was geschah, als er für einen Sekundenbruchteil von mir abließ, nur um kurz darauf an meine Oberschenkel zu greifen. Mit einem Ruck hob er mich an. Ich schlang die Beine um seine Hüften, während er mich gegen die Wand drückte. Als seine Zunge über meinen Hals glitt, schnappte ich nach Luft, doch sofort nahmen seine Lippen meine wieder in Besitz.

Mit beiden Händen krallte ich mich in seinen Nacken, während er mich die wenigen Meter zu einem Tisch trug und darauf absetzte. Sam wich leicht zurück, seine Muskeln spannten sich an, ich hielt ihn fest. Er verharrte kurz über mir, dann ließ er zu, dass ich ihn an mich zog.

Es war falsch, und es war alles, was ich wollte. Meine Lider schlossen sich flatternd, als sein Becken auf meins traf. Obwohl ich wusste, was mich erwartete, war die Berührung noch so viel intensiver als zuvor. In diesem Moment spürte ich nur ihn. Seine kräftigen Hände, die mich so fordernd und vorsichtig zugleich berührten. Seine Lippen, die über meine strichen, seine Bartstoppeln, die sanft über meine erhitzte Haut kratzten.

Ein leises Piepsen drang an meine Ohren, woher auch immer.

Dann hörte ich Stimmen und zuckte zusammen.

»Fuck.« Sam fuhr herum.

Ein dumpfes Lachen drang durch die geschlossene Tür. Sam zog mich auf die Beine, gerade noch rechtzeitig, bevor die Türklinke runtergedrückt wurde. Hektisch strich ich meine Haare glatt, er zupfte an seinen Klamotten, die Tür öffnete sich, und die nächste Gruppe strömte mitsamt ihrem Tutor in den Raum.

17. KAPITEL

Geburtstagseinladungen von Freunden lehnte man nicht ab. Das war ein ungeschriebenes Gesetz. Also hatte ich ohne Zögern zugesagt, als Teddie mich letzte Woche eingeladen hatte, ihren vierundzwanzigsten Geburtstag in einem Pub in Gastown zu feiern.

Es war wie immer. Ich nickte und fragte mich im gleichen Augenblick, was ich nur tat. Was ich auf einer solchen Feier wollte. In einem Pub. Laute Musik, klebriger Fußboden. Alkohol in rauen Mengen. Betrunkene Menschen.

Ich wünschte, ich hätte es amüsant und irgendwie süß gefunden, als Teddie nach dem fünften Shot allmählich auf den Vollrausch zusteuerte und in einem Anflug von plötzlicher Sentimentalität die Arme um Kian schlang. Aber ich war viel zu sehr damit beschäftigt, gegen die latente Übelkeit anzukämpfen, die in meiner Kehle saß. Mit jeder neuen Runde Bier, Wein und Maple Whisky – anscheinend eine Spezialität des *Portside Pubs* – krampfte sich mein Magen mehr zusammen.

Ich war die Einzige an dem langen Tisch, die nicht trank. Doch niemand interessierte sich dafür, und erst recht war keiner auf die Idee gekommen, mich zu einem Glas zu überreden. Niemand riss unnötige Witze, als ich bei der ersten Runde mit einem kurzen, aber bestimmten Kopfschütteln abgelehnt und weiter an meinem Ginger Ale genippt hatte. Doch das war nicht mein Problem.

Der Kontrollverlust der anderen war es. Der *beabsichtigte* Kontrollverlust, der mir Angst machte. Trinken, feiern, leichtsinnig sein. Dabei war mir durchaus bewusst, dass meine Panik irrational war.

Trink doch mit, es ist ganz leicht. Dann bist du nicht länger diese erbärmliche Person, die das alles nüchtern ertragen muss. Oh, wenn es doch nur so einfach wäre.

Seit Austins Tod hatte ich keinen Schluck Alkohol mehr getrunken. Es ging nicht. Als ich es einmal versucht hatte, war es mir vorgekommen, als würde ich mir pures Gift einflößen.

Das Pub vibrierte vor guter Laune und ausgelassenem Lachen. Die Musik war kaum zu hören, so viele Stimmen sprachen in dem zweistöckigen Lokal durcheinander. Eigentlich unterhielten wir uns weniger, sondern redeten vielmehr gegen den Lärm an. Es war anstrengend. Die ganze Situation war es. Furchtbar anstrengend. Und der Einzige, der es hätte erträglicher machen können, war nicht hier.

Vielleicht stimmte es, und ich war letztendlich nur hergekommen, weil ich mir sicher gewesen war, Sam würde ebenfalls da sein. Mit mir gemeinsam nüchtern bleiben, so wie beim letzten Mal auch. Doch nun saß ich seit einer Stunde und elf Minuten hier, und seit einer Stunde und elf Minuten sah ich jedes Mal unauffällig Richtung Tür, wenn ein kleiner Schwall frische Luft ins Pub drang und neue Gäste ankündigte. Der, auf den ich wartete, war es nie.

Es ergab keinen Sinn, dass ich Sam derart herbeisehnte. Ich wollte bei ihm sein, dabei sollte ich ihn hassen. Ein Abend wie dieser war es gewesen, der das Monster in ihm hervorgebracht hatte. Ob er deshalb heute nicht gekommen war und lieber mit seinen Schuldgefühlen zu Hause blieb?

»Girl, ich bin mir sicher, er kommt gleich.«

Ich fuhr so heftig zusammen, dass Kian leise lachte.

»Was?«, brachte ich heraus und gab mir Mühe, so zu tun, als wüsste ich nicht, wovon sie sprach. Vielleicht waren meine Blicke zur Tür doch nicht so unauffällig gewesen, wie ich gedacht hatte.

»Dein McDreamy, er ist gleich hier.«

»Er ist nicht *mein McDreamy*«, widersprach ich. Und verriet mich schon damit, dass ich genau wusste, von wem sie sprach… Plötzlich empfand ich das dringende Bedürfnis, Kian alles zu erzählen. Von Sams Ozeanaugen, die die Farbe wechselten, je nachdem wie es ihm ging. Von unserem Kuss in seinem Wagen und von dem, was nach dem Untersuchungskurs passiert war. Allein bei dem Gedanken daran wurde mir heiß. Ich wollte vor ihm stehen und ihm diese verfluchten Scrubs vom Körper reißen, in seine Arme fallen und mich so lange von ihm küssen lassen, bis es endlich aufhörte wehzutun. Doch das würde es nie. Erst recht nicht, wenn Sam Averett derjenige war, der meine Wunden zu heilen versuchte. Denn mit jeder Berührung, jedem Blick riss er sie von Neuem auf. Und bei Gott, dafür sollte ich ihn hassen, denn je schwächer ich wurde, desto mehr verleugnete ich Austin. Und mit ihm alles, was geschehen war.

»Laurie, ich weiß von euch«, sagte Kian mit gedämpfter Stimme, sodass ich Mühe hatte, sie im Getöse zu verstehen. »Sam hat Teddie von eurem Kuss erzählt.«

Ich erstarrte. *Nein* … Nein, das hatte er nicht. Das konnte er nicht getan haben.

Aber warum zur Hölle sollte er nicht? Sie war seine beste Freundin, er hatte ein verfluchtes Recht, mit ihr darüber zu sprechen. Was erlaubte ich mir, anzunehmen, dass es nichts mit ihm machte? Dass er keinen Redebedarf hatte, nicht genauso verwirrt war wie ich?

Meine Wangen wurden heiß, mein Mund trocken. Kian sah mich erwartungsvoll an.

»Ich … Das mit uns ist nichts.«

Gut! Auch wenn es glatt gelogen war.

Sie sah mich weiter an, nachdenklich, fast prüfend. »Das heißt, du empfindest nichts für ihn?«

Wenn ich nicht schon knallrot war, wurde ich es spätestens jetzt.

»Laurie.« Kian stützte das Kinn in einer Handfläche ab. »Komm schon, du hast ihn von Anfang an angeschmachtet. Und er dich. Es ist nicht zu übersehen, wie eure Hirne abschalten, sobald der andere den Raum betritt.«

Kurz zog ich in Erwägung, erneut alles abzustreiten. Ich kam mir lächerlich vor. So unendlich lächerlich unter Kians belustigtem Blick, der sanfter wurde, als ich einen frustrierten Laut ausstieß und den Kopf in den Nacken legte.

»Herrgott, ja, okay, ich denke keine Sekunde lang nicht an ihn, das ist es doch, was du hören willst! Bist du jetzt zufrieden?«

Kian strahlte mich an. »Ha, ich wusste es!«

»Aber können wir jetzt bitte damit aufhören?« Nur das letzte bisschen Verstand brachte mich dazu, die folgenden Worte zu sagen. Sie taten weh. Jedes einzelne hinterließ einen feinen Schnitt auf meiner Zunge. Als würde ich Glasscherben essen. »Ich bin nicht bereit für ihn, ich … Es gibt einfach kein *Wir*, okay? Ich habe zu viele eigene Baustellen, es ist gerade wirklich keine Option.«

Kian betrachtete mich, und mit jeder weiteren Sekunde wuchs in mir das Gefühl, sie wisse genau, dass ich nur Bullshit von mir gab.

Sam war wirklich keine Option, denn eine Option bedeutete, dass ich eine Wahl hatte. Eine gottverdammte Wahl, die mein dämliches Herz bereits ohne mich getroffen hatte. Er war alles, was ich mir je gewünscht hatte. Einfühlsam, klug, vor allem emotional klug. Wunderschön, humorvoll, atemberaubend. Und er trug möglicherweise Mitschuld am Tod meines Bruders.

»Keine Gefühle also?«, fragte Kian, und ihr Gesicht hatte sich in eine glatte Maske verwandelt. Es gefiel mir nicht, so von ihr angesehen zu werden. Den Kopf zu schütteln, kostete mich all meine Kraft. Dabei war alles, was ich wollte, ihr zu erzählen, wie sehr ich mir wünschte, es gäbe nichts, das zwischen Sam und mir stand und es mir unmöglich machte, mich bedingungslos in ihn zu verlieben.

»Keine«, presste ich also hervor und hörte mich selbst kaum im Stimmengewirr, doch Kian verstand mich auch so. Sie wartete einen Moment lang, beinahe so, als wollte sie mir noch die Möglichkeit geben, die Wahrheit zu sagen. Es gab nichts, was ich mir sehnlicher wünschte, doch ich verbot es mir.

Keine. Gefühle.

Du darfst nichts für ihn empfinden. Austin ist tot. Und er ist schuld.

»Okay.« Sie straffte die Schultern, dann sah sie mich an. »Ich glaube es dir als deine Freundin, doch als seine verlange ich, dass du mit ihm redest. Wirklich, Laurie. Sam hat es nicht verdient, dass mit seinen Gefühlen gespielt wird. Wenn du keine Zukunft für euch siehst, musst du mit offenen Karten spielen. Ich kenne den Kerl seit fast drei Jahren und habe ihn noch nie so erlebt wie mit dir. Er ist auf dem besten Weg, sich in dich zu verlieben, wenn du ihn weiter im Dunkeln tappen lässt.«

Mit jedem Wort, das ihre Lippen verließ, zog sich mein Herz zusammen.

Er hat es nicht verdient ... Er ist dabei, sich in dich zu verlieben. Fuck. Fuck. Fuck.

Ich wusste, dass sie recht hatte. Was ich hier tat, war egoistisch und zeugte von Charakterschwäche. Ich konnte ihn nicht küssen und erwarten, dass es nichts mit ihm machte. Ich musste es besser wissen, während ich meinen eigenen Gefühlen so machtlos ausgeliefert war, dass sie mich Entscheidungen treffen ließen, die nüchtern betrachtet nichts als widersprüchlich waren.

»Du hast recht«, brachte ich hervor, und jedes einzelne Wort fühlte sich falsch an. Nichts davon entsprach der Wahrheit, denn alles, was ich wollte, war zu rufen: *Ja, ich bin verknallt in ihn. Sehr.* Und mich dann in seinen Armen an diesem Tisch wiederzufinden, zwischen seinen Freunden, ihn spüren, warm und beruhigend, so als könnte tatsächlich alles wieder gut werden, wenn ich mich dazu entschied, ihm einfach zu vertrauen.

Die Gedanken überwältigten mich, und ich griff kurz entschlossen nach meiner Tasche, während ich aufstand. »Bin gleich wieder da«, sagte ich in Kians Richtung und drückte mich an den Dutzenden Körpern vorbei, ehe sie etwas sagen konnte. Erleichterung durchflutete mich, als ich die Tür zu den Toiletten aufstieß.

Ruhe … *Endlich.* Ich schloss für einen Moment die Augen, während ich mich mit beiden Händen vor einem großen Spiegel am Waschtisch abstützte. Die Anspannung in meinen Schultern ließ nach, und erst jetzt merkte ich, wie verkrampft ich gewesen war.

Kian hatte recht. Ich musste ihm die Wahrheit sagen, doch die Wahrheit war zu furchtbar. Sie lautete nicht *Ich habe keine Gefühle für dich,* sondern *Du bist ein Monster, du hast zugelassen, dass mein Bruder stirbt. Ich hasse dich, aber mit jedem Tag, den ich dich besser kennenlerne, werde ich schwächer. Und dafür hasse ich dich noch mehr und mich gleich mit.*

Ich schloss die Finger fester um die Kante des Waschtisches.

Am liebsten hätte ich geschrien. Herrgott, warum konnte er nicht schrecklich sein, es mir leichter machen, ihn für das, was geschehen war, zu hassen? Es wäre so viel einfacher, wenn er wäre, wie ich ihn mir immer vorgestellt hatte. Doch nichts, was Samuel Averett ausmachte, kam auch nur im Entferntesten an meine Vorstellung heran.

*

Natürlich.

Natürlich musste er genau dann kommen, während ich mich in den Toiletten verschanzt hatte. Natürlich musste es mich unvorbereitet treffen, ihn dort inmitten des vibrierenden Raums stehen zu sehen, neben Teddie, die sich an seinen Oberkörper schmiegte und selig lächelte, während sie ihren besten Freund umarmte. Und natürlich musste er umwerfend aussehen, während er eine kurze Begrüßung in die Runde warf. Wirres Haar, dunkler Dreitagebart und dieses verfluchte Lachen.

Cole grölte irgendetwas über den Tisch in Sams Richtung, woraufhin die anderen in Gelächter ausbrachen. Teddie strahlte, Sam hatte einen Arm um ihre Schultern gelegt, und dann sah er in meine Richtung. Als hätte er meine Anwesenheit instinktiv gespürt.

Es spielte keine Rolle, wie sehr sich meine Gedanken im Kreis drehten. Wenn er mich ansah, standen sie still. Leere füllte meinen Kopf, angenehm und leicht, alles war ein klein wenig erträglicher, wenn ich in seine Augen sah und nichts lieber wollte, als in meiner Gesamtheit von ihnen wahrgenommen zu werden. Ich würde mich nie verstehen, wenn Sam in der Nähe war.

Als zöge sein Körper meinen magisch an, ging ich auf ihn zu. Ich hätte mich wieder neben Kian setzen können, auch wenn sie inzwischen mit einigen Freunden aus Teddies und Sams Semester plauderte, deren Namen ich nicht kannte. Ich blendete alles aus, die Musik, die anderen Menschen, alles verschwand, während ich mich ihm näherte.

Teddies Blick streifte mich, für den Bruchteil einer Sekunde huschte ein Schatten über ihr Gesicht. Sie sah nicht verärgert aus, nur kritisch, und ich konnte es ihr nicht verdenken. Alles, was sie wollte, war ihren besten Freund davor zu bewahren, dass sein Herz gebrochen wurde. Ich hätte es an ihrer Stelle ebenso getan. Doch er hatte mir meines bereits vor Jahren aus der Brust gerissen, und das Schlimme daran: Er wusste es nicht einmal.

Wie in Trance nahm Sam den Arm von Teddies Schulter. Einen Augenblick lang wirkte er furchtbar verloren, wie er da neben ihr stand, mich ansah, unsicher und zugleich froh. Sein Lächeln wurde wärmer, und eigentlich wollte ich nur, dass er mich ebenso in den Arm nahm wie gerade seine beste Freundin. Vielleicht noch ein klein wenig fester hielt, enger an sich zog.

Es besteht die Möglichkeit, dass du falschliegst. Die Erkenntnis zuckte gleißend hell durch meine Synapsen. Er war Samuel Averett, und er war dabei gewesen, als mein großer Bruder auf eine so absolut tragische und unnötige Weise starb, dass es einfach nur wehtat.

Er war dabei gewesen, aber er war nicht zwingend schuld daran. So war es doch, nicht wahr? Was bedeutete es schon, dass das Schicksal die beiden an jenem Abend an den gleichen Ort gelockt hatte? Mit einem Mal kamen mir meine Zweifel fast lächerlich vor. Vielleicht war er gar nicht das Monster, für das ich ihn hielt. Vielleicht war er das exakte Gegenteil. Die Vorstellung war so schön. Ich erlaubte mir, einen Moment an ihr festzuhalten. So lange, bis mich die Worte der Kommilitonen von Austin und ihm wieder einholten. *Er hat darauf bestanden, dass wir trinken ...* Wieso hätten sie lügen sollen? Andererseits, war nicht jeder selbst dafür verantwortlich, was er tat?

Sam sah mich an und lächelte und war wunderschön. Die Musik und das Stimmengewirr stürzten in ihrer ganzen Intensität wieder auf mich ein, als ich vor ihm stand und nicht wusste, wie ich ihn begrüßen sollte. Er schien es auch nicht zu wissen.

»Da bist du ja«, sagte er schließlich.

»Du auch«, gab ich wenig intelligent zurück, und seine Mundwinkel zuckten. Ich hatte das dringende Bedürfnis, für immer so von ihm angesehen zu werden. All meine Gedanken verloren ihre Bedeutung. Er sah mich an, und ich hatte das Gefühl, zugleich ich selbst und eine komplett andere Person zu sein. Als wäre ich hier und woanders. Alles und nichts. Überglücklich und todtraurig.

Er erschauderte leicht, als wir uns umarmten. Die Erinnerungen an den Untersuchungskurs holten mich ein, sein warmer Körper berührte meinen nur für wenige Sekunden, und ich wollte ihn enger bei mir spüren. Obwohl wir uns in einer Meute von Menschen befanden, waren da nur wir beide. Keiner nahm Notiz von uns, wir standen da wie festgefroren, und ich bewegte mich erst, als Sam nach meiner Hand griff. Sein Blick streifte mich, bittend, fast entschuldigend, dann zog er mich mit sich durch die Menge. Wir stießen gegen Körper, und die ganze Zeit über fragte ich mich, was er vorhatte. Gleichzeitig wusste ich es genau. Wir mussten miteinander reden. Dringend.

Mit jedem Meter, den wir uns dem Ausgang näherten, wuchs meine Unruhe. Ich war mir nicht sicher, was ich ihm zu sagen hatte. All die Worte von gerade eben waren wie ausgelöscht. Ich wollte ihn einfach nur küssen und vergessen, dass das, was ich hier tat, gefährlich war.

Kühle Feuchte empfing uns, es regnete Bindfäden auf die dunklen Pflastersteine im nächtlichen Gastown, über die auch zu dieser späten Stunde hohe Absätze und die Sohlen Dutzender Paare und Touristengruppen flanierten. Die Kälte traf mich wie eine Wand. Ich lief dagegen, doch sie brachte mich nicht zur Besinnung.

Die Lichter der Pubs und Lokale erhellten die Nacht, fielen auf die Gesichter der wenigen Raucher, die neben dem Eingang standen.

Einige Schritte neben dem *Portside Pub* fanden wir Schutz unter einem schmalen Vordach, doch ich spürte die kühlen Tropfen bereits auf meinem Gesicht. Unwillkürlich verschränkte ich die Arme vor der Brust und wünschte, ich hätte mich gegen die leichte Lederjacke und für einen wärmeren Mantel entschieden.

Für Sekunden sah Sam mich an. Als überlegte er, ob das der Moment war, in dem er mir seine Jacke anbieten sollte. Die Lichter huschten über sein Gesicht. Orange, violettes Rot, kühles Blau. Er war in jeder Farbe wunderschön.

»Wir müssen miteinander reden«, sagte ich, bevor er mir zuvorkommen konnte.

Er nickte langsam. »Das müssen wir.« Sein Blick war unergründlich, während er die Hände in den Taschen seiner dunklen Jacke versenkte. Ich war mir nicht sicher, ob er fror. Oder sich nur ebenso zurückhalten musste wie ich mich, den Händen freien Lauf zu lassen.

Er schlug die Augen nieder. Es tat unverhältnismäßig weh, als unser Blickkontakt abbrach. Lächerlicher Schmerz flammte in meiner Brust auf. Wir mussten uns unterhalten und brachten doch kein Wort heraus.

Er biss sich leicht auf die Unterlippe, während sein Blick erneut über mich glitt. Und im selben Moment schien es, als hätte jemand einen Schalter in meinem Inneren umgelegt.

Wir machten gleichzeitig einen Schritt aufeinander zu. Seine Hände glitten unter meine Lederjacke, fanden meine Hüften. Mit einem Ruck zog er mich näher. Es interessierte mich nicht, als mir die Tasche von der Schulter rutschte, es war nicht von Bedeutung, während unsere Münder aufeinanderprallten, er die Hand an meinen Hinterkopf legte und mich weiter zu sich zog. Es war noch immer das unglaublichste Gefühl der Welt, als seine Lippen meine versiegelten.

Und dann schmeckte ich es.

— VERLUST —

Ich hatte Alkohol nie gemocht. Nicht, als meine Freunde in der Highschool heimlich anfingen zu trinken und feiern zu gehen. Nicht, als ich das erste Mal Bier aus roten Plastikbechern getrunken hatte und mich fragte, warum zur Hölle sich ein Mensch das freiwillig antat. Nicht, als ich den Überblick darüber verlor, wie viele Becher es waren, wie oft mir Jacob Lawson aus dem Hockeyteam nachschenkte, und auch nicht, als sein Gesicht allmählich vor mir verschwamm. Betrunken sein war furchtbar. Es war Schwindel und dichter Nebel, der immer undurchdringlicher wurde. Hilflosigkeit und dieses seltsame Gefühl, ausgeliefert zu sein.

Bis heute verstand ich nicht, woran es lag, doch irgendwie funktionierte es bei mir nicht. Vor Austins Tod hatte ich es noch ein paarmal ausprobiert. Ich spürte nichts von den positiven Effekten des Alkohols. Ich wurde nicht lockerer, nur panischer. Ich hatte keinen Spaß, nur Angst, sobald die Übelkeit einsetzte und ich auf Lucy Taylors Gästetoilette bittere Galle und dieses Teufelszeug erbrach.

»Wo bist du? Okay, bleib da. Geh nicht weg. Ich bin in zehn Minuten bei dir.« Austins ruhige Stimme, die aus dem Handy drang. Vom Schlaf belegt, als ich ihn mitten in der Nacht angerufen hatte. Er trug den Eastview High Hoodie und seine karierte Pyjamahose, als er wenig später vor dem Haus der

Taylors hielt. Kaum stand er vor mir, war es mit meiner Selbstbeherrschung vorbei. Ich erinnerte mich nicht an die Fahrt, nur an Austins Hände, als er mich in unserem Bad über die Toilette hielt und mir immer wieder sanft über die Haare strich. Ich war in Sicherheit. Dank ihm.

Als Jacob Lawson mich fragte, wen ich anrufen wollte, war Austins Nummer die einzige, die mir einfiel. Mit Sicherheit wäre er durch halb Ontario für mich gefahren. Auch nachts, auch bei Minusgraden und zentimeterdicker Eisschicht auf den Straßen.

Ich war diejenige, die er angerufen hatte, kurz bevor er starb. Die Behörden hatten sein Handy untersucht. Drei ausgehende Anrufe in dieser Nacht. Alle an mich. Mein Bruder hatte darauf vertraut, dass ich ebenso für ihn da sein würde wie er für mich. Als er betrunken war und allein und vielleicht verzweifelt und voller Panik.

Und ich war es nicht. Ich war nicht da. Ich war zu spät. Und ich hatte keinen einzigen Tropfen Alkohol mehr getrunken, nie mehr, nicht nachdem es ihn das Leben gekostet hatte.

Nicht mehr zu trinken war kein großer Verlust. Ich hatte es nie gemocht. Doch Austin, er war der bitterste in meinem ganzen Leben.

18. KAPITEL

Er roch wie immer, sauber und frisch, nach Freiheit, nach Minze und ein bisschen nach Salzwasser. Doch von den Geschmacksknospen auf meiner Zunge breitete sich die Panik in rasender Geschwindigkeit in meinem Körper aus.

Ich schmeckte es in der ersten Sekunde unseres Kusses. Bitter und scharf. Sam verharrte ebenfalls.

Mein erster Blick galt seinen Augen. Sie waren so klar und wach wie immer. Das konnte ich unmöglich übersehen haben. Sein Gang war sicher gewesen, nicht der Ansatz eines Taumelns.

Und doch schmeckte ich den Alkohol auf seinen Lippen. Nach Jahren, in denen ich keinen einzigen Tropfen angerührt hatte, zweifelte ich keine Sekunde daran.

Sam war nicht betrunken. Aber nüchtern war er auch nicht, und plötzlich stürzten all meine Zweifel und Gedanken wieder auf mich ein.

Mit einem Ruck löste ich mich von ihm. Orangenes Licht fiel auf eine Hälfte seines Gesichts, spiegelte sich in Regentropfen, die auf seiner Haut lagen und sich in seinen Wimpern verfangen hatten, während er die Augen öffnete. Einen Moment lang sah er so irritiert aus, dass es wehtat. Seine Hände lagen an meinem Körper, sein fragender Blick auf meinem Gesicht.

Er tat es wieder. Er trank wieder. Er hatte mich angelogen, sich selbst etwas zurechtgelogen. Vielleicht stimmte es doch …

Ich starrte in sein vollkommenes Gesicht. Sah, wie die Verwirrung zu Hilflosigkeit wurde. Er schien nicht das Geringste zu ahnen.

»Du hast getrunken.« Meine tonlose Stimme drohte im Lärm der Straße unterzugehen. Doch ich war mir sicher, dass er mich verstanden hatte.

Seine Pupillen weiteten sich, einen Moment lang stand er wie erstarrt vor mir. Ich wich noch weiter von ihm zurück, und mit jedem Zentimeter wurde der Riss in meinem Herzen tiefer. Dann begriff er.

»Ich … Es war nur ein Shot. Mit Teddie, sie …« Er brach ab, als würden ihn seine eigenen Worte mindestens so sehr schockieren wie mich.

Wie unendlich dumm von mir, dass ich ihm geglaubt hatte. Es interessierte ihn einen feuchten Dreck, dass Austin gestorben war. An einer verdammten Alkoholvergiftung. Er hatte ihn animiert zu trinken, war bei ihm gewesen an diesem furchtbaren Ort, bis zuletzt, und es hinderte ihn nicht daran, mit seinen Freunden zu trinken, als wäre nie etwas passiert.

Mit einer raschen Bewegung zog ich meine Tasche auf die Schulter und drehte mich um. Weg, einfach nur weg. Von ihm, von allem, bevor ich etwas unfassbar Dummes tat. Ihn anschreien, wie er es wagen konnte, zu trinken, obwohl Austin tot war. Ich durfte nicht, ich durfte einfach nicht. Wenn ich ihn nun damit konfrontierte, wer ich war, würde er niemals die Wahrheit sagen. Ich … ich musste … Nein, das war zu verrückt. Ich sollte einfach nach Hause gehen.

»Laurie, warte …«

Seine Stimme war viel zu nah, während meine Füße wie ferngesteuert übers Kopfsteinpflaster liefen. Ich hatte keine Ahnung, ob ich in die richtige Richtung ging.

Ich hätte zu Hause bleiben sollen. Ich hatte es von Anfang an gewusst, doch ich hatte mir etwas beweisen wollen. Dass ich einen Abend wie diesen bewältigte. Und ich hatte gehofft, dass Sam all meine Zweifel aus dem Weg räumen würde. Die Tränen schossen mir in die Augen, als ich begriff, wie bitter ich mich in beidem getäuscht hatte.

Der Griff an meinem Arm genügte, und ich wirbelte herum. Ich verstand nicht, wie er noch die Dreistigkeit besitzen konnte, mir nachzulaufen. Sam stand vor mir, seine Brust hob und senkte sich schwer.

»Es tut mir leid, ich weiß, du trinkst nicht, ich wollte nicht …«

»Du weißt *gar nichts*!«, schleuderte ich ihm entgegen, bevor ich auch nur eine Sekunde lang darüber nachdenken konnte. Als würden bei seinem Anblick alle Dämme in meinem Inneren eingerissen, sprudelten die Worte plötzlich ungehindert an die Oberfläche. »Du hast wirklich nicht den Hauch einer Ahnung, wie es ist …«

»Dann erklär's mir«, fiel er mir ins Wort. »Rede mit mir, Herrgott noch mal, ich bitte dich. Es tut mir leid, ich hatte keine Ahnung, dass du so darauf reagieren würdest, wenn ich ein einziges Mal …« Er brach so unerwartet ab, dass mir der Atem stockte. Was auch immer in diesen Sekunden in ihm brodelte, es machte mir Angst.

»Du willst es wirklich wissen?«, fauchte ich, während in der Ferne ein dumpfes Donnergrollen zu hören war und mir der Regen ins Gesicht peitschte.

»Ja, verdammt, das will ich!« Seine Finger schlossen sich fester um meinen Arm.

»Ich kann das nicht!«, schrie ich. »Ich trinke keinen Alkohol, und ich ertrage es nicht, wenn sich Leute hemmungslos betrinken. Nicht, wenn sie mir wichtig sind. Es jagt mir auf jede erdenkliche Art und Weise Angst ein, und dann kommst du und ... Das geht nicht, Herrgott noch mal!« Die Tränen verschleierten mir die Sicht. Sams Gestalt verschwamm vor meinen Augen zu einer vagen Silhouette.

»Wieso?«, brachte er mit tonloser Stimme hervor. In diesen Sekunden wünschte ich nichts sehnlicher, als dass er geschrien hätte. Stattdessen war er ruhig. Beängstigend ruhig.

Ein einziges Wort genügte, und dreieinhalb Jahre furchterregende Albträume und nie enden wollende Heulattacken stürzten auf mich ein.

Er musste mir die Wahrheit erzählen. Doch das würde er nur, wenn er das Gefühl hatte, er könnte sich mir anvertrauen. Weil ich verstehen würde, was er erlebt hatte. Und es gab nur eine Möglichkeit, um das zu erreichen.

Versau es nicht, Cavelle. Versau es jetzt bloß nicht.

Mein Herz drohte zu zerreißen, Austins Gesicht flackerte vor mir auf. Seine funkelnden Augen, das Lächeln, die Grübchen. Drei Höhepunkte, drei Anrufe, dann war er tot. Und Sam war der Einzige, der wissen konnte, was wirklich geschehen war.

Ich presste die Lider aufeinander, konnte ihn nicht ansehen, während ich sagte: »Meine ... meine Schwester ist tot.«

Atmen.

»Es war ein Unfall.«

Einfach atmen.

»Und Alkohol war im Spiel.«

Ich presste die Worte so schnell hervor, dass er mich unmöglich verstanden haben konnte. Die Lüge war heraus, bevor ich es realisierte. Sie hinterließ eine brennende Spur auf meinen Lippen. Noch nie hatte sich etwas so schrecklich ange-fühlt. Ich verleugnete Austin.

Doch ich tat es *für* ihn. Für die Wahrheit, die wir verdien-ten. Er und ich. Meine Familie. Ich musste mich auf die Wut konzentrieren, auf die Verzweiflung, damit sie das schlechte Gewissen verdrängten. Ja, ich hatte Sam angelogen. Aber was blieb mir anderes übrig? Wenn er erst wüsste, wer hier vor ihm stand, würde ich vielleicht niemals erfahren, was wirklich ge-schehen war.

Donner grollte nun über meinem Kopf, und wann immer ein Blitz den Nachthimmel erhellte, sah ich Sams Gesicht. Es war eine wächserne Maske, reglos, während er das, was ich so-eben gesagt hatte, zu verstehen versuchte. Ich konnte gerade-zu sehen, wie es hinter seiner Stirn arbeitete. Ich betete von ganzem Herzen, dass er nicht eins und eins zusammenzähl-te und die Verbindung zwischen Austin und mir herstellen konnte.

Ich nahm den Regen erst wieder wahr, als ich die Tropfen über sein Gesicht strömen sah, über seine Wangen bis zu sei-nem Kinn, wo sie sich sammelten, um von dort zu fallen. Er hob den Blick, die Welt sprang wieder an, doch die Unendlich-keit in seinen Augen war verschwunden.

»Ich ...«, sagte er, nur um im gleichen Moment wieder ab-zubrechen. Es tat weh, ihn so zu sehen. Fast so sehr, wie ihn an-zulügen. »Es tut mir leid. Ich wusste nicht ...«

Als er sich umdrehte, hatte ich das Gefühl, die ganze Welt würde schwanken. Ich wollte mich festhalten, an irgendetwas, doch da war nichts. Ich war zu weit gegangen.

Ich sollte diejenige sein, die die Flucht ergriff, ich! Nicht er, verdammt. In diesem Moment erkannte ich erst die Tragweite meiner Worte. Und was sie alles in ihm hochkommen lassen mussten.

Eine fremde Macht hatte von mir Besitz ergriffen, als sich meine Beine bewegten. Alles, was ich spürte, war der hohle Schmerz in meinem Innersten, während er in der Dunkelheit verschwand. Er durfte nicht gehen.

»Nein! Nein!« Ich begriff erst, dass die heisere Stimme meine eigene war, als sich einige Passanten nach mir umdrehten. Es spielte keine Rolle, dass ich aussehen musste, als hätte ich den Verstand verloren. »Bleib stehen!«

Die bleierne Kälte kroch mir in die Knochen, längst war ich bis auf die Haut durchnässt. Ich erreichte ihn knapp vor der belebten Cordova Street. Mein Herz hämmerte erbarmungslos, jeder Atemzug brannte. Meine Finger rutschten über seine nasse Jacke. Ich wich zurück, als er herumwirbelte.

»Lass mich, hau ab, hau verdammt noch mal ab!«, schrie er mich an, und mit jedem seiner heiseren Worte wurde mein Innerstes ein klein wenig stumpfer. Als seine Stimme brach, spürte ich nichts mehr.

»*Rede mit mir!*« Ich schmeckte den Regen und meine Tränen, wollte ihn erst packen und schütteln, dann küssen. Als er sich wegdrehen wollte, krallte ich die Finger in seine Jacke. Ich kniff die Augen zusammen und rechnete damit, dass er mich wegstieß, dass seine Hände meine von seinem Körper rissen, er war viel stärker als ich, doch nichts dergleichen geschah. Ich schlug die Augen wieder auf, und sein Gesicht war direkt vor mir.

Als das Scheinwerferlicht eines vorbeibrausenden Autos darauf fiel, erkannte ich in seiner Miene einen solchen Schmerz, dass mir die Beine zu versagen drohten.

»Ich kann nicht, ich kann das nicht … Ich … Verfluchte Scheiße.«

Ich zog ihn näher zu mir, als er den Kopf senkte. Seine Schultern zitterten, sein ganzer Körper stand unter Strom.

»Ich wollte das nicht, ich wollte nur einen beschissenen Abend lang Normalität, ein einziges Mal nicht *Nein* sagen, wenn meine beste Freundin mich bittet, mit ihr auf sie anzustoßen, ich wollte nur diesen einen Abend lang alles vergessen …«

Und er hatte keinen blassen Schimmer, dass ich genau wusste, wovon er sprach.

»Was vergessen?« wisperte ich dennoch.

Sam schwieg einen Moment, als müsste er Kraft sammeln, um weiterzusprechen. »Du hast recht«, stieß er hervor. »Ich trinke nicht. Eigentlich. Nicht nur an den Abenden, an denen ich Fahrer bin, auch sonst nicht. Weil es mir eine Scheißangst einjagt, und ich … ich …« Er atmete tief ein. »Weil es da eine Sache gibt, die niemand von mir weiß, und das aus gutem Grund.«

Mein Atem stockte. Er hatte es nie jemandem erzählt?

Sam schloss die Augen. Er schien es nicht zu ertragen, die Wahrheit auszusprechen und mich weiter dabei anzusehen. Das Beben ließ nach, eine beängstigende Ruhe legte sich über ihn. Ich spürte geradezu, wie alles in ihm abstumpfte, Leere an die Stelle trat, wo zuvor Gefühle gewesen waren. Ihn apathisch werden ließ, weil es zu schlimm war, weil er es anders nicht ertrug, darüber zu sprechen. Den sorgfältig verdrängten Erinnerungen Platz zu gewähren, oh, ich wusste doch selbst nur zu gut, wie es war.

»Bevor ich an die UBC kam, war ich für die Med School in Toronto zugelassen«, begann er, und plötzlich wurde aus dem Albtraum Realität. Auf einmal war ich mittendrin, und alles, was ich wollte, war rennen.

Er sah mich an, und gleichzeitig sah er mich *nicht* an. Er sah durch mich hindurch. Sein Blick war leer, ziellos. Seine Stimme befreit von jeglicher Emotion.

»Mom und Dad hatten immer gesagt, überleg dir das mit der Medizin, überleg es dir gut.« Eine Gänsehaut lief über meinen Körper, so fremd klang seine Stimme auf einmal. »Ich wollte es nicht hören, ich dachte, ich wüsste schon, was ich tue. In meiner Vorstellung gab es keinen tolleren Job. Leben retten, Verantwortung tragen. Berufung statt Beruf. Aber die Wahrheit ist keine beschissene *Grey's Anatomy*-Staffel.« Er machte eine kurze Pause. »Sie haben sich natürlich trotzdem gefreut, als ich den Platz in Toronto bekommen habe.«

Ein Fallgefühl breitete sich in meinem Magen aus.

»Zuerst habe ich den Bachelor in Neurowissenschaften an der UBC gemacht.« Er schluckte. »Hier habe ich Thea kennengelernt. Wir waren ein paar Jahre zusammen. Jura an der U of To war von Anfang an ihr größter Traum. Als sie zugelassen wurde, war klar, dass ich es ebenfalls in Toronto versuchen und hoffentlich nachkommen würde. Es hat tatsächlich geklappt. Wir bekamen die Zusage für eine Wohnung mitten in Downtown. Weil sie noch renoviert wurde und in Theas WG kein Platz war, zog ich für die ersten Wochen ins Wohnheim. Die Jungs dort waren cool, einer sollte sogar mit mir gemeinsam Medizin beginnen.« Er zögerte.

Mein Herz stolperte.

Nein, nein, nein …

Sag es nicht.

Sam schloss für einen Moment die Augen.

»Er hieß Austin.«

19. KAPITEL

Die Welt wurde stumpf. Das Atmen schwerer. Alles wurde so verdammt viel schwerer.

»Wir hingen die ersten Tage ständig zusammen rum. Mit Thea war es … schwierig. Die Fernbeziehung hatte viel kaputt gemacht.« Er zögerte. »Aber vielleicht war es auch vorher schon kaputt, und ich wollte es einfach nicht sehen.«

Längst spürte ich die beißende Kälte nicht mehr. Nicht meine tauben Finger, nicht mein brennendes Herz.

»Es war mein siebter Tag in Toronto, als sie Schluss gemacht hat. Ich bin ihr durch das ganze verdammte Land hinterhergezogen, obwohl wir beide wussten, dass es eigentlich längst vorbei war. Ich hab mich so unendlich dumm gefühlt. Und so … gedemütigt. Was habe ich denn erwartet? Natürlich hatte sie jemand Besseren gefunden. Einen Kerl aus ihrem Jura-Kurs. Es hätte mir von Anfang an klar sein müssen, aber ich dachte … ich dachte, vielleicht reicht es, vielleicht bin ich ihr wirklich genug. Vielleicht ist das echt und nicht nur in meinem Kopf. Mit ihm ist sie dann in die Wohnung gezogen, die eigentlich unsere werden sollte.«

Was zur Hölle tat er? Ich wollte diesen Teil der Geschichte nicht hören. Den, der ihn nahbar machte, zu einem Menschen, der verletzt und enttäuscht worden war. Es spielte keine Rolle. Es. War. Mir. Egal. Doch dann sah ich ihm in die Augen, und mein Herz krampfte sich zusammen. Es würde mir nie egal sein, wenn er litt, und ich wusste es genau.

»Ich war verletzt und wütend und wusste nicht, was ich überhaupt noch in Toronto sollte. Ich hatte mich von einem Menschen abhängig gemacht, und ich hasse es bis heute. Alles, was ich noch hatte, war dieses Studium. Ich wollte der verflucht beste Arzt auf der ganzen Welt werden, ich wollte es ihnen allen zeigen. Meinen Eltern, Thea, mir selbst vielleicht am allermeisten. Und dann hab ich versagt, noch bevor es überhaupt begonnen hat.«

Als seine Stimme brach und er für einen Moment den Kopf senkte, begriff ich erst, was für eine ungeheure Selbstbeherrschung er besaß. Wie konnte sich ein Mensch so dermaßen im Griff haben? Der Gedanke fügte mir fast körperliche Schmerzen zu. In diesen Sekunden wünschte ich mir nichts sehnlicher, als ihn an mich zu ziehen. Doch ich bewegte mich nicht.

»In der Woche vor Semesterbeginn begannen die Einführungsveranstaltungen«, sagte Sam. Keine Sekunde lang klang er, als hätte er selbst daran teilgenommen. Seine Worte glichen einer Nacherzählung, etwas, das er selbst nicht ganz greifen konnte, auch nicht nach all den Jahren, als hätte er nur zugesehen, sich selbst und seinen Taten. Seinen Fehlern. »Seit der Trennung von Thea hatte ich so viel getrunken wie lange nicht. Jeden Tag, ich war jeden Abend voll, und es hat immer funktioniert, um nichts mehr fühlen zu müssen. Ich weiß nicht, wie ich so sein konnte. Wenn ich heute daran denke, kommt es mir vor, als wäre ich eine komplett andere Person gewesen. Und dann kam die Kneipentour in Downtown mit den Tutoren und den anderen First-Years. Und ich frage mich bis heute, warum ich an diesem Abend nicht einfach zu Hause geblieben bin. Es wäre vielleicht alles anders gekommen.«

Er schloss für einen Moment die Augen. Ich wollte ihn

nicht drängen, doch ich konnte nicht anders. »Sam«, flehte ich leise. »Bitte …«

Sein Blick ging nach oben, entlang an den Häuserschluchten, als suchte er nach etwas Höherem, das ihm dabei half, die Sätze auszusprechen. »In dieser Nacht kam alles zusammen. Ich war verzweifelt, sauer auf Thea, ich hatte Angst, ihr und diesem Parker zufällig in irgendeiner Bar zu begegnen. Ich weiß nicht, wie viel ich getrunken habe, aber ich war einiges gewohnt. Ich wollte eine gute Zeit haben, ich wollte, dass auch die anderen eine haben. Ich hab sie regelrecht gedrängt, mehr zu trinken. Auch Austin.« Seine Stimme geriet ins Wanken. »Ich war schon voll, als wir wieder auf dem Campus waren, wo ebenfalls eine Party stieg. Ich erinnere mich nicht mal mehr, wie wir dort hingekommen sind. Ich weiß nur noch, dass die Nacht absolut klar und eiskalt war. Es war Februar, den Tag über hatte es geschneit. Der ganze verfluchte Campus war voller Studenten, alle gut gelaunt, alle stockbesoffen. Austin hat … er war mindestens so voll wie ich. Sobald ein Becher leer war, hab ich nachgeschenkt. Wir fanden es witzig. Heute denke ich … heute schäme ich mich nur. Ich … ich hätte ihn stoppen sollen. Aber ich war zu verflucht besoffen, um zu erkennen, dass es längst nicht mehr okay war. Ich hab es erst kapiert, als er mich draußen in eine Ecke gezogen und das kleine Plastikpäckchen aus der Jacke geholt hat.«

Stille, und

mein

Herz

blieb

stehen.

Ich starrte ihn an, wartete darauf, dass er lachte. Dass er sagte: *Ha, reingefallen. So war's nicht.* Doch nichts dergleichen geschah.

Nein. Das ... *Nein.*

Der leise Laut, der mir entwich, war pures Entsetzen. Ich war mir nicht sicher, ob Sam ihn überhaupt gehört hatte. Er wirkte wie in Trance. Als er den Blick auf mich richtete, glich er einem Schlag in die Magengrube.

Ich wollte rennen. Ich wollte einfach nur, dass es aufhörte.

»Ich weiß nicht, was zur Hölle er sich gedacht hat, als er meinte, er hat was dabei.«

Ich ballte die Hände zu Fäusten. Ich nahm den Schmerz kaum wahr, als sich meine Nägel in die Handballen bohrten. Er war nichts gegen den alles vernichtenden Sturm, der in mir wütete.

»Die Stimmung ist sofort gekippt. Im ersten Moment dachte ich, er verarscht mich nur. Aber er meinte es ernst. Ich habe abgelehnt. Und ich frage mich bis heute, warum ich ihm die verdammte Packung nicht einfach weggerissen und in der nächsten Toilette runtergespült habe. Stattdessen hab ich zugesehen, wie er eins von den Dingern rausgeholt und ... es geschluckt hat. Ich glaube, er war angepisst, dass ich nicht mitgemacht habe. Das war der Moment, in dem der ganze Abend eskaliert ist. Alkohol ist so unendlich scheiße, wir waren beide hemmungslos und leicht reizbar. Ich bin zurück zu den anderen, hab mit ihnen weitergetrunken, so getan, als wäre das alles nicht passiert, doch etwas war anders. Ich ... Herrgott noch mal, ich spüre es noch genau, diese sinnlose Unruhe, diese dumpfe Angst im Bauch. Irgendwann bin ich abgehauen und über den Campus gerannt wie ein Irrer. Aber ich konnte ihn nicht finden. Auf meine Anrufe und Nachrichten hat er auch nicht reagiert. Er war weg. Schließlich bin ich zu der Stelle gerannt, wo wir uns zum letzten Mal gesehen hatten, und da hab ich seine Fußspuren im Schnee entdeckt. Er muss total wirr rumgelaufen sein, irgendwann endete die Spur. Und er lag da.

Gesicht nach unten neben einer Treppe. Ich dachte erst, er tut nur so, ich dachte es wirklich. Aber er hat sich nicht bewegt. Er war eiskalt. Er hat nicht geatmet. Das Scheißzeug hat mit dem Alkohol reagiert. MDMA, Kackqualität, gestreckt mit irgendeiner chemischen Scheiße, zumindest hat das die Polizei später gesagt. Eine einzige Pille hat gereicht, und es ist zum Todeselixier geworden.«

Es war genau wie damals. Ich stand ganz still da. Hörte die Worte, doch ich begriff sie nicht. Hören und Denken funktionierten nur noch unabhängig voneinander.

Austin hat keine Drogen genommen. So was hätte er nie gemacht. Nie, niemals. Nicht mein großer Bruder, der gewissenhafteste und ehrgeizigste Mensch, den ich kannte. Das ... Es war schlichtweg unmöglich.

»Ich ... ich war zu spät.«

Ich wusste nicht, was ich tat, als ich einen Schritt vor ihm zurückwich. Und noch einen. Sams Miene war glatt wie eine Maske, seine Augen leer, apathischer Blick, Gänsehaut.

»Er lag da und hat nicht mehr geatmet. Ich hab sofort den Notarzt gerufen und mit der Reanimation angefangen. Der Schnee hat geknirscht und seine Rippen, als sie gebrochen sind, und es war alles so verdammt still und umsonst und ...«

Er verstummte, doch das Zittern in seinen Händen blieb. Seine kurzen, flachen Atemzüge blieben und ich kannte die Zeichen einer beginnenden Panikattacke, ich kannte sie gut genug, um sie Sam verschlingen zu sehen.

Er stand da und hatte mir gerade gesagt, dass Austin nicht an einer Alkoholvergiftung gestorben war. So wie ich es immer geglaubt hatte.

3,5 Promille, erstickt an seinem eigenen Erbrochenen, Atemstillstand, den niemand bemerkt hatte. So hatten es mir meine Eltern geschildert. Die Frau aus der Gerichtsmedizin, der

Polizist zwei Tage danach. *Ihr Verlust tut uns so leid, ein unnöti-ger, tragischer Tod ...*

Kein Mensch hatte auch nur ein einziges verdammtes Mal irgendwelche Drogen erwähnt, und jetzt erzählte der Kerl, der bei meinem großen Bruder gewesen war, etwas komplett anderes.

Niemals, nie, niemals. Nicht Austin. Nicht in dieser Welt ...

Ein Teil von mir schrie mir zu, Sam zu glauben, mir sein aschfahles Gesicht anzusehen, den leeren Blick. Als wäre das der Beweis dafür, dass das, was er sagte, echt war. Die abgefuck-te Wahrheit, keine Geschichte, die er sich selbst zurechtlog, um nicht den Verstand zu verlieren.

Ich hätte stehen bleiben und ihn festhalten sollen. So lange, bis er weitererzählte, sich selbst widersprach, Fehler machte, die seine Lügen entlarvten. Doch ich konnte nicht. Ich konn-te nicht mehr stark sein und kämpfen um etwas, das ich längst verloren hatte, nicht heute Nacht, nachdem Sams Worte alles, was ich in den letzten dreieinhalb Jahren gedacht und gefühlt hatte, infrage gestellt hatten.

Es war nicht nur die Vorbildrolle meines großen Bruders, die ich plötzlich hinterfragen musste. Es war auch die als Opfer.

Als ich einen weiteren Schritt zurückstolperte, fiel Sams Blick auf mich. Ich öffnete den Mund, nur um ihn wieder zu schließen, als mir klar wurde, dass Worte keinen Sinn mehr hatten. Ich drehte mich um und sah kein einziges Mal zurück.

*

Es war nicht von Bedeutung, dass ich mir das Taxi nach Hause eigentlich nicht leisten konnte, weil ich all mein Geld für ein eigenes Auto sparte. Dass die Fahrerin mich dreimal fragte, ob mit mir alles in Ordnung sei. Ob ich Hilfe benötige.

Das Licht im Haus fiel mir erst auf, als ich die Tür aufschloss und mit meinen tropfnassen Schuhen in den Flur stolperte.

Emmett sprang auf, sobald er mich sah.

»Laurie?« Mit einer Hand rückte er seine Brille zurecht, als müsste er sich versichern, dass ich es wirklich war. »Was zur …« Er stieg über die riesigen Baupläne, die auf dem Wohnzimmerboden ausgebreitet lagen, und kam auf mich zu.

Die Tür fiel hinter mir ins Schloss, und obwohl ich mir noch vor Minuten nichts sehnlicher gewünscht hatte, als nie wieder ein Wort mit jemandem zu sprechen, durchflutete mich grenzenlose Erleichterung, Emmett zu sehen.

Die dunklen Haare hingen ihm wirr in die Stirn, ich bemerkte die tiefen Schatten unter seinen Augen. Kurz zuckte die Frage durch meine Synapsen, woher dieser Kerl die Energie nahm, bis in die Nacht hinein an Unikram zu sitzen und nebenbei zwei Jobs zu rocken. Beinahe verzweifelt klammerte ich mich an diesen Gedanken, wollte mich mit allem lieber beschäftigen als mit meinen Gefühlen, doch sie baten nicht um Erlaubnis, als sie mich erneut fluteten.

Ein heiseres Schluchzen brach aus mir heraus, ich erschrak über mich selbst, und falls es Emmett ähnlich ging, ließ er es sich nicht anmerken. Sein Blick war voller Sorge, aber er sagte kein Wort, während er mich in eine feste Umarmung zog.

»Pschhht«, flüsterte er, als meine Stirn gegen seine Schulter sank, und er mich sanft hin und her wiegte.

Ich schluchzte hemmungslos, und es war mir egal, dass mein Mitbewohner mich in diesem Zustand sah. Ich hatte keine Kraft mehr, mir darüber Gedanken zu machen. Der alles vernichtende Schmerz in meiner Brust war zu stark. Zu viel hatte sich in den letzten Wochen angestaut. Zu viele widersprüchliche Gefühle, zu viel Verunsicherung, dunkle Vorahnung, irrationale Angst und Überforderung.

»Laurie, was …?«, begann Emmett vorsichtig, doch mein Schluchzen ließ ihn sofort wieder verstummen. Stattdessen legte er die Arme fest um mich.

»Ich, bitte … bitte frag nicht«, stieß ich hervor, ohne ihn dabei anzusehen. Vage registrierte ich, wie Emmett beruhigend über meinen Rücken strich.

»Du musst mir nicht erzählen, was passiert ist«, sagte er, und ich presste die Lider aufeinander, um die bescheuerten Tränen zurückzuhalten. Es hatte keinen Zweck. »Aber du musst mir sagen, ob dir jemand wehgetan hat. Ob du Hilfe brauchst.« Einen kurzen Moment zögerte er. »Ist er dir zu nah gekommen?«

Ich schüttelte den Kopf.

»Okay«, flüsterte Emmett.

Doch okay war seit heute Nacht überhaupt nichts mehr.

20. KAPITEL

Meine Lider waren verklebt, ein schaler Geschmack lag auf meiner Zunge, und Übelkeit kroch meine Kehle hinauf. Hätte ich nicht seit Jahren keinen Schluck Alkohol mehr getrunken, hätte ich auf einen dicken Kater getippt. Doch das war kein Kater. Das hier war die dumpfe Gewissheit, dass die letzte Nacht meine ganze Welt aus den Angeln gehoben hatte.

Ich unterdrückte ein Stöhnen, als ich die Augen aufschlug. Es war hell und kalt, und mein Rücken protestierte lautstark. Als ich begriff, dass ich auf unserer Couch lag, verstand ich, warum.

Hektisch sah ich mich um, doch das Wohnzimmer war leer. Dunkel erinnerte ich mich, wie ich in der Nacht nach Hause gekommen und Emmett begegnet war, der mich so lange festgehalten hatte, bis meine Tränen endlich versiegt waren und ich in seinen Armen auf der Couch eingeschlafen sein musste. Zumindest setzte meine Erinnerung ab diesem Zeitpunkt schlagartig aus.

Hilflos lauschte ich einen Moment lang in die Stille. Im Hintergrund surrte der Kühlschrank leise vor sich hin, ansonsten hörte ich nichts. Die Baupläne und Grundrisse, die gestern noch den halben Fußboden bedeckt hatten, waren verschwunden. Ich schaute auf die senfgelbe Wolldecke, die normalerweise über der Lehne unserer Couch hing und mich nun notdürftig wärmte. Bis auf die Lederjacke hatte ich noch die Kleidung an, in der ich heimgekommen war.

Als ich mich aufsetzte, spürte ich eine Bewegung an meinen Waden. Etwas Warmes hatte sich in die Mulde zwischen Rückenlehne und meinen Beinen gekuschelt und sprang nun auf. Kitsilano tänzelte an der Kante des Sofas entlang auf mich zu. Ihr Schwanz flog in die Luft, ihre kleinen Schritte beschleunigten sich, und ich stand noch zu sehr neben mir, um rechtzeitig auszuweichen, als sie ihren kleinen Kopf voller Euphorie gegen meine Schläfe stieß. Ein lautes Schnurren ließ ihren ganzen Körper vibrieren. Meine Lippen verzogen sich zu einem Lächeln, als die raue Katzenzunge über meine Haut leckte.

Mit einem Seufzen ließ ich mich zurücksinken und vergrub die Finger in Kitsilanos dunkelgrauem Fell. Sie war samtweich und warm, während sie sich auf meine Brust warf. Sofort wurde mir etwas leichter ums Herz.

»Weißt du, wo die anderen sind?« Ich fühlte mich nicht einmal seltsam dabei, mit ihr zu sprechen, als wäre sie eine dritte Mitbewohnerin. Als ich nach meinem Handy Ausschau hielt, fiel mein Blick auf einen Zettel auf dem Couchtisch. Ich kannte das Papier, die gepunkteten Linien und das Logo des *Beverly's* in der Kopfzeile. Mit einer Hand fuhr ich weiter durch Kitsilanos seidiges Fell, mit der anderen angelte ich nach dem Zettel, der eng beschrieben war.

Im Kühlschrank sind Pumpkin Bread (hilft gegen alles) und ein bisschen Süßkartoffelauflauf von gestern. Ich bin arbeiten, sag mir einfach Bescheid, wenn ich deine Schicht im Bev übernehmen soll, okay? Hope ist übers Wochenende zu ihrer Familie gefahren und kommt am frühen Nachmittag zurück. Und hey, egal was es ist, mit vollem Magen ist es nur noch halb so schlimm (Kits findet das auch) :)

Ein warmes Gefühl machte sich in meiner Magengegend breit, und ich fragte mich wieder einmal, womit ich solche Mitbewohner verdient hatte. Emmett war der beste Mensch der Welt. Und er war in den unvergleichlichen Genuss gekommen, so hemmungslos von mir vollgeheult zu werden, wie es eigentlich nur Amber vorbehalten war.

Amber ... Sie war vermutlich die Einzige, der ich erzählen konnte, was sich letzte Nacht zugetragen hatte. Auch wenn ich mir inzwischen nicht mehr sicher war, ob mir mein Gehirn einen Streich spielte. Hatte ich wirklich mit Sam im strömenden Regen irgendwo in Gastown gestanden und mir angehört, dass Austin fucking Drogen genommen haben soll?

Jetzt, bei Tageslicht, kam es mir noch viel lächerlicher vor. Austin, der verantwortungsvollste und vernünftigste Mensch, den ich kannte. Es war so dermaßen absurd, ich konnte es nicht glauben.

Wenn es wirklich stimmte, was Sam mir erzählt hatte, warum wusste dann niemand außer ihm davon? Die Polizei hätte von verunreinigtem MDMA gesprochen ... War ich die einzige gottverdammte Person, die das nicht mitbekommen hatte? Ich weigerte mich zu glauben, dass es wirklich so einfach war und Austin mehr oder weniger selbst schuld an allem sein sollte.

Kitsilano protestierte mit beleidigtem Maunzen, während ich mich aufrichtete und unter der Decke hervorwühlte. Die inzwischen halb getrocknete Kleidung klebte klamm an meiner Haut, und ich sehnte mich nach einer heißen Dusche. Doch der Drang, mit Amber zu sprechen, war größer.

Ich fand mein Handy in der Tasche, die neben den Schuhen im Eingangsbereich lag. Einige Nachrichten sprangen mir entgegen. Kian, die wissen wollte, ob alles okay sei. Amber, der ich von der Party erzählt hatte und die mich mit *Ich bin stolz, dass du es durchziehst*-Texten motivierte.

Der lähmende Schmerz kroch wieder in mir hoch, und ich entschied mich, schnell zu handeln, bevor ich den Mut verlor. Mit aufeinandergepressten Lippen tigerte ich zurück in die Küche, während an meinem Ohr das Freizeichen tutete. So oft, dass ich schon beinahe wieder auflegen wollte, als endlich ein Knacken in der Leitung zu hören war.

»Hmh?« Das Brummen klang so fremd, dass ich innehielt und die Stirn runzelte.

»Amber?«

»Junge, weißt du, wie spät es ist?«, tönte ihre Stimme an mein Ohr und endete in einem gequälten Stöhnen, während mein Blick zur Mikrowellenuhr huschte. 09:27 Uhr. Dementsprechend drei Stunden später in Toronto. Halb eins am Mittag schien mir durchaus eine humane Zeit zu sein.

»Bitte sag mir nicht, dass du noch schläfst?«

»Nur weil du dich schon im Morgengrauen rumtreibst, heißt das nicht, dass jeder darauf Bock hat«, fluchte Amber, und in mir wuchs der Wunsch, sie zu umarmen. In diesen Sekunden begriff ich erst, wie sehr mir meine beste Freundin fehlte. Als hätte ich einen Teil von mir in Toronto zurückgelassen. Den vernünftigeren Teil.

»Warst du weg?«

»Friday Night im *Fiction*«, stöhnte sie.

»Soll ich dich bemitleiden?« Belustigt fuhr ich mit dem Zeigefinger die Marmorierung der Arbeitsplatte aus Stein nach, während Kitsilano um meine Beine strich.

»Es wäre durchaus angebracht. Und überhaupt, ist es bei dir nicht viel früher? Warum bist du schon wach? Hast du etwa doch noch gekniffen?«

»Nein, ich war nur recht früh zurück.«

»Okay, dann spuck's aus.«

»Was?« Irritiert hielt ich inne.

»Komm schon, mein Herzblatt ruft mich nicht grundlos zu dieser gottlosen Zeit an.«

»Es ist nicht …«

»Laurie, was ist passiert? War er auch da? Hat er getrunken?«

»Woher weißt du, dass …?«

»Nur weil du mir manche Dinge nicht erzählst, heißt das nicht, dass ich nicht von selbst draufkomme. Mister Ich-hab-Dreck-am-Stecken war auch auf dieser Party, habe ich recht?«

Mein Schweigen war Amber Antwort genug. Ich hörte ein Rascheln und Klopfen, als türmte sie ihre Kopfkissen auf und wappnete sich für ein längeres Gespräch. Eines, das längst überfällig war, denn während unserer Telefonate in den letzten Wochen hatte ich so manches für mich behalten. Es hatte sich nicht richtig angefühlt, ihr zu erzählen, wie ich Sam geküsst hatte. Es war auch so schon beschissen genug gewesen.

»Es läuft was zwischen euch«, sagte Amber, und ich schnappte nach Luft. »Ich wusste es«, erklärte sie und klang absolut unbeeindruckt. »Okay. Ich verstehe, dass du durchdrehst. Es ist moralisch ganz, ganz schwierig, wenn der Kerl womöglich was mit Austins Tod zu tun hat.«

»Er sagt, es war nicht der Alkohol«, platzte ich heraus. »Nicht nur, jedenfalls. Er behauptet, Austin hatte Drogen dabei. MDMA.«

Meine Stimme brach, und zum ersten Mal seit ich Amber kannte, war es still am anderen Ende der Leitung. Und je länger sie schwieg, desto unruhiger wurde ich.

Bis die betäubende Frage in mir aufwallte, ob sie etwa davon wusste. Ich öffnete den Mund und hörte im gleichen Augenblick ihre Stimme.

»Was zur …?«, flüsterte sie, und ich schloss die Augen. Es klang echt. Es klang entsetzt. Wenigstens meine beste Freundin hatte mich nicht belogen.

»Das dachte ich auch, verdammt.«

»Austin soll …? Nein, das … Ich meine, das ist echt absurd, oder?« Ambers Lachen klang bitter.

»Amber.« Die unausgesprochenen Worte schmerzten schon jetzt. »Wenn es da was gibt, irgendetwas, das ich nicht weiß …«

»Ich bin deine beste Freundin, verdammt noch mal«, fiel sie mir ins Wort, so hart, dass ich sofort ein schlechtes Gewissen bekam. »Es gibt nichts, was ich weiß und dir nicht sofort erzählen würde. Ich dachte, es war eine Alkoholvergiftung. Wie kommt er darauf, dass …?«

»Er war dabei. Er behauptet, dass Austin das Zeug ausgepackt hat und …« Ich konnte nicht weiterreden. »Verdammt, sag was, Amber!«

»Ich …« Sie verstummte. Meine beste Freundin sprachlos, das hatte ich bisher nur selten erlebt. Amber fehlten nie die Worte. Wenn ich keine hatte, war sie da, schlagfertig und mit einer Lösung.

»Glauben wir ihm?«, brachte sie irgendwann hervor.

Ich wusste, dass sie mein hilfloses Schulterzucken nicht sah. »Austin hätte nie … Er hätte doch niemals, nicht wahr? Amber, das ist lächerlich, oder?«

»Ich glaube, um das herauszufinden, gibt es nur eine Möglichkeit«, sagte sie, und am liebsten hätte ich laut aufgelacht.

»Nein, nein, vergiss es.«

»Weiß er, dass du Austins Schwester bist?«

»Nein.« Ich legte den Kopf in den Nacken und hoffte, die Tränen würden so vielleicht den Weg zurück wählen. Er wusste es nicht, denn ich hatte ihn angelogen, um herauszufinden, ob er auch log. Es war eine einfache Rechnung, doch sie setzte voraus, dass ich mein Gewissen ignorierte.

»Dann sorg um Gottes willen dafür, dass das so bleibt, und finde heraus, ob der Mistkerl dir womöglich nicht die ganze Wahrheit erzählt hat!«

Ich nickte. Und zum ersten Mal in meinem Leben war ich mir nicht sicher, wen sie meinte.

Sam.

Oder meinen großen Bruder.

*

Genau genommen gab es zwei Möglichkeiten. Die eine war, meine Eltern zu fragen. Die andere, die Behörden. Dreimal hatte ich Moms und Dads Festnetznummer gewählt. Dreimal hatte ich wieder aufgelegt, als das erste Freizeichen ertönte. Moms leichenblasses Gesicht. Wie sie die Tränen kaum zurückhalten konnte, wann immer wir telefonierten oder skypten. Es ging nicht. Ich konnte sie nicht wieder und wieder mit Austins Tod konfrontieren.

Es war nicht sonderlich schwer gewesen, die Nummer der Behörden in Toronto herauszufinden, jetzt stand sie da, auf eine Ecke meines Terminplaners gekritzelt. Das Handy wog schwer in meiner verschwitzten Handfläche. Ich war nur einen Anruf von der Wahrheit entfernt, und seit gestern Nacht wusste ich nicht mehr, ob ich bereit für sie war.

Ich fühlte nichts mehr, während ich die Zahlen eintippte. Dem Freizeichen lauschte, einmal, zweimal. Noch konnte ich auflegen. Einfach weiterleben mit meiner Illusion, Sams Worte seien nichts als Lügen.

Es knackte in der Leitung, eine helle Frauenstimme ertönte. »Toronto Police Service. Wie kann ich Ihnen helfen?«

»Hallo.« Eilig räusperte ich mich. »Ich rufe an wegen eines Falles, den Sie vor einigen Jahren betreut haben.«

»Worum geht es?«

Ich schloss die Augen. »Den Tod von Austin Clayburn. Er ist im Februar vor drei Jahren gestorben. Ich hätte eine Frage zu den Ermittlungen.«

»Wie ist Ihr Name?«

»Laurence Cavelle. Ich … ich bin die Schwester.«

»Verstehe. Einen Augenblick bitte.« Ich krallte die Finger fester um mein Telefon, während das leise Tippen auf einer Tastatur zu hören war.

»Der Fall wurde noch im gleichen Jahr geschlossen. Ich kann Ihnen leider keine Auskunft dazu erteilen. Erst recht nicht telefonisch.«

»Aber …« Ich verstummte.

»Wenn Sie eine direkte Familienangehörige wären, sähe es anders aus, aber ich lese in der Akte, dass Sie nicht verwandt waren. Es tut mir leid, Miss Cavelle, unsere Datenschutzvorschriften sind sehr streng. Andernfalls könnte jede beliebige Person an sensible Informationen gelangen und diese an die Öffentlichkeit weitergeben.«

Ich wusste darauf nichts zu erwidern, denn obwohl sie recht hatte, war da nur dieser eine Satz.

Sie waren nicht verwandt …

Ihr wart ja gar keine richtigen Geschwister. Nur dein Stiefbruder, nur, nur, nur …

»Gibt es wirklich gar keine Möglichkeit?«

»Sofern Sie in Begleitung der Mutter des Opfers erscheinen, könnten wir Ihnen ein Gespräch anbieten.«

Mein Herz stolperte. Ich presste die Lider fester aufeinander. »Okay. Danke.«

»Es tut mir leid, Sie enttäuschen zu müssen.«

»Nicht schlimm. Entschuldigen Sie die Störung. Auf Wiederhören.«

Ich knallte das Handy zurück auf den Schreibtisch und presste beide Handballen gegen meine Augen.

Die Mutter des Opfers. Sie ist auch meine verdammte Mutter. Und er war mein Bruder. Er war *alles.*

Zumindest hatte ich das geglaubt.

Vermutlich war es unnötig zu erwähnen, wie falsch es sich anfühlte, mit einem Therapeuten über die Schuldgefühle zu sprechen, die einen heimsuchen, wenn man womöglich in genau den Sekunden einen Orgasmus hatte, in denen der große Bruder starb. Und ich würde nie mehr bekommen, als dieses *womöglich*. Der genaue Zeitpunkt seines Todes hatte nicht ermittelt werden können. Auf dem Polizeiprotokoll waren nur die Uhrzeiten von Austins Textnachrichten dokumentiert und die des ersten Notrufs. 01:48 Uhr. Sams Notruf.

Minutenlang hatte Austins lebloser Körper irgendwo im Schnee gelegen, bis er ihn gefunden hatte. Meine Orgasmen waren nicht das Problem, denn hätte ich sie in jener Nacht nicht gehabt, hätte ich allein in meinem Zimmer gelegen und seelenruhig geschlafen, wäre Austin trotzdem gestorben. Das Grauenhafte an der Sache war die Selbstverständlichkeit, mit der ich eine gute Zeit hatte, während ich den wichtigsten Menschen in meinem Leben verloren habe.

In Büchern und Filmen hatten die Leute ein negatives Bauchgefühl. Eine namenlose Panik, sinnlose Ängste, wenn sie jemanden verloren. Dieses Bedürfnis, aktiv zu werden, die Person anzurufen. Etwas zu tun, um die schlimmen Dinge zu verhindern.

Ich wünschte, ich könnte behaupten, ich hätte auch etwas

gespürt. Eine innere Unruhe, eine Art telepathische Verbindung zu meinem Bruder, aber da war nichts. Da waren nur Jack und ich, die Erleichterung, dass wir uns wieder vertragen hatten, und guter Sex. Wie konnte man guten Sex haben, während der große Bruder und beste Freund starb? Wie konnten wir nichts merken?

Und während ich es Jack auf irgendeine absurde Art und Weise verzeihen konnte, blieben meine Selbstvorwürfe für immer.

Ich war Austins Schwester. Ich war die Person, die ihm am nächsten stand, und ich war zu sehr mit mir selbst beschäftigt gewesen. Manchmal dachte ich, es sei am schlimmsten, dass in der Sekunde seines Todes vermutlich niemand an ihn gedacht hatte. Keine einzige Person auf dieser Erde hatte sich gefragt, was Austin tat, alles andere war wichtiger gewesen, ein Wimpernschlag, dann war er tot.

Ich hatte Jahre in Therapie damit verbracht, das aufzuarbeiten, und ich fühlte mich noch immer schuldig für etwas, das ich *nicht* empfunden hatte. Kein irrationaler Herzstillstand, keine dunkle Vorahnung, die langsam meine Kehle hinaufkroch und später Sinn ergab. Nichts. Zitternde Gliedmaßen und weißes Rauschen im Kopf. Jack, der meinen Namen keuchte, bevor wir beide kamen. Mein Körper war dabei, Endorphine auszuschütten, mein Herz stieg und fiel, übersprang ein paar Takte, und dann pulsierte es ungerührt weiter, während das meines Bruders zum letzten Mal schlug. Ich hatte nichts dabei gespürt.

Und vielleicht stimmte es wirklich.

Vielleicht funktionierte das nur bei *richtigen* Geschwistern.

21. KAPITEL

Ich war mir sicher, dass ich jeden Moment auf den Campus-bürgersteig brechen würde. Mit jedem Schritt, den ich mich der Medizinischen Fakultät näherte, wuchs meine panische Nervosität. Ich fühlte mich nicht so elend wie vor meinem ersten Präpkurs. Ich fühlte mich noch viel schlimmer. Und das lag nicht daran, dass in einer knappen halben Stunde der nächste begann.

Ich wusste nicht, ob es klug war, Sam vorher abzufangen. Im schlimmsten Fall würde ich nach einem völlig eskalierten Gespräch ganze anderthalb Stunden mit ihm im Saal bleiben müssen.

Nachdem ich ihn Freitagnacht ohne eine Erklärung hatte stehen lassen, herrschte Funkstille zwischen Sam und mir. Kurz hatte ich mit dem Gedanken gespielt, Kian nach seiner Adresse zu fragen und bei ihm aufzukreuzen, doch ich hatte nicht den Mut dazu gefunden. Ich hatte mich erst einmal ablenken müssen, und was eignete sich dazu besser als eine Nachmittagsschicht in einem überfüllten Diner? Nachdem ich sieben Stunden ununterbrochen zwischen der Küche und den Tischen hin- und hergeflitzt war, wirkte der vorige Abend wie eine einzige Illusion. Hilfreich war auch, dass ich so weiteren Fragen von Emmett entkam, der bereits schlafen gegangen war, als ich am späten Abend nach Hause kam. Erst Sonntag hatte ich ihn wiedergesehen. Wir hatten allerdings nicht über mich gesprochen, sondern Hope getröstet, die vorzeitig von ihrem Besuch zurückgekommen war – ohne Hühner, dafür mit gigantischem Redebedarf, nachdem sie mit ihren Eltern aneinandergeraten war, die pünktlich zum Semesterbeginn wieder ihr Unverständnis über Hopes Studienwahl ausgedrückt hatten. Mit ihr im Wohnzimmer zu sitzen und ihr stundenlang zuzuhören war mir gerade recht gekommen, um nicht über mein eigenes Gefühlschaos nachdenken zu müssen. Zugleich war mir dabei wieder bewusst geworden, wie sehr sowohl Hope als auch Emmett für ihre Studienfächer brannten, während ich nach wie vor zweifelte, ob ich wirklich die richtige Wahl getroffen hatte.

Die Sohlen meiner Chelsea Boots quietschten auf den glänzenden Fliesen des Kellers, der die Umkleiden beherbergte. Ich gab mir Mühe, auf den Ballen zu gehen, um weniger Lärm zu verursachen.

Die Gänge waren leer, die Schließfächer verlassen. Vielleicht hatte ich doch falsch kalkuliert, als ich dachte, dass Sam sicher überpünktlich zu seinem Tutorenjob aufkreuzen würde. Die Deckenbeleuchtung brannte, doch außer mir schien noch niemand hier zu sein. Erst als ich um die letzte Reihe der Schließfächer bog, sah ich ihn.

Es war gespenstisch still. Mit einer Schulter lehnte er an der Wand aus Spinten und hielt den Blick auf das Telefon in seiner Hand gesenkt. Seine Miene war starr, seine ganze Haltung ließ ihn unendlich müde aussehen. Er musste gerade erst aus der Klinik gekommen sein, trug noch die blauen Scrubs, sein weißer Kittel hing an der Tür des Schließfaches neben ihm, das schwarze Stethoskop um seinen Hals.

Mein Herz begann zu hämmern. Ich atmete tief ein und ging auf ihn zu.

Sams Kopf zuckte in die Höhe. Sein Blick verfinsterte sich, ansonsten erkannte ich keine Gefühlsregung in seinem Gesicht. Er sah völlig übernächtigt aus. Gespenstisch blass, gerötete Augen. Es tat weh, ihn so zu sehen. Mit den Nerven am Ende und zerfressen von Schuldgefühlen. Die Vorstellung, dass es ihm schlecht ging, ließ mich längst nicht mehr kalt. Aber ich hatte Fragen, deren Antworten nur er kannte.

»Hey«, sagte ich, und meine Stimme hallte im nahezu leeren Gang, sie klang so furchtbar hohl und fremd. Es war nicht so, als hätte ich im Bus auf dem Weg hierher keine Zeit gehabt, mir Sätze und Formulierungen zurechtzulegen. Doch jetzt kamen sie mir alle lächerlich vor. Aufgesetzt, unpassend. Ich stand nur da und konnte den Blick nicht von ihm nehmen.

»Der Kurs beginnt erst in einer halben Stunde«, sagte Sam, und ich blieb abrupt stehen. Es war seine Tutorenstimme, distanzierter als sonst. Er hatte sie noch nie für mich benutzt.

Ich war gegangen. Nachdem er mir etwas anvertraut hatte, was ihn unvorstellbar großen Mut gekostet haben musste. Wenn es wirklich stimmte, war ich die erste Person, der er je von dieser Nacht erzählt hatte. Und ich hatte ihn stehen lassen.

»Ich dachte nur, wir sollten …« Ich machte einen weiteren Schritt auf ihn zu, hielt jedoch inne, als er seinen Kittel vom Schließfach fischte und die Tür zuwarf.

»Nein.« Seine Stimme klang hart, während er in seinen Kittel schlüpfte. Er vermied den Blick in meine Richtung. »Du solltest jetzt einfach wieder gehen. Genieß deine Pause, mach was Schönes.«

»Sam …«, flehte ich, doch er schnitt mir das Wort ab.

»Dass du am Freitag einfach gegangen bist, war die einzig richtige Reaktion. Ich hätte dir das alles überhaupt nie erzählen sollen, also tun wir einfach so, als …«

»Mach dich nicht lächerlich!« Ich wusste nicht, weshalb ich plötzlich sauer war, doch sein pathetisches Gerede machte mich rasend. Er hatte kein Recht darauf, jetzt im Selbstmitleid zu versinken und sich von seinen Schuldgefühlen übermannen zu lassen. »Was du erlebt hast, ist furchtbar, und es tut mir unendlich leid. Aber es macht dich nicht zu einem schlechten Menschen, weil du nicht verhindern konntest, dass … jemand ums Leben gekommen ist.«

Fast glaubte ich mir selbst, so überzeugend klangen meine Worte. Aber eben nur fast, während mir ein einziger Gedanke durch den Kopf ging: *Du verrätst deinen Bruder.*

In diesem Moment brach etwas in Sams Blick. Ohne ein Wort zu sagen, drehte er sich um. Seine geballte Faust traf mit solcher Wucht auf die Metalltür, dass es durch den ganzen Keller hallte. Ein paar Sekunden lang verharrte er, dann sah er zurück zu mir. Seine Augen glänzten verdächtig. *Oh Himmel, bitte lass ihn nicht heulen …*

»Ich hab alles falsch gemacht«, stieß er hervor. »Ich hab mit Teddie getrunken, ich hab mich verhalten wie ein Vollidiot, als ich dich geküsst habe, ohne auch nur im Geringsten daran zu denken, was es mit dir macht. Dass ich nicht der Einzige bin, der einen Grund hat, wieso er nicht trinkt.«

Ich tastete ebenfalls nach einem der Schließfächer. Ich musste mich irgendwo festhalten.

»Hast du wirklich noch nie jemandem davon erzählt?«

Er schüttelte den Kopf.

»Wie? Ich meine … überhaupt keinem? Was ist mit Teddie oder deinen …?«

»Nein.« Er schluckte hart, ohne mich dabei anzusehen. »Nicht Teddie, nicht Cole. Nicht … meinen Eltern, denen auch nicht. Natürlich haben sie Fragen gestellt, als ich plötzlich wieder in Vancouver war, obwohl das Semester in Toronto gerade erst begonnen hatte. Ich hab ihnen nur von Thea erzählt, ich habe alles auf die Trennung geschoben. Es war mir egal, dass sie dachten, ich wäre einfach schwach und hätte nur wegen eines Mädchens meinen Traum aufgegeben. Ich war am Ende, ich konnte nicht mal heulen. Ich hab überhaupt nichts mehr gespürt, und sie haben mir geglaubt. Sie dachten, es wäre Liebeskummer, ein beschissenes gebrochenes Herz. Witzig, oder?«

Er klang so verbittert, dass ich ihn einfach nur in den Arm nehmen wollte. So lange, bis wir beide glaubten, dass alles wieder gut werden konnte. »Warum …?«, begann ich vorsichtig, doch er fiel mir direkt ins Wort.

»Warum ich nichts getan habe? Wie ich das zulassen konnte? Oh, glaub mir, diese Frage stelle ich mir seitdem jeden Tag. Wie konnte ich zulassen, dass er diese Scheiße einwirft, obwohl er stockbesoffen war? Wie konnte ich ihn daraufhin auch noch allein lassen?! Wie konnte ich nicht eine Sekunde lang daran denken, was alles passieren könnte? Und wie kann ich jetzt in stundenlangen Kursen lernen, wie man Leben rettet, wie man verfluchte Herzen wieder zum Schlagen bringt, wenn ich es das eine Mal, das es von Bedeutung gewesen wäre, nicht umgesetzt bekomme!« So gefährlich ruhig seine Stimme zu Beginn gewesen war, so sehr überschlug sie sich nun.

»Das war nicht meine Frage.« Es kostete mich all meine Selbstbeherrschung, so kontrolliert und ruhig zu klingen, während er kurz davor war, erneut durchzudrehen.

Mein Herz setzte aus, als er die Hände wieder zu Fäusten ballte. Doch statt auf das Schließfach einzuschlagen, fuhr er sich mit einer verzweifelten Geste übers Gesicht.

»Warum hast du mit niemandem gesprochen?«

»Wie sollte ich?!«, schrie er, und Tränen schossen mir in die Augen. »Wie zur Hölle soll ich den Leuten, die mich lieben, beibringen, dass ich ein verfluchtes Monster bin?«

»Du bist kein Monster!« Ich presste die Worte einzeln hervor. Nur mit Mühe gelang es mir, nicht ebenfalls zu schreien. »Du hast Fehler gemacht, so wie wir alle Fehler machen, und sie hatten Konsequenzen. Schrecklich unnötige, tragische Konsequenzen, aber sie definieren dich nicht. Kapierst du das? Du bereust es, du … du bist der inspirierendste und engagierteste Mensch, den ich kenne. Du gibst so viel weiter an Jüngere. Du tust alles dafür, um etwas zurückzugeben.«

Die Worte flossen aus mir heraus, ohne dass ich sie kontrollieren konnte. Vielleicht war es besser so, vielleicht war es die Wahrheit. Und gleichzeitig waren sie das Gegenteil von allem, was ich eigentlich glauben sollte.

»Es ist so scheißegal, wie viel ich tue, wie sehr ich versuche, das wiedergutzumachen. Es wird nie mehr gut, es wird für immer da sein, es wird …«

»Hör auf damit, hör auf! Jemanden zu verlieren ist furchtbar. Aber sein ganzes Leben Schuldgefühle zu haben, das bringt ihn auch nicht mehr zurück.«

Sams Haltung veränderte sich.

War ich zu weit gegangen?

Hatte ich mich verraten?

»Es tut mir leid, ich … Ich hab dir all die abgefuckte Scheiße erzählt, ohne ein einziges Mal zu fragen, wie du … was mit deiner Schwester …«

Verflucht. Ich hatte gewusst, dass er fragen würde. »Nein«, unterbrach ich ihn, und die Härte in meiner Stimme überraschte mich selbst. »Hör zu, ich kann das nicht. Darüber reden und mich erinnern, immer und immer wieder.«

»Warum bist du dann hier?«

Mir stockte der Atem. Die Antwort darauf war einfach. Ich schloss die Augen. Der härteste Part kam erst noch.

Einatmen, ausatmen. Augen öffnen.

»Weil ich dich mag, Sam. Weil du mir was bedeutest. Und weil ich will, dass das mit uns funktioniert.«

»Ich will auch, dass es funktioniert«, brachte er heraus. Seine Stimme traf mich wie eine Ohrfeige. Schallend und schmerzhaft.

Er wollte es auch, er wollte es.

»Aber das kann es nur, wenn du mir etwas versprichst.« Meine Stimme klang erstickt. Sein Blick war hart, doch dann flackerte etwas Dunkles in ihm auf.

»Was?«

»Ich … ich möchte nach vorn schauen. Ich will nicht mehr das Mädchen mit der tragischen Vergangenheit sein. Ich halte es nicht mehr aus, ich …«

»Dann sag mir, was brauchst du von mir?«

»Dein Wort. Dass du das respektierst. Keine Fragen, kein Rumstochern.«

Widerstreben blitzte in seinen Augen auf.

»Bitte.« Ich flüsterte es fast.

Er schluckte hart. »Ich halte es nicht für richtig, aber ich respektiere es. Und ich verspreche es dir. Aus einem simplen Grund.«

»Der da wäre?«

»Ich habe Gefühle für dich.«

Verdammt.

Da war es. Ich wusste, dass er es sagen würde. Ich wusste es, ich wusste es in der Sekunde, in der er nach meiner Nummer gefragt hatte, bei mir gewesen war, als die Welt auseinanderbrach und nichts als Dunkelheit hinterließ. Ich wusste es von Anfang an.

Weil es mir genauso ging.

Die Tränen brannten in meinen Augen, ich bemerkte kaum, dass mir die erste über die Wange rollte. Meine Umgebung verschwamm, doch er blieb scharf. Wenn die Welt unterging, sah ich ihn am klarsten.

Wir standen in einem Keller voller Schließfächer und unausgesprochener Geheimnisse, und alles, was ich von ihm wollte, war, dass er mich küsste. Als hätte er meine Gedanken gelesen, machte er einen Schritt auf mich zu. Wie fragend. Ich spürte seinen Blick, als wollte er sich vergewissern, dass es in Ordnung war. Ich senkte den Kopf.

Mit den Daumen fuhr er über meine Wangen, sein Gesicht kam näher. Ich roch ihn, und in diesen Sekunden war alles irgendwie in Ordnung. Alles jagte mir ein kleines bisschen weniger Angst ein, wenn Sams Finger über meine Haut strichen. Mein Kinn fanden, es leicht anhoben, bis ich ihn wieder ansehen musste.

Als seine Lippen meine streiften, konnte ich ein leises Wimmern nicht unterdrücken. Das hier war größer als alles, was ich je gefühlt hatte. Seine Hand glitt in meinen Nacken, er zog mich an sich.

In meiner Brust zerriss etwas. Dieser Kuss war anders. Er war sanft und verletzlich, echt und verzweifelt. Er zwang mich in die Knie. Und ich rang nicht noch mal nach Atem, während ich endgültig in all den Lügen, unseren Küssen und seinen unendlichen Augen ertrank.

*

Ich setzte mein Skalpell am Sternum an, und während ich es wie vorgegeben über das Brustbein hinabzog, verstand ich, was Sam während des ersten Präparierkurses gemeint hatte. Es war noch immer furchtbar viel und intensiv. Jedes Mal, wenn ich diesen Saal betrat, kostete es mich alle Überwindung, nicht auf dem Absatz wieder umzudrehen und das Gebäude fluchtartig zu verlassen. Auch wenn ich allmählich den Überblick verlor, wie oft ich es bereits ausgehalten hatte.

Es wird nicht leichter. Nie. Du wirst nur stärker.

Ich war mir sicher gewesen, dass es nur eine Floskel gewesen war. Aber er hatte recht gehabt.

»Sehr gut«, murmelte er, während er einen kurzen Blick in meine Richtung warf. Ich musste an Cole denken und das, was er über Sam und das Scheiße-Sandwich gesagt hatte. Es stimmte wirklich, er lobte ständig. Nicht nur mich, er hatte für jeden seiner Schützlinge immer ein motivierendes Wort übrig. Während ich zu Beginn fast panische Angst gehabt hatte, etwas falsch zu machen, hatte er mich inzwischen langsam und vorsichtig dazu gebracht, selbst zum Skalpell zu greifen.

Professor Barnett nickte zufrieden, als sie an mir vorbeiging. »Sie haben eine sehr ruhige Hand. Und das sogar, wenn Sie nervös sind.«

Meine Wangen wurden heiß, dann geschah etwas, das ich mir an diesem Ort niemals vorzustellen gewagt hätte. Meine Mundwinkel hoben sich wie von selbst. Ich lächelte.

Einen Moment lang verstand ich mich selbst nicht mehr. Mein Blick glitt über den leblosen Körper vor mir, es war noch immer grotesk und überwältigend auf tausend verschiedene Arten, und dann sah ich ihn. Sam musste Professor Barnett gehört haben, er stand nicht weit entfernt neben Camilla und Augustus, doch ich war diejenige, die er ansah. In seinen Augen ein stolzes Funkeln. Mein Bauch wurde warm, als sich seine Lippen zu einem Schmunzeln verzogen. Er sagte nichts, und ich sagte nichts, wir sahen uns einfach nur an, und obwohl sich Dutzende Leute im Raum aufhielten, waren da nur wir beide. Es durfte mich nicht so glücklich machen, von ihm angesehen zu werden. Aber ich konnte mir nicht helfen.

Immer wieder gelang es mir, für mehrere Minuten völlig in

meiner Arbeit zu versinken und zu vergessen, wie schrecklich das hier alles war. Mich ganz darauf zu konzentrieren, dass es ein Privileg war, Medizin studieren zu dürfen, half dabei. Die Tatsache, dass ich das Wissen für die bevorstehenden Midterms behalten musste, ebenfalls. Wie sich meine Kommilitonen währenddessen jedoch gut gelaunt über das Mittagessen oder ihre Pläne fürs Wochenende unterhalten konnten, war mir nach wie vor ein Rätsel. Es war, als funktionierte mein Gehirn einfach grundlegend anders als die der anderen Studenten. Offenbar gelang es ihnen, vollkommen auszublenden, dass da ein echter Mensch vor ihnen auf dem Tisch lag. Ein Mensch mit einer Geschichte. Mit einem Namen, auch wenn wir diesen aus Datenschutzgründen nie erfahren würden. Doch so spannend ich den menschlichen Körper und die Anatomie fand – mir wurde zunehmend klar, dass mein übergeordnetes Interesse der Persönlichkeit galt. Was sie wohl erlebt und gesehen hatten? Welche Ängste, welche Hoffnungen hatten sie vom Schlafen abgehalten?

Ich wollte nicht weiter darüber nachdenken, aber vielleicht hätte ich auf mein Herz hören und statt Medizin besser Psychologie studieren sollen. Doch dafür war es nun zu spät. Einen Platz an der Med School gab man nicht leichtfertig auf, sobald man einmal ins Zweifeln geriet.

Immerhin machte ich langsam, aber sicher Fortschritte, auch wenn ich während des Kurses immer noch mindestens einmal die Toiletten aufsuchen musste. Ohne Unterbrechung stand ich die anderthalb Stunden kaum durch. Die wenigen Minuten in kompletter Ruhe und zumindest annähernd formalinfreier Luft halfen mir, mich zu beruhigen und wieder zu fokussieren.

Und ich war nicht die Einzige, die hier drin in regelmäßigen Abständen eine kleine Pause benötigte. Ich hatte ihn beobachtet. Sam verließ zwar nicht wie ich den Saal, doch er verschwand hin und wieder vom Präptisch in einen schlecht einsehbaren Bereich um die Ecke und gab vor, so wie auch jetzt, ganz dringend etwas in einem der dicken Anatomieatlanten nachschlagen zu müssen.

Er bemerkte nicht, dass ich Kian das Skalpell überließ und mich aus meinen Handschuhen schälte. Als ich auf ihn zuging, hob er den Kopf. Ein ertappter Ausdruck trat in seine Augen, doch zum Glück verschwand er wieder, als er sah, dass ich es war.

»Hast du eine Frage?«, begann er trotzdem sofort.

»Ja«, sagte ich. »Alles okay bei dir?«

Er zögerte einen kurzen Moment, dann wurde sein Blick weicher. »So okay, wie es hier drinnen eben sein kann.«

Ich dachte nicht nach, als ich die Hand auf seinen Rücken legte. Es war die natürliche Fortsetzung dessen, was kurz zuvor geschehen war. Ich spürte den festen Stoff seines Kittels und durch ihn hindurch die Wärme seines Körpers.

Ich wollte ihn küssen, aber nicht hier und nicht jetzt. Ich wollte in seinen Armen liegen, mit dem Kopf auf seiner Brust einschlafen, an einem sicheren Ort, ohne andere Menschen, weder lebendigen noch toten. Und ich wollte, dass mein Gewissen endlich Ruhe gab, wenn ich Gedanken wie diese zuließ.

»Was machst du nachher?«, fragte Sam.

Ich zuckte mit den Schultern. »Kian und ich wollten uns noch die Anatomie von heute abfragen.« Ich löste meine Hand von ihm. »Und du?«

Sam lehnte sich gegen den Tisch, der hinter ihm stand. Er legte die Hände an meine Hüften und zog mich leicht zu sich. »Ich hab noch eine Intensivmedizin-Vorlesung, und danach wollte ich heimfahren. Musst du später noch im Diner arbeiten?« Ich schüttelte den Kopf, und seine Lippen verzogen sich zu einem Lächeln. »Was für ein ausgesprochen praktischer Zufall.«

»Kian wartet nach dem Kurs auf Teddie. Wir wollten hier lernen.« Ich zögerte. Dann sprach ich einfach weiter, bevor mich die Unsicherheit davon abbringen konnte. »Ich könnte das auch. Also, auf dich warten.«

»Das wäre ziemlich schön.«

»Findest du?«

»Flirtest du gerade mit mir?«

»Und wenn?«

»Ich glaube, ich muss dich nicht daran erinnern, was beim letzten Mal passiert ist, als du so vor mir standest.« Seine Hände umfassten meine Hüften fester, und er zog mich zwischen seine Beine.

»Oh nein, ich erinnere mich lebhaft.«

»Nur noch fünfzehn Minuten«, sagte Sam leise und ließ mich los, bevor wir gemeinsam zu den anderen zurückgingen. Es klang wie eine Ermutigung, die wir beide wohl gleichermaßen brauchten. Noch fünfzehn Minuten, und wir hatten es ein weiteres Mal geschafft.

Vielleicht hatte Sam nicht nur hierauf bezogen recht. Sondern auf das alles. Die Uni, den Alltag. Das ganze Leben.

Es wurde nicht leichter. Nie.

Wir wurden nur stärker.

*

Knappe zwei Stunden später rauchte mir der Kopf, doch dank der Abfragerunde mit Kian nach dem Präpkurs hatte ich zumindest annähernd das Gefühl, die unzähligen Muskeln, wichtigen Gefäßstraßen und Nervenverbindungen benennen zu können.

»Sag mal«, begann sie, während ich den dicken *Gray's* zuklappte. Ich ahnte bereits, was nun kommen würde. »Ihr seid Freitag bei Teddies Party zusammen weg, oder? Und versuch gar nicht erst, mich anzulügen.«

Ich spürte, wie die Panik in mir hochkroch, doch noch im selben Moment fragte ich mich, wovor ich Angst hatte. Dass Kian erfuhr, wie ich für Sam empfand? Dass sie dachte, ich wäre nicht gut genug für ihn, das schon eher. Und sie hätte recht damit, wenn man bedachte, wie ich ihn angelogen hatte.

Ich zwang mich, dem eindringlichen Blick aus ihren klaren braunen Augen standzuhalten. Langsam nickte ich. »Was ich Freitag zu dir gesagt habe … über ihn, über das, was ich für ihn empfinde …« Ich schluckte.

»Mir war klar, dass du lügst«, erklärte Kian ungerührt.

»Ich wusste nicht, was ich sagen soll. Natürlich habe ich Gefühle für ihn. Gott, es ist so bescheuert. Es tut mir leid, dass ich das gesagt habe. Aber ich war überfordert und habe mich in die Enge getrieben gefühlt.«

Noch während ich sprach, erwartete ich, dass Kians Miene skeptisch wurde. Stattdessen trat ein Funkeln in ihre Augen.

»Also, ich habe echt schon an mir gezweifelt!« Sie schmunzelte. Ertappt sah ich mich um. Dabei waren wir nahezu allein im Foyer des Vorlesungsgebäudes. Nur einige wenige Studenten saßen auf den breiten Holztreppen und hatten Kopfhörer auf, während sie die Nase in Bücher steckten. »Aber ich freue mich, oh Mann, ihr seid leider so was von Goals zusammen.«

Ich wurde sofort knallrot, aber ich widerstand dem Drang, das Gesicht in den Handflächen zu verbergen. Stattdessen erhaschte ich einen Blick auf Kians begeisterte Miene und musste lächeln.

»Also, Sam ist völlig verschossen in dich«, fuhr sie ungefragt fort. »Als ich neulich heimkam, lag er mit Teddie auf der

Couch, und sie hatten ein *Krisengespräch*. Sie hatten noch nie ein Krisengespräch wegen eines Mädchens, und ich kenne ihn nun schon eine ganze Weile.«

Zu hören, dass sich Sam deshalb so viele Gedanken gemacht hatte, ließ mich nicht kalt. Auch wenn ich mir seinetwegen nicht weniger den Kopf zerbrochen hatte. Davon abgesehen beneidete ich ihn darum, eine Person für Krisengespräche in der Nähe zu haben, während meine viereinhalb Flugstunden entfernt wohnte.

»Er ist so absolut knuffig, wenn er verknallt ist. Aber wem erzähle ich das! Also ist es offiziell? Teddie konnte ihn am Wochenende überhaupt nicht mehr erreichen, wir hatten uns schon Sorgen gemacht. Ich hoffe, ihr habt ordentlich …«

»Wir hatten Freitag einen Megastreit«, unterbrach ich sie. »Na ja, keinen Streit, das ist eigentlich das falsche Wort.« Ich hob den Kopf und starrte für einen Moment nach oben an die verglaste Decke des Foyers. »Das ging schon eine Weile hin und her mit uns, und ich … Sam hat Freitag mit Teddie getrunken. Das kam unerwartet, und dann ist die Situation total eskaliert. Bis wir uns … ein paar Dinge erzählt haben, die wir vorher noch nicht voneinander wussten.«

»Er trinkt normalerweise nicht«, sagte Kian. »Ich weiß nicht genau, warum. Er redet nicht darüber. Nicht mal mit Teddie.«

Ich nickte. »Das hat er mir erzählt.«

Kian sah mich an. Einen kurzen Moment lang schien sie nicht zu wissen, was sie davon halten sollte. Dann lächelte sie. »Es ist gut, dass er mit dir darüber spricht.«

»Ja.« Meine Stimme klang heiser. »Ja, das ist es.« Ich räusperte mich und schlug die Augen nieder. »Es kam viel auf einmal Freitagnacht. Wir haben beide Zeit gebraucht, um uns zu sammeln. Aber wir haben vorhin miteinander geredet. Und ja, ich denke, wir werden es versuchen.«

»Camilla sah nicht happy aus, als ihr beide aus dieser Ecke rausgekommen seid«, entfuhr es Kian. Einen Augenblick lang war ich sprachlos. Dann lachte ich. Hatte ich wirklich erwartet, Kian hätte eben nichts bemerkt? Ich konnte von Glück reden, dass sie neulich im Untersuchungskurs nicht dabei gewesen war.

»Wäre Cole nichts für sie?«, witzelte ich. Doch nur einen Moment später fuhr ich zusammen, als hinter mir eine Stimme ertönte.

»Wer wäre was für mich?«

Oh Himmel ...

Mir stieg die Hitze in die Wangen, als ein blonder Haarschopf vor mir auftauchte und Cole sich neben uns fallen ließ. Zu meiner Erleichterung mit einem breiten Grinsen auf den Lippen.

»Das McDreamy-Mädchen«, sagte Kian ohne Umschweife. »Camilla und Cole – das klingt doch wie füreinander gemacht.«

»Ihren Anforderungen werde ich jedenfalls gerecht«, meinte Cole und wandte sich an mich. »Man nennt mich nicht umsonst den blonden Derek Shepherd.«

»Kein Mensch nennt dich den blonden Derek Shepherd.«

»Nebensächlich.« Cole grinste. »Aber sprich weiter, wer ist diese Camilla und wann kann ich sie kennenlernen?«

Kian lachte, und erst jetzt registrierte ich, dass mehr und mehr Studenten die Treppen hinunterkamen und das Foyer mit ihrem Gemurmel füllten. Ausschließlich Seniors aus dem letzten Jahr, und wenn Cole bereits hier aufgekreuzt war, dürfte es auch nicht mehr allzu lange dauern, bis ...

Plötzlich spürte ich eine Berührung an der Schulter. Ich roch ihn, bevor ich ihn sah. Mein Magen hüpfte. Ich hatte ihn vor lächerlichen zwei Stunden noch gesehen und freute mich absolut unverhältnismäßig, als Sam mich nun anlächelte.

»Hey«, sagte er, und ich musste um Himmels willen damit aufhören, ihn so anzuschmachten.

»Happy Feierabend!« Teddie hüpfte die letzte Treppenstufe herab und beugte sich wie selbstverständlich zu Kian. Niemand nahm Notiz von ihrem Kuss, zumindest dachte ich das, dann spürte ich Sams Blick auf mir. Er sah mich an, sah von meinen Augen zu meinen Lippen. Und zurück, als wollte er sich vergewissern, ob das, was er vorhatte, in Ordnung war. Ich wusste nicht, wie er das mit uns vor seinen Freunden handhaben wollte, und so, wie er aussah, wusste er es genauso wenig. Dann zogen sich seine Augenbrauen leicht zusammen, als dächte er sich: *Ach, fuck it einfach,* und einen Atemzug später lag seine Hand an meinem Hinterkopf und seine Lippen auf meinen.

Ich spürte, dass er lächelte, als ich ihn zurückküsste. Es war nur ein kurzer Begrüßungskuss, doch für mich war er alles.

»Wow, na endlich!« Coles Stimme drang an mein Ohr, während Sam sich wieder von mir löste. »Junge, das hat aber auch lange genug gedauert mit euch.«

Ich musste lachen, als Sam tatsächlich rot wurde. Wortlos nahm ich seine Hand und zog mich daran in die Höhe. Er ließ nicht los, auch nicht, als ich neben ihm stand. Dafür legte er den Arm um mich und zog mich an sich.

»Tja, also.« Er räusperte sich. »Laurie kennt ihr ja.«

»Oh, Baby, ich hoffe mit ihr bist du ein klein wenig eloquenter.« Teddie grinste. War ich mir zuvor nicht hundertprozentig sicher gewesen, wie sie die Neuigkeit aufnehmen würde, flutete erleichternde Wärme meine Brust, als ich ihr Schmunzeln erkannte.

»Er überzeugt mit anderen Qualitäten.« Ich bemerkte erst, dass die Stimme zu mir gehörte, als ich vier überraschte Augenpaare auf mir spürte. Erneut schoss mir die Hitze in die Wangen. *Oh Gott, was dachte ich mir eigentlich?!*

Dann brach Kian in ein derart ansteckendes Lachen aus, dass die Anspannung wieder aus meinen Schultern wich.

»Da tut sie immer so schüchtern und zurückhaltend, und dann kommt so was aus meiner kleinen Laurie raus«, japste sie.

Sam sah mich gespielt empört an, konnte sein Grinsen aber nur mühsam unterdrücken. »Also … Du überzeugst leider mit allem.« Seine Lippen streiften meine Schläfe.

»Ach du Scheiße, jetzt muss ich gleich zwei von diesen unerträglich niedlichen Pärchen um mich herum ertragen.« Cole griff nach seinem Rucksack und stand auf. »Das halte ich leider keine Sekunde länger aus. Hiermit verlasse ich den Club der Verliebten!«

Das schelmische Funkeln in seinen Augen verriet ihn, und als er an Sam vorbeiging, schlug er ihm kumpelhaft gegen die Schulter.

Sam versuchte sich das Lächeln zu verkneifen, scheiterte jedoch kolossal. Als ich den Kopf an seine Schulter drückte, zog er mich noch näher an sich heran.

»So, so.« Teddie schmunzelte unaufhörlich vor sich hin, während ihr Blick von Sam zu mir und zurück huschte. »Ich freue mich für euch. Wirklich.«

»Sorry noch mal, dass wir Freitag einfach abgehauen sind, ohne uns zu verabschieden«, sagte Sam, doch ihr kurzes Kopfschütteln brachte ihn zum Schweigen. Es war ein *Schon okay, sei einfach still.* Das Lächeln, das sie austauschten, brachte mein Herz zum Glühen. Ich wollte ihn immer so sehen. Nur noch so. Glücklich und gelöst. Besser also, ich verdrängte den Gedanken, was es mit ihm anstellen würde, wenn er erst wüsste, wer ich wirklich war.

22. KAPITEL

Das nervöse Kribbeln in meinem Magen verstärkte sich, als er nach mir den Fahrstuhl betrat, der uns die vielen Stockwerke des riesigen Hochhauses in Downtown zu seinem Apartment hinaufschoss. Ich sah nicht, welche Taste er drückte. Die Türen glitten geräuschlos zu, und dann waren da nur noch wir beide.

Sam lehnte sich neben mir mit einer Schulter gegen die Wand. Er versenkte die Hände in seinen Jackentaschen, schien ebenso wenig zu wissen, wohin mit ihnen, wie ich mit meinen.

»Also, wir könnten was zu essen bestellen«, brach er die Stille. Ich wandte ihm dankbar den Kopf zu, er räusperte sich leise und senkte den Blick zu Boden. »Vielleicht Sushi, oder so? Wir könnten ...«

»Sushi klingt super«, presste ich hervor. Meine Stimme klang heiser. Ich sah genau, wie Sam die Luft anhielt.

Himmel, nein, wir würden nicht in einem Aufzug übereinander herfallen. Wir hatten uns im Griff. Dachte ich, doch die Spannung, die sich in mir aufbaute, trieb mich beinahe in den Wahnsinn. Es war, als drängten all meine sorgfältig unterdrückten Gefühle an die Oberfläche, nun, wo scheinbar nichts mehr zwischen uns stand. Ich zwang mich zu ignorieren, dass das nicht die ganze Wahrheit war.

»Okay.« Er schluckte. Der Aufzug wurde langsamer. Ich schickte ein Stoßgebet gen Himmel, als sich die Türen wieder öffneten. Ich folgte Sam wie in Trance, er kramte nach seinem Schlüssel. Es war so dermaßen seltsam, wie wir beide keinen geraden Satz mehr herausbrachten, sobald wir allein waren. Vielleicht hätte ich lieber nicht einwilligen sollen, mit zu ihm zu kommen.

»Wollen wir gleich bestellen, damit …?«, begann ich, während er aufschloss und wir eintraten. Ich hatte nur einen flüchtigen Blick in sein Apartment geworfen, als die Tür hinter mir ins Schloss fiel. Fragend drehte ich mich zu Sam. Er stand vor mir, sah mich nur an, als hätte er keines meiner Worte mitbekommen.

»Was?« Ich hielt inne. Mir wurde flau im Magen. »Was ist?«

Die Frage blieb mir im Hals stecken, als er wortlos einen Schritt auf mich zuging. Seine Hand fand meinen Nacken, er beugte sich zu mir, und dann küsste er mich. So rasch und sicher, dass mir der Atem stockte.

Seine Lippen verschluckten mein Keuchen, als ich rückwärtsstolperte. Ich spürte eine Wand im Rücken, Sams Finger an meinen Wangen, seine Finger in meinen Haaren.

Sein Rucksack fiel von seiner Schulter auf den Boden, meine Tasche folgte ihm. Wir küssten uns weiter, verzweifelt und drängend. Meine Knie gaben nach, ich musste mich irgendwo festhalten, fand seine Schultern, seinen Nacken. Meine Hände glitten in seine Haare, während seine nach meiner Taille griffen. Ich erzitterte, als seine Zunge über meine Unterlippe fuhr, meine Lider fielen zu.

Mit einem festen Ruck zog er mich näher. Mein Becken traf auf seins. Ein Beben durchfuhr meinen Körper, als ich seine Erektion spürte. Er hatte viel zu viel an.

Beinahe grob zerrte ich ihm die Jacke von den Schultern, während er nach meinem Mantel griff und mich weiterküsste. Ich strich mit beiden Daumen über seine Wangen, seinen Kiefer hinab, und Sam erschauderte. Kurz ließ er von mir ab, und ich nutzte meine Chance. Mit der Zunge fuhr ich über seinen Hals. Sam seufzte und neigte den Kopf etwas zur Seite, um mir Platz zu gewähren. Gleichzeitig wurde sein Griff um meinen Hinterkopf fester.

Ich nahm kaum etwas um mich herum wahr. Sah nur Glas, viel Glas, und dahinter erleuchtete Hochhäuser, die in den violettblauen Abendhimmel ragten. All meine Sinne waren auf Sam fokussiert. Ich roch ihn, spürte ihn, schmeckte ihn.

Es geschah wirklich. Das hier war mehr als meine Fantasie, es war echt, Sam und dieser Augenblick, den ich mir insgeheim von Beginn an erträumt hatte. Er war da. Er ganz allein, und er wollte mich. Mindestens so sehr wie ich ihn. Mit jedem Kuss betäubte er meine Gedanken, die Stimmen und Zweifel, die mir zuriefen, wieder zur Besinnung zu kommen. Ich wollte nicht. Ich wollte ihn, koste es, was es wolle. Ich wollte ein verfluchtes Mal so tun, als wären wir einfach nur zwei Menschen, die sich nicht gesucht, aber gefunden und dann ineinander verliebt hatten. War das wirklich zu viel verlangt?

Er schob mich leicht an. Fetzen unserer Umgebung flogen an mir vorbei, offene Küche, angrenzendes Wohnzimmer. Es lag nicht am schummerigen Halbdunkel, dass mir schwindelig wurde. Es lag ganz allein an ihm.

Sams Hände glitten unter mein Oberteil. Sie waren warm und sanft und stark und … Ich seufzte, als er sie höherschob. Jede Stelle, die sie berührten, verbrannte. Ich verglühte in seinen Armen, legte den Kopf in den Nacken, seine Lippen strichen meinen Hals hinab. Dann hielt er inne. Er wartete, bis ich ihn ansah.

»Ist das okay?«, fragte er, und ich verstärkte meinen Griff um seinen Nacken.

»Ja«, hauchte ich. »Für dich auch?«

»Mehr als das.«

Die Antwort hatte seine Lippen kaum verlassen, da lagen meine erneut auf seinen. Schließlich wich Sam zurück. Mit einem Ruck zog er mir das Oberteil über den Kopf. Meine Finger fanden den Saum seines Flanellhemds. Er griff selbst an die Knopfleiste, es dauerte lange, viel zu lange, was womöglich daran lag, dass ich ihn währenddessen schwindelig küsste und nicht vorhatte, in absehbarer Zeit damit aufzuhören. Seine Lippen teilten sich, meine Zunge glitt in seinen Mund, und Sams Stöhnen gab mir den Rest.

Sein Hemd fiel zu Boden, einen Moment später drückte er mich mit dem Rücken gegen eines der bodentiefen Fenster. Das kalte Glas auf meiner nackten Haut ließ mir den Atem stocken, ich schnappte nach Luft, und seine Zunge nutzte den Moment.

»Sam«, flehte ich, als er eine Sekunde lang von mir abließ. Sein Blick traf auf meinen, helles Graublau auf tiefstes Grün. Ich musste kein weiteres Wort sagen. Seine Hände lagen an meinen Schenkeln, mit einem Ruck hob er mich hoch. Ich schlang die Beine um seine Hüften, krallte die Finger in seinen Nacken, fuhr durch seine Haare. Wir küssten uns weiter, während er mich im Halbdunkel in sein Schlafzimmer trug. Dann wurde sein Griff fester, und wir landeten auf seinem Bett. Er kniete sich zwischen meine Schenkel, streifte meine empfindlichste Stelle, was mich trotz meines Slips und der engen Jeans aufstöhnen ließ. Ich ertrug es keine weitere Sekunde mehr, angezogen zu sein. Sam schien es ähnlich zu gehen. Ohne ein Wort zu sagen, griffen wir an den Bund unserer Jeans, küssten uns weiter, zwischen all dem Strampeln und Beben und Loswerden überflüssiger Körperbedeckungen. Sam zog mir die Hose über die Knöchel, sie flog mit seiner auf den Boden, und dann kniete er über mir, bebend und schwitzend, wunderschön und atemberaubend. Ein Flackern trat in seinen Blick, während er mich ebenfalls betrachtete.

Wir hatten uns in hautengen Wetsuits gesehen, doch das hier war anders. Es war intimer, wichtiger. Seine Haut war glatt und warm, ich spürte seine Muskeln und klammerte mich an seinen starken, sehnigen Körper. Ich zog ihn näher zu mir, während seine Hände an meinen Rücken wanderten. Sie fanden den Verschluss meines BHs, und als er mit ihm kämpfte, brach die Anspannung mit einem hilflosen Lachen aus mir heraus. Die Strähnen fielen ihm vor die Augen, er hielt eine Sekunde den Atem an.

»Was ist das, verdammt …«, fluchte er leise, seine Brust hob und senkte sich schwer. Ich fuhr mit den Fingerspitzen über seinen Bauch und folgte dem schmalen Pfad dunkler Haare, die im Bund seiner Boxershorts verschwanden. »Hör auf, ich muss mich hier konzentrieren.«

»So oft hast du das anscheinend noch nicht gemacht?«

Er warf mir einen absolut tödlichen Blick zu. »Sei ruhig, das sind magische Chirurgenhände.«

»Oh, verstehe. Brauchst du dann im OP auch so lange, bis …?«

»Bis was?«, knurrte er und drückte im selben Augenblick sein Becken gegen meins. Mir entwich ein Keuchen. Durch den lächerlich dünnen Stoff meines Slips rieb er seine Härte an mir, und all die Muskeln, deren dumme Namen ich vergessen hatte, zogen sich in meinem Unterleib zusammen. Ich öffnete den Mund, um nach Luft zu schnappen, doch seine Lippen versiegelten meine.

Die BH-Träger rutschten mir von den Schultern, meine Lider fielen zu. Ich schwebte, und ich fiel, zitterte, als er mich packte, und mit der Zunge über mein linkes Schlüsselbein fuhr.

Ich ließ den Kopf zurücksinken, als seine Fingerspitzen tiefer glitten, meine Brustwarzen wurden unter ihnen steif. Ich krallte die Finger in seine Schultern, als er meine Brüste massierte und Küsse auf meine glühende Haut drückte. Ich erschauderte, er wanderte tiefer, dann richtete er sich auf.

Ich stöhnte verzweifelt auf, wollte ihn wieder an mich ziehen, doch er war stärker. Etwas Teuflisches flackerte in seinem Blick, und ich hatte noch nie etwas Heißeres gesehen als Sam, der mich absichtlich um den Verstand brachte und jede Sekunde davon genoss.

»Du bist … Ich hasse dich«, keuchte ich und unterdrückte einen Schrei, als er mich packte und mit sich zog. Er landete auf dem Rücken, ich auf ihm, direkt auf ihm. Ich sah, wie sich seine Lippen zu einem Grinsen verzogen.

»Du …«, drohte ich, doch weiter kam ich nicht, als er sein Becken hob. Hitze schoss durch meine Mitte, dabei war das hier erst das Vorspiel.

»Ja?«, hakte er nach. »Was ist mit mir?«

Ich krallte die Finger in seine Hüften, wollte, dass er diese verfluchten Boxershorts loswurde.

»Sag mir nicht, du verlierst schon die Kontrolle?«

»Nein, ich …« Ich hasste diesen Kerl.

»Sicher? Es fühlt sich aber so an, dieses Zucken, das ist … Soll ich dir die anatomischen Grundlagen erklären? Das ist absolut essenzielles Wissen für die Midterms, was meinst du?«

Ich wollte ihm antworten, einen vernichtenden Konter um die Ohren klatschen, doch ich konnte nicht. Er wusste genau, was er tat, als er mich mit beiden Händen an meinen Hüften fester gegen sich drückte und sein Becken bewegte. Meine Muskeln zuckten, Lichter flackerten vor meinen Augen.

»Ich bin … so weit davon entfernt zu kommen«, stieß ich hervor, und es war auf allen erdenklichen Ebenen lächerlich.

»Oh, tatsächlich?« Er funkelte mich an, als ich ihn ansah. »Dann lass uns das ändern.«

Er packte den Saum meines Slips, ich rutschte ein Stück von ihm, damit er ihn mir über die Beine ziehen konnte. Im gleichen Moment schob ich die Finger in seine Boxershorts, und Sam erbebte unter mir. Er packte mich erneut an den Hüften, während ich seine Shorts hinabzog. Meine Finger glitten über seine Haut, seine Beine fielen für mich auseinander. Mir wurde schwindelig, als ihm ein Stöhnen entwich. Je näher ich seinem Schritt kam, desto langsamer wurde ich, zog meine Berührungen ins Endlose, ließ ihn sich winden und den Verstand verlieren.

»Gott … Laurie.« Seine Finger krampften sich in die Decke, als ich ihn umfasste. Er stieß einen kehligen Laut aus, und ein Schauer jagte über meinen Körper. Er wurde noch härter unter meinen Fingern, Sams Blick zuckte zu mir, als ich einen Moment lang innehielt und ihn betrachtete. Ich fuhr mir mit der Zunge über die Oberlippe, dann beugte ich mich über ihn.

Seine Pupillen weiteten sich, als er begriff, was ich imstande war zu tun. Er sog scharf die Luft ein, als meine Haarsträhnen über seine Leisten strichen, nur Sekundenbruchteile bevor meine Lippen ihn berührten. Meine Zunge glitt über seinen Schaft, und ich hörte ihn fluchen, ein leises *Fuck* und *Oh Gott*, gefolgt von einem flehenden *Bitte, Laurie, bitte*, dann nahm ich ihn in den Mund.

Er versuchte, das Stöhnen zu unterdrücken, doch er war machtlos, mir komplett ausgeliefert. Ihn so zu sehen, war unbeschreiblich. Zu wissen, dass ich es war, die ihn so sehr erregte. Sams Kopf sank zurück, er presste die Lippen aufeinander, seine Lider fielen zu. Ich fuhr erneut mit der Zunge über seine Spitze, nahm ihn wieder ganz, und dann ging alles sehr schnell. Sein ganzer Körper erbebte, seine Bauchmuskeln spannten sich an. Er grub die Finger ins Laken, verlor das letzte bisschen Kontrolle, und ich fing sie für ihn auf.

Hitze durchflutete mich, während ich ihn ansah. Schwindel tanzte hinter meiner Stirn, doch ich zwang mich, mich aufzurichten und an seine Schultern zu greifen, während er schwer atmend und mit geschlossenen Augen zurücksank. Ich beugte mich vor, streifte seine Lippen mit meinen. Er küsste kaum zurück.

»Oh Gott«, flüsterte er. Leise und immer wieder, während die letzten Ausläufer des Orgasmus in seinem Körper zuckten. Ich fuhr ihm mit den Fingerspitzen über die Stirn, seine Augenbrauen. Federleichte kleine Berührungen, so lange, bis er blinzelnd die Augen öffnete. Das Hellblaugrau verhangen und schwer, er sah direkt in mich hinein.

Ich öffnete den Mund, konnte den Blick nicht von ihm nehmen, fuhr über glatte, verschwitzte Haut. Die Kissen raschelten, als er den Kopf etwas hob, mit den Händen über meinen nackten Rücken strich und mich küsste. Einmal, kurz, überwältigt.

Sein Kopf sank zurück. Seine Lider fielen wieder zu, er lag einfach da. Sein Atem wurde ruhiger, langsamer. Ich lag seitlich neben ihm, sah ihn an, und obwohl ich im Gegensatz zu ihm nicht auf meine Kosten gekommen war, störte es mich nicht. Es reichte, ihn glücklich zu machen. Heute war das genug.

Sein Gesicht wurde weicher, seine Hand ruhte bewegungslos auf meiner Hüfte. Erst nach und nach nahm ich unsere Umgebung wahr. Nur spärliches Licht fiel durch die geöffnete Tür ins dunkle Schlafzimmer. Offensichtlich würde ich die Nacht hier verbringen, und etwas daran machte mich unverhältnismäßig glücklich. Ich war mir sicher, dass Sam eingeschlafen war, und zwang mich, das verlangende Ziehen in meinem Unterleib im Keim zu ersticken. Dann schlug er die Augen wieder auf.

Er blinzelte, ich erkannte das teuflische Funkeln in seinen Augen, während er die Hand zwischen meine Beine gleiten ließ. Er hob den Kopf und küsste mich, überfiel mich regelrecht und platzierte seine Berührungen schnell und exakt. Er wusste genau, was er tat, während ich überrumpelt keuchte. Plötzlich lag ich wieder unter ihm und spürte, wie meine Erregung zurückkehrte, als seine Finger sich bewegten und Druck aufbauten.

Ich erzitterte unter ihm, spürte seine Lippen, die meinen Hals hinabstrichen, tiefer, immer tiefer, seine Finger brachten mich um den Verstand. Und dann fiel ich. Ein paar köstliche Sekunden lang war da nichts als Hitze und Schwerelosigkeit. Dann erst nahm ich allmählich wahr, wie er mir die Strähnen aus der Stirn strich, wieder neben mir lag und mich ansah. Er schmunzelte.

Er war unmöglich.

»Das war einfacher als gedacht«, sagte er, und ich wollte ihn boxen, aber mein Arm war zu schwer.

»Halt die Klappe«, hauchte ich stattdessen. »Ich dachte, du bist eingeschlafen.«

»Ich bitte dich.« Mit dem Zeigefinger zeichnete er Muster auf die Ansätze meiner Brüste. Sanft und behutsam. Das Zucken in mir ebbte nur allmählich ab.

Ich schloss die Augen. »Das war unglaublich …«

»Ich kann mich auch nicht beklagen.« Er beugte sich über mich und drückte seine Lippen auf meine. Ich schmeckte ihn, roch seinen herben Duft und musste lächeln.

Ich öffnete die Augen und sah ihn an. »Jedenfalls …«, murmelte ich, während ich seine Nase mit meiner streifte und ihn küsste. Sam seufzte leise, sein Griff wurde fester. »Du bist trotzdem zuerst gekommen.«

»Tja.« Er hielt die Augen geschlossen. »Du bist schuld. Aber ich kann es wiedergutmachen. Und dafür sorgen, dass es mehr als ein so kurzes Vergnügen wird.«

»Kannst du das?«

»Gib mir nur ein paar Sekunden …«

»Oder Minuten«, verbesserte ich, und er blinzelte mich an. Ein Grinsen schlich sich auf seine Lippen.

»Vielleicht auch das.« Seine Hand strich über meine Seite, dann glitt sie tiefer. »Oder ich könnte so lange etwas anderes tun. Je nachdem, wie bereit du bist.«

»Das ist … eine ausgesprochen … gute Idee«, entgegnete ich mühsam.

»Sag mir, wie du es magst«, raunte er an meinem Ohr, während er mit der anderen Hand meine Haare zur Seite strich. »Ich will, dass es gut für dich wird.«

Er küsste die Stelle hinter meinem Ohr, fuhr mit der Zunge meinen Hals hinab, liebkoste meine Brüste und übte mit den Fingern Druck auf meine pulsierende Mitte aus.

Ich stöhnte leicht, um ihm zu zeigen, dass es mir gefiel. Er las meinen Körper wie ein Buch, dann sah er mich wieder an, um sich zu versichern, dass alles richtig war.

»Kannst du … mit mehr Druck?«, hauchte ich.

Er begriff es sofort, und ich gestattete mir loszulassen. Als seine Bartstoppeln sanft über die Innenseiten meiner Oberschenkel kratzten, schloss ich die Augen. Dann nahm er seine Zunge zu Hilfe, und ich starb.

Sam grub die Finger fester in meine Oberschenkel. Sein harter, fast dominanter Griff, gepaart mit den vorsichtigen, aber intensiven Bewegungen seiner Zunge, war überwältigend. Eine bittersüße, schrecklich schöne Kombination, die ich kaum ertrug. Doch ich wollte ihn noch näher, näher als nah, und ich wusste, er wollte es auch.

»Okay … Warte, ich …« Er keuchte. »Kondom.«

Es machte mich unverhältnismäßig an, wie er keine ganzen Sätze mehr zustande brachte. Er küsste mich auf den Mund, bevor er sich im Halbdunkel zur Seite beugte. Mit einer Hand stützte er sich auf der Matratze ab, ich hörte, wie er eine Schublade öffnete, und zog ihn zurück zu mir.

Die Folie knisterte, er riss das Päckchen auf, es dauerte alles viel zu lange, dann beugte er sich endlich wieder über mich. Sam nahm mein Gesicht in beide Hände, einen Moment lang hielt er inne. Er sah mich an, und sein Blick war ein stummes *Willst du?*, eindringlich und intensiv, ich fühlte alles und nichts, während ich nickte und er sich zu mir hinunterbeugte. Er küsste mich, vorsichtig und sanft.

Unsere Küsse wurden verlangender, härter, ich konnte nicht mehr warten, genug war genug, und ihm schien das Gleiche durch den Kopf zu gehen. Als er in mich eindrang, stöhnte ich in seinen Mund. Ich kämpfte gegen das Flackern meiner Lider und verlor, bewegte mich mit ihm und spürte schon jetzt, dass es dank seiner Vorbereitungen nicht lange dauern würde.

Ich krallte die Finger in seine Schultern, sog die Hitze auf, den Druck, das Beben, das aus seinem Körper in meinen drang, während er sich immer schneller bewegte, immer tiefer in mich drang.

Meine Muskeln spannten sich an, und der Knoten in meiner Mitte zerriss. Hitze breitete sich in mir aus, verzehrend und schwer, flüssige Besinnungslosigkeit, die mich zwang, den Kopf in den Nacken zu werfen, doch seine Finger schlossen sich um meinen Kopf.

Er hielt mich fest, während ich vor ihm in Stücke brach, erzitterte und keuchte. Einen köstlichen Moment lang stand die Zeit still, und er war alles, was ich spürte. Dann kehrte die Welt zurück, die weichen Laken, das schummerige Licht. Sam, der in diesen Sekunden über mir kam, sich abzustützen versuchte, so lange, bis ich ihn zu mir zog und er halb auf mir zusammensackte. Mit letzter Kraft drehte er sich auf den Rücken, zog sich aus mir zurück und mich mit sich. Ich ließ es reglos geschehen.

Mein Kopf war schwer, sein warmer Körper war alles, was ich spüren wollte. Seine Lippen strichen über meine Stirn, er hielt mich fest, ließ keinen Abstand zwischen uns zu. Süßer Schwindel überfiel mich, warme Trägheit, unter der mein Kopf wegsackte, und auf seiner Brust zum Liegen kam. Er legte die Hand an meine Wange, ich spürte noch, wie er sie streichelte, einmal, zweimal. *Bitte, hör nicht auf.* Seine Lippen an meinem Haaransatz, sein warmer Atem, sein schlagendes Herz.

Wärme und Leichtigkeit fluteten mich, während sich meine Lider schlossen. Sam hielt mich fest, als wollte er mir sagen, dass es in Ordnung war. Loszulassen war okay. An der Grenze zur Dunkelheit beschloss ich, ihm einfach zu glauben.

23. KAPITEL

Ich kam zu mir, langsam, Stück für Stück, und in meinen Knochen saß ein dumpfes Unwohlsein. Irgendwie undefinierbar, viel zu nah und gleichzeitig ganz weit entfernt.

Hatte ich schlecht geträumt? Was war passiert, wieso fühlte ich mich so, als würde jeden Moment die Welt untergehen?

Das Bett fühlte sich fremd an, die Laken zu glatt, anders. Ich blinzelte, und die Müdigkeit brannte in meinen Augen. Diffuses Licht, ein bisschen Gelb, ein bisschen Orange, fiel durch die Fensterscheiben ins Schlafzimmer.

Schlafzimmer ...

Das hier war nicht *mein* Schlafzimmer.

All meine Muskeln spannten sich an, als die Realität auf mich einstürzte. Doch nicht die Erinnerung an den letzten Abend ließ mein Herz stillstehen. Es war das leise Wimmern neben mir, das mich zusammenzucken ließ. Mit einem Mal war ich hellwach.

Der warme Körper an meiner Seite bebte. Nicht wie noch Stunden zuvor, nein. Das hier war anders.

»Sam?« Meine Stimme klang heiser und kratzig.

Er träumte. Er lag neben mir, und es waren seine eigenen Gedanken, die ihn quälten. Ich kannte es, ich wusste genau, wie es war. Träumte er von ihm? Der Horrornacht, von all dem, was so tief in unseren Seelen verankert saß, dass es immer dann zuschlug, wenn das Unterbewusstsein überhandnahm? Kälte breitete sich in mir aus, lähmte meine Gedanken. Er musste wach werden, ich musste dafür sorgen, dass das aufhörte.

Wie ferngesteuert stützte ich mich auf den Unterarm und griff an seine Schulter. Seine Haut war schweißnass und kalt, seine Brust hob und senkte sich doppelt so schnell wie meine. Er wand sich unter meinen Händen, seine Lider flatterten. Es war furchtbar.

Wie eine eiserne Faust legte sich die Hilflosigkeit um mein Herz und drückte zu. Fester mit jedem weiteren Wimmern, das Sam hervorstieß. Egal, was ihn quälte, ich ertrug es nicht, ihn so zu sehen.

»Sam, bitte … Wach auf, schau mich an.« Ich rüttelte ihn an der Schulter.

»Nicht, bitte … Nein!« Seine verwaschene Stimme jagte mir kalte Schauer den Rücken hinab, er klang wie betrunken, was alles nur noch so viel furchtbarer machte. Ohne nachzudenken, legte ich die Hand an seine Wange, hielt ihn fest, als er sich wehrte. Mein Herz brach. Ich presste die Backenzähne aufeinander. Nicht heulen, ich würde nicht heulen.

Angst kroch in mir hoch, nicht vor ihm, sondern vor dem, was mich in diesen Sekunden überforderte. Selbst nach einem Albtraum aufzuwachen war eine Sache. Neben jemandem zu liegen und mit ansehen zu müssen, wie er gequält wurde, eine völlig andere.

Seine Kiefermuskeln wurden hart unter meiner Hand, dann ging plötzlich alles sehr schnell.

Sam schnappte nach Luft. Es war ein furchtbares Geräusch, eins, das sich mitten in mein Herz brannte. Panisch, hilflos. Ich zog die Hand zurück, als er aus dem Schlaf fuhr, die Augen aufriss. Ich wich zurück, während er sich aufrichtete, hektisch nach Atem rang.

»Hey … Hey, schau mich an!« Ich griff nach seinen Händen, die er in die Decke gekrallt hatte. Ein feiner Schweißfilm glänzte auf seiner Haut, ließ meine Finger über seine rutschen, dann packte ich seine Handgelenke.

Sam starrte an mir vorbei, bebende Brust, zitternde Schultern. Er stand völlig neben sich. Als Tränen über seine Wangen liefen, war da nichts als hohler Schmerz in meiner Brust.

»Schau mich an, Baby, schau mich an.« Ich flüsterte es wie besessen, immer und immer wieder. Wusste nicht, ob er mich hörte, ob es half, ob ihm jetzt überhaupt etwas half. Ich nahm sein Gesicht in beide Hände, spürte auch dort den kalten Schweiß. Als ich es in meine Richtung drehte, zuckte sein Blick zum ersten Mal zu mir.

Ich war mir nicht sicher, ob er mich wirklich wahrnahm oder nur durch mich hindurchschaute, doch was spielte es für eine Rolle? Er tastete nach meinem Knie. Und es war vorbei mit meiner Beherrschung.

Die Tränen schossen mir in die Augen, ich gab mir nicht einmal Mühe, sie zurückzuhalten. Etwas Finsteres flackerte in seinen Augen auf, hinter all der Panik, dem Nebel, war er für einen kurzen Moment ganz klar.

»Du hast geträumt«, brachte ich mühsam heraus.

Er sagte nichts, er nickte nicht. Ich sah ihn nur schlucken, als müsste er das selbst erst begreifen.

»War es …?« Meine Stimme brach.

Sam presste die Lippen aufeinander. Er senkte den Kopf, während er die Augenbrauen zusammenzog und die Tränen nicht aufhalten konnte.

Er träumte von ihm. Genau wie ich und doch ganz anders. Er träumte von dem, was er erlebt, wirklich mitgemacht hatte. Es war echt. Er konnte nicht aufwachen und sich einreden, dass es so schlimm schon nicht gewesen war. Dass ihm sein verfluchter Kopf einen Streich spielte. Er wusste es besser.

Seine Schultern vibrierten, sein ganzer Körper bebte, aber das Schlimmste war eigentlich die Stille. Sam weinte, ohne ein Geräusch zu verursachen, und ebenso lautlos brach mein Herz.

Ich zog ihn an mich. Wir sanken zurück auf die Matratze, sein Kopf an meinem Hals, sein zittriger Atem an meinem Schlüsselbein. Er legte einen Arm um meinen Bauch, erst unsicher, dann beinahe verzweifelt, und in diesem Augenblick begriff ich. Er hielt mich nicht fest, er hielt sich *an mir* fest.

Ich wollte fragen, ich wollte, dass er darüber redete. Er *musste* darüber reden, was er fühlte, welche Bilder es waren, die ihn heimsuchten. Er durfte sie nicht schlucken, so lange, bis sie wieder hervorbrechen würden. Es war wichtig zu sprechen, um dem Grauen seinen Schrecken zu nehmen.

»Was würdest du ihm sagen?«, flüsterte ich und bereute es im selben Moment. Was erlaubte ich mir? Sein Griff um meinen Körper wurde fester, nahezu schmerzhaft.

Ein kehliger Laut brach aus ihm heraus, und er ging mir durch Mark und Bein. Es war kein Schluchzen, es war schlimmer. Es war pure Trauer, bitterste Schuld. Ich streichelte über sein Gesicht, durch seine Haare. Ich sah ihn nicht an, ich spürte ihn nur. Lange war da nichts außer seinem bebenden Atem, der sich nur langsam beruhigte.

»Dass es mir leidtut.«

Erst war ich mir nicht sicher, ob ich mir seine brüchige Stimme nur eingebildet hatte, doch er hatte die Worte tatsächlich ausgesprochen.

»Dass ich … jeden Tag daran denke, an ihn und … wie unfair es ist. Dass er gestorben ist wegen dieser Scheiße.« Seine Stimme brach, ich spürte, wie ihm alles zu viel wurde. Wie er sich wegdrehen, mich von sich stoßen wollte. Doch ich hielt ihn fest. Seine Muskeln spannten sich an, eine schreckliche Sekunde lang fühlte ich mich, als ob wir auseinandergerissen würden. In entgegengesetzte Richtungen, rasend schnell. Dann wich die Anspannung aus seinem Körper, und er sank zurück zu mir.

Ich spürte seinen Schmerz, als wäre es mein eigener. Es war mein eigener, auch wenn nur ich es wusste.

»Und ich würde ihn fragen, wozu das nötig war. Warum, *warum*, verdammt? Hat er so was öfter eingeworfen, hatte er einfach diesmal Pech? Wem wollte er etwas beweisen? Mir oder sich selbst? War es aus lauter Langeweile, war es dieser Reiz, etwas Illegales durchzuziehen?«

Sams Stimme vibrierte, und jede seiner Fragen traf mich mitten in die Brust. Ich lag neben ihm, unfähig, mich zu bewegen. Und ich stellte mir dieselben Fragen. Warum, warum, verflucht? Wenn es wirklich stimmte … Was hatte er sich gedacht?

»Aber egal, was es war, es ist so scheißegal. Es spielt keine Rolle mehr. Nichts ist mehr von Bedeutung, denn jeder Tag ist seitdem … so unfassbar anstrengend. Nach vorne schauen, nicht ständig daran denken, was gewesen wäre, wenn ich anders gehandelt hätte. Was wäre gewesen, wenn ich ihm den Scheißdreck einfach weggerissen hätte. In der nächsten Toilette runtergespült, in Kauf genommen, dass er richtig sauer wird und alles eskaliert. Wenn ich nicht mit den anderen weggegangen wäre. Wenn ich wenigstens bei ihm geblieben wäre, gemerkt hätte, dass … Sofort einen Notarzt gerufen hätte, einfach irgendwas. Ach, Fuck …«

»Es ist nicht deine Schuld.«

Sekundenlang war es ruhig.

Dann erst begriff ich, dass es meine Stimme gewesen war, die gerade gesprochen hatte. Und dass ich meinte, was ich sagte.

*Bist du von allen guten Geistern verlassen, Cavelle?! Er hätte es
verhindern können! Er hätte …*

Ich presste die Lider aufeinander, doch die Tränen quollen
trotzdem zwischen ihnen hervor.

Was, wenn ich es ihm einfach erzählte? Wenn ich ihm sagte, wer ich war, wer Austin für mich war. Wenn das alles aufhörte, die berechnenden Fragen, die Geheimnisse und Halb-
wahrheiten?

Ich wollte nicht mehr. Ich wollte ihn nicht mehr anlügen.
Im Grunde hatte ich es noch nie gewollt, nicht einmal ganz
zu Beginn.

Ich hielt den Atem an. Lautlos zu weinen war so unfassbar anstrengend. Der Schmerz wollte mich von innen heraus
zerreißen, er zerrte an meiner Selbstbeherrschung, strapazierte
meine dünnen Nerven.

Es war doch bescheuert. Ich hatte ihn geküsst. Ich hatte verdammt noch mal mit ihm geschlafen. Ich hatte so viel dabei
gespürt.

Ich atmete durch.

Er verdiente es nicht, angelogen zu werden.

Nicht so, nicht damit.

Nicht mit dieser Sache, die ihn auch Jahre später noch im
Schlaf verfolgte.

»Ich … ich muss dir was sagen.« Meine Stimme war nicht
viel mehr als ein Flüstern. Vielleicht hatte er es gar nicht gehört? Aber es gab kein Zurück mehr. Wie besessen starrte ich
an die Decke. Ich konnte ihn nicht anschauen. Ich konnte sein
Gesicht dabei nicht sehen. Es ging nicht. Es war auch so schon
unerträglich genug.

»Ich habe keine Schwester. Ich hatte nie eine, aber … ich
hatte einen Bruder.« Ein heiseres Schluchzen entfuhr mir, ließ
meinen Körper beben. »Austin. Austin ist mein Stiefbruder. Es

tut mir leid, dass ich es dir nicht gesagt habe, dass ich dich angelogen habe, dass …«

Ich kam nicht weiter. Es ging nicht. Meine Lippen weigerten sich, auch nur ein weiteres Wort zu sprechen. Der Schmerz saß direkt in meiner Kehle. Ich biss die Zähne aufeinander, um nicht die Fassung zu verlieren. Ich wusste nicht einmal, was es war. Die Trauer um Austin. Die Wut auf mich selbst. Oder die Angst, alles kaputt zu machen, bevor es überhaupt richtig begonnen hatte.

Sam sagte nichts. Absolute Stille.

Keine ungläubigen Fragen, kein fassungsloses Schreien. Kein *Bist du bescheuert?*, kein *Wie konntest du nur?* Auch keine starken Arme, mit denen er mich an sich zog, niemand, der mir sagte, dass es okay war, dass alles wieder gut werden würde.

Nichts.

Sag was, sag verdammt noch mal was. Irgendwas.

Ich drehte den Kopf in seine Richtung und erstarrte. Mein Herz setzte aus, mein Magen zog sich zusammen.

Oh Gott … Ein Laut kroch aus meiner Kehle, halb verzweifelt, halb erleichtert.

Er lag neben mir, geschlossene Augen, entspannter Mund. Auf seinen Wangen noch die Spuren der Tränen.

Er schlief. Er hatte mich nicht gehört.

Verfluchte Scheiße, er hatte mich nicht gehört. Und ich wusste nicht, ob ich schreien oder weinen sollte. Erleichterung flutete meine Brust, grundlos und falsch. Das hier war nicht die Lösung, es war nichts als die Fortsetzung eines überdimensionalen Fehlers. Einer Lüge, die alles zerstören würde. Erst ihn, dann mich.

Sams Arm lag schwer auf meinem Bauch. Sein Schlaf glich grenzenloser Erschöpfung, er sah so verletzlich aus, so hilflos.

Er vertraute mir, und die Erkenntnis traf mich wie ein Schlag direkt ins Gesicht.

Seine Lider zuckten leicht, ein leises Seufzen verließ seine Lippen. Ich wusste nicht, was ich tat, als ich die Hand an seine Schläfe legte. Über sein Gesicht strich, ihn berührte, um seinen Schmerz zu lindern.

Es war zu viel. Zu viele Emotionen, zu viel von allem. Was ich tat, war verantwortungslos. Ich hatte mit ihm geschlafen, ich war auf dem besten Weg, mich in ihn zu verlieben. Und er hatte keinen blassen Schimmer, wer ich war. Aber ich konnte nicht mehr. Ich wollte nur hier mit ihm liegen, seine warme Haut auf meiner spüren, seine ruhigen Atemzüge, die mir vorgaukelten, dass es in Ordnung war. Dass alles gut war, solange er bei mir blieb.

Ich war ein schrecklicher Mensch. Es war der letzte Gedanke, bevor sich eine Schwärze über mich warf, schwerer als Gewissen, tiefer als Moral.

*

»Oh nein«, sagte Amber und sah mir vom Bildschirm meines Laptops direkt in die Augen. »Oh nein, ihr habt's getan.«

»Was?«, brachte ich hervor, noch während ich eine bequeme Position auf meinem Bett suchte.

»Du hast ihn gevögelt«, erklärte sie tonlos, seufzte lang und schob sich einen Löffel rohen Kuchenteig in den Mund.

»Äh, nein?!«, brachte ich heraus, dabei wusste ich längst, dass es zwecklos war, sie anzulügen. Wie zur Hölle kam sie darauf? War es mir so dermaßen anzusehen?

In Zeitlupe wanderte ihre linke Augenbraue in die Höhe, während sie den Löffel ableckte und mich unverwandt ansah.

»In deinem Blick ist dieses leicht paranoide Funkeln. Das war auch nach Jack immer so, aber nicht so heftig wie jetzt.«

»Boah, Amber!«, fuhr ich sie an und war versucht, das Gespräch direkt wieder zu beenden.

»Denk nicht mal dran, mich jetzt abzuwürgen. Ich rufe dich so lange an, bis es dich verrückt macht. Du könntest dein Handy ausschalten, aber was, wenn er dich erreichen will und …?«

»Können wir einfach nicht darüber reden, geht das, ja? Wie war dein …?«

»Laurie, bitte, mach dich nicht lächerlich. War er gut?«

»Ach Scheiße.« Ich stieß ein frustriertes Stöhnen aus.

»Nein, nein, alles gut, my Dear! Das ist genial, du schläfst mit ihm, für viele ist das ja noch so ein Vertrauensding, oder? Ist er ein Typ, der auf Gefühle steht? Mit tief in die Augen schauen, Hand halten und schön langsam, bis …«

»Hör auf, hör einfach auf!« Ich presste mir ein Kissen vors Gesicht.

»Oder ist er eher einer, der's hart und dominant mag? Komm schon, ich hatte seit einer Woche keinen Sex mehr.«

»Wow, bist du krank?«

»Meine Eltern schieben Stress, weil ich durch Baurecht gerasselt bin.« Sie lachte auf und tauchte den Löffel erneut in den Pappbecher vor sich. »Aber du lenkst ab, Sweetheart!«

»War die Prüfung …?«

»Laurie!«

»Ja, okay.« Ich platzierte das Kissen auf meinem Bauch und schlang beide Arme darum. »Wir hatten Sex. Es war gut. Richtig gut.«

»Mit Gefühlen?«

»Ja, verdammt. Ich bin nicht du, vergessen?«

»Offensichtlich.«

»Diese ganze Sache ist eventuell dabei, ein bisschen …« Ich stockte. »… aus dem Ruder zu laufen.«

»Sag mir nicht, du hast dich in ihn verknallt!«

Mein Schweigen war Antwort genug.

»Oh Fuck, Girl.«

»Ja, danke! Das weiß ich selbst.« Ich ließ den Blick durch das Zimmer wandern. Die Sonne war fast untergegangen und warf letzte orangene Strahlen an die weißen Wände.

»Okay. Also ist es ernst?«

Ich vermied es, Amber anzusehen, während ich mich an den Morgen erinnerte. Daran, wie ich allein in Sams Bett zu mir gekommen war. Durch die riesigen Scheiben auf undurchdringlichen Nebel blickte, der Downtown und den Hafen verschluckte. Und auf die leere Bettseite neben mir.

An sein schweißüberströmtes Gesicht und den verschwitzten Hoodie, in dem er kurz darauf von seinem Morgenlauf zurück ins Apartment gekommen war.

Wer machte so was? Wer rannte wie ein Irrer morgens um sechs vor einem Unitag durch halb Downtown? Das war pure Verdrängung. Irgendeine kranke Copingstrategie, mit der er die Anspannung von letzter Nacht loszuwerden versuchte. Als er zurück war, konnte er mir kaum in die Augen schauen, und es brach mir das Herz.

»Er ist so verdammt kaputt«, flüsterte ich. Keine Ahnung, ob ich wirklich wollte, dass Amber das wusste.

Sie schwieg eine Weile, bis sie schließlich sagte: »Sind wir das seitdem nicht alle?«

Ich zuckte mit den Schultern, auch wenn mir klar war, dass sie recht hatte. »Er kannte ihn kaum, und es hat gereicht, um sein Leben zu zerstören.«

»Denkst du nicht, das ist ein bisschen …«

»Er hat geheult, Am.«

Sie verstummte wieder. Ich erkannte die Skepsis in ihren braunen Augen. Das unausgesprochene *Ernsthaft?*

»Ich hab ihm gesagt, wer ich bin, aber er war schon wieder eingeschlafen. Er hat es nicht gehört.«

»Hm.« Amber musterte mich. »Beginnt es, sich falsch anzufühlen?«

»Das hat es doch von Anfang an.« Es laut auszusprechen, mir zum ersten Mal wirklich einzugestehen, war schlimmer als gedacht. Ich fühlte mich so lächerlich, mein Verhalten kam mir so furchtbar vor.

»Willst du es noch mal versuchen?«

»Ich weiß es nicht.«

»Okay.« Sie räusperte sich leicht und setzte sich etwas aufrechter hin. »Ich würde mir Zeit lassen. Nichts überstürzen, auf kleine Zeichen achten. Du bist erst dabei, ihn kennenzulernen. Vergiss das nicht.«

Ich nickte. Wie albern. Ich vergaß es in der Sekunde, in der Sam mich ansah. Es gab nichts abzuwarten, es gab nur das Feuer in meiner Brust, wenn er in meiner Nähe war. Wir hatten es ab der ersten Sekunde überstürzt.

»Ja«, sagte ich trotzdem. »Du hast recht.«

»Kommst du zu Thanksgiving nach Hause?«

»Ich glaube nicht«, brachte ich heraus, und das Erstaunen im Gesicht meiner besten Freundin erinnerte mich an mein schlechtes Gewissen gegenüber Mom und Dad. »Es ist nicht mehr lange hin bis zu den Midterms, und ich hänge jetzt schon hinterher.«

»Aber es ist Thanksgiving«, entgegnete Amber. »Sogar ich fahre zu meinen Eltern.«

»Du kommst nach Vancouver?«

»Daddy zwingt mich.« Amber setzte ein künstliches Lächeln auf, doch mir blieb nicht verborgen, wie sich ihre Miene anschließend verfinsterte. Ich wusste, dass sie kein gutes Verhältnis zu ihren Eltern hatte, die Amber unter Druck setzten und von ihr erwarteten, sie würde in ihr preisgekröntes Architekturbüro einsteigen.

»Ich muss es noch meinen Eltern beibringen, aber ich weiß wirklich nicht, wie ich es schaffen soll.« Und das war nur halb gelogen. Selbst wenn die Midterms mir als Ausrede gerade gelegen kamen. Würde ich es wirklich wollen, könnte ich mir die Zeit irgendwie freischaufeln. Zu Hause lernen und diesen einen Abend mit Mom und Dad verbringen.

Doch die Wahrheit war, ich ertrug den Gedanken daran nicht. Austin hatte Thanksgiving geliebt. Mehr als Weihnachten und Ostern zusammen. So sehr, dass er früher sogar darauf bestanden hatte, das amerikanische und das kanadische Dankbarkeitsfest zu feiern, die an verschiedenen Tagen stattfanden. Zweimal Truthahn und Süßkartoffelpüree pro Jahr. Zweimal im Kreise der Familie feiern, die es so nicht mehr gab.

»Sehen wir uns, falls du in Vancouver bleibst?«, fragte Amber, und ich nickte sofort.

»Wehe, wenn nicht. Wir können ja zusammen lernen.«

»Oh bitte, Laurie. Du wirst mich keine Minute lang die Nase in irgendwelche Bücher stecken sehen.« Ihr Lachen sollte echt klingen, doch Amber konnte mich nicht täuschen. Ich hörte die Bitterkeit darin. Weil sie schon wieder eine Prüfung vermasselt hatte, schon wieder enttäuschte, schon wieder Konflikte bewältigen musste. Selbst wenn sie gegen ihre Eltern rebellierte, ich war mir sicher, dass sich meine beste Freundin insgeheim genauso sehr nach Seelenfrieden und Anerkennung sehnte wie ich selbst. Auch wenn ich ihr das nie sagen würde. Vielleicht war das der simple Grund, weshalb wir miteinander befreundet waren.

Amber grinste. »Verlass dich drauf, ich werde dich schon vom Schreibtisch zerren. Wir müssen unbedingt zusammen ins *Beverly's* gehen! So geil, der Laden war während der High-school mein Stammlokal.«

»Ich freu mich auf dich.«

»Ich mich auch. So sehr.« Sie lächelte. »Und weißt du was, Laurie?«

Ich hob den Kopf.

»Du hättest auch gewollt, dass Austin sich verliebt. Egal in wen.«

24. KAPITEL

Die Tage verstrichen, und wegen der näher rückenden Midterms verließ ich das Haus bald nur noch, wenn es unbedingt nötig war. Beispielsweise um einzukaufen, arbeiten zu gehen oder, wie heute, für ein anwesenheitspflichtiges Praktikum in die Klinik zu fahren. Neben all dem naturwissenschaftlichen Unterricht hatten wir auch Vorlesungen zur ärztlichen Gesprächsführung gehört und die Anamnese bereits mit professionellen Schauspielpatienten geübt. Seit dieser Woche sprachen wir mit echten Patienten, heute sogar mit Kindern, und um ehrlich zu sein, war ich deshalb schon seit Tagen aufgeregt.

Ich wünschte, ich wäre bereits so weit wie Sam, der deutlich sicherer mit den kleinen Patienten umging, passende Antworten für die Eltern parat hatte und diesen scheinbar unmöglichen Spagat zwischen Empathie und Professionalität meisterte. Die Rolle war ihm wie auf den Leib geschneidert, doch mir entging der Schatten nicht, der im Wartebereich der Kinderklinik in seine Augen trat. Ich erinnerte mich an seine Erzählungen, als ich ihn gefragt hatte, warum er Arzt werden wollte, und verstand. Das hier war sein Grund. Sein Kraftstoff, der ihn antrieb, seine Gewissheit, dass es nichts gab, was er lieber sein wollte als der Mensch, der anderen durch die schlimmsten Stunden half.

Und ich wollte das auch.

Mit zittrigen Händen hatte ich Theo, einen Zehnjährigen, der nach einer Blinddarmoperation im Krankenhaus lag, und seine Eltern begrüßt und ihnen meine Fragen gestellt. Es war überhaupt nicht so schlimm gewesen wie befürchtet, Theo hatte seine anfängliche Schüchternheit rasch überwunden und mir begeistert von den anderen Kindern erzählt, mit denen er sich bereits angefreundet hatte. Vermutlich wäre es überhaupt nicht mehr seltsam gewesen, wenn Sam und meine Kommilitonen mich während des Gesprächs nicht beobachtet hätten, um mir anschließend Lob und Verbesserungsvorschläge zu geben.

»Du hast das echt toll gemacht«, sagte Sam, als sich die anderen nach der Feedbackrunde bereits verabschiedet hatten. Es war ein seltsames Gefühl, neben ihm durch die Klinikflure zu gehen. Ich trug noch meinen weißen Kittel, und Sam steckte wie so oft in blauen Scrubs.

»Am Anfang bin ich vor Nervosität fast gestorben«, gab ich zu.

»Das ist völlig normal. Die Aufregung legt sich, je öfter du solche Gespräche führst, glaub mir.«

Ich erwiderte nichts, da Sams Handy summte und er einen kurzen Blick darauf warf.

»Was machst du noch?«, fragte er abwesend, während er die Nachrichten überflog.

»Vermutlich gehe ich ein bisschen in die Bibliothek, bevor die Nachmittagsvorlesungen beginnen.«

»Sehen wir uns anschließend?«

»Nach der Uni fahre ich direkt zur Arbeit. Und heute Abend wollte ich noch mal Histologie wiederholen.«

»Wir könnten zusammen lernen«, schlug Sam vor.

Ich lachte leise. »Ja, das klappt bestimmt.«

Er schmunzelte, und ehe ich michs versah, hatte er mich in eine Nische des Flurs gezogen.

»Glaubst du etwa nicht?«

»Wir wissen beide, was passiert, sobald wir dein Apartment betreten.«

»Dann fahren wir eben in deine WG.«

»Hope und Emmett werden sich bedanken.«

Sam machte ein unzufriedenes Geräusch, und ich bekam eine Gänsehaut, als seine Finger in meinen Nacken glitten. Er küsste mich so sanft, dass ich Mühe hatte, nicht einfach die Augen zu schließen. Immerhin befanden wir uns hier in einem Krankenhaus. Wobei es mich ja schon immer brennend interessiert hatte, ob es wirklich diese Bereitschaftsräume gab, die angeblich nicht nur zum Schlafen genutzt wurden.

»Musst du nicht zurück nach oben?«

»Doch«, murmelte Sam und küsste mich erneut.

»Also?«

»Gleich …«

»Wie ist es so auf der Neurochirurgie?«

»Der Wahnsinn.« Nun löste er sich doch etwas von mir. »Ich hätte nicht gedacht, dass es so cool wird. Ich darf nachher bei einer OP assistieren.«

»Verrückt.«

»Nicht wahr?«

»Du wirst der beste Arzt der Welt, Baby.«

»Und du die beste Ärztin.«

Ich schluckte, denn auch wenn ich eben ein Erfolgserlebnis gehabt hatte, war ich mir dessen nicht halb so sicher wie er.

»Was ist?«, fragte Sam.

»Nichts, ich …«

»Laurie.«

Mein Herz stolperte, als er meinen Namen sagte. Aus seinem Mund klang er weicher. Irgendwie schöner. Ich wusste auch nicht.

»Das hier, du bist einfach in deinem Element. Auch gerade eben, man braucht dir nur zuzusehen, wie du mit den Kindern umgehst«, sagte ich, und Sams Augenbrauen zogen sich leicht zusammen. Er hielt mich weiter bei sich. »Und ich warte seit Wochen auf den Moment, in dem ich das Gleiche von mir behaupten kann.«

Es tat weh, die Worte zu sagen, denn sie entsprachen der Wahrheit. Ich senkte den Kopf, schämte mich, wofür, das wusste ich auch nicht so wirklich. Vielleicht dafür, dass ich mich in diesem Medizinstudium von Zeit zu Zeit immer noch wie ein ungebetener Gast auf einer nicht sehr lustigen Party fühlte.

Sam hob mit dem Zeigefinger mein Kinn an, damit ich ihn wieder ansah. »Ich weiß, wann ich das von dir behaupten kann«, sagte er, und mir wurde flau im Magen. »Wann du in *deinem* Element bist und es offensichtlich nicht einmal merkst.«

»Wann?«, flüsterte ich, als er nicht weitersprach.

»Gerade eben. Ja, du warst nervös, aber es war dir kaum anzumerken.«

»Das musst du jetzt ja sagen«, begann ich, doch Sam unterbrach mich.

»Laurie, hör auf damit. Du weißt, dass ich recht habe. Du wirkst selbst in Stresssituationen völlig ruhig. Das haben auch Theos Eltern noch mal gesagt, als ich sie verabschiedet habe. Sie hatten lange nicht mehr das Gefühl, dass eine Ärztin ihnen so aufmerksam zugehört hat, und konnten kaum glauben, dass du das zum ersten Mal gemacht hast.«

Ich schluckte. »Wirklich?«

»Wirklich.« Er ließ mich nicht aus den Augen. »Menschen merken, wenn man sich für sie interessiert. Und genau das tust du.«

»Nur leider bringt mir das als Ärztin recht wenig.«

Sam lachte leise. »Machst du Witze? Genau darauf kommt es an.«

»Besonders, wenn ich mit einem Skalpell in der Hand am Tisch stehe, ja ...«

»Niemand sagt, dass du Chirurgin werden musst.«

»Ich weiß.«

»Hey.« Seine Finger strichen über meine Arme, und selbst durch den Stoff des Kittels löste die Berührung eine Gänsehaut aus. »Hör auf, dich dermaßen unter Druck zu setzen. Es gibt so viele Wege, die du als zukünftige Ärztin einschlagen kannst. Ich bin absolut überzeugt, dass du den findest, der dich von Grund auf erfüllt. Und überhaupt, du musst nicht in jeder Sekunde dieses Studiums das Gefühl haben, deine Bestimmung gefunden zu haben. So geht es den wenigsten, und das ist vollkommen in Ordnung.«

Ich schluckte hart. »Wenn du das sagst ...«

»Dann muss es stimmen.« Er lächelte, und mir wurde etwas leichter ums Herz.

Ich schloss die Augen, während er mich küsste. Er war so nah, dass ich seine Körperwärme spürte. Kühles künstliches Deckenlicht fiel auf sein Gesicht, warf Schatten und ließ ihn kantiger aussehen. Erschöpfter.

»Bald ist Thanksgiving«, sagte er.

»Ja.« Mein Lächeln fühlte sich wie festgetackert an.

»Fliegst du nach Hause?«

Ich schüttelte den Kopf und dachte an Dad. Selbst über den Skype-Call hatte ich erkannt, wie schwer es ihm fiel, sich die Enttäuschung nicht anmerken zu lassen, als ich erklärte, dass ich nicht kommen würde. Ich hatte es aufs Lernen geschoben, und Dad verstand das. Zumindest tat er so.

»Ich werde hierbleiben.«

Sam nickte langsam.

»Und du?«

»Ich fahre zu meiner Familie. Nach Vancouver Island.«

»Voll schön.«

»Möchtest du mitkommen?«

Mein ganzer Körper spannte sich an.

»Wir feiern nur ganz klein, Mom und Dad, Sloan, meine Großeltern.« Er zögerte. »Ich weiß, das wäre ein großer Schritt. Vielleicht ist es noch viel zu früh, meine Eltern kennenzulernen, aber ich wollte dich wenigstens fragen. Ich würde mich freuen, und sie würden sich auch freuen.«

Mir wurde flau im Magen. Wie um alles in der Welt sollte ich ihn guten Gewissens zu seiner Familie begleiten? »Ich weiß nicht«, sagte ich vage. Er strich langsam mit den Fingern über meine Hüfte. »Ich wollte die Zeit zum Lernen nutzen. Und mich mit Amber treffen, sie kommt für ein paar Tage aus Toronto.« Und würde mich in diesem Moment mit rohen Eiern bewerfen, wenn sie wüsste, dass ich sie als Ausrede vorschob. Ich kannte sie gut genug, um zu wissen, dass sie mich zur Not höchstpersönlich zum Fährenterminal nach Vancouver Island fahren würde, damit ich Sams Einladung annahm.

Er sagte nichts, sondern sah mich nur an. Gott, er war viel zu schön, und innerlich schmolz ich längst. Doch es kam mir heuchlerisch vor, meinen Eltern für Thanksgiving abzusagen und dann mit Sam zu seiner Familie zu fahren.

»Ich würde gerne, Sam, aber ich weiß nicht …«

»Du könntest es dir überlegen.« Er strich mir eine Strähne aus der Stirn. »Und dann ganz spontan entscheiden.«

»Ja.« Ich schluckte. »Das könnte ich.«

Er schenkte mir ein Lächeln, klein und vorsichtig. Ich wollte nichts lieber als seine Einladung annehmen. Doch es war Thanksgiving. Ich sollte mich in der voraussichtlich leeren WG verschanzen und nicht daran denken, dass sich überall die

Familien zusammenfanden, um das Dankbarkeitsfest im Kreise ihrer Liebsten zu feiern. Dankbar … Wofür sollte ich dankbar sein?

Die Erkenntnis traf mich noch im gleichen Moment. Es tat weh, wie sehr ich mich daran gewöhnt hatte zu leiden. Wie sehr ich mich dagegen wehrte, das Gute zu sehen. Das, was direkt vor mir stand, weißer Kittel, zögerliches Lächeln. Wie gerne würde ich die Einladung annehmen, denn in Sams Anwesenheit war es so viel leichter, nicht in meinen dunklen Gedanken zu ertrinken. In den letzten Jahren hatte ich eine Menge verloren, doch jetzt gerade, in genau diesem Augenblick, war da so verflucht viel, wofür ich dankbar sein konnte.

*

»Sie sind da! Mom, Dad!«, rief das Mädchen aufgeregt und stürzte von den letzten Stufen des Hauseingangs auf Sam zu.

»Hey, Cricket.« Er schloss beide Arme um sie.

»Boah, du hast versprochen, mich nicht mehr so zu nennen.«

»Hab ich das?«

»Tu nicht so, du weißt ganz genau, wie peinlich das ist.«

»*Total* peinlich«, stimmte er ihr zu, ehe er sich mit einem Grinsen von ihr löste. »Sloan, das ist …«

»Laurie!«, rief sie und schenkte mir ein Strahlen, so offen und unvoreingenommen, dass die Anspannung von mir abfiel. »Oh, ich freu mich so, dich kennenzulernen. Ich bin Sloan, hi!«

Ihre Umarmung war herzlich und so fest, dass ich mich für einen winzigen Augenblick überfordert fühlte. Dann spürte ich Sams Blick, der auf uns ruhte. Sein zufriedenes, fast stolzes Lächeln. Er sah hoch zur Haustür, durch die gerade eine Frau und ein Mann, beide in den Vierzigern, traten.

»Ich bin zu Hause!«

»Oh ja …« Der Mann runzelte die Stirn und musterte Sam mit einem Schmunzeln. »Wer bist du noch gleich?«

»Euer einzig wahrer Sohn.«

»Sohn? Ich erinnere mich nicht.« Er wandte sich der Frau zu. »Anna, haben wir einen Sohn?«

»Ich weiß nicht, Tom.«

»Hm, das ist seltsam.«

»Sehr witzig«, sagte Sam, während Sloan lachte und mich ohne Scheu an der Hand mit sich zog.

»Das ist Laurie«, stellte sie mich ihren Eltern vor, als hätten sie sich das nicht längst gedacht. Sam, der bereits den Mund geöffnet hatte, weil er vermutlich dasselbe vorgehabt hatte, schloss ihn wieder.

»Wie schön, dass du da bist, Laurie. Wir freuen uns so.« Sams Mom zog mich in eine feste Umarmung, und mir wurde klar, wo Sam seine gelernt hatte. Gleichzeitig erinnerte sie mich daran, wie Mom und Dad mich überglücklich in die Arme nahmen, wenn ich nach Hause kam. Mein schlechtes Gewissen schlug zu, als ich daran dachte, wie falsch es war, dass ich die Feiertage nicht mit ihnen verbrachte.

»Vielen Dank für die Einladung, Misses Averett«, sagte ich und spürte, wie sie mich ein Stück von sich schob.

»Nein, nein.« Sie musterte mich streng, dann blitzte das Lächeln wieder in ihren Augen. Graublau, wie Sams und doch ganz anders. Heller, strahlender. »Mein Name ist Anna, dass das direkt klar ist.«

»Kommt rein.« Sams Vater griff nach unserem Gepäck, sobald er mich ebenfalls begrüßt hatte. »Wie war die Fahrt?«

»Die Fähren waren voll, aber ich hatte zum Glück einen Platz reserviert.« Sam umarmte seinen Vater, und für einen kurzen Moment fiel mir das Atmen schwer. Das hier war genauso, wie es auch immer bei uns gewesen war. Dad und Austin, der zu Thanksgiving von Toronto nach Barrie gekommen war. Heimat und Familienzeit. Nur mit Mühe gelang es mir, mein Lächeln zu bewahren. Dieses Wochenende würde so verflucht hart werden.

*

»Möchtest du noch Süßkartoffelpüree, Laurie?« Ohne meine Antwort abzuwarten, begann Anna, mir eine Portion auf den bereits heillos überfüllten Teller zu häufen, die für drei Mahlzeiten ausgereicht hätte.

»Oh, danke, ich … Es sieht wirklich hervorragend aus, aber ich glaube, das reicht mir schon«, wandte ich ein und sah hilflos dabei zu, wie der Berg vor mir größer und größer wurde.

»Mom, komm. Hör auf, sie zu mästen.« Sam zog meinen Teller beschützend zu sich.

»Es ist Thanksgiving, Sohn. Heute kann ich es noch viel weniger verantworten als sonst, dass jemand hungrig von diesem Tisch aufsteht.«

»Das wird definitiv nicht der Fall sein«, bemerkte er mit Blick auf all die Schüsseln und Schalen. Sams Eltern hatten sich mit dem Thanksgiving-Dinner selbst übertroffen, und ich fragte mich, woher sie die Zeit dazu nahmen, nachdem sie vorhin von ihren Nachtdiensten der letzten Woche erzählt hatten.

»Also sind alle versorgt?« Anna überblickte den Tisch, dann lächelte sie. Draußen war es längst dunkel, während im Kamin des Wohnzimmers ein Feuer brannte und eine wohlige Wärme verbreitete. Alle nickten, Sloan, die links neben mir saß, Sam, sein Vater und auch seine Großeltern, zwei unglaublich liebe Menschen, die mir ebenfalls mit nichts als unvoreingenommener Herzlichkeit begegnet waren.

»Wunderbar.« Zufrieden ließ Anna sich auf ihrem Platz nieder. Sie musste kein Wort sagen, ich wusste auch so, was nun kommen würde, und war doch überrascht, als Sloan ohne Vorwarnung ihre Hand in meine schob.

»Vielen Dank fürs Kochen, Mom. Und Grannie, dir natürlich auch für den Nachtisch«, sagte Sam.

Sein Vater hob vorwurfsvoll die Augenbrauen. »Aha, und wer hat den Truthahn gemacht?«

»Dir am allermeisten, Dad.« Sam lachte, und die Mundwinkel seines Vaters zuckten. Als Sam kurz darauf zu mir sah und meine andere Hand nahm, erschauderte ich kurz. Er schob die Finger zwischen meine, mit dem Daumen fuhr er über meinen Handrücken, und mit einem Mal war ich mir sicher, er wusste genau, wie schwer dieser Moment für mich war.

»Ich bin so dankbar für diese Familie, das wunderbare Essen und die Zeit, die wir heute Abend gemeinsam verbringen.« Toms Stimme erfüllte die andächtige Stille. »Für die Gesundheit jedes Einzelnen und das Leben, das wir führen. Und ich bin dankbar, dass du, Laurie, heute bei uns bist.«

Hitze wallte in mir auf, doch es war keine unangenehme. Es war flüssiges Glück, das mich flutete. So bittersüß, dass es mir beinahe die Tränen in die Augen trieb. Ich hatte das nicht verdient, denn ich hatte Sam noch immer nicht die Wahrheit gesagt. Amber hatte es nicht kommentiert, als wir uns gestern auf einen schnellen Kaffee getroffen hatten, kaum dass ihr Flugzeug in Vancouver gelandet war. Doch selbst sie hatte erstaunt gewirkt, dass ich Sam begleiten würde, ohne zuvor reinen Tisch zu machen.

»Lasst uns alle für einen Moment innehalten und uns im Stillen überlegen, wofür wir dieses Jahr dankbar sind.«

Wie aufs Kommando schloss Sloan die Augen. Sam folgte ihrem Beispiel nach einem kurzen Blick zu mir. Ohne die Hand von meiner zu nehmen, senkte er leicht den Kopf.

Als ich ebenfalls die Augen schloss, begann sich das Karussell meiner finsteren Gedanken sofort zu drehen.

Feige. Egoistisch. LÜGNERIN.

Ich presste die Lippen fester aufeinander.

Ja, es gab einiges, für das ich dankbar war, doch ich hatte nichts davon verdient. Nicht das Vertrauen, das Sam mir schenkte, nicht die ständigen Beteuerungen meiner Eltern, wie stolz sie auf mich seien. Heute war ich nicht einmal bei ihnen.

Ich spürte, wie Sam meine Hand fester drückte. Ob er an mich dachte? Ich wünschte es mir so sehr, dass es wehtat.

Es war an der Zeit, dass er die Wahrheit erfuhr.

25. KAPITEL

Thanksgiving bei den Averetts war wunderschön. Ruhig und langsam. So unfassbar entschleunigend, dass ich mich trotz der nahenden Midterms nahezu entspannt fühlte. Es war wie ein Kurzurlaub. Mit langen Spaziergängen am Meer und einem Ausflug zu den rauen Klippen des East Sooke Regional Park, nach dem wir durchgefroren und müde von all der frischen Luft im Wohnzimmer seiner Eltern heiße Schokolade tranken. Sams Arm ruhte träge auf meinen Schultern. Mit den Fingerspitzen zeichnete er imaginäre Muster auf meinen Pullover, ohne es so richtig zu merken, während seine Schwester uns mit Fragen zum Studium und dem Studentenleben in Vancouver löcherte.

Seine ganze Familie hatte mich so selbstverständlich bei sich aufgenommen. Anna und Tom, die sich ständig neckten und gegenseitig aufzogen. Selten hatte ich Eltern von Freunden erlebt, die so liebevoll miteinander umgingen. Sams Schwester, die für eine Sechzehnjährige unfassbar reif und klug war. Genau wie er, genauso aufmerksam und sensibel.

Er war ihr großes Vorbild, daran gab es keinen Zweifel. Ich erkannte es daran, wie sie ihn ansah. Voller Bewunderung und bedingungsloser Liebe. Zu sehen, wie sie dieses Urvertrauen zueinander hatten, das es nur zwischen Geschwistern gab, war unbeschreiblich schön und furchtbar zugleich. Ich sah Austin vor mir, egal wie sehr ich mich bemühte, nicht ins Dunkel meiner Gedanken abzudriften. Der Schmerz war nahezu körperlich, wenn Sam und Sloan lachten und aufgeregte, schnelle Sätze teilten. Wenn sie von gemeinsamen Erinnerungen sprachen und Sloans großen Plänen, die Welt als Fotografin zu entdecken. Wie der Stolz in seinen Augen aufblitzte, wenn Sloan ihre Aufgaben als Kapitänin des Highschool-Volleyballteams beschrieb. Und die Sorge, als sie von ihrem letzten Asthmaanfall erzählte, der sie dazu gezwungen hatte, ein wichtiges Auswärtsspiel abzubrechen. Sams Muskeln spannten sich an. Mein Herz stolperte, sobald er in die Rolle des Beschützers, des großen Bruders schlüpfte, die ihm wie auf den Leib geschneidert war. Er war wie Austin. Familie ging ihm über alles. Diese furchtbar intakte Familie, wie ich sie nie wieder haben würde. In diesem Moment wurde mir alles zu viel.

Ich stand auf, murmelte eine Entschuldigung und verließ das Wohnzimmer, ohne noch einmal zurückzusehen. Sanftes Nachmittagslicht fiel durch die halb geschlossenen Jalousien auf die weißen Laken unseres Betts im Gästezimmer. Die Stimmen aus dem Wohnzimmer traten in den Hintergrund, als ich auf die Matratze sank. Einige Atemzüge lang saß ich einfach nur so da.

Ich wollte nicht heulen. Ich wollte glücklich sein. Ich begleitete meinen Freund zu seiner unglaublich tollen Familie. Ich durfte Thanksgiving an einem so wundervollen Ort verbringen, doch der Anblick von Sloan und Sam weckte Erinnerungen und Gefühle, gegen die ich machtlos war.

Es war nicht fair. Ich wollte auch an Thanksgiving nach Hause kommen, und ich wollte in Jogginghose und dicken Kuschelsocken mit Austin auf dem Teppich im Wohnzimmer liegen und über allen möglichen Quatsch reden. Albern sein und lachen, seine Freundin kennenlernen und ihm denjenigen vorstellen, in den ich mich verliebt hatte. Ich wollte diese gottverdammte Normalität, die ich immer als etwas Selbstverständliches betrachtet hatte, bis sie mir mit einem Schlag genommen worden war.

Eilig fuhr ich mir mit dem Handrücken über beide Augen, als sich die Tür leise öffnete. Warum hatte ich mich nicht im Bad eingeschlossen? Ich wollte nicht, dass Sam mich weinen sah und ein schlechtes Gewissen bekam. Ich wollte ihm diese kostbare Zeit nicht verderben.

Sein Blick verdunkelte sich, als er mich sah. Er sagte kein Wort, während ich erst hilflos zu Boden, dann an die Decke sah. Es war aussichtslos. Ich fluchte leise, als die Tränen zurückkamen, während er die Tür hinter sich schloss, ohne den Blick von mir zu nehmen.

Ich war nicht imstande, ein einziges Wort zu sagen, als er vor mir in die Hocke ging. Seine Hand streifte meine Schulter, dann lag sie auf meinem Knie. Ich presste die Lippen aufeinander, während er zu mir heraufsah.

»Was ist los?« Sam fing die Träne auf, die über meine Wange rollte.

Hilflos zuckte ich mit den Schultern. »Nichts«, brachte ich mühsam hervor. Ich wollte ihn anlächeln, doch es misslang mir.

Sam erhob sich. »Rede mit mir.« Die Matratze senkte sich federnd, während er sich neben mich setzte.

Ich schloss für einen Moment die Augen und holte tief Luft. »Es ist nur … ein bisschen schwer für mich. Dich mit deiner Familie zu sehen. Mit Sloan. Du machst sie so glücklich. Und … Ach, verflucht.«

Sam nahm meine Hand. »Es tut mir leid«, sagte er leise. »Es tut mir so unendlich leid.« Ich hörte ihn schlucken. Und den Schmerz in seiner Stimme. »Vielleicht war es eine dumme Idee. Mir war nicht klar, dass es dich so mitnehmen würde.«

Ich schüttelte den Kopf. »Nein. Es ist wunderschön hier, und ich bin dir so dankbar. Dafür, dass du mich mitgenommen hast. Und dass ich nicht allein sein muss.«

»Weißt du, wofür ich gestern am dankbarsten war?« Er strich langsam über mein Handgelenk. »Für diese Familie, für Sloan, für meine Eltern. Für mein Studium. Aber am allermeisten dafür, dass ich vor ein paar Wochen jemandem vor die Füße gefallen bin und heute nicht mehr weiß, wie mein Leben vorher war. Ohne dich. Wie es war, niemanden zu haben, der jedes meiner Gefühle wahrnimmt. Der von mir verlangt, sie alle zu fühlen. Der sie mit mir fühlt.«

Er sah mich an, und jedes seiner Worte befeuerte meine glühend heiße Zuneigung zu ihm. Womit in Gottes Namen hatte ich ihn verdient?

»Laurie, ich bin so dankbar, dass du Teil meines Lebens bist. Und es zerreißt mir das Herz, dich traurig zu sehen. Jedes Mal, wenn du weinst, kann ich kaum atmen. Und wünschte, es gäbe etwas, das ich tun könnte.«

»Du tust so viel. So unendlich viel.«

»Aber es reicht nicht, und ich hasse es.«

»Das stimmt nicht. Es reicht. Wenn du bei mir bist, reicht es. Da war so lange Zeit nichts, was mich alles einfach für ein paar Stunden vergessen ließ. Wie das Kiten, das ich mich ohne dich vielleicht nie wieder getraut hätte. Mit ziemlicher Sicherheit hätte ich es nicht.«

»Weil es dich an sie erinnert?«, vermutete er leise.

Schlagartig wurde mir kalt. Diese verfluchten Lügen … Ich wünschte, ich könnte die Zeit zurückdrehen und alles anders machen. Ich wünschte es wirklich.

»Ja.« Meine Stimme war nicht mehr als ein Flüstern.

»Es tut mir leid. Wenn ich damals schon gewusst hätte, dass …«

»Nein. Nein, das muss es nicht. Wirklich nicht. Wieder zu kiten, das war, als hätte ich einen Teil von mir wiedergefunden, von dem ich nicht einmal wusste, wie sehr er mir fehlte.«

Ohne ein weiteres Wort legte Sam den Arm um mich und zog mich an sich. Die Umarmung war fest und unendlich tröstlich. Ich schloss erneut die Augen, während er langsam mit mir in seinen Armen zurücksank, bis wir nebeneinander auf der Matratze lagen. Meine Wange ruhte auf seiner Brust, sein Pulli war warm und weich. Mit einer Hand fuhr Sam langsam über meine Schulterblätter.

»Was vermisst du am meisten, seit sie nicht mehr da ist?«, fragte er leise.

Ich presste die Lider fester zusammen und wünschte, es gäbe so etwas wie den richtigen Moment, ihm endlich die Wahrheit zu sagen. Doch alles, was ich wusste, war, dieser hier war es nicht. Nicht bei seinen Eltern, nicht während wir hier waren, zu zweit. Ohne eine Möglichkeit für ihn zu gehen. Denn das würde er tun, ich wusste es mit Sicherheit.

»Am meisten?«, wiederholte ich und spürte sein Nicken an meiner Schläfe. Die Tränen verschleierten mir die Sicht. »Diesen Menschen zu haben, der mich wortlos versteht. Bei dem ein einziger Blick reicht, eine hochgezogene Augenbraue, eine Handbewegung. Diese ganzen Dinge, die nur Geschwister können.«

Sein Griff um meine Schultern wurde fester.

»An Feiertagen nach Hause zu kommen und nicht allein mit meinen Eltern am Tisch zu sitzen. Jemanden zu haben, der lacht und mit mir die Stille füllt. Das ist eigentlich am schlimmsten. Diese verdammte Stille, seit wir nur noch zu dritt sind.«

»Wie verbringen deine Eltern die Feiertage?«, fragte Sam, und mir wurde wieder bewusst, dass ich keine Ahnung hatte.

»Ich weiß es nicht. Ich habe ihnen nur gesagt, dass ich nicht komme.«

»Ich finde das sehr mutig«, sagte er. »Dass du dich hierauf eingelassen hast.«

»Oder sehr feige«, flüsterte ich und hoffte im gleichen Moment, dass er es nicht gehört hatte.

»Weil du nicht bei ihnen bist?«

Ich nickte, und Sam schwieg einen Augenblick.

»Aber du bist bei dir. Das ist am wichtigsten, Laurie.«

»Es fühlt sich nicht so an. Nicht mehr seit … Ich bin nie wieder ganz bei mir selbst angekommen seit diesem Tag.«

Als er nicht sofort darauf antwortete, verstand ich, dass es ihm ebenso ging.

»Ich weiß«, sagte er leise. »Plötzlich ist man ein anderer Mensch.«

Ich nicke langsam. Es jagte mir Angst ein, wie recht er hatte. »So fühlt es sich an.«

»Und vielleicht stimmt das.« Die Decke raschelte leise, während er den Kopf etwas drehte. »Aber wir haben jeden Tag die Chance, eine bessere Version unserer selbst zu werden.«

Ich hielt seinem Blick stand, als er wieder zu mir sah. Die Ozeanaugen glänzten. Mein Magen zog sich zusammen.

»Und, Laurie? Du machst mich zur besten, die ich mir jemals hätte vorstellen können.«

26. KAPITEL

Natürlich kamen wir bei Sams Eltern nicht annähernd so viel zum Lernen wie geplant. Natürlich plagte mich zurück in Vancouver das schlechte Gewissen, und natürlich befand ich mich am Rande des Nervenzusammenbruchs, als eine Woche später schließlich die erste Prüfung in meiner Karriere als Medizinstudentin anstand.

Auf drei Tage Prüfungswahnsinn, seitenlange Klausuren und durchgehende Übelkeit folgte die große Leere. Hysterische Erleichterung darüber, dass es vorerst geschafft war. Angst, dass es nicht gereicht haben könnte. Und die Befürchtung, dass ich es womöglich bald sogar schwarz auf weiß hatte, für dieses Studium ungeeignet zu sein.

Glücklicherweise blieb kaum Zeit, mir darüber den Kopf zu zerbrechen. Der Nachmittag der letzten Midterm-Prüfung ging nahtlos in ein langes Wochenende über, das ich mit Sam, Teddie, Kian und Cole auf Vancouver Island verbringen würde. Seit Jahren pflegten sie die Tradition, nach den Zwischenprüfungen mit ein paar Kommilitonen zum Kiten nach Tofino zu fahren. Als sie mich eingeladen hatten mitzukommen, hatte ich zuerst gezögert, denn mir war klar, dass es alkohollastig werden würde. Doch ich wollte nicht zu Hause bleiben. Ich wollte mitfahren, ich wollte kiten, und ich wollte glücklich sein. Damit Sam es auch war.

Schon vor der letzten Prüfung hatten wir unsere Ausrüstung in seinen Wagen geworfen und fuhren, kurz nachdem wir die Klausurbögen abgegeben hatten. Nach drei mehr oder minder schlaflosen Nächten packte mich die Erschöpfung bereits auf der Fähre über die Bucht, die Vancouver von der gleichnamigen Halbinsel trennte. Sam fuhr die gesamte Strecke von Nanaimo an die Pazifikküste, und ich fragte mich mehr als einmal, wo er noch die Energie dafür hernahm. Ich hatte mir fest vorgenommen, wach zu bleiben und ihn nach der Hälfte der Fahrt abzulösen, wenn er müde wurde. Ich hielt gerade einmal zwanzig Minuten durch, dann kapitulierte ich.

Seine Berührung an der Schulter ließ mich aufschrecken, und ein paar Sekunden lang hatte ich keinen blassen Schimmer, wo ich war. Dann erkannte ich Sam auf dem Fahrersitz neben mir. Rund um uns herum nur dunkles Grün, dichter Wald.

»Hey.« Er lächelte mich an, doch in seinem Blick lag Sorge. »Alles gut?«

»Hab ich geschlafen?«, krächzte ich. Meine Kehle war staubtrocken, meine Augen brannten. Ich fühlte mich schlimmer als nach einer durchgemachten Nacht. »Sind wir da?«

Er schüttelte den Kopf. »Es sind noch etwa zwei Stunden bis an die Küste, aber ich dachte, eine kleine Pause kann nicht schaden. Und ich wollte dir das hier zeigen.«

Er hatte kaum zu Ende gesprochen, als ich den Kopf drehte. Sam hatte auf einem Parkplatz an einer schmalen Straße gehalten, die sich zwischen atemberaubend hohen Bäumen hindurchschlängelte. Unter dem dichten Blätterdach war es beinahe dämmrig.

»Hast du Lust auf einen kleinen Spaziergang? Der Rundweg dauert nur fünfzehn Minuten, und jede einzelne lohnt sich, versprochen.«

Ich war zu müde, um etwas zu sagen, also nickte ich nur. Sam wusste schon, was er tat, und etwas frische Luft war sicher nicht verkehrt. Schon als wir die Autotüren öffneten, roch ich den Wald, die kühle Feuchte, den intensiven Duft von Nadeln und Moos. Ich streckte mich leicht, dann erst wanderte mein Blick die mächtigen Kiefern hinauf. Mit einem Mal fühlte ich mich so unfassbar unbedeutend und klein, dass mir all meine Sorgen beinahe lächerlich vorkamen.

»Wow«, murmelte ich, während Sam hinter mich trat und mir meine Jacke reichte, die wir mit seiner in den Kofferraum auf unsere Kitebretter geworfen hatten. Mom und Dad hatten mir meine Ausrüstung sofort an die Westküste geschickt, als ich sie darum gebeten hatte. Und auch wenn sie nicht näher nachgefragt hatten, war ich mir sicher, sie freuten sich, dass ich mein Hobby wiederentdeckt hatte.

»Ich halte hier jedes Mal, wenn ich nach Tofino fahre«, sagte Sam, nachdem er den Wagen abgeschlossen hatte und neben mir über einen schmalen Holzpfad in den Wald hineinging. »Cathedral Grove ist einer dieser unwirklichen Orte, an die ich ständig denke.«

»Es ist magisch.« Wie von selbst senkte ich meine Stimme. Noch nie hatte ich etwas so Gewaltiges und zugleich unendlich Friedliches gesehen wie diese Bäume.

»Es sind die letzten großen Douglasien an der Pazifikküste, abgesehen von den Wäldern in Kalifornien und Oregon. Mom und Dad sind früher oft mit uns hierhergekommen, und während alles andere irgendwie viel kleiner und weniger überwältigend wurde, je älter ich war, fühle ich mich hier immer noch genauso unbedeutend und klein wie als Kind. Es erdet mich jedes Mal. Besonders dann, wenn ich vergesse, dass Prüfungen nicht das Wichtigste im Leben sind.« Sam schaute einige Sekunden lang wortlos nach oben in die unendlich weit entfernten Baumkronen. Dann sah er zurück zu mir, und sein Lächeln war alles.

Stumm folgten wir einem schmalen Weg aus federndem Rindenmulch. Ich war so lange nicht im Wald gewesen, dass mich die Natur mit schierer Wucht traf und sprachlos machte. Ich sollte das öfter tun. Einfach rausgehen und die pure Ruhe genießen, die bewirkte, dass ich langsamer atmete und meinen Körper bewusster wahrnahm. Außer uns war kein Mensch hier. Alles, was ich hörte, waren der Wind, der in den Blättern raschelte, die Vögel und das gelegentliche dumpfe Rauschen auf der entfernten Straße, wenn ein Wagen diesen absurd schönen Ort achtlos passierte, als existierte er nur für Sam und mich.

Eine ungewohnte Gelassenheit breitete sich in mir aus, je tiefer wir in den Wald vordrangen. Ich hatte die Hände in den Taschen meiner dunklen Jacke versenkt. Ohne ein Wort schob Sam seine rechte zu meiner. Seine warme Haut traf auf meine kalten Finger, er umschloss sie mit einer solchen Selbstverständlichkeit, dass ich nicht anders konnte, als zu lächeln. Mir wurde flau, als ich bemerkte, wie er mich ansah. Und dann spürte ich all seine Fragen. Seit meinem gescheiterten Versuch nach seinem Albtraum hatte ich nicht noch einmal versucht, ihm die Wahrheit zu sagen. Obwohl ich wusste, dass ich es tun musste. Doch nicht an diesem Wochenende. Nicht nach diesen unfassbar anstrengenden Tagen, nicht, wenn wir mit so vielen anderen Leuten an einem Ort zusammen waren und wenigstens für eine Weile alle Sorgen vergessen konnten. Ich konnte ihm das nicht kaputt machen. Vielleicht machte ich es mir zu leicht, vielleicht wollte ich ihn einfach noch ein kleines bisschen vor der grausamen Wahrheit beschützen.

Sam musterte mich lange, und einen kurzen Moment befürchtete ich, er könnte bis in meine Seele schauen. Dann zog er meine Hand aus der Tasche und mich einige Schritte mit sich.

»Das ist mein Lieblingsplatz.« Er lächelte. Ein jungenhaftes, unbeschwertes Lächeln, das ich noch nicht an ihm kannte. »Mach die Augen zu.«

Ich tat es. Er trat hinter mich und legte beide Hände vor meine Augen. Selbst durch unsere dicken Jacken spürte ich seinen Körper an meinem Rücken. Er schob mich nach vorne. Die ersten Schritte zögerte ich, hatte Angst, zu stolpern oder an einer der zahllosen Wurzeln, die aus dem Boden ragten, hängen zu bleiben. Doch Sam führte mich sicher durch den Wald.

»So, Vorsicht.« Er bedeckte meine Augen nur noch mit einer Hand, die andere legte er schützend an meinen Kopf. Seine Stimme klang gedämpft, fast so, als befänden wir uns plötzlich in einem besonders gut isolierten Raum.

»Was wird das?« Wände, ganz nah um mich herum … Definitiv.

»Das siehst du gleich. Mach die Augen auf.« Er nahm die Hand weg, ich blinzelte, doch um mich herum war es dunkel. Der intensive Geruch von Kiefernholz und Moos blieb. Dann erst begriff ich.

Sprachlos sah ich an den dunklen Wänden aus glatt geschliffenem Holz hinauf bis in die blind endende Spitze des riesigen Baums, in dessen Innerem wir standen.

»Oh, wow …« Mein Wortschatz schien innerhalb weniger Minuten auf lächerliche zwei Wörter geschrumpft zu sein, doch es könnte mich nicht weniger interessieren, während ich jedes Detail unserer Umgebung in mich aufsog. Der hohle Baumstamm bot gerade genug Platz für zwei Personen. Sam stand direkt vor dem schmalen Eingang und verhinderte, dass zu viel Tageslicht hereinfiel. Ich hatte mich noch nie so behütet gefühlt. So klein und beschützt. Im Einklang mit der Natur. Und mit mir selbst.

Ein feiner Schauer rieselte meinen Nacken hinab, als er von hinten die Hände an meine Taille legte. Wir standen mitten in einem Baum, und irgendetwas daran machte mich viel zu glücklich. Vielleicht war er es. Mit ziemlicher Sicherheit war er das.

»Völlig surreal, oder? Es ist so wenig Platz, und trotzdem fühlt es sich nach Freiheit an.«

Ich nickte nur. Wollte diesem Ort nicht mit Worten seinen Zauber nehmen. Stumm schob Sam die Hände unter meine Jacke, während ich den Kopf in den Nacken legte und ihm zuwandte. Seine Finger glitten unter meinen Pulli, fanden meine Haut, sie waren so weich und warm. Genau wie seine Lippen, die über meine Wange strichen. Das Gefühl zu fallen wich Schwerelosigkeit, als er mich küsste und enger an sich zog. Ich drehte mich in seinen Armen zu ihm, roch Erde, Kiefern, die Natur. Und ihn. Freiheit, in diesem beengten Raum, der eigentlich keiner war. Vielleicht, ganz vielleicht war alles wirklich nur eine Frage der Perspektive. Ich schluckte.

Zeit, eine neue zuzulassen.

*

Meine Müdigkeit war verflogen, als wir wieder im Auto saßen und ich die zunehmend wildere Landschaft betrachtete, die an uns vorbeiflog. In engen Kurven und steilen Anstiegen schlängelte sich die schmale Straße entlang glasklarer Seen das Gebirge hinauf.

Sam hatte nichts davon wissen wollen, als ich angeboten hatte, ihn beim Fahren abzulösen. Inzwischen war ich ihm mehr als dankbar dafür, denn so konnte ich die Umgebung ganz in mich aufsaugen. Das sanfte Licht des frühen Abends verhieß einen grandiosen Sonnenuntergang, zu dem wir laut Sams Vorhersage gerade rechtzeitig ankommen würden.

Tatsächlich behielt er recht. Knappe anderthalb Stunden später ließen wir das Gebirge hinter uns und fuhren hinunter Richtung Meer. Feiner Dunst mischte sich in den Himmel über der Küstenstraße entlang des Pazific Rim National Parks, wir folgten ihr, bis Sam kurz vor Tofino linker Hand auf einen unbefestigten Weg abbog, der unter einem regenwaldartigen Blätterdach zu unserer Unterkunft führte. Während die anderen einige Kilometer weiter zweckmäßige Hütten direkt am Strand gemietet hatten, hatten wir eine Unterkunft mit mehr Privatsphäre gefunden. Ich hatte Sam fünfmal gefragt, ob es wirklich okay für ihn war, dass wir uns so von seinen Leuten abkapselten. Als Sam schließlich vor einem Haus hielt, das nur aus Glas, Metall und dunklem Zedernholz zu bestehen schien, begriff ich, dass er diese Unterkunft wohl nicht nur mir zuliebe den Stockbetten in den Blockhütten, die Kian mir im Internet gezeigt hatte, vorzog. Ich hatte ihm die Suche überlassen, schließlich kannte Sam die Gegend, doch nun fragte ich mich, was zur Hölle er getan hatte.

»Bist du irre?«, murmelte ich und löste den Sicherheitsgurt. Entweder hörte er mich wirklich nicht, als er ausstieg, oder er ignorierte mich einfach. Sein Grinsen deutete auf Letzteres hin, ich starrte ihn an, während ich auf das Haus zuging. »Das können wir uns niemals leisten.« Leise Panik stieg in mir auf.

»Nebensaison, Sweetpea.«

»Wie hast du mich gerade genannt?«

Seine Mundwinkel zuckten, ich wollte ihn warnend anfunkeln, doch leider war ich zu fassungslos, während ich Sam zu der Tür aus massivem Holz folgte. Sam gab einen Code von seinem Smartphone in die Schlüsselbox ein, Sekunden später schwang die Tür auf, und mir verschlug es die Sprache.

»Was zum …?« Ich wusste nicht, wohin ich zuerst schauen sollte. Die Glasfronten boten einen unbehinderten Blick über den dichten Regenwald bis zu einer verlassenen Pazifikbucht, an deren breiten Strand die Wellen rollten. Die Einrichtung bestand aus nicht mehr als einem riesigen Futonbett, einer Designercouch und einigen naturbelassenen Holzmöbeln. Kein Fernseher, keine Dekoration. Dieser Ort benötigte keinerlei Extras. Alles war ruhig und auf das Nötigste heruntergefahren. Und ich verstand, warum, während ich keine Sekunde lang den Blick durch die Scheiben vor mir nehmen konnte.

Das Abendlicht verlieh dem Meer einen magischen Ton. Helles Graublau. Die Farbe von Sams Augen, wenn er mich ansah und vergaß, was er hatte sagen wollen. Wortlos trat ich näher an die Fenster.

Draußen führte eine schmale Treppe von der umlaufenden Terrasse zwischen den Zedern und Fichten direkt zur Bucht. Feiner Dunst lag auf dem schwarzen Holz, unwirkliche Farne von mehreren Metern Durchmesser bedeckten den Waldboden. Moosranken hingen von den kräftigen Ästen, wirkten, als würden sie schweben, und ließen diesen Ort so mystisch wirken, dass ich schlucken musste. Ich hatte viel über Vancouver Island und die nordwestliche Pazifikküste gehört, aber das hier überstieg bei Weitem meine Vorstellungskraft.

Ich fuhr zusammen, als Sam von hinten die Hände an meine Hüfte legte.

»Was sagst du?«

»Du erwartest nicht ernsthaft eine Antwort?«

Ich drehte mich zu ihm. Eigentlich hätten wir unser Gepäck reinholen sollen. Den anderen Bescheid sagen, uns zum

Abendessen verabreden. Aber wir konnten auch einfach hier- bleiben, uns weiter so ansehen, während das Ziehen in meiner Mitte verlangender wurde.

Ohne nachzudenken, hob ich die Hand und strich ihm eine Strähne aus der Stirn. Seine Ozeanaugen ruhten weiter auf meinem Gesicht. Er war so wunderschön.

Er beugte sich vor, und ich lächelte, während seine Lippen meine streiften. Seine Küsse nahmen mir all meine Sorgen, meine Zweifel und den Verstand. Erst als ich in ihnen ertrank, gelang es mir, wieder zu atmen. Und dann erst begriff ich, wie absurd das war.

*

Der Pazifik hatte sich auf zwölf Grad abgekühlt, was selbst im dicken Langarmwetsuit nur kurz auszuhalten war. Dennoch hatten wir für die Jahreszeit unvorstellbares Glück mit dem Wetter. Ein letztes Mal schickte die Sonne spätsommerähn- liche Wärme vom stahlblauen Himmel, an dem die wenigen Wolken nur so dahinflogen. Egal zu welcher Tageszeit, wir hatten immer großartigen Wind. Schon am Morgen peitsch- ten die Böen hohe Wellen ans Ufer, sodass wir noch vor dem Frühstück mit den Kites nach draußen gingen.

Unsere Gruppe war eine bunte Mischung aus Kitern, Sur- fern und Leuten wie Kian, die es vorzogen, warm eingepackt lange Spaziergänge an endlosen Stränden zu machen, und da- rauf hofften, Wale oder Seerobben zu entdecken.

Es machte sich bemerkbar, dass ich lange nicht gekitet hat- te, und gepaart mit der Kälte wurden mir die Arme schon nach Minuten lahm, doch ich ignorierte meine schmerzenden Muskeln. Alles, was ich spüren wollte, war die Weite in meiner Brust. Das Salzwasser in meinen Augen, den beißenden Wind, der meine Gelenke einfrieren ließ und meine Haut betäubte. Meine Gedanken auf Eis legte.

Ich hatte kein einziges Mal an die Ergebnisse der Midterms gedacht, was mir erst auffiel, als wir nach unserer dritten Session des Tages an Land gingen und die Ausrüstung zum Trocknen aufhängten. Der Himmel zog sich zu, der Wind ließ allmählich nach, und wir wärmten uns unter der heißen Dusche auf, bevor wir uns in Hoodies und Jeans warfen und den Rest der Gruppe am Strand wiedertrafen. Einige Seniors kümmerten sich vor den kleinen Blockhütten um ein Lagerfeuer. Da es sich um einen Privatstrand abseits des Nationalparks handelte, durften sie Feuer machen und Alkohol trinken – in Maßen würden das die Park Ranger bei einer der gelegentlichen Kontrollen durchgehen lassen.

Gemeinsam mit Sam notierte ich die Abendessenswünsche der Meute, ehe wir in seinen Wagen stiegen und Richtung Tofino fuhren. Ein, zwei Kilometer vor dem Fischerdorf hielten wir bei einem über und über mit Stickern beklebten Foodtruck. Laut Sam gab es bei *Tacofino* die besten Tacos und Burritos der gesamten Küste zu kaufen. Wir gaben unsere Bestellung auf, von der eine ganze Fußballmannschaft satt geworden wäre.

Die Gruppe empfing uns mit ausgelassenen Jubelrufen und stürzte sich auf das Essen. Ich war mir nicht sicher, ob es daran lag, dass ich vor Hunger kaum noch aufrecht stehen konnte, aber die Thunfischtacos und Hähnchengringas waren mit Abstand die besten, die ich jemals gegessen hatte. Satt und zufrieden kuschelte ich mich anschließend in Sams Arm unter einer karierten Decke vors knisternde Lagerfeuer.

Eigentlich war das alles beinahe lächerlich perfekt. Die Holzscheite knackten, immer wieder stiegen Funken in den Abendhimmel, wenn sich die Glut durchs Holz fraß. Die anderen hatten gestrandete Baumstämme zu einem großen Kreis rund ums Feuer zusammengeschoben, irgendjemand packte eine Gitarre aus.

Eine Weile unterhielt ich mich mit einigen Studenten aus dem vierten Jahr, und obwohl der Alkoholpegel stetig stieg, ließen meine Angst und das ungute Bauchgefühl auf sich warten. Ich hatte Spaß, ich fühlte mich wohl, was nicht zuletzt daran lag, dass Sam in regelmäßigen Abständen meinen Blick suchte, um sich stumm zu vergewissern, dass mir die Situation nicht zu viel wurde.

Teddie und Kian hatten am Morgen neben den Getränken auch Marshmallows, Butterkekse und einen Jahresvorrat *Hershey's* Schokolade besorgt, aus denen wir wunderbar klebrige und pappsüße S'mores zauberten. Mit einem Bauch voll Zuckermasse und geschmolzener Schokolade wusch ich mir die Hände im Meer und kehrte dann zur Gruppe zurück.

Die ersten verabschiedeten sich bereits ins Bett, Sam hockte auf der Decke und lehnte mit dem Rücken gegen einen der Holzstämme, auf dem ich mich niederließ und ihn zwischen meine Beine nahm. Er legte den Kopf in den Nacken, blinzelte zu mir hinauf. Ich erkannte zufriedene Erschöpfung in seinen Augen und beugte mich nach vorn, um ihn zu küssen. Er schmeckte nach Marshmallow und Schokolade, Lagerfeuerrauch und Salzwasser. Ich ließ mich von ihm auf den Boden ziehen und schmiegte mich an ihn, während er uns die Decke über die Schultern legte.

»Geht's dir gut?«, fragte er leise.

»Ja.« Ich schloss für einen Moment die Augen. »Es ist wunderschön. Alles ist so weit weg. Die Uni, die Prüfungen …«

»Du hast einfach deine ersten Midterms hinter dir«, sagte er.

»Stimmt.« Ich blinzelte.

»War es so schlimm, wie du dachtest?«

»Ich weiß nicht.« Ich starrte in die Flammen vor uns. So lange, bis die Hitze unerträglich wurde und ich den Blick wieder senkte. »Eigentlich war mir ja bewusst, was auf mich zukommt. Mit dem Tod konfrontiert zu werden, andauernd. Ich bin mir nicht sicher, ob es wirklich das ist, was ich mein Leben lang möchte.«

»Das verstehe ich gut.«

»Aber es ist kein Problem für dich?«

Er ließ sich Zeit mit seiner Antwort. Als er schließlich zu sprechen begann, sah er mich nicht an. »Doch. Es ist und wird immer ein Problem sein. Es wird mich immer erinnern. Selbst wenn ich Leben retten kann, es wird das andere nie zurückbringen.« Er schluckte hart, und ich legte eine Hand auf sein Knie. »Mein Leben hat sich seitdem so verändert. Ich habe begriffen, dass es ein verfluchtes Privileg ist, helfen zu können. Manchmal denke ich, es ist sogar meine Pflicht. Der Tod wird mich immer an mein Versagen erinnern, aber er treibt mich auch an. Es fühlt sich richtig an, alles dafür zu geben. Es gibt der Sache einen Sinn, zumindest rede ich es mir ein.«

»Das tut es wirklich.«

»Aber ich glaube, es ist wichtig, dass du auf deine Gefühle hörst. Und akzeptierst, wenn es nicht das Richtige ist. Das hat nichts mit Schwäche zu tun.«

Er sah mich an, und zum ersten Mal seit Beginn des Studiums erlaubte ich mir, diesen Gedanken zu Ende zu denken.

»Aber es fühlt sich wie Schwäche an.«

»Schwäche ist, nicht das zu tun, was dich am meisten erfüllt. Und Dinge für jemand anders zu tun.«

Vermutlich hatte er keine Ahnung, wie verdammt richtig er damit lag …

»Aber ich möchte auch Menschen helfen«, sagte ich. Das war die Wahrheit, und der Gedanke, dass ich womöglich einfach nicht das Zeug dazu hatte, trieb mir die Tränen in die Augen. »Ich möchte das wirklich.«

»Das kannst du auch.« Sam sah mich an. »Darf ich dir sagen, was ich denke?«

»Ich will nicht, dass du mich je wieder um Erlaubnis bittest.«

Sein Blick wurde weicher. »Du zählst zu den klügsten Menschen, die ich kenne. Und ich studiere Medizin, ich kenne eine Menge kluge Menschen. Aber weißt du, einigen fehlt diese ganz bestimmte Art von Intelligenz. Die emotionale. Und die hast du. Das ist ein Geschenk und eine Kompetenz.«

»Am meisten gefällt es mir, Menschen zuzuhören. Ich will helfen, aber vielleicht mehr mit Worten als mit OPs und Medikamenten.«

»Siehst du.« Er lächelte. »Das ist auch Medizin.«

»Nicht jeder sieht das so.«

»Ich aber.«

Ich musste lächeln.

»Und alle, die das bestreiten, haben einen ganz grundlegenden Teil des Lebens leider nicht verstanden.« Er sah mich an. »Im zweiten Jahr starten die ersten Vorlesungen des Psychiatrieblocks. Ich glaube, das wäre genau das Richtige für dich.«

Mein Bauch wurde warm. Vielleicht hatte er recht, und ich war doch nicht so weit davon entfernt, meinen Traumberuf zu erlernen, wie ich glaubte. Zum ersten Mal wagte ich es wieder, mich auf die kommenden Semester und Univeranstaltungen zu freuen.

Sams Worte hallten noch lange in mir nach. Auch dann noch, als Cole die Gitarre beschlagnahmte und leise Melodien spielte, die sich mit den Stimmen und dem Lachen vermischten. Es war so perfekt, so verflucht kitschig und schön, als Sam den Kopf irgendwann auf meine Schulter sinken ließ und unter der Decke die Hand an die Innenseite meines Oberschenkels legte. Seine Finger strichen träge über mein Bein. Die viele frische Luft machte mich schläfrig, aber ich hoffte inständig, dass wir gleich in unserer Unterkunft nicht innerhalb von Sekunden einschlafen würden, sondern noch ein bisschen Energie für andere Beschäftigungen hatten. Doch je länger wir da saßen, die Wärme des Feuers im Gesicht, Sams schwerer werdenden Kopf auf meiner Schulter, desto weniger sicher war ich mir, dass ich heute noch allzu viel Erwartungen an ihn stellen durfte.

Allmählich zogen sich die Leute zurück, immer häufiger warf jemand einen Gutenachtgruß in die Runde, doch die Stimmung blieb ausgelassen. Kian und eine sturzbetrunkene Teddie waren schon vor einer kleinen Ewigkeit verschwunden, allerdings nicht in Richtung ihrer Hütte. Ich wusste nicht genau, wo sie steckten, ging aber einfach mal davon aus, dass sie nicht sonderlich begeistert wären, wenn ich mich jetzt auf die Suche begab.

Ich hatte jegliches Zeitgefühl verloren. Mein Handy lag mit meinen Sachen in Sams abgeschlossenem Wagen, die Nacht war tief, und nur der pralle Vollmond, der immer wieder zwischen den Wolken hervorkam, warf etwas fahles Licht auf uns. Ich wollte gern für immer hier sitzen, ins Feuer starren, das langsam verglühte. Gleichzeitig sehnte ich mich nach unserem warmen, weichen Bett. Nur auf den kurzen Fußmarsch durch die Kälte bis zum Wagen hätte ich gut verzichten können. Es war zu gemütlich und trotzdem allmählich an der Zeit, uns zu verabschieden.

Ich merkte es, als Sams Kopf von meiner Schulter zu rutschen drohte, während er endgültig einnickte. Automatisch legte ich die Hand an seine Wange, hielt ihn bei mir, doch er zuckte trotzdem zusammen und gab ein leises Murren von sich.

Ich öffnete schon den Mund, um ihn zu fragen, ob wir gehen sollten, als ich etwas hörte. Im ersten Augenblick glaubte ich, es mir nur eingebildet zu haben, dann spannte sich auch Sam neben mir an.

Es waren Schreie. Leise nur und in der Ferne, doch ich hatte mich nicht getäuscht. Die Stimmen um uns herum verstummten, im gleichen Moment setzte sich Sam auf. Die Erschöpfung zeichnete sich deutlich auf seinem Gesicht ab, doch sein Blick war alarmiert und hellwach. Eine dunkle Vorahnung beschlich mich, Panik keimte in mir auf, während er in Richtung Wasser starrte.

»Was war das?«, fragte er tonlos. Sekundenlang sagte niemand ein Wort. Nur das entfernte Rauschen der heranrollenden Wellen füllte die Stille. Und dann wieder ein Schrei.

»Kian«, brachte ich hervor, und eine bitterkalte Angst brach über mich herein. »Das ist Kian, ganz sicher.« Hektisch griff ich um mich, versuchte die dumme Decke loszuwerden, irgendwie auf die Beine zu kommen. Mein Puls schoss in die Höhe, während Sam ebenfalls aufsprang.

»Scheiße, sind die wahnsinnig? Die sind im Wasser!« Ein Rufen irgendwoher.

Sam, der neben mir ein tonloses »Fuck« murmelte.

Dann rannten wir.

27. KAPITEL

Ich achtete nicht auf das Brennen in meinen Lungen, die Enge, die mir die Kehle zuschnürte. Noch immer war mir nicht klar, was hier gerade vor sich ging, doch mein Gefühl signalisierte mir eindeutig: *Gefahr.*

Renn, so schnell du kannst.

Es war tatsächlich Kian. Bis zur Hüfte stand sie im eiskalten Wasser. Mein Herz setzte einen Schlag aus, als ich sah, dass sie einen Neoprenanzug trug.

Hatte sie völlig den Verstand verloren?!

Ich schrie, Sam schrie, jeder schrie, und keiner wusste, was. Alles geschah wie in Zeitlupe, als Kian den Kopf in unsere Richtung drehte. Im blassen Licht des Mondes konnte ich erkennen, wie sich ihre Lippen bewegten. Panisch zeigte sie aufs Meer hinaus.

Ihr Stimme war ein hilfloses Krächzen.

Teddie ... Immer wieder Teddie, Teddie.

Sam stand keine Armlänge neben mir, genauso versteinert. Dann ging plötzlich alles sehr schnell. Er zerrte sich die Schuhe von den Füßen. Sekunden später stürzte er sich ins Wasser.

Kian schrie, vielleicht war aber auch ich es, während Sam sich durch die Wellen kämpfte, schließlich schwamm. Ich verlor ihn aus den Augen, und plötzlich war da nur noch hohler Schmerz in meiner Brust.

Cole rannte an mir vorbei, zwei andere Typen folgten ihm. *Er war nicht allein, Sam war nicht allein. Teddie aber …* Ich konnte keinen klaren Gedanken fassen.

Ohne dass ich es ihnen erlaubt hätte, setzten sich meine Beine in Bewegung. Salzwasser spritzte an mir herauf, während ich durch die Wellen watete. Das Wasser war eisig, meine Leggins sogen sich voll. Das hier war tödlich. Kian war eiskalt, als ich sie in meine Arme riss.

»Hast du den Verstand verloren?!«, schrie ich sie an.

Unkontrollierte, panische Schluchzer schüttelten ihren ausgekühlten Körper. Sie zitterte, und sie war betrunken.

»Teddie meinte … sie wollte …«

»Was?! Was wollte sie?«

»Nachts surfen, unterm Mond … Sie war … so euphorisch.«

Mit jedem ihrer Worte wuchs die bleierne Kälte in mir. Nein. *Nein, nein, nein.*

Das passierte gerade nicht wirklich. Das war alles ein schlechter Scherz. Verzweifelt klammerte ich mich an diese Sätze, auch wenn ich wusste, dass sie nicht der Wahrheit entsprachen.

»Seid ihr völlig …?!«

»Dann … dann war sie weg. Ich hab sie nicht mehr gesehen … Sie … sie …« Kians hilfloses Weinen traf etwas ganz tief in mir.

In diesem Moment breitete sich eine beinahe gespenstische Ruhe in mir aus. »Komm.« Ich packte Kian an beiden Schultern. »Sam und die anderen suchen sie. Sie sind gleich bei ihr. Du musst aus dem Wasser raus, Kian.«

»Wo ist sie, Laurie?«, schluchzte sie.

»Sie finden sie«, redete ich auf Kian ein. Immer und immer wieder. »Du bist nicht allein, hörst du?«

Äußerlich war ich ganz ruhig, doch alles, woran ich denken

konnte, war Teddie. Dass sie da draußen war – und mit ihr Sam, Cole und eine Handvoll höchstwahrscheinlich angetrunkener Studenten.

Kian schwankte, ich wusste nicht ob vor Erschöpfung oder wegen des Alkohols. Doch ich drehte nicht durch. Ich konzentrierte mich auf die einzige Sache, die ich nun tun konnte.

Ein paar der anderen empfingen uns am Strand, nahmen Kian in ihre Mitte, hüllten sie in Decken. Jemand reichte mir etwas zum Abtrocknen, doch ich registrierte kaum, dass ich klatschnass war. Ich spürte nur mein vor Angst hämmerndes Herz. Diesmal wirklich. Diesmal war ich da. Mit dabei, während etwas so Furchtbares geschah, dass ich nicht atmen konnte.

Die Beine drohten mir zu versagen, als ich mich umdrehte und die Gestalten in der Dunkelheit erkannte. Cole, der ein Surfbrett aus dem Wasser zog. Sam. Und in seinen Armen …

Teddie. Kian schluchzte auf. Ich spürte nur die Taubheit, die mich einhüllte. Meinen Körper von meinen Emotionen trennte. Es war zu schlimm. Ich konnte es nicht fühlen.

Sam stolperte an Land, seine Knie gaben nach, zwei der Männer halfen ihm, Teddie zu halten, während sie auf den Sand fielen. Für schrecklich lange Sekunden erkannte ich nichts. Ob sie sich bewegte. Ob sie verflucht noch mal atmete.

Dann wand sich ihr Körper, und sie würgte und spuckte Wasser aus.

Würgen bedeutete Schutzreflexe. Es bedeutete, ihr Herz schlug, und sie atmete.

Sam verharrte auf den Knien, schien nicht die Kraft aufbringen zu können, um wieder aufzustehen. Die anderen kümmerten sich um Teddie. Sie waren alle angehende Ärzte, sie wussten, was sie tun mussten, doch niemand achtete auf Sam.

Ich lief auf ihn zu, er kam gerade wieder auf die Beine. Ich wollte ihn packen und an mich reißen und, zur Hölle, nie wieder loslassen.

Er war klatschnass, die Haare hingen ihm in der Stirn, seine Brust hob und senkte sich im Sekundentakt. Ich war mir nicht sicher, ob er mich wahrnahm. Sein Blick ging starr an mir vorbei zu Teddie, als müsste er sich vergewissern, dass sie wirklich am Leben war.

Sam fuhr zusammen, als meine Hand auf seine Brust traf. Ich fand seinen Blick, und ich sah alles. Panik, Verzweiflung. Alles wiederholte sich. Plötzlich war er mittendrin. Hinter seinen Augen lief der Film, und diesmal war ich Teil davon.

Er riss sich los. Die Wellen rauschten, Teddie würgte. Sam lief an mir vorbei, raufte sich die Haare, bebte am ganzen Körper.

Irgendwer fragte, ob ein Notarzt nötig sei, jemand anders sagte, der Rettungswagen sei schon unterwegs. Und in all dem Chaos verlor Sam die Nerven, aus einem Grund, den einzig und allein ich kannte. Ich folgte ihm, ohne eine Sekunde zu zögern.

»Sam … Bist du okay?« Ich griff nach seinem Arm, und er wirbelte herum. Das Wasser lief aus seinen Haaren über sein Gesicht. Er bebte noch immer. Als er sich losreißen wollte, packte ich ihn fester. »Schau mich an! Baby, schau mich an!«

Ein erstickter Laut fand den Weg aus seiner Kehle. Er stand völlig neben sich.

»Hör zu, es ist vorbei. Sie lebt, sie ist verdammt noch mal okay. Deinetwegen! Du hast sie rausgezogen, es ist nicht wie damals, du warst rechtzeitig da, du warst verflucht noch mal rechtzeitig da, kapierst du das?« Ich schüttelte ihn, hätte ihm zur Not auch eine Ohrfeige verpasst, mir war alles recht, solange er einfach nur zur Besinnung kam. Zurückkehrte aus seinem Albtraum, der sich mit der Realität vermischte. Begriff, dass es keiner war. Begriff, dass *er* das verhindert hatte. »Wach auf«, flüsterte ich und merkte, dass Tränen in meinen Augen brannten.

Sein Körper versteinerte unter meinen Händen.

»Es war rechtzeitig«, wiederholte er meine Worte, so leise, dass ich ihn kaum verstand.

»Ja.«

»Ich war rechtzeitig.«

Wir fuhren beide zusammen, als Cole neben uns trat.

»Geht's dir gut, Alter?« Er packte Sam bei der Schulter, war selbst komplett durchnässt. In seinen Augen blitzte das Adrenalin, doch äußerlich war er genauso ruhig wie ich. Plötzlich wurde mir bewusst, dass ich tatsächlich die Nerven behalten hatte. Ich *konnte* es. Wenn es wirklich darauf ankam, gelang es mir.

»Ja.« Sam schluckte.

»Okay. Okay, okay, okay. Teddie auch. Sie ist rotzevoll, aber sie ist ansprechbar. Scheiße, Mann …«

»Habt ihr …?«

»Wir kümmern uns um sie, bis der Notarzt da ist. Ich schätze, sie nehmen sie für die Nacht zur Beobachtung mit in die Klinik, falls sie ein Ödem entwickelt.«

Sam wollte etwas sagen, doch Cole ließ ihn nicht zu Wort kommen.

»Wir schauen nach ihr und Kian, okay? Fahrt heim, wärmt euch ein bisschen auf.«

»Nein, ich kann …«

»Verdammt, jetzt hör einfach auf ihn!« Ich packte Sams Handgelenke fester.

»Und auf dein Mädchen, Alter.« Cole blitzte ihn warnend an. »Wir kümmern uns um alles. Ihr holt euch hier draußen den Tod.« Mit einem festen Schubs stieß er uns Richtung Lagerfeuer.

Irgendjemand hatte Sams Schuhe eingesammelt. Ich griff nach seinem Rucksack und unseren Jacken.

Ich war mir nicht sicher, ob es richtig war, nun einfach wegzugehen. Doch wir konnten darauf vertrauen, dass die anderen sich kümmerten. Mehr Menschen bedeuteten zudem mehr Hektik. Wir waren gerade noch einmal mit einem blauen Auge davongekommen. Alle waren am Leben. Alles würde verdammt noch mal wieder gut werden.

Sam nahm kommentarlos hin, dass ich den Autoschlüssel aus seiner Tasche kramte und an die Fahrerseite seines Wagens trat. Auf keinen Fall würde ich ihn in diesem Zustand hinters Steuer lassen.

Stille breitete sich zwischen uns aus, als wir im Wagen saßen. Bleiern und schwer. Obwohl Sam ruhig wirkte, wusste ich, dass es in ihm weiterbebte.

Ich startete den Motor nicht sofort, denn ich spürte, wie er um Fassung rang.

Dann traf seine Faust auf das Armaturenbrett.

Ich wollte schreien, doch ich hatte zu viel geschrien. Kein Ton verließ meine Kehle, während Sams Faust weiter gegen die Verkleidung donnerte. Wieder und wieder und wieder. Er tat mir nicht weh, aber irgendwie tat er es doch. Jeder seiner Schläge traf mich mitten ins Herz.

Hör auf, hör auf, hör auf.

Hör auf.

Und fang endlich an, dir selbst zu vergeben.

— DAS NACHHER UND NACHHER
UND NACHHER —

Der elfte September war ein schrecklicher Tag gewesen, und jeder wusste es. Selbst diejenigen, die nach 2001 geboren worden waren.

Der elfte Februar dagegen war ein ganz normaler Tag gewesen. Zumindest für die meisten Leute auf diesem Planeten. Ein Tag wie jeder andere, an dem Menschen starben und neue auf die Welt kamen, weil es eben so lief.

Ich hörte oft, dass Tage, an denen etwas Schreckliches geschah, das Leben teilten. Was blieb war ein Vorher und ein Nachher. Ein Nachher, erst frisch und empfindlich, eines, das wehtat, in jedem Augenblick. Und dann, irgendwann, ein neues Nachher. Eines, das weniger schlimm war.

Inzwischen war ich mir sicher, dass das nicht stimmte. Ich wartete seitdem. Auf das neue Nachher, auf den Tag, von dem an alles besser werden würde. Ich wartete, seit ich Mom und Dad hatte weinen sehen. Auf eine Intensivstation geführt worden war. An ein Beatmungsbett, in dem er gelegen hatte und die bescheuerten Maschinen nur noch Sauerstoff in seine Lungen pumpten, damit sein Körper rosig und warm war, während wir uns verabschiedeten. Er war schon tot, nur wussten wir das da noch nicht.

Das neue Nachher kam nicht. Ich wartete bis heute. Dass

es leichter wurde, anders. Dass ich behaupten könnte, eine Veränderung zu spüren. Ein *Ja, jetzt hat sich etwas bewegt.* Irgendwie an den richtigen Platz gerückt. Jetzt kann ich wieder leichter atmen. Aber nichts dergleichen geschah. An manchen Tagen war es einfacher, das Geschehene zu verdrängen, als an anderen. Doch wenn es mir schlecht ging, fühlte es sich nach wie vor an, als wären die furchtbaren Stunden nur Augenblicke her.

Der Himmel war noch häufig so blau wie am elften Februar. Keine Wolken, kein Indiz, dass es da etwas Höheres gab, etwas das meinen Verlust registrierte.

An diesen Tagen war es am schlimmsten, und vielleicht hätte ich es wissen müssen, an diesem glasklaren Novembermorgen, als ich neben Sam aufgewacht war, doch anstatt nachzudenken, hatte ich mich gefreut. Auf unseren ersten Tag am Meer, auf das Kiten, die unbeschwerte Zeit mit Freunden. Ich hatte durch das Glas und die Baumkronen nach oben geschaut. Perfekter blauer Himmel.

Er war zugezogen, jetzt war es Nacht, und alles war wieder da. Austin war tot, Teddie am Leben, doch es spielte keine Rolle.

Dafür war ich mir sicher. Es gab kein Vorher und Nachher.

Es gab nur das Nachher und Nachher und Nachher.

28. KAPITEL

Er zitterte am ganzen Körper, als ich eine halbe Ewigkeit später endlich die Tür unserer Unterkunft öffnete. Nicht länger vor Panik, denn nach einer kleinen Unendlichkeit hatte sich im Wagen die Erschöpfung über ihn geworfen und ihn kein weiteres Wort sprechen lassen. Es war eine lähmende Kälte, die in seinen Knochen saß, ich spürte sie selbst, und ich war nicht komplett durchnässt. Kaum durch die Tür, zog ich ihn auf direktem Weg ins Bad und stellte die Regendusche auf heiß.

Sam stand völlig neben sich, er reagierte kaum, ließ sich einfach nur von mir mitziehen. Die Kälte in meiner Brust verschwand auch dann nicht, als uns warmer Wasserdampf einhüllte. Sie blieb, denn ich war allein. Allein, obwohl er da war. In diesen Minuten war ich die Einzige von uns beiden, die noch funktionierte.

Ich beschloss, darauf zu scheißen, dass wir Kleider trugen. Brachte ihn dazu, wenigstens seine Jeans und den Hoodie auszuziehen, dann zog ich ihn mit mir unter den Strahl. Das warme Wasser wusch die Anspannung von mir ab. Ich legte die Arme um ihn und spürte, wie er nach einem Moment des Zögerns auch mich umarmte. Sein Körper war eiskalt, und ich wusste, was er gerade brauchte, konnte ihm keine warme Dusche geben.

Wir standen lange da. Das Wasser prasselte, das dunkle

Shirt klebte schwarz an seinem Körper, sein Zittern ließ nach. Doch die Verzweiflung blieb.

Sam krallte die Finger in den nassen Stoff meines Tops, hielt sich an mir fest, als hätte er Angst zu fallen. Weil Worte nicht geholfen hätten, streichelte ich unaufhörlich seinen Rücken, seine Schultern, damit er nicht vergaß, dass ich bei ihm war. Es reichte nicht. Ich wusste es in der Sekunde, als er sich zögernd von mir löste. Ich küsste ihn, und der salzige Geschmack auf seinen Lippen war kein Überbleibsel des Pazifiks, der längst im Abfluss der Dusche verschwunden war.

Sam weinte, und ich würde nie vergessen, wie schrecklich es war. Wie er sich festhielt und mehr wollte, mehr küssen, weniger fühlen. Wie seine Hände tiefer wanderten. Anders als sonst. Nicht verlangend, sondern hilflos, flehend. Wie er etwas wollte, das ich ihm nicht geben konnte. Erlösung von seinem Schmerz. Ein Mittel, das betäubte. Ihn vergessen ließ, wie schlimm es war.

»Sam.« Meine leise Stimme musste im Rauschen der Dusche untergehen, doch ich war mir sicher, dass er mich gehört hatte. Ich tastete nach seinen Händen, doch er küsste mich weiter. »Bitte …« Ich packte seine Handgelenke fester. »Baby, nicht so. Nicht, weil ich dich nicht will. Aber ich werde nicht zulassen, dass wir das nur tun, damit du nichts mehr fühlen musst.«

Seine Muskeln spannten sich an, und kurz fürchtete ich, dass all seine Verzweiflung in Wut umschlagen würde. Doch dann ließ er die Schultern sinken, und als sie zu zucken begannen, zog ich ihn wieder an meinen Körper.

In diesem Moment begriff ich, was es wirklich bedeutete, einen Menschen zu lieben. Wie furchtbar es war, wenn es ihm schlecht ging.

Der nächste Gedanke durchfuhr mich wie ein Blitz.

Einen Menschen lieben. Ich liebte ihn. Auf einmal sah ich es völlig klar.

Wie lächerlich, wie töricht, dass ich dachte, ich hätte eine Wahl gehabt. Und wie albern, zu glauben, dieser Mensch könnte mich anlügen. Etwas verheimlichen, während er einfach nur versuchte, alles richtig zu machen.

Ich umarmte ihn fester. Ich würde ihn nie wieder loslassen.

Später, als wir im Bett lagen und er nach wenigen Minuten in meinen Armen in einen bleiernen und bodenlos tiefen Schlaf fiel, betete ich, dass er auch mich festhalten würde. Vor allem dann, wenn ich ihm endlich sagen würde, wer ich war.

Die Tränen brannten in meinen Augen, als ich so viel auf einmal fühlte wie noch nie in meinem Leben. Für ihn, Sam. Den besten, den wundervollsten Menschen, den ich kannte. Der, ohne zu zögern, das Leben derer, die er liebte, über sein eigenes stellte. Der alles dafür tat, um zu helfen. Um die Welt zu einem besseren Ort zu machen.

Wie hatte ich so lange die Augen davor verschließen können? Seine Worte anzweifeln, mir wieder und wieder einreden können, dass er das nicht wirklich war?

Mit einem Mal kamen mir all meine Gedanken völlig absurd vor. Vielleicht war es das, was man Verarbeiten nannte.

Vielleicht hatte ich heute Abend gesehen, dass ich stark genug war.

Vielleicht, nur vielleicht existierte es doch.

Das neue Nachher.

*

Er schlief zehn Stunden am Stück und ohne einen einzigen Albtraum. Das hätte ich mitbekommen, während ich die ganze Nacht lang wach neben ihm gelegen hatte.

Die Sonne war längst aufgegangen. Ein unspektakulärer, kleiner Sonnenaufgang hinter einer dichten Wand aus Nebel, die über dem Pazifik hing. Ich hörte die Wellen ans Ufer rollen, gleichmäßig und unbeeindruckt davon, was sich in der Nacht abgespielt hatte.

Noch weit nach Mitternacht hatten Cole und ich unzählige Nachrichten hin und her geschrieben. Updates, dass es Teddie gut ging, sie aber sicherheitshalber im Krankenhaus bleiben sollte. Dass Kian bei ihr war. Dass sie schlief. Dass Sam es ihr gleichtat.

Vor einer halben Stunde dann, dass sie aufgewacht war, den Kater ihres Lebens hatte und ein riesiges schlechtes Gewissen, als sie sie mit der letzten Nacht konfrontierten.

Alles war gut, und gleichzeitig war nichts gut. Es war dieses seltsame Gefühl, gerade noch so einer Katastrophe entgangen zu sein.

Immer wieder musste ich mir sagen, dass wir hier waren, um ein schönes Wochenende zu verbringen. Dass alle unversehrt waren. Zumindest körperlich.

Ich traute mich nicht, das Bett zu verlassen, denn ich wusste, wie leicht Sams Schlaf sein konnte. Er sollte nicht aufwachen, er sollte einfach die verdammte Ruhe bekommen, die er so dringend benötigte. Er sollte weiter neben mir liegen, ohne den Schmerz, der tiefe Falten in seine Stirn furchte. Minutenlang sah ich ihn einfach nur an. Wäre ihm gestern Nacht etwas zugestoßen, ich wüsste nicht, wie ich hätte weiteratmen sollen.

Ich spürte, dass er aufwachte, noch bevor er sich bewegte. Den Kopf leicht in meine Richtung wandte und blinzelte. Ohne ein Wort legte ich eine Hand an seine Wange. Seine Kiefermuskulatur verhärtete sich, er schien etwas sagen zu wollen, doch ich kam ihm zuvor.

»Es geht ihr gut. Und Kian auch. Sie sind beide okay.«

Er nickte nicht sofort. Fast so, als wollte er sichergehen, dass ich die Wahrheit sagte. Er schluckte, die Anspannung kehrte zurück, ich konnte nichts dagegen tun, sie kroch in seinen Körper und biss sich fest.

»Es ist alles gut«, wiederholte ich, und mit jedem meiner Sätze wurde es ein klein wenig wahrer.

»Oh Mann«, flüsterte er irgendwann und schloss die Augen.

Wir lagen nebeneinander, und alles, was ich in der Stille hörte, waren unser Atem und das leise Rauschen der Wellen. Als wollte es uns daran erinnern, dass das Leben weiterging.

Sam sah mich an, als ich unter der Decke nach seinem Körper tastete. Meine Finger fanden seine Brust, ich strich über seine warme Haut. Wir redeten kein Wort, während er auch mich berührte. Über meine Schulter fuhr, über meinen Rücken, und ich wünschte mir das Schlafshirt weg, das ich mir von ihm geklaut hatte.

Sein Blick war unergründlich, und ich hätte alles dafür gegeben, zu wissen, was ihm durch den Kopf ging.

Ich konnte mich nicht zurückhalten, als die Wärme durch meinen Körper floss. Sekundenlang betrachtete ich ihn, er lag unter mir, erstarrt und überfordert, dann küsste ich ihn. Er hielt den Atem an. Meine Lippen streiften seine, so sanft und zart, dass er unter mir erschauderte. Ich schloss die Augen, als er die Arme um mich legte und meinen Kuss erwiderte. Behutsam und vorsichtig.

Das hier war langsam und leise, und es war überwältigend. Ich hatte so etwas noch nie gespürt. Ich kannte seine verlangende Seite, die hemmungslose und starke. Doch diese kannte ich nicht. Seine federleichten Berührungen, die weichen Küsse. Zuvor hatten wir uns stets abgewechselt, gegenseitig um den Verstand gebracht, die Führung hin und her gespielt wie einen Tennisball. Diesmal hatte allein ich sie. Das Gefühl in meiner Brust war ein erhabenes und zugleich einschüchterndes. Es war Verantwortung.

Ich legte beide Hände an seinen Kopf und küsste ihn drängender. Sam stöhnte leise, seine Lippen teilten sich, und meine Zunge glitt in seinen Mund. Sie traf auf seine, bewegte sich leicht und natürlich mit ihr.

In mir baute sich die Spannung auf, mit jedem Kuss und jedem Atemzug ein klein wenig mehr. Als er hart wurde und seine Erektion gegen mich drückte, verlor ich für einen kurzen Augenblick die Kontrolle. Es war zu überwältigend, sein Körper zu warm, zu nah. Zu perfekt.

Sein Kopf sank leicht zurück, als ihn die Emotionen übermannten. Er hielt mich fest, ich küsste seinen Kiefer, seine Nase und die Augenbrauen.

»Willst du?«, hauchte ich.

Er öffnete die Augen, und sein Blick traf mich unvorbereitet. Intensiv und warm. Voller Vertrauen, das ich ihm zurückgeben wollte, koste es, was es wolle.

»Ja.«

Seine leise Stimme jagte mir eine Gänsehaut über den Körper. Ein Lächeln zuckte an meinen Mundwinkeln. Ich empfand Glück, pures Glück, darüber, dass er mich wollte, dass ich diejenige war, die ihm nah sein durfte. Die er hinter die Mauern blicken ließ, der er alles zeigte. *Alles.*

Es ergab keinen irdischen Sinn, wie froh er mich machte. Wie schön es sich anfühlte, für ihn da zu sein, nur für ihn. Ich wollte mein Leben lang nichts anderes tun, als ihn glücklich zu machen.

Ich küsste ihn unbeherrscht und stürmischer als zuvor. Dann richtete ich mich auf. Er legte die Hände an meine Oberschenkel, während ich mir das Shirt auszog und achtlos auf den Boden warf. Bis auf meinen Slip war ich nackt, und obwohl er meinen Körper kannte, sah er mich an, als sähe er mich zum ersten Mal wirklich.

Also wartete ich. Saß auf seinem Schoß, die Knie links und rechts von seiner Hüfte. Um mich herum nur Glas, nur Dunkelgrün, nur Blätterdach, Holz und Natur, und wir in unserer gemütlichen Höhle. Ich verharrte im blassen Morgenlicht, ohne einen Gedanken daran zu verschwenden, wie ich besonders vorteilhaft aussah. Was ich verstecken wollte, was kaschieren. Ich wollte, dass er alles von mir sah.

Sam sagte kein Wort, sondern schüttelte nur leicht den Kopf, als wollte er sagen: Womit hab ich dich verdient? Seine Hände strichen von meinen Knien die Oberschenkel hinauf. Bis zu meiner Hüfte und dem schwarzen Stoff meines Slips.

Ich wollte, dass er ihn mir auszog. Dass seine Hände mich berührten und entblößten. Und dann wollte ich ihn ausziehen.

Sam fuhr mit den Fingerspitzen unter den Bund meines Slips, und ich wünschte, er würde sie über meine Leisten wandern lassen. Er packte mich mit beiden Händen, und plötzlich lag ich unter ihm. Ich wollte ihn keine Sekunde lang nicht spüren, während ich das Becken hob, damit er mir den Slip hinunterschieben konnte. Kaum dass er ihn mir über die Knöchel gezogen hatte, drückte ich ihn zurück auf den Rücken, ehe ich mich erhob. Jeder der wenigen Schritte ins Bad kam mir zu viel vor. Ich kramte in meinem Kulturbeutel nach einem Kondom und verharrte für einen Moment an der Tür, bevor ich zurück ins Schlafzimmer trat. Ich war kaum zurück im Bett, als Sam mich wieder zu sich zog. Wir küssten uns weiter, und nur einen Moment später war meine Hand an seinen Boxershorts.

Als er nackt vor mir lag, hielt ich ebenso einen Moment inne wie er zuvor bei mir. Plötzlich waren da nur wir beide, Körper, Licht und Wärme, sonst nichts. Es war so wunderschön, dass es beinahe wehtat.

Plastik knisterte, er streifte das Kondom über, und dann spürte ich, wie Sam die Luft anhielt, als ich mich auf ihn sinken ließ. Als er in mich drang, grub er die Finger in meine Schenkel. Schwer atmend sank er zurück, ich neigte mich nach vorn, küsste ihn, während wir uns bewegten.

Es war so anders als bei unseren ersten Malen. Völlig anders. Es war langsam und intensiv. Mit In-die-Augen-Schauen und Festhalten. Mit Streicheln und Flüstern.

Ich spürte, wie er unter mir kämpfte, um nicht schon nach wenigen Stößen zu kommen. Seine Lippen teilten sich, sein Kopf fiel zurück. Sam stöhnte, und ich schloss die Augen. Spürte, wie sich sein Pulsieren mit meinem verband und kribbelnde Wellen durch meinen Körper jagten.

Seine Muskeln wurden härter, sein Atem flacher. Als ich nach seinen Händen griff, sie neben ihm auf die Bettlaken drückte und mit den Lippen seinen Hals hinabfuhr, verlor er die Beherrschung. Ich spürte sein Beben, ganz tief in mir, dicht gefolgt von der Wärme und einem unkontrollierten Zittern, das auf mich übergriff. Ihn in mir kommen zu spüren war unbeschreiblich. Größer als alles, was ich je empfunden hatte. Erfüllender. Der Druck in mir stieg, so weit, bis er keinen anderen Ausweg fand als den direkt in meinen Bauch. Die Hitze des Orgasmus brannte durch meinen Körper, von meinen Schenkeln bis in die Zehenspitzen.

Ich vergaß alles. Raum und Zeit, die Sorgen, die echte Welt. Meine Lügen, meine Fehler. Rückblickend fragte ich mich, wie ich so kalt hatte sein können.

29. KAPITEL

Zurück in Vancouver folgte auf die letzten goldenen Herbst-
tage ein regnerischer und eiskalter November. Dichter Nebel
lag Tag für Tag über der Stadt, nur selten riss der Himmel auf
und erinnerte uns daran, dass er eigentlich blau war und auch
anders konnte, als Wassermassen von sich zu lassen.

Die kurze Lernpause nach den Midterms währte nur ein
einziges Wochenende, dann ging der Unibetrieb ohne Rücksicht auf den Stress der letzten Wochen weiter. Es blieb keine
Zeit, mich auszuruhen, durchzuatmen, denn kaum waren die
Zwischenprüfungen geschafft, begannen die Vorbereitungen
für die Finals.

Der November raste an mir vorbei, ich verbrachte zahllose
Stunden damit, mir den neuen Stoff anzueignen. Doch neben
dem Lernen wurde mir während weiterer Praktika mit echten
Patienten immer klarer, wie mein zukünftiger Weg aussehen
sollte.

Als meinen Tutor sah ich Sam fast nur noch während der
Anatomiestunden im Präpsaal. Privat aber trafen wir uns nahezu täglich, und waren wir einen Abend nicht zusammen, fehlte
er mir bereits.

Nach unserem Wochenende in Tofino war er mit Teddie
aneinandergeraten, woraufhin Kian und ich die beiden mehr
oder weniger gemeinsam einsperren mussten. Während sie im

Nebenraum hitzige Diskussionen führten, hatten Kian und ich es uns mit einer Packung Brownies auf ihrer Couch bequem gemacht und die neue Staffel *Riverdale* extralaut gedreht. Eine Dreiviertelstunde später saßen die beiden gleichermaßen verheult und fertig mit den Nerven zwischen uns und waren wieder ein Herz und eine Seele.

Das WG-Leben mit Emmett und Hope hatte ich in den letzten Wochen ziemlich vernachlässigt und verbrachte bis auf vereinzelte Filmabende oder Pancake-Aktionen kaum Zeit mit ihnen. Aber ich wusste, dass sie mir nicht böse waren, denn auch sie waren mehr als ausgelastet mit der Uni.

Emmett sah ich noch häufiger als Hope, meistens während gemeinsamer Schichten im *Beverly's*. So auch heute, doch Zeit für lange Unterhaltungen blieb uns kaum, weil offenbar ganz Vancouver beschlossen hatte, dem ungemütlichen Regenwetter zu entfliehen und sich durch das November-Special auf unserer Karte zu futtern.

Ich zauberte einen Pumpkin Maple Latte und Salted Caramel Milchshake nach dem anderen, die Emmett mit seinem üblichen Dauerstrahlen servierte. Nur ab und zu ließ er sein Gastro-Lächeln sinken und den Blick auf die Erschöpfung zu, die dazu führte, dass ich ihn schon mehr als einmal über Bauplänen und Lernunterlagen in unserem Wohnzimmer eingenickt gefunden hatte, wenn ich mitten in der Nacht für ein Glas Wasser in die Küche schlich oder spät von der Arbeit zurückkam.

»Verdammt, wo kommen die alle her?«, fluchte Emmett leise, als die Türglocke erneut Gäste ankündigte. Ich schob ihm kommentarlos einen Espresso-Shot und ein großes Glas Soda zu, bevor ich mich zur Tür drehte. Mein Herz hüpfte, als ich Sam erkannte, der sich mit einem Lächeln die tropfnasse Kapuze seines Parkas aus der Stirn schob.

»Oh, okay. Ich habe nichts gesagt.« Emmett grinste und lehnte sich dann nach einem prüfenden Blick zu den übrigen Gästen mit dem Rücken an die Wand, bevor er für einen Moment die Augen schloss.

Währenddessen konnte ich nicht anders, als in Sams Richtung zu lächeln. Es war zur Gewohnheit geworden, dass er sich immer wieder unangekündigt im Diner blicken ließ. Natürlich rein zufällig meist gegen Ende meiner Schicht, sodass ich anschließend mit zu ihm fahren konnte.

Heute blieb mir nicht viel Zeit, um ihn mit mehr als einem schnellen Kuss und seinem Lieblingskaffee (Flat White, doppelter Espresso-Shot) zu versorgen, bevor ich wieder im Laufschritt zwischen Küche und den Tischen hin- und hereilte.

Erst eine gute Stunde später, kurz vor Ende meiner Nachmittagsschicht, leerte sich das Diner. Sam arbeitete konzentriert irgendeine Chirurgievorlesung nach, und Emmett tippte hinter der Bar auf seinem Handy herum. Ich versicherte mich mit einem schnellen Blick, dass es tatsächlich gerade nichts für mich zu tun gab. Dann schlich ich mich von hinten an den Barhocker heran und schlang beide Arme um Sams Bauch.

»Hi«, flüsterte ich, bevor ich ihm einen Kuss auf die Wange drückte. »Wie geht's?«

»Kommt drauf an, wann du Feierabend machen kannst.«

»Na, dann geht's dir wohl ganz gut. Nur noch eine halbe Stunde.«

»Und dir?« Er verschränkte seine Finger mit meinen, während er sich auf dem Hocker zu mir drehte.

»Müde, aber gut. Das sind inzwischen echt die einzigen Stunden des Tages, in denen ich nicht an die Uni denke.«

»Dann mache ich offenbar etwas falsch.« Er funkelte mich an, und ich verzichtete nur aus Rücksicht auf Emmett und die übrigen Gäste auf eine zweideutige Erwiderung. Stattdessen ließ ich kurz meine Hand seinen Oberschenkel hinaufwandern, bevor ich mich abwandte. Sam drehte sich wieder zur Theke, hinter der ich verschwand. Eine Barriere zwischen unseren Körpern war in Anbetracht des Kribbelns in meinem Unterleib nun vermutlich klüger. Immerhin war ich bei der Arbeit.

Emmett hatte beide Ellbogen neben dem Spülbecken aufgestützt und legte gerade sein Handy weg. »Kein Bock meeehr«, grummelte er, ehe er sich aufrichtete und den Rücken durchdrückte.

»Sag mal«, begann ich, während er die Arme in die Seite stemmte und verschiedene Dehnübungen ausführte, »Hope hat doch demnächst Geburtstag, oder?«

»Yep. Am zwölften Dezember.« Emmett verzog das Gesicht, als ein Wirbel in seinem Rücken knackte. Sam lachte lautlos auf und warf mir einen vielsagenden Blick zu.

»Hast du schon ein Geschenk?«

»Ich hatte überlegt, ihr Karten für *PLY* zu schenken. Sie fährt total auf den Kerl ab, auch wenn sie es leugnet, aber ich sehe sie ständig in Fanshirts, und wenn sie denkt, ich bin nicht da, schallt das Gejaule durchs ganze Haus.«

Ich musste grinsen, denn Emmett hatte recht. Wobei die Songs des maskierten Megastars auf Spotify und im Radio so omnipräsent waren, dass es mir zu Hause gar nicht so recht aufgefallen war. Für mich klang jedes der locker-leichten *Oh, schaut, wie easy mein Leben ist*-Lieder gleich. Um ehrlich zu sein, wunderte es mich, dass Hope das wirklich feierte.

»Stimmt«, meinte ich.

»Anfang April gibt er ein Konzert in der Rogers Arena«, erzählte Emmett. »Aber das ist schon ewig ausverkauft. Völlig irre, oder? Wer zahlt denn bitte achtzig Dollar für einen mainstream gebrainwashten Kerl mit Minderwertigkeitskomplexen und einer Tiermaske vorm Gesicht?«

»Ähm …«, mischte sich Sam mit einem leisen Räuspern ein. »Ich könnte Karten dafür auftreiben.«

»Ja, klar.« Emmett lachte, doch dann wurde er wieder ernst. »Du kennst den?«

»Ich war bis zum College auf der Brentwood. Scott war vier Jahre in meiner Stufe, bevor das alles mit der Musik angefangen hat.«

Ich starrte ihn an. Auch wenn ich mich nicht als Fan des Musikers bezeichnen würde, war mir sein kometenhafter Aufstieg in den letzten Jahren nicht entgangen. In unserer Generation musste sein Name so gut wie jedem ein Begriff sein, und das trotz – oder gerade wegen – der Maske, hinter der er konsequent seine wahre Identität verbarg.

»Dein Ernst jetzt?« Emmett sah Sam verblüfft an. Der zuckte nur mit den Schultern.

»Wir haben kaum noch Kontakt, ich habe ihn länger nicht gesehen. Aber ich kann ihn fragen. Vielleicht macht er ja sogar ein Meet and Greet mit ihr.«

»Oh Gott, Hopi-Hope würde in Ohnmacht fallen. Wenn ihr mich fragt, ist sie komplett verschossen in den Kerl. Und das ohne zu wissen, wie er überhaupt aussieht.« Emmetts Blick wanderte zu Sam. »Also, zumindest ich weiß es nicht …«

Sams Lippen verzogen sich zu einem Lächeln. »Alter, das geht echt subtiler, oder?«

»Jetzt rück schon raus.«

»Er muss nichts verstecken, okay? Mehr sag ich nicht, und nein, ich werde euch auch kein Foto zeigen. Scott zieht das mit der Maske nicht grundlos durch. So bleibt ihm zumindest ein kleines bisschen Privatsphäre. Manchmal glaube ich, dass er bei diesem ganzen kranken Erfolg nur deshalb bei Verstand bleibt.«

»Heftig«, meinte ich, als das Handy in meiner Hosentasche vibrierte. Ich zog es hervor und sah die Mail. Mein Magen krampfte sich zusammen, als ich die Betreffzeile las. Seit Tagen wartete ich auf diese Nachricht und fühlte mich trotzdem kein bisschen bereit für sie.

UBC Faculty of Medicine – Gesamtergebnis Midterm-Klausuren

»Bin gleich wieder da«, murmelte ich und verdrückte mich ohne einen Blick in Sams und Emmetts Richtung durch die Schwingtür in die Küche. Unser Koch Moose war zu beschäftigt, um Notiz von mir zu nehmen, so konnte ich unbemerkt in der Vorratskammer verschwinden.

Meine Finger waren zittrig. Ich wollte diese Mail nicht lesen. Gleichzeitig erschienen bereits im Sekundentakt Nachrichten aus unserer Uni-WhatsApp-Gruppe auf meinem Bildschirm, in denen sich meine Kommilitonen über die Ergebnisse austauschten und beglückwünschten.

Mein Herz hämmerte wie bescheuert, während ich über den Bildschirm wischte.

Das war absurd.

Krieg dich ein, Laurie, egal wie das Ergebnis aussieht, jetzt hast du es sowieso nicht mehr in der Hand.

Mir war schwindelig, ich fühlte mich schlimmer als in den Prüfungen selbst, während ich die Mail öffnete und mich ins Portal einloggte. Die Seite lud und lud, es dauerte eine gefühlte Ewigkeit, dann endlich sah ich mein Ergebnis.

Das Blut sackte mir in die Beine, und ich griff nach einer der Metallstangen der Vorratsregale. Wieder und wieder las ich den Text.

Cavell, Laurence.
Gesamtergebnis: Bestanden.

Ich hatte bestanden. Das war gut. Das war es doch?

Aber statt auf dem einzigen Wort, das zählte, klebte mein Blick auf den Noten der einzelnen Klausuren. Drei Punktlandungen, zwei weitere Male nur etwas besser abgeschnitten. Alles in allem hatte ich eine glatte Vier geschrieben. Und das trotz meiner intensiven Vorbereitung.

»Hey, hast du gesehen …?« Sam stand in der halb offenen Tür zur Küche. Er hielt ebenfalls sein Telefon in der Hand.

Mein Gesicht fühlte sich kalt und eingefroren an, als ich zu ihm sah. Hilflosigkeit wallte durch meinen Körper. *Gäste dürfen hier nicht rein*, wollte ich ihm sagen, doch es wäre albern gewesen. Also bemühte ich mich, mir den Schock darüber, dass ich so schlecht abgeschnitten hatte, nicht anmerken zu lassen.

»Bist du durch?«, fragte er, und sein ratloser Blick richtete sich auf mein Handy.

Ich nickte. Beherrscht. »Und du?« Meine Stimme klang so unendlich hölzern.

»Ja, ich … Es war gut«, sagte Sam.

Natürlich. Natürlich war es das. Er war Sam, seine Mühen zahlten sich aus.

»Laurie?«

Am liebsten hätte ich losgeheult, doch eigentlich gab es dafür gar keinen Grund. Ich hatte meine beschissene Prüfung bestanden, es war doch alles gut. Eigentlich.

Sein Blick zuckte erneut zu meinem Handy.

»Ich hab 'ne Vier«, presste ich hervor. Sprach, so schnell ich konnte, als wäre es damit weniger wahr. Wie lächerlich. »Es hat gerade so gereicht.«

Sams Miene blieb unverändert. Da war kein Mitleid, kein Erstaunen oder gar Entsetzen. »Ja, und?«, erwiderte er, ohne eine Sekunde zu zögern. »Es ist egal. In den ersten Midterms schreibt kaum jemand etwas Besseres als eine Drei. Und du hast bestanden, nur darum geht es. Das nimmt dir niemand mehr weg.«

Klar, sicher. Ich hatte bestanden, aber ich hatte mich selbst enttäuscht. Gerade jetzt, wo ich zum ersten Mal wirklich glaubte, dass dieser Weg der richtige für mich war, ließ meine Leistung zu wünschen übrig. Ich wusste, dass ich es besser konnte. Besser können musste. Ein knapp Bestanden war nicht das, was ich Austin versprochen hatte.

Tja, du hast ihm auch versprochen, dass du alles dafür tust, eine gute Ärztin zu werden. Dass du hart arbeitest und dich von nichts ablenken lässt. Von nichts und niemandem … Auch nicht von der Liebe. Und jetzt wunderst du dich wirklich?

Die Stimme aus dem Off hallte durch meinen Kopf. Mir war bewusst, dass das gerade ein gigantischer Rückschritt war. Ich wollte das hier schon längst nicht mehr für Austin tun. Sondern für mich. Doch in diesem Moment setzte meine Enttäuschung jeglichen Verstand außer Kraft.

»Hey.« Sam machte einen Schritt auf mich zu, doch ich drehte mich weg. Mit einem Ärmel wischte ich mir über die Wangen und steckte das Handy weg.

»Nein, egal. Es ist egal. Du hast recht. Ich muss weitermachen, sorry.« Das falsche Lächeln, das ich ihm schenkte, tat weh. Doch noch mehr weh tat der Ausdruck in seinen Augen, als er es sofort durchschaute.

Diesmal hatte ich vielleicht Glück gehabt. Doch gerade so bestanden war nicht genug. Ich durfte nicht anfangen, mich damit zufriedenzugeben. Mir einreden zu lassen, dass es nichts bedeutete. Denn das tat es. Es waren mehr als nur Zensuren. Es war mein erstes Zeugnis darüber, wie gut ich mich eignete, Ärztin zu werden. Menschen zu helfen.

Der erste Schritt auf meinem Weg, und ich war ausreichend.

Ausreichend.

Nicht ausreichend für den Plan, mit dem ich vor ein paar Monaten hierhergezogen war.

30. KAPITEL

Sobald die Boeing mit einem kräftigen Ruck auf der Lande-
bahn des Toronto Pearson Airport aufsetzte, stieß ich die Luft
aus, derer ich mir zuvor nicht einmal bewusst gewesen war, dass
ich sie angehalten hatte. Zum ersten Mal seit über vier Monaten war ich wieder zu Hause.

Mein Magen rumorte, während das Flugzeug zum Gate
rollte. Abwesend blickte ich nach draußen. Grau in Grau,
Schneemassen und ein trister Himmel, der ausgezeichnet zu
meiner Stimmung passte. Die leicht näselnde Stimme des
Flight Attendants drang wie durch Watte zu mir.

»Ladies and Gentlemen, willkommen in Toronto. Im Namen von Air Canada bedanke ich mich für Ihr Vertrauen und
wünsche Ihnen schöne Feiertage, allen Umsteigenden eine an-
genehme Weiterreise und ...«

Die Sicherheitsgurte klickten, kaum dass die Maschine das
Gate erreicht hatte. Um mich herum nur Menschen, denen es
nicht schnell genug gehen konnte. Die ihrer Heimkehr ent-
gegenfieberten, dem Wiedersehen mit ihren Familien, den
Weihnachtstagen, der schönsten Zeit des Jahres. Ich war wie
gelähmt, und hätte es die Möglichkeit gegeben, sitzen zu bleiben und auf direktem Weg zurück nach Vancouver zu fliegen,
ich hätte nicht lange überlegt.

Ich verabscheute mich für meine Gedanken, doch ich konnte nichts dagegen tun, dass sich alles in mir sträubte, auch nur einen Fuß aus diesem Flugzeug zu setzen.

Es hätte so schön sein können. An Weihnachten heimzukommen. Meine Familie in der Ankunftshalle in die Arme zu schließen und gemeinsam nach Hause zu fahren. Jetzt wurde mir mulmig zumute, wenn ich an die bevorstehenden Feiertage dachte. Die Trauer war an Tagen wie diesen präsenter. Tiefer. Es war kein Weihnachten mehr, seit wir es nur zu dritt feierten. Seit ich niemanden mehr hatte, mit dem ich am Morgen des Fünfundzwanzigsten die Treppe in unserem Elternhaus hinabpolterte und darum kämpfte, als Erste vor dem geschmückten Weihnachtsbaum zu stehen und die Geschenkpakete aufzureißen.

Eine schwere Kugel aus Unruhe und Angst lag in meinem Magen, und sie wuchs mit jedem Schritt, den ich durch die Flughafengänge Richtung Ankunftshalle ging.

Hinter den Schiebetüren warteten Dutzende Menschen. Willkommensschilder und weihnachtliche Luftballons überall. Die Blicke streiften mich, nur um weiterzuwandern, während ich die Wartenden abscannte. Plötzlich blitzte eine Szene vor meinem inneren Auge auf, wie es hätte sein können.

Austin, gefütterte Jeansjacke, strahlende Augen, dieses Lächeln, immer ein bisschen gespielt lässig, aber auch ehrlich stolz, wenn er mich sah. Wie er mich fest in die Arme schloss und dann in den alten Range Rover verfrachtete, mit dem wir beide das Fahren gelernt hatten, ehe wir zusammen zu Mom und Dad fuhren. Er mir von seinem Medizinsemester erzählte und ich ihm von dem, was auch immer ich studiert hätte, wenn er mir eine Wahl gelassen hätte.

Wenn ... Immer wieder das *Was, wenn* ...*?*, und an Tagen wie diesem war ich überzeugt, dass es mich für immer begleiten würde.

»Honey, hier sind wir!«

Ich fuhr zusammen, als ich seine Stimme hörte. Im ersten Augenblick dachte ich, es sei Austin, der auf mich zusteuerte, dann begriff mein Gehirn, und die Tränen schossen mir in die Augen. Manchmal waren er und Dad für Brüder gehalten worden, so ähnlich sahen sie sich, auch wenn er nicht Dads leiblicher Sohn war.

Starke Arme zogen mich an einen warmen Körper. Dad roch wie immer, fühlte sich an wie immer. Wenn ich die Augen nur fest genug zusammenpresste, war es Austin.

»Hey, meine Kleine.« Dad strich über meinen Kopf. Als ich mich von ihm löste, drückte er mir einen Kuss auf die Stirn. In seinen blauen Augen glänzten Tränen, doch sein Lächeln war pure Freude. Zu sehen, wie sehr er sich freute, gab mir den Rest. »Hattest du eine gute Reise?«

Ich nickte. Die Worte brachen mit einem leisen Schluchzen aus mir heraus, ich konnte nichts dagegen unternehmen. »Tut mir leid, dass ich nicht früher nach Hause gekommen bin.«

Er drückte mich fester. »Pschhht ...«, flüsterte er. »Jetzt bist du ja hier, Honey.« Dad schwieg einen Moment, gab mir Zeit, mich etwas zu beruhigen. »Und das ist wirklich das Einzige, was gerade zählt.«

*

Das ganze Haus war ruhig, meine Eltern schliefen längst, nur ich lag wach und konnte nicht aufhören zu denken. Draußen pfiff der Wind um die Dachgauben, unter denen sich mein Zimmer befand, und wirbelte die Schneeflocken durch die dunkle Nacht. Eigentlich war es sehr gemütlich und warm unter meiner Decke, doch ich konnte nicht ignorieren, dass im Zimmer auf der anderen Seite der Treppe niemand schlief. Zu

Beginn hatten wir es nicht angerührt, doch über die Jahre hatte sich Austins Zimmer in diese unangenehme Mischung aus Bügel-, Arbeits- und Gästezimmer verwandelt.

Irgendwie absurd, wie fremd man sich fühlen konnte an einem Ort, der einmal Heimat bedeutet hatte. Und wie eine Person an dessen Stelle trat, auch wenn das so schnell eigentlich gar nicht möglich war.

Sam … Was er wohl gerade tat? Auch er war am Vormittag zu seinen Eltern aufgebrochen. Und wäre es nicht Weihnachten gewesen, hätte ich ernsthaft in Betracht gezogen, ihn einfach wieder zu begleiten. Ich vermisste ihn so sehr, dass es wehtat, denn er war die einzige Person, die fühlen konnte, was ich fühlte.

Ich schluckte.

Seit Wochen schon trieb mich der Gedanke um, Mom und Dad zu sagen, was er mir von jener Nacht erzählt hatte. Ob sie es wussten? Ob sie es mir bewusst verschwiegen? Oder ob sie ebenfalls keine Ahnung hatten? Wenn ich ehrlich war, wollte ich keine der Möglichkeiten wahrhaben.

Ich wusste nicht wirklich, was ich tat, als ich die Decke zur Seite schlug und an die Bettkante rutschte. Vermutlich war es dumm. Aber womöglich war es auch die einzige Möglichkeit, herauszufinden, was in Austins Kopf vor sich gegangen war.

Ich wusste, dass er ganze Bücher mit seinen Gedanken vollgekritzelt hatte, und ich wusste, dass meine Eltern sie nicht weggeworfen hatten. Nach seinem Tod hatte ich es ebenso wenig übers Herz gebracht, in seinen Tagebüchern zu lesen, wie die alten Fotos anzusehen. Es tat zu weh. Heute Nacht würde ich den Schmerz aushalten müssen.

Mom und Dad bewahrten die Erinnerungsstücke in einer Truhe auf dem winzigen Dachboden auf. Fast vier Jahre nach Austins Tod hatten sie keinen Platz mehr in einem Haushalt, der vor allem dadurch funktionierte, dass verdrängt und vergessen wurde.

Ich kannte jeden Winkel dieses Hauses, selbst im Dunkeln fand ich mich zurecht. So leise wie möglich schlich ich durch den Flur und tastete nach der Stange, um die Dachbodenklappe zu öffnen. Vorsichtig ließ ich die Leiter herunter. Die Metallsprossen drückten sich kalt und glatt gegen meine nackten Sohlen, während ich hinaufstieg. Staubpartikel tanzten im Licht meiner Handytaschenlampe, als ich oben angekommen war und die muffige Luft einatmete. Ich war seit Ewigkeiten nicht mehr hier gewesen.

Die Erinnerungstruhe stand in einer Ecke, und mein Herz schlug schneller mit jedem Schritt, den ich mich ihr näherte. Es lag kein Staub darauf, ein Anblick, der mich irgendwie erleichterte. Das Quietschen, während ich den Deckel anhob, war unerträglich laut.

Ich ließ mich vor der Truhe im Schneidersitz nieder. Einen Moment lang hielt ich inne. Es war alles okay. Ich war bereit für das hier. Bereit, Austins Gedanken zu erkunden. Auch wenn sie ganz andere sein könnten, als ich immer geglaubt hatte. Ich musste es wissen.

Mehrere Notizbücher stapelten sich am Rand der Truhe. Ich nahm das oberste in die Hand. Für einen Augenblick schloss ich die Augen, strich mit den Fingerspitzen über den glatten Buchdeckel. Die Vorstellung, dass er es vielleicht unzählige Male ebenso getan hatte, war wunderschön und furchtbar zugleich. Mit dem Daumen fuhr ich über den Vorderschnitt. Ich holte tief Luft. Und schlug das Buch an einer willkürlichen Stelle auf.

31. KAPITEL

Mein Herz stolperte, als die Seiten auseinanderklappten. Sie waren wellig, so eng und fest waren sie beschrieben. Schwarz, dunkle Farben. Gekritzeltes Chaos, kräftige Linien, fast aggressive Striche. Die Ränder der Seiten waren voller seltsamer Bilder. Ich durchblätterte das Buch. Immer schneller. Überall waren diese Bilder. Dann begann ich zu lesen.

Warum fühlt es sich so sinnlos an, obwohl es perfekt ist?
Wann kommt endlich was, das die Leere füllt?

Beim Anblick der schwarzen Spiralen neben den Worten zog sich mein Magen zusammen. Sie sahen aus wie Wirbelstürme. Wie die in seinem Kopf. Die Dunkelheit, die er niemandem gezeigt hatte.

Es sind nicht nur schlimme Tage, an vielen bin ich auch glück-lich und weiß, wie privilegiert ich bin. Warum reicht das nicht? Am schlimmsten ist eigentlich, dass ich mir nicht mehr sicher bin, ob es aufhört, wenn ich alle meine Ziele erreicht habe. Oder ob es dann erst so richtig beginnt. Ob die Leere dann alles ver-schluckt. Und mich gleich mit, wenn ich keine Träume mehr habe.

Ich merkte erst, dass ich weinte, als meine Tränen auf die Buchstaben fielen und sie verwischten. Je mehr ich las, desto naiver fühlte ich mich. Mit einem Mal sah ich alles so klar. Die wirrer werdenden Sätze, die zerfahrenen Skizzen und garstigen Fratzen. Wie hatte ich nicht sehen können, was Austin da ganz mit sich selbst ausmachte?

Mir ist schon klar, dass das Zeug toxisch ist und keine Lösung. Aber gerade ist es die einzige, die ich finde.

Ich wollte nie so sein. Ich wollte ein verdammtes Vorbild sein. Für Laurie. Sie sollte zu jemandem aufschauen können, der stark bleibt. Und nicht so feige kneift wie ich. Aber mit zwei Teilen im Kopf ist alles so viel leichter, zumindest für die paar Stunden, auch wenn ich mich hinterher tagelang hasse.

Die Seiten verschwammen vor meinen Augen, die beschriebenen wurden weniger. Immer weniger. Ich wollte die letzte nicht sehen. Seine letzten Gedanken. Das Letzte, was mir von ihm bleiben würde. Was, wenn es bedeutungslos war? Ich schlug eine weitere Seite um.

Okay, ich hör auf. Das war das letzte Mal. Ich such mir Hilfe, und dann beginnt dieses Studium, und alles wird gut. Ich krieg es hin. Ich bin noch nicht abhängig, ich hab es noch unter Kontrolle. Ich kann aufhören. Für Mom und Dad und Laurie.
Wenn ich es ihnen erzähle und sie mir helfen, wird alles gut. Der Sinn kommt zurück. Vielleicht. Auch wenn ich Angst habe, dass ich es nicht mehr schaffe.
Aber irgendwie schaffe ich es ja doch immer.

Ich blätterte um.

Und blätterte um. Um und um und um. Ein Schluchzen entfuhr mir. Es kam nichts mehr. Das war der letzte Satz.

Ich wusste nicht, wie lange ich auf das aufgeschlagene Buch in meinen Händen starrte. Fassungslos, entsetzt und voller Reue. Bis sich die bittere Erkenntnis nicht mehr leugnen ließ, dass Sam meinen Bruder am Ende vielleicht besser gekannt hatte als ich selbst.

*

Heiligabend kam und ging, und schon jetzt hatte ich das Gefühl, eigentlich gar nicht dabei gewesen zu sein. Die Feiertage waren wie ein Film an mir vorbeigezogen. Das Essen mit Mom und Dad, meinen Großeltern und dem leeren Platz neben mir, auf dem früher Austin gesessen hatte. Der Gottesdienst und das Weihnachtssingen, die gemütliche Trägheit, die sich nach dem Essen über uns warf, während wir *Das Wunder von Manhattan* anschauten und die letzte Glut im offenen Kamin erlosch.

Kein aufgeregtes Auspacken am nächsten Morgen. Stattdessen verteilten wir unsere Geschenke beim Brunch und taten so, als hätte es die andere Version nie gegeben.

Niemand sprach über Austin, doch jeder dachte an ihn. Mom, die manchmal den Raum verließ, um heimlich zu weinen. Dad, der zwar lächelte und die angespannten Momente mit dem richtigen Maß an leichtem Humor auflockerte. Doch Austin war da. In jeder Tradition, in jeder Ecke dieses Hauses, und es tat weh. Richtig körperlich, der Schmerz war immer da. Schwächer als noch vor ein paar Jahren, in manchen Momenten schöpfte ich Hoffnung, es könnte irgendwann vielleicht ganz aufhören wehzutun.

In anderen raubte es mir noch immer den Atem. Wie am

Morgen des zweiten Weihnachtsfeiertages. Früher war das der Tag gewesen, an dem Dad Austin und mich mitsamt unserer Schlittschuhe und Eishockeyausrüstung in den Wagen gepackt hatte und die wenigen Kilometer an den komplett zugefrorenen Lake Simcoe gefahren war. Stundenlang waren wir dort übers Eis geflitzt, auch wenn die Minusgrade zweistellig waren und der Wind bitterkalt, so lange, bis ich Finger und Zehen nicht mehr spüren konnte. Während wir anschließend mit Moms selbst gebackenem Maple Shortbread und heißem Kakao mit winzigen Marshmallow auf der Couch gesessen hatten, waren sie langsam wieder aufgetaut.

Es war so gemütlich und warm gewesen. Und im Grunde war es das immer noch, auch heute, doch seit Austins Tod konnte die Wärme eine Stelle ganz tief in meinem Herzen nicht mehr erreichen. Sie blieb taub und kalt. Es sei denn, Sam war bei mir.

»Du fehlst mir«, sagte er, und ich schloss die Augen. Wenn ich wie jetzt auf dem Bett meines alten Kinderzimmers lag und seine Stimme durchs Handy hörte, konnte ich mir zumindest einreden, er sei hier bei mir.

»Ich kann nicht schlafen«, flüsterte ich und meinte eigentlich *Du mir auch.* So sehr, und das nach lächerlichen drei Tagen. Ich hatte mich an seine Anwesenheit gewöhnt. Es fühlte sich völlig falsch an, ohne ihn einzuschlafen und allein wieder aufzuwachen. Nur seine täglichen Nachrichten lesen zu können und seine Stimme für eine viel zu kurze Weile am Telefon zu hören.

In diesen Momenten wünschte ich immer öfter, ich wäre einfach ehrlich zu Sam gewesen. Hätte von Anfang an mit offenen Karten gespielt, denn dann hätte ich ihm von meiner ersten Nacht zu Hause und der Truhe auf dem Dachboden erzählen können. Von den Rückenschmerzen und meinen verquollenen Augen, mit denen ich in den frühen Morgenstunden vor der Truhe wieder zu mir gekommen war, und meinen getrockneten Tränen, die Austins letzte Sätze hatten zerlaufen lassen.

»Das ist der Jetlag«, sagte er. »Du bist noch in der Vancouver-Zeit.«

»Eigentlich voll schön.«

»Findest du?« Er lächelte, und ich hörte es.

»Ja.« Ich rollte mich auf der Seite zusammen. »Ich bin zwar hier, aber mein Kopf ist noch bei dir.«

»Zumindest dein Hypothalamus, der ja für die zirkadiane Rhythmik zuständig ist.«

»Du hast echt ein besonderes Talent, romantische Momente mit unnötigem Fachwissen zu zerstören.«

»Das ist nicht unnötig, das haben sie in den Finals im dritten Jahr gefragt.«

»Das ist noch so weit weg, Baby.«

»Jetzt denkst du das noch.«

»In vier Monaten bist du Arzt«, sagte ich. Einfach so, der Gedanke kam, und es war sehr wahr und verrückt. Sekundenlang hörte ich nichts. Nur seinen Atem. Unendlich weit weg und ganz nah.

»Ja.« Er schwieg wieder. »Stimmt.«

So wie Austin. Wenn er noch am Leben wäre.

Wenn, wenn, wenn … Ich wollte, dass es aufhörte. Doch egal, wie sehr ich auch versuchte, mich abzulenken, in diesem Haus drifteten meine Gedanken immerzu in diese eine Richtung.

»Erzähl mir was.« Ich presste die Augen fester zusammen. »Bitte.«

Er sollte nicht fragen, wieso oder was, er sollte einfach reden. Belangloses Zeug meinetwegen, Hauptsache, er lenkte mich ab.

Es dauerte eine Weile, bis Sam zu sprechen begann.

»An den meisten Tagen fühle ich mich nicht bereit. Für nichts. Nicht für die Abschlussprüfung und die Forschungsarbeit. Und auch nicht für den Job. Ich kann kein Assistenzarzt sein, ich kann keine Verantwortung tragen. Manchmal denke ich das wirklich.« Einen Moment lang war er still. »Und trotzdem habe ich mich für dieses Leben entschieden. Vermutlich wird es wie mit jeder neuen Herausforderung sein. Am Anfang ist es furchtbar viel und überfordernd, aber dann gewöhnt man sich daran. Irgendwann ist es Alltag, und auf einmal ist man über sich hinausgewachsen, ohne es so wirklich zu merken.«

»Ja.« Woher sie kam, wusste ich nicht, doch die Müdigkeit kroch langsam aus den dunklen Ecken meines Zimmers und von dort direkt in meinen Kopf. Ich war mir nicht sicher, ob Sam es bemerkte, aber als er weitersprach, war seine Stimme noch eine Spur ruhiger. Ich gestattete mir, mich in ihr fallen zu lassen. Er war da, obwohl er nicht da war. Mein Kopf wurde schwer.

»Manchmal sagen Ärzte während der Praktika zu mir, dass sie sich nicht wieder für Medizin entscheiden würden. Dass sie in meinem Alter auch noch voller Tatendrang waren und die Welt verbessern wollten. Ich würde noch früh genug merken, was eigentlich alles schiefläuft. Und ja, kann sein, dass ich mit einer naiven Idealvorstellung an die Sache rangehe und die unschönen Aspekte ignoriere. Bürokratie erledigen, Konflikte lösen, Zeit und Kosten sparen. Aber ich möchte wirklich glauben, dass es letztendlich um das übergeordnete Ziel geht. Um die Menschen.«

Er verstummte. Ich begann zu fallen.

»Laurie?«

Seine Stimme von ganz weit weg.

Die Schwerelosigkeit.

Und irgendwann, an der Grenze zum Schlaf, vielleicht bildete ich es mir auch nur ein, hörte ich ihn noch einmal.

»Schlaf gut, Sweetpea.«

Stille.

»Ich liebe dich.«

32. KAPITEL

»Mit wem hast du gestern noch so spät telefoniert, Liebling?«
Mom stellte ihre Frage beiläufig, doch mir rutschte trotzdem
fast das Messer aus der Hand. Ich hob den Blick von dem kleinen Berg Pancakes vor mir. Sie nahm einen Schluck aus ihrer
Kaffeetasse und sah mich an.

Mein erster Reflex war zu lügen. Ungefragt ploppten die
Ausreden in meinen Gedanken auf. Mit Amber. Mit Kian.
Hope. Emmett, irgendwem. Doch Moms wissender Blick ge-
nügte, um diese Idee zu verwerfen.

Natürlich ahnte sie etwas. Sie war meine Mutter. Dass ich
am Frühstückstisch nicht aufhören konnte, vor mich hin zu lächeln, nachdem ich Sam zu früher Stunde ein kurzes »*Ich dich
auch*« geschickt hatte, hatte womöglich auch damit zu tun.

»Mit meinem Freund.«

Die Worte klangen fremd aus meinem Mund, und sie waren
genau richtig. Dad hob den Blick von seiner Zeitung und sah
mich erstaunt an, Mom schenkte mir nach kurzem Zögern ein
vorsichtiges Lächeln.

»Du hast jemanden kennengelernt?«

Als ich nickte, strahlten sie beide. Plötzlich war da Licht,
wo sonst ein Schatten über unseren gemeinsamen Mahlzeiten
lag. Vielleicht wurde uns allen drei in diesem Moment bewusst,
dass das Leben weitergehen durfte.

»Ja. Er studiert mit mir. Er ist schon ein paar Semester weiter.«

»Honey, das ist ja wundervoll. Warum hast du uns nichts erzählt? Du hättest ihn mitbringen können!«

Mein Lächeln fühlte sich klamm an. Aber die Wahrheit musste raus. Ich hatte es satt. Die ganzen Lügen, die Geheimnisse. »Weil er Austin kannte. *Gut* kannte.«

Moms Tasse klirrte, als sie sie auf den Unterteller stellte. Ihr Gesicht wurde aschfahl. Dad öffnete den Mund, nur um doch nichts zu sagen.

Das war der Augenblick, in dem mir klar wurde, dass sie es wussten. Austins wahre Todesursache.

»Er heißt Sam. Samuel Averett.« Ich schluckte. »Ich nehme an, ihr wisst, von wem ich rede.«

Mom holte tief Luft, ihre Augen füllten sich mit Tränen. Plötzlich sah ich Austins Tagebuch vor mir. Die Bilder, die Dunkelheit, die er so gut vor uns verborgen hatte.

»Wieso habt ihr es mir nicht gesagt? Wieso habt ihr das verschwiegen? Wieso?« Meine Stimme war so laut geworden, dass ich selbst erschrak.

»Laurie, Liebling«, begann Dad, doch er hielt inne, als meine Faust auf den Tisch traf. »Wir wissen nicht, was er dir erzählt hat, aber …«

»Die Wahrheit, die gottverdammte Wahrheit hat er mir erzählt! Dass Austin nicht an einer Alkoholvergiftung gestorben ist. Jedenfalls nicht nur. Sondern auch an dem verdammten Ecstasy, das er dabeihatte.«

Der Laut, den Mom ausstieß, glich einem Winseln. Unter dem Tisch fasste Dad nach ihrer Hand. Ich wusste nicht, wann ich mich das letzte Mal so allein gefühlt hatte. Nichts wünschte ich mir sehnlicher als Sam an meiner Seite. Damit er meine Hand nehmen könnte.

»Und, lügt er?« Ich schleuderte ihnen die Worte entgegen und fühlte mich furchtbar dabei. Doch nicht so furchtbar wie bei dem Gedanken, dass sie es längst gewusst hatten. »Könnt ihr mir verdammt noch mal ins Gesicht schauen und behaupten, dass Samuel Averett Lügen verbreitet? Oder wart ihr diejenigen, die es all die Jahre nicht für nötig gehalten haben, mir die beschissene Wahrheit zu sagen?!«

Moms Schluchzen ging mir durch Mark und Bein. Es kostete mich all meine Beherrschung, aufrecht sitzen zu bleiben, während sie sich die Hände vors Gesicht schlug und in Weinen ausbrach.

Da hatte ich meine Antwort.

Dad saß reglos neben Mom und sah mich an. »Laurie«, sagte er, ganz ruhig, doch ich wollte es nicht hören.

»Nein!« Ich sprang auf. »Wie konntet ihr das tun?« Meine Stimme bebte. Ich bemerkte erst, dass ich ebenfalls weinte, als etwas Warmes über meine Wangen lief. Durch den verschwommenen Schleier vor meinen Augen starrte ich sie an. Die Menschen, die mich belogen hatten. Die all die Fragezeichen hätten auflösen können. »Wie konntet ihr zulassen, dass ich es so erfahren muss?«

Mom weinte, Dad war still, während ich mich umdrehte, aus dem Zimmer rannte und nach oben lief.

Ich konnte kaum atmen. Meine Brust zog sich nur immer weiter zusammen. So lange, bis ich mir sicher war, dass ich ersticken und einen jämmerlichen Tod sterben würde. So wie er.

Die Tür flog hinter mir zu. Ich japste und wimmerte, und dann brach das Schluchzen aus mir heraus.

Ich erinnerte mich nicht, wann ich zuletzt so hemmungslos geweint hatte. Vielleicht in den Wochen nach seinem Tod. Als ich es irgendwann realisiert hatte. Dass Austin nicht zurückkommen würde. Dass sein Zimmer leer blieb. Dass ich wieder ein Einzelkind war.

Ich begriff es nicht. Ich hatte jahrelang mit einer Lüge gelebt. Bis ich aus purem Zufall jemandem über den Weg lief, der bereit war, mir die Wahrheit zu erzählen, die meine Eltern mir vorenthielten.

Es tat einfach nur weh.

Dass sie mich dazu gebracht hatten, Sam für ein Monster zu halten. Sam, den wunderbarsten Menschen, den ich je kennengelernt hatte. Und der einzige in all den verdammten Jahren, der mir nichts als die Wahrheit gesagt hatte.

Das Kopfkissen verschluckte meine bitteren Schluchzer. Als ich hörte, wie meine Tür geöffnet wurde, bereute ich es, nicht abgeschlossen zu haben.

Ich weinte nur noch heftiger, als die Matratze neben mir etwas einsank. Ich wusste, dass es Dad war, noch bevor er ein Wort gesagt hatte. Er berührte mich nicht, er saß einfach nur da. Und obwohl ich so unendlich wütend und verletzt war, fühlte sich seine bloße Anwesenheit so an, als würde sich eine schützende Decke über mich legen.

Meine Schluchzer ebbten nur langsam ab. Es dauerte Minuten, bis nur noch mein leichtes Beben verriet, wie sehr es in mir brodelte. Als er immer noch schwieg, richtete ich mich ein wenig auf.

»Warum, verdammt?«, presste ich hervor. »Warum habt ihr es mir nicht gesagt?«

»Weil er dein großer Bruder ist, Liebling.«

Ich wollte protestieren, weil seine Erklärung so lächerlich banal war, doch es ging nicht.

»Ich weiß, dass das keine Entschuldigung ist. Und dass wir vermutlich sehr viel falsch gemacht haben. Vielleicht sogar alles.« Sein Blick fiel auf Austins Tagebuch, das auf meinem

Nachttisch lag. Dad nahm es in die Hände. »Austin war dein großer Bruder, dein Vorbild. Du hast ihn vergöttert.«

Ich presste die Lider aufeinander. Das brauchte er mir nicht zu sagen. Ich wusste das alles selbst.

»Als Mom und ich auf diesem Polizeirevier saßen und ein Gerichtsmediziner uns die Ergebnisse der Autopsie mitteilte, ist für uns eine Welt zusammengebrochen.« Dads Stimme jagte mir einen kalten Schauer über den Rücken. Plötzlich klang er wie Sam. »Wir hatten nicht im Geringsten geahnt, dass … dass Austin Drogen genommen hat. Wir wussten nicht, ob es das erste Mal gewesen war oder ob er schon länger damit zu tun hatte. Wie er überhaupt in solche Kreise geraten konnte. Bis heute frage ich mich, wie wir von alldem nichts bemerken konnten. Als wir nach seinem Tod die Tagebücher gefunden haben, waren wir am Boden zerstört. Und eines wird immer bleiben. Das Gefühl, als Eltern versagt zu haben.«

Ich öffnete die Augen, zögerte einen Moment, doch dann sah ich ihn an. Der Anblick von Dads blassem Gesicht erschütterte mich. Er hatte den Blick auf Austins Tagebuch gerichtet, und ich begriff, dass ich sie jetzt zu hören bekommen würde. Die ganze dreckige Wahrheit. Alle Details, die ungefilterte Version.

»Wir waren entsetzt, und wir haben uns Vorwürfe gemacht. Wir haben getrauert und waren zugleich so unendlich wütend. Auf Austin, auf uns, auf denjenigen, der ihm das Zeug verkauft hatte. Auch auf Samuel, den wir nie persönlich kennengelernt haben. Später wurde mir klar, dass ich vor allem wütend war, weil mein Sohn mit seinem Tod das perfekte Bild zerstört hat, das ich von ihm hatte … Oder haben wollte.«

Die Tränen liefen über mein Gesicht.

Unendlich wütend … Genau wie ich wütend auf Sam gewesen war, weil er mir mein Bild von Austin genommen hat. Das

Bild von meinem großen Bruder als Opfer. Und es durch eins ersetzte, in dem er selbst Schuld an seinem Tod trug.

»Laurie, wir wollten, dass du deinen Bruder in guter Erinnerung behältst. Dass du – und ja, es klingt furchtbar – geschützt trauern kannst. Dass du dich an den liebenswerten Menschen erinnerst, zu dem du dein Leben lang aufgeschaut hast. Ich weiß nun, dass das falsch war. Austin hat Drogen genommen. Das hat ihn nicht zu einem schlechteren großen Bruder gemacht, wohl aber uns zu einer schlechteren Familie, die ihn nicht aufgefangen hat. Sondern weitergetrieben. Die lieber das perfekte Bild von ihm sehen wollte als einen Menschen mit einer psychischen Erkrankung.«

Als ich sah, dass nun auch Dad weinte, zog sich mir das Herz zusammen. Er hatte im Krankenhaus geweint und auf Austins Beerdigung. Danach nie mehr, zumindest nicht vor meinen Augen. Wann immer Mom und ich schwach wurden, blieb er stark.

»Wir dachten, dich vor der Wahrheit zu schützen, wäre der richtige Weg. Unser Anwalt hat alles dafür getan, dass die Medien keinen Wind davon bekamen. Aber wir hätten wissen müssen, dass so eine Lüge auf Dauer nicht funktionieren kann. Dass sie uns alle kaputtmacht. Unsere verbliebene Familie, die ich zusammenhalten wollte.« Dad sah mich an, und ich spürte seinen Schmerz, als wäre es mein eigener. »Laurie, ich entschuldige mich von Herzen für das, was wir getan haben. Dafür, dass wir dich angelogen haben. Dir nicht die Chance gegeben haben, die Wahrheit zu verarbeiten. Dass du es so erfahren musstest. Von einem Fremden.«

Ich schüttelte den Kopf. »Er ist kein Fremder, Dad. Er war es, und jetzt ist er der Mensch, der mich blind versteht.«

Ein Lächeln zuckte an Dads Lippen. »Das ist wundervoll.«

»Aber ich habe ihn auch angelogen.« Die Scham wallte durch meine Brust. »Er weiß nicht, dass ... dass ich Austins Schwester bin. Das habe ich ihm verschwiegen. Aber ich habe aus anderen Gründen als ihr geschwiegen. Aus viel schlimmeren, egoistischen Gründen.«

Als Dad mich ansah, fühlte ich mich so furchtbar und erbärmlich, dass ich mich verstecken wollte. »Dann ist es vielleicht an der Zeit, dass du auch mit ihm sprichst.«

»Was, wenn ich keine so gute Erklärung habe wie du?«

Dad legte die Hand auf meinen Arm. »Honey, du hast sie. Du liebst ihn, also hast du eine Erklärung.«

Ich schloss die Augen, als die Tränen zurückkamen.

Es stimmte, ich liebte ihn. Doch das änderte nichts daran, dass er nicht wusste, wer ich war. Dass ich all seine Geheimnisse kannte und er Teil meines größten war. Und bevor er es auf so schreckliche Weise herausfinden musste wie ich, war es meine verdammte Pflicht, ihm die Wahrheit selbst zu sagen.

Und dann zu beten.

Dass er mir verzeihen konnte.

33. KAPITEL

Heute würde ich es ihm also sagen. Keine Entschuldigungen mehr, keine Ausreden, ihn vor der Wahrheit schützen zu wollen. Es war heuchlerisch, Mom und Dad vorzuwerfen, dass sie nicht ehrlich zu mir gewesen waren, wenn ich im Grunde ebenso mit Sam verfuhr. Die ganzen anderthalb Wochen in Barrie hatten sich meine Gedanken um das bevorstehende Gespräch mit ihm gedreht. Es stand außer Frage, dass ich ihm persönlich gegenüberstehen musste, wenn ich ihm alles erzählen würde, und es war unvorstellbar hart gewesen, während unserer regelmäßigen Telefonate in den Weihnachtsferien nicht einfach in Tränen auszubrechen und ihm alles zu gestehen. Sam hatte es verdient, dass ich ihm dabei ins Gesicht sah und nicht den einfacheren Weg wählte.

Der Unibetrieb begann in der zweiten Januarwoche, und der Winter hatte Vancouver inzwischen fest im Griff. Die eisige Kälte kroch in die Ärmel meiner Winterjacke. Nach dem kurzen Fußweg von der Haltestelle zum Haupteingang des Vancouver General Hospital war ich völlig durchgefroren. Am liebsten hätte ich den Tag in der Notaufnahme, der heute auf meinem Stundenplan stand, übersprungen, um das Gespräch mit Sam sofort hinter mich zu bringen. Stattdessen war ich ihm für mein heutiges Praktikum auch noch zugeteilt worden. Natürlich stritt er alles ab, aber mir fiel es schwer zu glauben, dass er bei dieser Entscheidung nicht doch die Finger im Spiel gehabt hatte.

Mir war flau im Magen, als ich ihn im Foyer neben einigen älteren Studenten stehen sah, die ebenfalls auf ihre Schützlinge für den heutigen Tag warteten. Obwohl ich noch nichts zu ihm gesagt hatte, befürchtete ich, er könnte mir anmerken, dass sich etwas verändert hatte. Ich sah ihn zum ersten Mal seit den Weihnachtsferien, und mit jedem Schritt, den ich mich ihm näherte, wuchs mein Bedürfnis, mich in seine Arme zu werfen und ihn nie wieder loszulassen.

Sam war mit seinem Handy beschäftigt, dann hob er den Kopf, als ich nur noch wenige Schritte entfernt war. In seinem Gesicht ging die Sonne auf. Nur einen Moment später lag ich in seinen Armen.

»Hey, du«, sagte er, und ich vergrub das Gesicht an seiner Brust.

»Hallo«, flüsterte ich in seine Jacke, dann reckte ich das Kinn, um ihn zu küssen. »Bist du gestern gut zurückgekommen?«

»Ja, alles bestens. Wie war dein Flug? Geht's dir gut?«

»Jetzt schon.«

Er lächelte, und der hohle Schmerz in meiner Brust kehrte zurück. Ein besorgtes Flackern trat in seinen Blick. Rasch senkte ich den Kopf und wollte mich etwas von ihm lösen, doch Sam hielt mich fest. »Sicher?«

Ich hatte es gewusst …

»Nur ein bisschen müde. Diese Uhrzeit ist unmenschlich.« Das stimmte zwar, doch es war nicht der einzige Grund, warum ich mich so elend fühlte. Seine Augenbrauen zogen sich leicht zusammen, und ich fuhr fort, ehe er etwas sagen konnte. »Hast du heute Nachmittag vielleicht ein bisschen Zeit?«

»Natürlich.«

»Okay.« Ich zwang mich zu einem Lächeln.

»Bist du sicher, dass …?«

»Ja.« Ich griff nach seiner Hand. »Es ist alles gut, Sam. Wir sollten rein, oder?«

Ihm war deutlich anzusehen, dass er mir die Worte nicht abnahm. Doch ich hatte recht. Sam nickte nach einem Blick auf die Wanduhr im Eingangsbereich der Klinik.

»Bist du bereit?«

»So bereit man eben sein kann.«

»Es wird großartig. Ich weiß es.«

»Wenn du das sagst.«

»Mach dir keine Sorgen.« Mit dem Daumen strich er über meinen Handrücken, und ich konnte dem Drang, die Augen zu schließen, nur schwer widerstehen.

Er stellte mich den Kollegen in der Notaufnahme vor, scherzte mit den Pflegern, Ärzten und Ärztinnen und bewegte sich nach den wenigen Wochen, die er hier eingeteilt war, schon so sicher, als hätte er nie woanders hingehört. Als wäre es ein Zaubertrick, den nur er beherrschte, waren seine Bewegungen sicher und geübt, sobald er den Kittel trug und in die Rolle schlüpfte, die ihm wie auf den Leib geschneidert schien.

Während Sam mir die Behandlungszimmer, den Schockraum und die Radiologieabteilung zeigte, zwang ich mich, die Gedanken an heute Nachmittag auszublenden. Noch war es ruhig in der Notaufnahme, und mit einer Engelsgeduld brachte er mir die wichtigsten Maßnahmen, die im Ernstfall nötig waren, näher, ging mit mir die Notfallmedikamente durch und lobte mich ausgiebig, wenn ich etwas aus den Vorlesungen wusste.

»Und auf die Theorie folgt die Praxis« erklärte er, als wir in einem leeren Behandlungsraum standen. »Also suchen wir uns unseren ersten Patienten, was meinst du?«

»Ich bin dein Schatten.«

»Traust du dir zu, selbst ein Gespräch zu führen, wenn ich in der Nähe bleibe?«

Ich schluckte, und mein Herzschlag beschleunigte sich. »Du hast das beim letzten Mal so gut gemacht.« Sam schien meine Unsicherheit zu spüren. »Du stellst Fragen und versuchst, einen Zugang zum Patienten zu finden. Wenn es nicht funktioniert, gibst du mir ein Zeichen, und ich übernehme. Okay?«

Ich zögerte, doch dann nickte ich. Was gab es groß nachzudenken? Ich hatte Respekt vor dieser Aufgabe, aber ich war hier, um zu lernen. Und in einem geschützten Rahmen Erfahrungen zu sammeln, damit ich irgendwann ebenso souverän auftreten würde wie er.

»Okay«, erwiderte ich, bemüht, meine Stimme möglichst fest klingen zu lassen.

»Gut. Heather Moore ist Stationsärztin und meine Tutorin. Sie lässt mich schon eigene Patienten betreuen und kommt dazu, nachdem ich sie mir angesehen habe. Aber ich werde die ganze Zeit bei dir sein.«

»Klingt gut«, sagte ich, während wir auf den Flur gingen. In Gedanken ging ich den Ablauf der Patientenanamnese durch und nahm kaum wahr, wie einer der Pfleger auf uns zukam.

»Sam, im Behandlungsraum zwei haben wir jemanden für dich. Etwa sechzigjähriger Patient, C2-intoxikiert, er blutet aus einer Kopfverletzung. Laut dem Sohn ist er zu Hause gestürzt. Der gute Herr ist recht ungehalten und verlangt nach Schmerz- und Betäubungsmitteln.«

Mein Magen zog sich zusammen, während ich allmählich realisierte, dass das hier ernst war. Kein Simulationspatient, kein Fallbeispiel. Echtes Leben, echte Menschen. C2-Intox. Alkoholvergiftung. So mussten sie damals auch Austin angekündigt haben. Nur dass er nicht mehr ungehalten war. Sondern schon tot.

Sam nickte. »Wir kommen.«

Ich spürte seine Seitenblicke, während wir über die Flure liefen. »Hast du alles verstanden?«

»Ein Patient mit Alkoholvergiftung?«, brachte ich hervor.

»Ja.« Sam schluckte, und für Sekundenbruchteile erhaschte ich einen Blick hinter seine professionelle Fassade. Ich war mir sicher, dass seine Gedanken zumindest in eine ähnliche Richtung gingen wie meine. »Solche Patienten haben wir häufig. Vor allem nachts und frühmorgens kommen sie zu uns. Leider häufig von der Straße. Oder eben sobald ihre Angehörigen sie gefunden haben.« Er zögerte. »Meistens ist es mehr als Alkohol. Ich möchte dem Herrn nichts unterstellen, aber wenn jemand direkt nach Opioiden verlangt, steckt oft mehr dahinter als ein Vollrausch.«

Er sah mich an, und unter seinem aufmerksamen Blick kam ich mir so unwissend und naiv vor wie lange nicht.

»Möchtest du trotzdem mit ihm reden?«

Am liebsten hätte ich abgelehnt, aber das hier war eine Chance. Zu nicken fühlte sich zu gleichen Teilen beängstigend und stark an.

»Gut.« Er lächelte. »Ich bleibe immer in der Nähe.«

Das Blut rauschte in meinen Ohren, als wir uns dem Raum näherten.

»Handschuhe«, erinnerte Sam mich, als wir an der Tür angekommen waren. Das dünne Latex klebte an meinen schwitzigen Fingern, und ich fühlte mich noch inkompetenter, als ich es nicht mal hinbekam, meine Handschuhe ordentlich überzuziehen.

Sam ging nicht darauf ein. Mit einem kurzen Blick vergewisserte er sich, dass ich bereit war, dann betrat er den Raum nach einem kurzen, festen Klopfen.

Während er die anwesenden Paramedics und den Patienten

begrüßte, war mein Gehirn völlig damit ausgelastet, die Situation zu erfassen.

Der Patient verharrte nur widerwillig auf der Behandlungsliege, während eine Pflegerin Blutdruckmanschette und EKG-Kabel vom Transport mit denen der Klinik tauschte. Seine linke Schläfe war blutverschmiert, die Stelle war notdürftig mit einem Druckverband versorgt worden. Der Mann wirkte heruntergekommen, beinahe verwahrlost, und Mitleid wallte in mir auf, als ich seinen leeren Blick sah. Neben ihm saß ein gestresst wirkender Mann in den Dreißigern, eine jüngere Version des Patienten, der in Anzug und Oxfords so aussah, als müsste er eigentlich längst auf dem Weg zur Arbeit sein. In seiner Miene spiegelten sich Sorge und Verzweiflung. Ich wollte mir nicht vorstellen, wie es sein musste, hier zu sitzen und seinen eigenen Vater in diesem Zustand zu erleben, so offensichtlich betrunken und zugedröhnt, und das auch noch am frühen Morgen.

Es war nicht so dramatisch, wie ich es mir ausgemalt hatte, doch es war echt und überfordernd und viel. Der intensive Geruch von Alkohol schlug mir entgegen. Ohne wäre es wesentlich erträglicher gewesen, und doch gelang es mir, meinen Ekel zu unterdrücken und mich auf das zu konzentrieren, was ich gelernt hatte.

Ich zwang mich, tief zu atmen, dann straffte ich die Schultern und ging auf den Patienten zu. »Guten Morgen, Sir, mein Name ist Laurence Cavelle. Ich bin Medizinstudentin. Würden Sie mir bitte Ihren Namen verraten?«

»Wie, 'ne Studentin?« Seine lallende Stimme klang energischer als erwartet. »Gibt's hier keine richtigen Ärzte? Verfluchter Drecksladen …«

»Dr. Heather Moore, die diensthabende Stationsärztin, ist jeden Moment bei uns, Sir«, schaltete sich Sam ein, bevor ich eine Antwort parat hatte. Seine Stimme hatte einen Tonfall angenommen, den ich noch nie bei ihm gehört hatte. Noch freundlich, aber voller Autorität, die keinen Widerspruch duldete.

»Sein Name ist Jeffrey Wilson«, sagte der Sohn des Patienten. »Danke, dass Sie sich Zeit nehmen.«

»Haben Sie Schmerzen, Mister Wilson?«, fragte ich.

Der Patient sah wieder mich an. »Ja, verdammt, das sag ich doch schon dauernd! Geben Sie mir einfach Ketamin, dann sind Sie mich auch gleich wieder los. Ich weiß doch, was mir hilft, verflucht …«

Ich vermied es, in Sams Richtung zu sehen. Er hatte ganz offensichtlich recht gehabt.

»Dad, bitte.« Die Stimme seines Sohnes vibrierte. Ich hörte all die Hilflosigkeit und unterdrückte Wut aus ihr heraus.

»Das geht leider nicht so einfach, Sir«, erklärte Sam. »Das Medikament, nach dem Sie uns fragen, ist sehr stark. Wir können nicht ohne Weiteres …«

»Meine Schmerzen sind auch sehr stark, verflucht!«

»Uns wurde berichtet, Sie sind gestürzt. Was genau ist passiert?«

»Ich musste aufs Klo, und es war dunkel, das ist passiert«, grummelte er.

»Können Sie mir sagen, was Sie getrunken haben?« Sams Stimme klang sachlich und ohne jeden anklagenden Unterton.

»Zwei Bier, vielleicht drei. Was weiß ich?«

»Und gestern Abend?«

Erst durch Sams Frage wurde mir klar, dass der Patient nur von diesem Morgen gesprochen hatte. Meine eigene Naivität schockierte mich.

»Das geht Sie nichts an«, erwiderte er brüsk.

»Es ist wichtig für mich, das zu wissen. Sie haben sich eine

Kopfverletzung zugezogen, und Alkohol steigert die Blutungs-neigung. Wir müssen eine Hirnblutung ausschließen, die im schlimmsten Fall …«

»Eine ganze Flasche *Jack Daniel's*. Das war es zumindest in den letzten Wochen«, schaltete sich der Sohn ein, und Sam nickte knapp, während er nach den Unterlagen des Rettungs-dienstes griff.

»Das passt schon eher zu Ihren Promillewerten. Dann schla-ge ich vor, meine Kollegin schaut sich jetzt Ihre Wunde an, was meinen Sie?« Mit einem kurzen Nicken bedeutete mir Sam, mit der Untersuchung anzufangen.

»Das kann jetzt etwas ziepen«, begann ich, doch noch bevor ich den Verband überhaupt so recht berührt hatte, stieß der Pa-tient einen gellenden Schrei aus.

»Entschuldigung.« Schnell zog ich die Hände zurück und suchte automatisch Sams Blick. Eine steile Falte hatte sich zwischen seine Augenbrauen gegraben.

»Warum verdammt bekomme ich nichts gegen die Schmer-zen? Das ist Körperverletzung, ich werde Sie anzeigen, ich werde …«

»Okay.« Sams Stimme war gefährlich ruhig, während er mich leicht an der Schulter fasste und zur Seite schob. Gleich-zeitig kam einer der Paramedics näher. »Mister Wilson, es wäre schön, wenn Sie sich beruhigen könnten.«

»Ich gehe jetzt!«

»Dad, lass die Ärzte einfach ihren Job machen. Du bist selbst schuld daran, dass du schon wieder hier bist.«

Die aufgeregten Stimmen dröhnten in meinem Kopf. Eine Pflegerin kam und bat den Sohn nach draußen.

»Letztes Mal ist er völlig ausgerastet«, hörte ich ihn noch sagen und bemerkte den Blick, den Sam mit dem Paramedic wechselte, ehe dieser zu einem Telefon an der Wand griff. Er sprach leise, doch ich hörte trotzdem, wie er den Sicherheitsdienst informierte.

Obwohl ich Sam für sein Einschreiten dankbar war, fühlte es sich wie eine Niederlage an. Auch wenn mir bewusst war, dass ich dieser Situation nicht gewachsen war.

»Kannst du Heather holen?«, fragte er mich mit gedämpfter Stimme, und ich nickte sofort.

Rasch verließ ich den Raum und sah mich nach der jungen Ärztin um. Sie hatte sich mir vorhin kurz vorgestellt, doch nun konnte ich ihren blonden Bob nirgends entdecken. Die Notaufnahme hatte sich inzwischen gefüllt, niemand nahm Notiz von mir, während ich von Raum zu Raum lief. Eine nervöse Unruhe packte mich, ich wusste selbst nicht so genau, woher sie kam. Es konnte nichts passieren, Sam hatte alles unter Kontrolle. Das hatte er doch?

»Heather?« Erleichtert schob ich mich durch die halb offene Tür eines Behandlungsraums. Ihr Blick ging zu mir, sie wirkte gestresst, und ich zögerte, als ich die sterilen Kittel sah, in denen sie und zwei Pfleger bei einem Patienten standen, um den es offensichtlich kritischer stand als um unseren.

»Was gibt es?« Ihre Stimme drang gedämpft durch den Mundschutz.

»Könntest du gleich in Raum zwei vorbeikommen? Sam hat einen Patienten, er ist … eher schwer führbar.«

»Er soll es bitte bei den Oberärzten versuchen, ich komme hier so schnell nicht weg. Wenn es nicht anders geht, soll er ihm Haldol geben. Er kennt die Dosierung.«

»Okay.« Ich schluckte und wandte mich zum Gehen. »Danke.«

Die Unruhe beschleunigte meine Schritte, und als ich laute Stimmen aus der Richtung hörte, aus der ich gekommen war, rannte ich.

Der Patient schien völlig durchzudrehen, und selbst die drei gestandenen Männer konnten ihn kaum bändigen.

Sams Blick zuckte in meine Richtung, kaum dass ich durch die Tür war.

»Sie kann nicht kommen, sie sagt, du sollst Haldol …« Ich brauchte den Satz gar nicht zu beenden, Sam fiel mir bereits ins Wort.

»Okay, ich bekomme bitte fünf Milligramm.« Er wandte sich an den Patienten, der sich unter den Armen, die ihn festhielten, aufbäumte. »Sir, Sie gefährden sich und die Mitarbeiter dieses Krankenhauses. Ich bin daher gezwungen, Ihnen etwas Beruhigendes …«

In dem Moment, als eine Pflegerin Sam die aufgezogene Spritze reichte, schlug der Patient plötzlich unerwartet heftig um sich. Die Paramedics konnten ihn nicht mehr halten. Sam wich geistesgegenwärtig zurück, die Spritze fiel zu Boden. Er bückte sich, war für einen winzigen Augenblick unaufmerksam. Und dann unterdrückte ich einen Aufschrei, als ihn der Ellbogen des Patienten mitten ins Gesicht traf.

34. KAPITEL

Die Knie schienen unter mir nachzugeben, während Sam sich wegdrehte und am Waschbecken festhielt. Die Rufe wurden zu Schreien, meine Unsicherheit zu Angst. Ein Sicherheitsmensch und ein weiterer Arzt stürzten in den Raum, zu viert gelang es ihnen, den Mann zu überwältigen. Niemand achtete auf Sam. Ich dachte keine Sekunde lang nach, während ich zu ihm lief.

Er zuckte zusammen, als ich ihn berührte. Eine Hand vors Gesicht gepresst, richtete er sich mühsam auf. Das Blut rann seine Finger hinab.

»Scheiße.« Ich packte ihn am Arm. »Komm, komm raus hier.«

Ein Pfleger kam mir zu Hilfe, ich zog Papiertücher aus dem Spender neben dem Waschbecken, und Sam drückte sie sich gegen die Nase, während er sich von uns aus dem Raum schieben ließ. Er blieb auf den Beinen, doch mit jedem seiner Schritte wuchs meine Angst um ihn. Blut tropfte durchs Papier auf Sams Kittel, der nicht viel weißer als sein Gesicht war.

»Hey. Schau mich an.« Langsam richtete er den Blick auf mich. Er sah anders aus, wenn er voll da war. »Hörst du mich, Sam?«

»Setz dich, ich hol dir Eis.« Der Pfleger drückte ihn in einem Nebenraum auf eine Liege und drehte sich auf dem Absatz um.

»Danke«, brachte Sam heraus, ehe er für einen Moment die Augen schloss.

»Kippst du um?« Ich schloss die Finger fester um seinen Arm.

»Nein.« Er atmete flach durch den Mund. »Ich ... ich denk nicht.«

»Willst du dich trotzdem hinlegen, vielleicht wäre das besser ...«

»Ist schon gut.« Unter den durchgebluteten Papiertüchern klang seine Stimme erstickt. Sam hielt sich mit einer Hand an der Liege fest. Seine Finger umklammerten die Kante so fest, dass die Köchel weiß hervortraten. Er konnte mir nicht erzählen, dass ihm gerade nicht schwindelig war.

»Kannst du mir noch mal so Papiertücher ...«, sagte er, und ich sprang sofort auf. Besorgt zuckte mein Blick zurück zu ihm, während ich ein paar Tücher aus dem Spender zog. Eine gequälte Falte grub sich zwischen seine Augenbrauen, als er sich unbeobachtet fühlte. Er konnte mir erzählen, was er wollte. Es war offensichtlich, dass es ihm nicht gut ging.

Erleichtert atmete ich auf, als der Pfleger in der Tür erschien, ein Paket Eis und eine Nierenschale in den Händen.

»Heather kommt sofort«, raunte er mir zu, während ich die Sachen entgegennahm. »Warum liegst du nicht?«, wandte er sich dann mit fester Stimme an Sam. »Spiel nicht den Helden, Averett.«

»Weil mir der ganze Scheiß dann hinten runterläuft«, presste Sam hervor. Er unterdrückte ein Würgen, und ein Schauer lief mir über den Rücken. Ihn so zu sehen war furchtbar, und obwohl ich wusste, dass ich kein Recht hatte, über ihn zu urteilen, wuchs meine Wut auf den Patienten.

»Murphey kommt gleich runter, um sich deine Nase anzusehen. Denkst du, es ist was gebrochen?«

»Keine Ahnung.« Er zuckte mit den Schultern. »Was für 'ne Scheiße, Mann …«

»Du hast alles richtig gemacht, Junge. Das war einfach Pech.« Der Pfleger ließ den Blick über ihn wandern. »Was willst du gegen die Schmerzen?«

»Mach dich nicht lächerlich, Fred.«

»Ich leg dir was hin, dann kannst du es nehmen.«

»Haha.«

Der Pfleger stieß einen Seufzer aus. »Schlagen sie uns schon unseren wertvollen Nachwuchs nieder … Ich geh lieber noch mal rüber und seh nach, ob die anderen Hilfe brauchen.«

»Laurie soll mit.«

»Laurie bleibt schön hier und sagt mir sofort Bescheid, wenn es nötig wird. Ich muss dir nicht erzählen, dass du gerade noch voller Adrenalin bist und nicht allein sein solltest, wenn sich das in ein paar Minuten ändert.«

Sam warf ihm einen vernichtenden Blick zu. »Du solltest die Notfallmedizin-Vorlesungen halten.«

»Ich weiß, Doc.« Der Pfleger grinste ihm zu, bevor er den Raum verließ.

»Gib die mir.« Ich nahm Sam die vollgebluteten Tücher ab und reichte ihm neue. Er stöhnte leise, als ich ihm das Eis in den Nacken legte. »Tut mir leid«, flüsterte ich.

Einige Sekunden lang schwiegen wir. Das Blut tropfte weiter in die Nierenschale auf seinem Schoß. Ich bildete mir ein, dass es allmählich weniger wurde. Draußen im Flur waren laute Stimmen zu hören.

»Was für ein Start in deinen ersten Tag.« Er hatte leise gesprochen, doch ich hatte ihn genau verstanden. Meine Finger fanden ihren Weg an seinen Rücken. Sam sank ein wenig in sich zusammen, während ich ihm über die Schultern strich.

»Du gibst echt alles, damit es nicht langweilig wird.«

»Schön, dass du meine Mühen zu würdigen weißt.«

Obwohl er wie ein Häufchen Elend vor mir saß, musste ich grinsen.

»Hey, hier bin ich.« Heather erschien in der Tür und eilte auf uns zu. »Oh, Sam, das sieht böse aus.«

»Du solltest dir den Patienten …«

»Dr. Andrews versorgt ihn. Mach dir darum keine Gedanken.« Sie nahm sich ein Paar Handschuhe und zog sie über. »Du schaust mich jetzt bitte erst mal an.«

Ich nahm die Hand nicht von seinem Rücken, während er den Kopf hob.

»War er bewusstlos?«, fragte sie mich.

»Nein, aber ihm ist schwindelig.«

»Mir ist nicht …«

»Ich bin nicht dumm, Sam«, fuhr ich ihn an, und er verstummte wieder. »Also spar dir den Mist.«

Ein kurzes Grinsen zuckte an Heathers Mundwinkeln, doch sie verbarg es gekonnt hinter ihrer Professionalität. »Du hast sie gehört. Also?«

»Es war kurz schwarz. Mir fehlen ein paar Sekunden. Ich weiß nicht, wie ich von drüben hierhergekommen bin.« Er sprach leise.

»Okay.« Heather legte beide Hände an seinen Kopf. »Schmerzen?« Vorsichtig drückte sie mit den Daumen auf seine Stirn, seine Jochbeine. Gleichzeitig fixierte sie ihn aufmerksam, um jedes noch so winzige Zurückzucken zu bemerken. Als sie sich seiner Nase näherte, stieß er ein Fluchen aus. »Sorry«, murmelte sie, während sie seinen Nasenrücken abtastete. »Sieht zumindest auf den ersten Blick so aus, als hättest du Glück gehabt. Wir schicken dich trotzdem kurz zum Röntgen, um sicherzugehen.«

»Tu, was du nicht lassen kannst«, murmelte Sam und senkte den Blick.

»Schau mich an«, verlangte sie streng. Sie ließ ihre Pupillenleuchte klicken und leuchtete ihm nacheinander in beide Augen.

Ich kannte jeden Schritt dieser neurologischen Untersuchung auswendig, und es bereitete mir Bauchschmerzen, dass Sam plötzlich der Patient und nicht mein Lehrer war. Ich biss die Backenzähne fest aufeinander, als er leicht schwankte, sobald er ihrem Finger mit dem Blick folgen sollte. Und das, obwohl er saß.

»Kopfschmerzen, Doppelbilder? Ich muss dir die Symptome eines Schädel-Hirn-Traumas nicht aufzählen, oder?«

Er deutete ein Kopfschütteln an und kniff die Augen leicht zusammen.

»Lichtempfindlichkeit gehört im Übrigen auch dazu.« Heather musterte ihn kritisch. »Deine Pupillen sind okay. Ich würde sagen, wir machen trotzdem ein Kopf-CT. Sicher ist sicher. Und wir schlagen zwei Fliegen mit einer Klappe. Ich melde dich in der Radiologie an.«

Entgegen meiner Erwartung kam von Sam kein Widerspruch mehr. Allmählich schien die Anspannung aus seinem Körper zu weichen. Doch meine blieb.

»Und dann lässt du dich heimfahren. Bis mindestens morgen Abend bist du bitte nicht allein, haben wir uns verstanden?«

»Aber ich habe dieses Semester schon alle Fehltage genommen und brauche die Unterschrift für …«

Heather schüttelte den Kopf. »Mach dir darum keine Gedanken. Du hattest einen Arbeitsunfall, ich schreibe dich die ganze Woche krank, wenn es sein muss.«

»Okay.« Er schluckte.

»Ich frage kurz im CT, ob sie dich dazwischenschieben können.«

»Danke, Heather.«

»Nicht dafür.« Sie schenkte ihm ein kurzes Lächeln, bevor sie den Raum verließ.

Sam stieß ein leises Seufzen aus und ließ sich etwas zurücksinken. Die Blutung war versiegt, dafür schwoll die Region um seine Nase bereits an.

»Bist du okay?«, fragte er.

Im ersten Moment sah ich ihn irritiert an, dann verstand ich, was er meinte. Selbst wenn ich körperlich unversehrt davongekommen war, bedeutete das nicht, dass mich die Situation nicht mitgenommen hatte. Ich zuckte mit den Schultern und nickte gleichzeitig. »Das war echt heftig«, brachte ich heraus.

»Alkoholisierte Patienten werden leider schnell aggressiv.«

Ich ballte die Hände zu Fäusten, als meine Wut zurückkehrte. Wut darüber, dass dieses verfluchte Zeug Menschen so werden ließ. Hemmschwellen senkte und Aggressivität auslöste.

»Es ist nichts passiert«, versuchte Sam mich zu beruhigen.

»Nichts passiert?« Ich hatte Mühe, mir nicht die Haare zu raufen. »So nennst du das also? Verdammt, der Kerl hat dir vielleicht die Nase gebrochen!«

»Laurie, es war ein Unfall. Der Patient war nicht zurechnungsfähig, es war der Alkohol, der ihn ...«

»Ja, mag sein, aber er war zurechnungsfähig, als er beschlossen hat zu trinken!« Ich konnte nichts dagegen tun, dass meine Emotionen überkochten. Da war nur Wut. Wut auf diesen Mann, Wut darauf, dass Menschen Entscheidungen trafen, die sie und ihre Mitmenschen ins Verderben stürzen konnten. Drogen nahmen, um eine Leere zu füllen, anstatt Hilfe zu suchen.

»Laurie«, sagte Sam ruhig. »Du steigerst dich in was rein.«

»Zur Hölle, ja, tue ich! Warum? Warum sind Menschen so? Warum lassen sie sich gehen, warum bringen sie sich in Gefahr, riskieren ihr verdammtes Leben? Warum ist der Vollrausch mehr wert als alles andere?!«

»Weil sie keine Wahl haben. Weil Sucht unberechenbar ist.« Sams Stimme bebte nun.

»Wie hältst du das aus? Zuzusehen und nichts tun zu können …«

»Ich halte es aus, weil ich weiß, dass ich alles tue, was möglich ist. Selbst wenn es nicht reicht. Ich hasse es, und ich ertrage es kaum, dass Menschen so mit ihrem Leben spielen. Aber ich weiß, dass ich versuchen kann zu helfen. Jeder Mensch hat Hilfe verdient, auch wenn er selbst schuld an seiner Situation ist. Auch wenn seine eigenen Entscheidungen ihn dort hingebracht haben.«

Sekundenlang sah ich ihn nur an, während mir der Sinn seiner Worte klar wurde. Er hatte recht. Sam hatte verflucht noch mal recht. Er versuchte alles Menschenmögliche, Tag für Tag, um anderen zu helfen.

Alles, was ich zu Anfang über ihn gedacht hatte, kam mir so unendlich töricht und schlimm vor. Als wäre er jemals in der Lage gewesen, Austin wie ein Stück Abfall liegen zu lassen …

Meine eigene Dummheit traf mich wie ein Faustschlag direkt in die Magengrube.

Er war der beste Mensch, den ich je kennengelernt hatte, und ich hatte Zweifel an ihm gehabt. Ihn für ein Monster gehalten. Ihm unterstellt zu lügen. Dabei war ich es gewesen, die ihn angelogen hatte.

»Abhängigkeit ist keine rationale Entscheidung«, sagte er, und ich wollte auf etwas einschlagen.

»Aber es ist eine rationale Entscheidung, niemanden um Hilfe zu bitten und alles mit sich allein auszumachen.«

»Nein, ist es nicht. Und du weißt das. Du bist aufgewühlt und erschrocken, aber du hast kein Recht …«

»Er hatte auch kein Recht!« Plötzlich schrie ich, und plötzlich meinte ich Austin. Es war mein Glück, dass sein Name nicht gefallen war.

Ich musste Sam die Wahrheit sagen, doch nicht hier, nicht jetzt. Nicht während er mit einer Gehirnerschütterung und womöglich gebrochener Nase vor mir hockte, und sich kaum aufrecht halten konnte. Es gab keinen richtigen Zeitpunkt für dieses Gespräch, doch es gab den absolut falschen, und das hier war er.

Ich wollte ihn nicht allein lassen, ich machte mir Sorgen um ihn, doch ich machte mir noch mehr Sorgen um mich und die unkontrollierbare Wut, die in mir hochkochte. Ich musste mich beruhigen.

»Ich bin kurz …« Ohne den Satz zu beenden, lief ich aus dem Raum. Blind eilte ich über die Station, ein offenbar noch funktionierender Teil meines Gehirns erinnerte sich an den Weg zu den Toiletten. Nur vage nahm ich wahr, dass der Sohn des Patienten laut diskutierend am Empfangstresen stand.

Die Tränen nahmen mir schon jetzt die Sicht. In diesen Sekunden stürzte alles wieder auf mich ein.

Ein Schluchzen brach aus mir heraus, kaum dass die Tür der Damentoilette hinter mir zufiel. Mit letzter Kraft schaffte ich es in eine der Kabinen. Ich konnte von Glück reden, dass außer mir niemand hier zu sein schien, als meine Faust gegen die Wand donnerte. Einmal, zweimal. Wieder und wieder. Ich spürte den Aufprall nicht einmal.

Ich wollte schreien, doch kein Ton kam aus mir heraus. Der Schmerz war allumfassend und lähmte mich in rasender Geschwindigkeit. Ich bekam keine Luft, während ich mit dem

Rücken an der Wand der Kabine hinabrutschte. Auf meinem Kittel waren Blutspuren, die mühsam geflickten Risse meines Herzen brachen erbarmungslos wieder auf. In all ihrer geballten Kraft drängten die Emotionen zurück an die Oberfläche. Sie waren nie weg gewesen. Sie hatten nur auf diesen Moment gewartet, um mich wieder in die Knie zu zwingen.

Austins Gesicht flackerte vor meinem inneren Auge auf. Ich presste die Lider zusammen, doch anstatt zu verschwinden, wurden die Umrisse schärfer, die Kontraste deutlicher. Er war hier, und ich wollte, dass er verschwand.

»Ich hasse dich!«, keuchte ich. Die Tränen rannen mir über die Wangen. »Wie konntest du, wie konntest du mir das antun?! Warum hast du mir nichts gesagt?«

Austins Gesicht blieb ausdruckslos, während sich seine blutleere Hand um mein Herz legte. Eiskalt zudrückte. Es quetschte und zermahlte.

»Du bist mein Bruder! Warum hast du nicht mit mir geredet? *Warum* verdammt? Warum, Austin? Warum hast du nicht zugelassen, dass ich dir helfe?!« Die Tränen erstickten meine Stimme. Ich legte den Kopf in den Nacken, um nach Luft zu ringen. »Du hast mich dazu gebracht, alles anzuzweifeln. Alles kaputt zu machen. Niemandem mehr zu vertrauen, nicht mal dem Kerl, der dir das Leben retten wollte. Du hast mich dazu gebracht, ihn für ein Monster zu halten. Ihn anzulügen. Dabei war *er* derjenige, der mir von Anfang an die Wahrheit gesagt hat, während du …«

Meine Schluchzer schüttelten mich, während sich meine Lungen zusammenzogen. In diesem Moment ließ mich ein Geräusch zusammenfahren.

Es waren Schritte. Jemand war hier.

Wie betäubt rappelte ich mich hoch, kam irgendwie auf die Beine.

Nein.

Nein, nein, nein.

Mein Körper gehörte nicht mehr zur mir, während ich die Kabinentür aufstieß.

Und da stand er.

35. KAPITEL

Kreidebleich. Leerer Blick.

Er hatte jedes einzelne Wort gehört.

Das Blut sackte mir in die Beine, während ich begriff.

Sam starrte mich an, und gleichzeitig sah er komplett durch mich hindurch. In seinem Kopf fügten sich die Puzzleteile zusammen. Ihm dabei zuzusehen war die schlimmste Folter, die ich je erlebt hatte. Er war mir gefolgt, hatte sich vermutlich Sorgen um mich gemacht, und ich …

Ich war so unendlich dumm.

»Er war dein Bruder?« Seine Stimme klang tonlos. »Aber … ich, ich verstehe nicht. Sein Nachname war doch …« Sam brach ab. »Er hatte eine Stiefschwester.« Es war halb Frage, halb Feststellung. Er sah mich an, und ich wusste nicht, was er erwartete.

Ich stand nur da, und er stand da, starrte mich an und verschwamm vor mir, während mir die Tränen in die Augen traten.

Ich wollte mich rechtfertigen, mich erklären, das alles relativieren, doch ich brachte kein Wort heraus.

»Das ist ein Scherz, das ist ein verdammt schlechter Scherz, oder?«

Ich merkte erst, wie fest ich auf meine Unterlippe biss, als sich ein metallener Geschmack in meinem Mund ausbreitete.

»Ich …« Ich schaffte es nicht. Er sah mich an, als würde er mich zum allerersten Mal richtig sehen. Vermutlich tat er genau das.

»Du bist … und ich, ich hab …« Er verstummte, als würde er es in diesem Moment wirklich begreifen. In seinem Gesicht wechselten die Emotionen im Sekundentakt. Verwirrung, Schock, Unglaube. Und immer wieder diese Hilflosigkeit.

»Sam.« Ich machte einen Schritt auf ihn zu. Er wich zurück und wandte sich um. Schüttelte den Kopf, doch ich packte ihn am Arm. Seine Muskeln waren steinhart und sein Blick pures Eis, als er zu mir herumfuhr. Nie zuvor hatte ich eine solche Härte in seinem Gesicht gesehen.

»Deine Schwester, deine verfluchte Schwester, ja?« Er sprach leise, hätte er geschrien, wäre es vielleicht weniger schlimm gewesen. Ich konnte nicht atmen. »Keine Fragen, kein Rumstochern?«

Jeder seiner Sätze glich einem Messerhieb direkt in meine Brust.

»Sam, ich … Hör zu, ich wollte es dir sagen, wirklich, aber …«

»Du bist seine verdammte Schwester«, flüsterte er, und Tränen traten ihm in die Augen. Sein Blick war vernichtend. Der Schmerz allumfassend und roh. »Und ich habe dir alles erzählt. *Alles*.«

Ich konnte mich nicht bewegen. Ich wollte mich an ihn klammern, ihn bitten, bei mir zu bleiben. Mich entschuldigen, hemmungslos weinen, alles, damit er mir verzieh.

Als er sich losreißen wollte, hielt ich ihn fest. »Es tut mir leid, hör zu, hör mir *bitte* zu! Es tut mir so unendlich leid, ich wollte das nicht, ich …«

Er stolperte vor mir auf den Flur. Vorbeigehende Leute sahen uns an, doch es war nicht von Bedeutung. Nichts war mehr von Bedeutung, während ich zum zweiten Mal in meinem Leben einen Menschen verlor, der mir alles bedeutete.

Und diesmal war ich schuld. Ich ganz allein.

»Wer bist du, wer bist du, verdammte Scheiße!? Wie konntest du?« Sein Blick war eiskalt. Er war nicht mehr Sam, er war ein Fremder. Ich kannte ihn nicht, genauso wenig, wie er mich kannte. »Ich will dich nie wiedersehen«, flüsterte er, und das Eis in seinen Augen brach.

»Sam, bitte. Bitte, lass es mich …«

Ein humorloses Lachen zuckte an seinen Lippen. Er schüttelte nur den Kopf und musterte mich, als wäre ich das Erbärmlichste, was er je in seinem Leben gesehen hatte. »Weißt du, Austin hatte wenigstens Rückgrat.«

Ich zitterte nicht, ich atmete nicht. Ich fühlte nichts mehr außer diesen alles vernichtenden Schmerz.

Ich war nicht besser. Keinen Deut. Nicht besser als Austin, nicht besser als meine Eltern. Und ich hatte ihn nicht einmal schützen wollen mit meinen Lügen. Ich hatte ihn hintergangen, um ihn bloßzustellen. Meine eigenen Schuldgefühle zu betäuben.

In diesen Sekunden sah ich es völlig klar. Wie dumm und unendlich schrecklich mein Verhalten wirklich war. Wie rücksichtslos. Und nicht zuletzt, wie ich bei meinem verzweifelten Vorhaben, das Monster in ihm zu entblößen, selbst zu einem geworden war.

36. KAPITEL

Ich weinte seit zwei Tagen und Nächten, und Emmett und Hope stellten keine Fragen. Sie brachten mir Essen, das ich nicht anrührte, saßen stundenlang neben mir, obwohl ich nicht redete.

Es war zu schlimm.

Ich war zu schlimm. Der schlimmste Mensch auf dieser ganzen verfluchten Welt.

Der mickrige funktionierende Rest meines Hirns hatte mich immerhin dazu gebracht, Kian zu schreiben. Dass sie oder Teddie oder irgendjemand nach Sam schauen musste. Ich hatte keine Ahnung, wo er war, wie es ihm ging. Ich wagte es nicht, mich bei ihm zu melden.

Kian hatte mir ein paar Nachrichten geschickt, dann musste sie mitbekommen haben, was ich getan hatte, und mein Handy blieb still.

Er konnte mit einer Hirnblutung im Krankenhaus liegen, und ich wusste es nicht, denn ich hatte alles kaputt gemacht.

Am dritten Tag waren meine erlaubten Fehlzeiten aufgebraucht, und ich musste zurück in die Uni, um nicht meine Prüfungszulassung zu gefährden. Ich hatte keinen blassen Schimmer, woher mein Körper die Kraft dazu nahm. Mit dem Bus zum Campus zu fahren kam mir ebenso unwirklich vor, wie zwischen unbeschwert plaudernden Menschen zum Anatomiegebäude zu laufen. Ich fühlte mich wie ein Zombie, hatte seit Tagen nicht richtig gegessen und getrunken, aber es interessierte mich nicht.

Vielleicht würde ich ihn sehen. Vielleicht konnte ich mit ihm reden. Oder ihn zumindest zwingen, mir zuzuhören. Auch wenn ich nicht wusste, was ich ihm zu sagen hatte. Außer dass es mir so unendlich leidtat.

Ich hatte Angst davor, ihm gegenüberzustehen, aber noch größer war die Angst, ihn zu verlieren.

Wie in Trance schlüpfte ich in der Umkleide in meine Scrubs und folgte den anderen Studenten in den Saal. Als mein Blick auf unseren Präparationstisch fiel, hatte ich das Gefühl, mir würde der Boden unter den Füßen weggezogen. Teddie stand dort an seiner Stelle und unterhielt sich mit einigen Leuten aus meiner Gruppe.

Er war nicht hier. Er hatte noch keinen einzigen seiner Tutorenkurse ausfallen lassen. Bis jetzt.

Mein Herz sank. Als hätte sie mich kommen gespürt, hob Teddie den Kopf. Der Blick aus ihren blauen Augen traf mich wie ein Peitschenhieb. Am liebsten wäre ich gerannt, aber ich zwang mich, ihm standzuhalten. Nach Zeichen in ihrem Gesicht zu suchen. Doch ihre Miene blieb undurchdringlich.

Sie hasste mich, und sie hatte jedes Recht dazu. Ich hatte ihren besten Freund belogen. Ich hatte mich in ihre Clique gedrängt und alles kaputt gemacht. Ich verdiente es nicht anders.

»Laurie?«

Ich fuhr zusammen, als ich eine Hand an meinem Arm spürte. Es war Kian, die mich erschrocken ansah.

»Es tut mir so leid«, presste ich hervor.

»Was zur Hölle ist zwischen euch passiert?«, fragte sie.

Im ersten Augenblick sah ich sie verständnislos an. Dann dämmerte es mir. War es wirklich möglich, dass Sam nicht geredet hatte? Die Tränen schossen mir in die Augen. »Ist er okay?« Es gelang mir kaum, meine Stimme zu kontrollieren, zu groß war die Sorge um Sam.

»Du meinst wegen Montag oder wegen dir?«

»Beides«, zwang ich mich zu sagen. »Ich war dabei. Im Krankenhaus.«

»Er redet nicht mit uns. Nicht mal mit Teddie. Sie war den ganzen Montag bei ihm. Er war völlig raus und hat die halbe Nacht gekotzt, bis ihr die Sache zu kritisch wurde und sie wieder mit ihm ins Krankenhaus gefahren ist.«

Mit jedem von Kians Worten wurde mir kälter.

»Sie haben ihn noch mal durchgecheckt, es ist alles okay. Aber er ist total durch den Wind. Teddie übernimmt diese Woche seine Kurse.«

»Und wer ist jetzt bei ihm?«

»Cole. Mach dir keine Sorgen.« Sie musterte mich.

»Es ist alles meine Schuld«, flüsterte ich.

»Was ist denn passiert, Laurie?«

»Ich hab ihn angelogen. Ich hab alles falsch gemacht. Von Anfang an.«

»Habt ihr euch gestritten?«

Ich lachte freudlos auf. »Das war kein Streit. Es war … Nach einem Streit kann man sich wieder vertragen. Ich habe sein Vertrauen missbraucht, verstehst du das?« Ich wusste nicht, wie viel ich ihr verraten sollte. Schließlich war es Sams Entscheidung, ob er seinen Freunden von seiner – unserer – Vergangenheit erzählen wollte. Ich war schon weit genug gegangen. »Es ist kompliziert, und ich habe ihm etwas Wichtiges vorenthalten. Etwas unfassbar Wichtiges. Eine Sache, die ihn ganz bestimmt davon abgehalten hätte, sich auf mich einzulassen.«

»Laurie, was soll das kryptische Gerede?«, unterbrach Kian mich. »Du bist meine Freundin, und Sam, er ist quasi Familie.

Ich sehe euch beide leiden und frage mich, was die Scheiße soll. Was kann so schlimm sein, dass ihr euch beide so quält?«

»Ich«, flüsterte ich. »*Ich* bin so schlimm. Ich hab es versaut.«

Kian schüttelte verständnislos den Kopf. »Ihr müsst miteinander reden.«

»Er will mich nie wiedersehen.«

Lange, viel zu lange blieb Kian still. »Weißt du, ich habe mich so oft mit Teddie gestritten. Und ihr so oft gesagt, dass ich sie nie mehr sehen will. Und auch wenn es sich jedes Mal so angefühlt hat, habe ich es in Wirklichkeit nie ernst gemeint.«

Ihre Worte schnürten mir die Luft ab. Ich wusste, dass Kian mir nur helfen wollte, doch das exakte Gegenteil war der Fall. Ich kannte die Momente, in denen Sam Dinge ernst meinte.

Einer war, als er mir gesagt hatte, was er für mich empfand.

Als er meinte, ich sei stärker, als ich glaube.

Und als er sagte, dass er mich nie wiedersehen will.

Das war der bisher eindrucksvollste.

37. KAPITEL

Ich wusste nicht, wie ich den Präpkurs überlebt hatte, und ich wusste nicht, wie ich anschließend in den richtigen Bus nach Hause gestiegen war. Dutzende Male hatte ich während der Fahrt mein Handy in der Hand, tippte Nachrichten an ihn, schrieb weiter, auch als die Buchstaben vor mir verschwammen.

Bist du okay?
Ich mach mir Sorgen.
Kian hat erzählt, dass du noch mal im Krankenhaus warst.
Rede mit mir!!
Es tut mir alles so unendlich leid.
Bitte sag mir einfach, dass es dir gut geht.

Ich schickte keine einzige von ihnen ab.

Mein Körper hatte sich noch nie so leer und zugleich so schwer angefühlt. Ich schleppte mich die Stufen zu unserem Eingang hinauf und schob den Schlüssel ins Schloss. Ich öffnete die Tür, ohne aufzusehen. Stumm betete ich, dass Emmett und Hope nicht zu Hause waren. Ich liebte sie, doch ich wollte keinen Menschen sehen. Ich wollte nur in mein Bett und weinen, einschlafen, vergessen, was ich getan hatte, und noch mehr weinen, wenn es mir wieder einfiel.

»Hey.«

Ich schloss die Augen. Es wäre auch zu schön gewesen ...

Dann realisierte mein nutzloses Hirn, dass die Stimme weder zu Emmett noch zu Hope gehörte.

Ich riss die Augen auf und fuhr herum. Und da war sie.

Die Tränen schossen mir in die Augen, als Amber sich von der Couch erhob und auf mich zukam. Ein Wimmern entfuhr mir, doch da nahm sie mich bereits in den Arm. Die Schluchzer schüttelten mich, während sie mir über den Rücken strich. Ihr vertrauter Geruch stieg mir in die Nase. Teures Parfüm, starker Kaffee, viel Amber und Geborgenheit.

Ich wollte fragen, was sie hier tat. In diesen Sekunden zweifelte ich ernsthaft an meinem Verstand. Sie konnte nicht hier sein. Sie war in Toronto und nicht in meiner WG am anderen Ende des Landes. Unvermittelt löste ich mich von ihr. Ich musste mich versichern, dass das hier keine kranke Halluzination war.

Sie musterte mich mit ihren braunen Augen, ihr roter Lippenstift saß perfekt, ihr brauner Pony ebenfalls. Es war Amber, kein Zweifel.

»Dieser Emmett hat mich reingelassen«, erklärte sie ungefragt. »Er ist ja ein richtig niedliches Baby. Definitiv vögelbar.« Trotz ihres lockeren Tons blieb ihr Blick ernst.

»Wie ... wieso bist du ...?«

»Deine Mitbewohnerin hat mir bei Instagram geschrieben. Sie wussten nicht mehr, was sie noch tun sollten. Und ich hatte mich sowieso schon gewundert, warum du mich seit Tagen ghostest, also blieb Mama Amber nichts anderes übrig, als sich in den nächsten Flieger nach Vancity zu setzen.«

»Ich wollte dich nicht ghosten«, brachte ich hervor und heulte nur noch mehr.

»Alter, Laurie, das interessiert doch jetzt keinen.« Sie schloss die Hände fester um meine Schultern. Als sie weitersprach, war ihre Stimme ungewohnt sanft. »Was ist passiert?«

Ich konnte nur die Hände vors Gesicht schlagen. Nur vage nahm ich wahr, wie sie mich auf die Couch drückte, mir eine Packung Taschentücher in den Schoß warf und sich neben mich kuschelte. Sie würde so lange warten, bis ich reden konnte, und es bedeutete mir alles. Amber war hier. Es löste keines meiner Probleme, doch es sorgte dafür, dass ich atmen konnte.

»Er weiß es. Er weiß alles.«

»Du hast es ihm gesagt?«

»Nein. Also, doch, ja. Aber nicht so, wie ich eigentlich wollte. Ich … Ach, Fuck.« Ich atmete durch. Ich musste mich sammeln. »Ich hab alles kaputt gemacht«, flüsterte ich. Und dann erzählte ich ihr alles. Von seinem *Ich liebe dich* nach Weihnachten, von Austins Tagebuch, von dem Gespräch mit meinem Dad. Von meinem Vorhaben, Sam die Wahrheit zu sagen. Im richtigen Augenblick. Und wie ich es dann getan hatte. Im falschen.

Amber unterbrach mich kein einziges Mal. Sie schwieg, nickte nicht einmal. Ab und zu fischte sie ein Taschentuch aus der Verpackung und wischte mir die Tränen von den Wangen. Kitsilano hatte sich neben mir auf der Couch zusammengerollt und war so still, als würde sie spüren, dass die Lage ernst war. Als ich alles erzählt hatte, wusste ich nicht, was größer war. Die Stille zwischen uns oder die Leere in meiner Brust.

»Okay«, sagte Amber irgendwann. »Das ist scheiße gelaufen.«

»Ja«, hauchte ich.

Das wusste ich selbst.

»Wir hätten es wissen müssen. Dass das auf Dauer nicht gut geht. Aber jetzt ist es so.« Sie sah mich eindringlich an. »Laurie, ich weiß, dass du dich furchtbar fühlst, aber du kannst jetzt nicht heulend zu Hause sitzen und nichts unternehmen. Du musst endlich tun, was du die ganze Zeit nicht hingekriegt hast. Du musst verdammt noch mal mit ihm reden, okay?«

»Aber er ...«

»Er ist verletzt und enttäuscht und muss das alles erst mal verdauen«, fiel sie mir ins Wort. Ihre Stimme duldete keinen Widerspruch. »Aber er hat mehr verdient als dein Schweigen. Er hat die Wahrheit verdient. Und die ist, dass du ihn liebst. Oder nicht?«

Ich nickte mit zusammengebissenen Zähnen. Etwas in meiner Brust ging in Flammen auf. Ich glaube, es war mein Herz.

»Du warst zum ersten Mal seit so langer Zeit wieder glücklich«, sagte sie.

Ich legte den Kopf in den Nacken, starrte an die Decke und zwang mich, irgendetwas zu fixieren. Nicht heulen, nicht schon wieder.

»Was, wenn er mir das nicht verzeihen kann? Dass unsere ganze Beziehung nur auf Lügen basiert?«

»Das tut sie nicht.« Ambers Stimme klang fest. »Deine Gefühle sind keine Lüge. Sie sind echt. Und das wirst du ihm klarmachen. Dass er verdammt noch mal mehr für dich ist als ein Mittel zur Trauerbewältigung.«

Ich nickte unaufhörlich. Ich musste es mir merken, ihm sagen, ihm alles sagen.

Alles.

Ab der ersten Sekunde war er alles. Und ich würde verflucht noch mal darum kämpfen, dass er es blieb.

*

Kalte, schweißnasse Hände. Rasendes Herz. Mir war kotzübel und schwindelig.

Was tat ich hier? Woher nahm ich das gottverdammte Recht, hier aufzukreuzen?

Das Intensivseminar der Seniors war gerade zu Ende, und jedes Mal, wenn sich die Tür öffnete, bekam ich einen kleinen Herzinfarkt.

Vielleicht war er gar nicht da. Vielleicht ging es ihm immer noch zu schlecht, um in die Uni zu kommen. Vielleicht meinte es das Schicksal gut mit mir, und ich kam um dieses Gespräch herum.

Nein. Verflucht. So durfte ich nicht mehr denken. Es würde unangenehm und furchtbar werden, aber ich war selbst schuld daran. Egal, was passierte, ich musste da durch.

Als Teddie durch die Tür trat, richtete ich mich etwas auf und schloss die Hand fester um meine Tasche. Entweder sie war allein, oder …

Sie warf einen kurzen Blick über die Schulter. Mein Herz stolperte. Dann blieb es stehen.

Er sah schlecht aus. Blass, tiefe Schatten unter den Augen. Sein Gesicht war rund um die Nase blau und grün verfärbt.

Mein Magen zog sich zusammen. Ihm ging es scheiße, und ich war nicht bei ihm. Stattdessen hatte ich ihn auch noch emotional zerstört.

Teddie sagte etwas zu ihm, er nickte wenig enthusiastisch. Sie kamen direkt auf mich zu. Ich krallte die Finger in meine Tasche, brauchte irgendetwas, an dem ich mich festhalten konnte. Dann ging ich einen Schritt auf sie zu. Teddie sah mich als Erste. Sie blieb stehen, griff nach seinem Jackenärmel. Sie sagte nichts, aber das war auch nicht nötig. Sein Blick ging bereits in meine Richtung.

Obwohl uns mehrere Meter trennten, zwang mich der Ausdruck in seinen Augen fast in die Knie. Kälte, Schmerz und

Bitterkeit. Ich musste es aushalten. Und beten, dass er mir zuhörte.

Dutzende Studenten drängten an mir vorbei, während ich auf ihn zuging. Mit jedem Schritt schwand mein Mut. Teddie sagte etwas, dann ließ sie ihn los. Ihr Blick streifte mich, er war ernst, aber nicht wütend.

Im Gegensatz zu seinem. Alles in seinem Gesicht zeigte mir, dass er kurz davor war, sich einfach umzudrehen und zu gehen. Die angespannten Kiefer, die zusammengezogenen Brauen.

»Spar's dir einfach.«

Ein Satz, eine klatschende Ohrfeige, die ich verdiente.

Er versuchte an mir vorbeizugehen, doch ich ließ es nicht zu. Mit einem Mal flammte verzweifelte Wut in mir auf. Ich packte ihn am Handgelenk und hielt ihn fest. »Ich verlange nicht viel von dir. Nur dass du mir zuhörst.«

»Verstehe. Du bist absolut in der Position, jetzt auch noch etwas von mir zu *verlangen*.«

»Hör auf damit.« Der Flur hatte sich inzwischen geleert, nur noch wir beide waren da. »Ist deine Nase …?«

»Oh, komm schon.« Er stieß ein freudloses Lachen aus. »Als ob es dich …«

»Wag es nicht. Wag es ja nicht, zu behaupten, es würde mich nicht interessieren.« Nicht zu schreien kostete mich all meine Beherrschung. Ich wollte ihn packen und schütteln und dann an mich ziehen und küssen. Die Vorstellung, dass ich es vielleicht nie wieder tun würde, brachte mich um den Verstand. »Ich habe Scheiße gebaut und dich angelogen. Aber es ändert nichts daran, dass ich seit Montag kein Auge zugemacht habe vor lauter Sorge.«

»Bist du deshalb hergekommen? Um mir das zu sagen?« Er versuchte sich aus meinem Griff zu befreien, doch ich packte ihn an beiden Oberarmen.

»Ich bin hergekommen, weil ich ungefähr alles falsch gemacht habe, was man falsch machen kann. Und weil es mich in den Wahnsinn treibt.« Ich ließ erst von ihm ab, als sich seine angespannten Muskeln lockerten. »Es tut mir leid. Es tut mir so unendlich leid. Dass ich dich angelogen habe. Dass ich nicht einfach von Anfang an die Karten offen auf den Tisch gelegt habe. Dass ich zu viel Angst davor hatte, ehrlich zu sein.«

Er glaubte mir nicht. Es reichte nicht. Sein Blick ließ keinen Zweifel daran.

»Du machst dich nur lächerlich«, sagte er. »Ich hab dir vertraut, okay? Richtig vertraut. Mehr als je einem Menschen zuvor. Ich habe dir Dinge erzählt, die nicht mal meine besten Freunde wissen. Nicht mal meine Familie.« Er schüttelte den Kopf. »Wie konntest du mir dabei ins Gesicht schauen? Das ist alles, was ich wissen will. Wo war dein verdammtes Gewissen?«

»Hör auf«, flehte ich leise, auch wenn ich wusste, dass er recht hatte.

»Und, war es das wert? Hast du jetzt Seelenfrieden?«

»Nein! Natürlich nicht. Ich habe nichts davon. Ich bin nach Vancouver gekommen, um neu anzufangen und mich nicht länger mit Austins Tod zu quälen. Und dann kamst du. Und hast alles wieder hochkommen lassen. Ich konnte es nicht glauben, als ich deinen ganzen Namen erfahren habe …«

Ich zwang mich, Luft zu holen, während Sams Miene mit jedem meiner Sätze ein klein wenig härter wurde. Eine eiserne Maske, doch hinter ihr brodelte es. Sein Blick verdunkelte sich. Ich tat ihm nur noch mehr weh, und ich wusste es. Die Tränen brannten in meinen Augen, während ich weitersprach. »Ich weiß jetzt, dass sich nicht alles um mich und die Vergangenheit dreht. Ich wollte endlich rausfinden, was damals wirklich passiert ist. Ich war so besessen von der Vorstellung, dass es mir dann besser gehen würde. Dass ich meine Schuldgefühle auf dir abladen könnte, dass ich …«

Ein Muskel zuckte an seinem Kiefer, als mir die Stimme versagte. Doch er blieb, er hörte mir zu. Eine kleine Flamme loderte in meiner Brust auf. Es war so etwas Ähnliches wie Hoffnung.

»Am Anfang wollte ich nur eines. Durch dich die Wahrheit herausfinden. Aber dann habe ich dich kennengelernt. Und verstanden, wer du bist. Wie *gut* du bist. Wie sehr ich mich getäuscht habe. Alles ist viel komplexer, als es auf den ersten Blick erscheint. Es gibt nicht nur Schwarz und Weiß, Gut und Böse. So einfach ist es nicht. Das hast du mir gezeigt.«

Für Sekundenbruchteile flackerte etwas in seinem Blick auf »Ich hoffe, du hast gefunden, wonach du gesucht hast.« Seine Stimme jagte mir einen eiskalten Schauer über den Rücken. »Das Monster in mir.«

»Du verstehst nicht, ich hab nicht …«

»Doch, Laurie. Doch, hast du. Du hast zugelassen, dass ich dir meine schlimmsten Ängste und tiefsten Abgründe offenbart habe. Du hast dir alles angehört. Du hast mich reden lassen wie … wie ein dummes, naives Kind. Und du wusstest, wie schwer mir das fiel.«

Ich zwang mich, seinem Blick standzuhalten. »Ich weiß«, flüsterte ich. »Und es tut mir so …«

Er schüttelte den Kopf. »Lass es, ehrlich. Wir sind fertig miteinander. Ich hätte dir einfach nie …«

»Ich liebe dich.«

Es war so unendlich erbärmlich, diese Karte auszuspielen.

Seine Kiefer mahlten, er ballte die Hände zu Fäusten.

»Ich liebe dich, verdammt noch mal«, wiederholte ich und spürte, wie mir eine Träne über die Wange rollte. »Ich hab ge-

372

logen und alles falsch gemacht. Aber meine Gefühle sind echt. Was ich für dich empfinde, ist echt, es ist …«

»Was ich für dich empfinde, aber nicht. Denn ich habe keine Ahnung, wer du bist.«

Das Blut sackte mir in die Beine. Lähmende Verzweiflung packte mich.

Es funktionierte nicht. Das alles hier lief in die exakt falsche Richtung. Und ich hatte keinen Plan B.

»Dann sag es. Sag, dass du mich nie wiedersehen willst. Dass das mit uns nicht echt war. Dass es nichts war, dass es nur Lügen waren.« Ich sah, dass er kaum merklich zusammenzuckte. »Schick mich weg und schau mir dabei verdammt noch mal ins Gesicht.«

Die Zeit stand still, er starrte mich an. Ich wusste nicht, wie ich überhaupt noch aufrecht stehen konnte. Das hier gehörte nicht zu meinem Plan. Ich stellte ihn vor die Wahl.

Sein Blick glitt über mein Gesicht. Undurchdringlich, leer. Ich hatte gedacht, ich würde ihn kennen, doch die Wahrheit war, ich tat es nicht. Kein bisschen. Bleierne Angst packte mich, während er die Augen schloss.

Für Sekunden stand er da, die Stille dröhnte in meinen Ohren, dann stieß er leise den Atem aus. Schlug die Augen auf. Sein Blick traf etwas ganz tief in mir. Es zerbrach lautlos.

Er schluckte.

Atmen. Atmen …

Bitte.

Sag es nicht.

Er sah mich an, kalt, ohne jedes Gefühl.

»Verschwinde!«

Ein Wort, ein einziges Wort. Und es beendete alles, was mich in den letzten Wochen bei Verstand gehalten hatte.

Drei Atemzüge lang stand ich weiter vor ihm. Hoffte auf ein Wunder. Doch es kam keins. Stattdessen kam die Panik.

Ich bekam keine Luft mehr. Ohne ihm noch einmal in die Augen zu sehen, drehte ich mich um. Die Tränen liefen mir über die Wangen. Zuerst ging ich, dann begann ich zu rennen. Ich rannte und rannte.

— HEY, AUSTIN -

Hey, Austin.

Ich bin's. Von ganz unten, du weißt schon, da, wo du auch mal warst.

Ich weiß nicht, was das hier wird mit diesem Brief. Ich weiß nur, dass es nötig ist. In den ganzen Ratgebern steht nie, wie lange diese Trauerphasen dauern. Aber ich denke, dass vier Jahre genug sind. Genug, um unter Schock und wütend zu sein. Gelähmt und verzweifelt.

Ich vermisse dich, und daran wird sich auch nichts ändern, aber so geht's nicht weiter. Ich bin nie wirklich im Hier und Jetzt, ich bin immer bei dir. Da, wo du mal warst. Wo du jetzt sein könntest. Aber nie ganz bei mir. Immer im *Was wäre wenn ...?*, nie im *Jetzt ist.* Weißt du, wie verdammt anstrengend das auf Dauer ist?

Du bist nicht mehr am Leben, und es ist wahnsinnig unfair und unnötig. Bis heute kann ich es nicht begreifen, aber ich muss es akzeptieren. Weißt du, es ist hart, aber es spielt keine Rolle, wie traurig ich bin. Wie sehr ich mich selbst zerstöre. Das alles bringt dich nicht zurück, im Gegenteil, es bringt mich dorthin, wo auch du warst.

Mir ist etwas klar geworden. Es steht mir nicht zu, deine Entscheidungen zu verurteilen. Dich für sie zu hassen, so wütend auf dich zu sein. Du hast einen Fehler gemacht, und ich mache auch Dutzende. Jeden Tag. Sie haben mich nur noch nicht das Leben gekostet.

Ich treffe täglich Entscheidungen, und in jeder einzelnen steckt die Chance auf einen Neuanfang. Auf ein besseres Jetzt. Auf Akzeptieren und Weitermachen. Ich will das so sehr, Mann. Ich will leben, und ich will glücklich sein. Und ich will aus voller Überzeugung glauben, dass ich das darf. Obwohl du tot bist. Dass ich eine gute Zeit haben kann, einfach so. Dass sie nicht sinnvoller sein muss als früher, dass ich nicht für dich mitleben muss oder irgend so ein Scheiß.

Ich muss dir keinen Traum erfüllen, ich muss *mir* einen Traum erfüllen. Und ich muss atmen.

Amber hat so kluge Sachen gesagt. Wenn es andersrum wäre, wenn *du* derjenige wärst, der versucht weiterzumachen, dann würde ich das auch wollen. Dass du nicht daran zerbrichst, an einer Sache, die tragisch ist, aber auch nicht mehr zu ändern. Ich würde wollen, dass du es besser machst. Dass du ein positives Beispiel bist. Aber auch, dass du einfach ein Mensch bist.

Ich glaube, du würdest auch wollen, dass Sam glücklich ist. Dass wir zusammen glücklich sind.

Er ist der Einzige, der fühlt, was ich fühle, aber ich liebe ihn nicht deshalb. Zumindest nicht nur. Ich liebe ihn, weil ich mich bei ihm wertvoll fühle. Irgendwie am richtigen Platz. Weil er mir das Gefühl gibt, dass ich alles schaffen kann, auch wenn ich Angst habe. Dass ich Zweifel und Unsicherheiten haben kann und trotzdem stark bin.

Ich bin immer noch todtraurig, verzweifelt, leer. So unendlich leer, doch das Loch, aus dem der Schmerz seit Jahren Tag für Tag ein kleines Stück von mir saugt, ist kleiner geworden, seit Sam da ist und seine Hand daraufgelegt hat. Er macht es nicht besser. Nur erträglicher.

Er ist der beste Mensch, den ich kenne. Und der kaputteste.

Ich hab mich verliebt, Austin, und ich habe noch nie so für jemanden empfunden. Mich hat noch nie ein Mensch so verstanden wie Sam. So blind verstanden. So bedingungslos unterstützt. Er war immer da. Er hat mir alles von sich gezeigt, und ich habe ihm das Wichtigste verschwiegen. Ich wünschte jeden Tag, ich hätte früher mit ihm gesprochen. Es mir nicht ein Dutzend Mal vorgenommen und dann doch aufgeschoben. Jetzt hat er es auf die furchtbarste Weise erfahren. Kein Wunder, dass er mich nie wiedersehen will, oder?

Ich kann dir keinen einzigen Vorwurf machen, denn ich bin nicht besser als du. Ich habe falsch gehandelt und es verdrängt. Weil es leichter war. Weil ich ihn nicht verletzen wollte. Und jetzt habe ich genau das getan.

Ich habe dich verloren. Das ist schlimm. Aber Sam hat dich auch verloren. Es ist mir egal, dass ich nicht mehr atmen kann, weil ich ihn so vermisse. Es ist egal, dass alles wehtut, seit das mit uns vorbei ist. Aber es ist nicht egal, dass er sich sein Leben lang weiter einreden wird, dass er schuld ist. Dass er ein schlechter Mensch ist. Dass er ein Monster ist. Denn er ist keins. Er ist der verflucht noch mal schönste Mensch der Welt.

Wenn du glücklicher sein willst, wach auf und mach jemandem ein Kompliment. Schreib drei Dinge auf, für die du dankbar bist. Kau langsamer. Sag Danke und Bitte, auch bei den Leuten, die du täglich um dich hast. Versuch immer, der Beste zu sein in der Sache, für die du am meisten brennst. Vor allen Dingen, weil unsere Zeit kurz und nie gewiss ist. Sei du selbst, sei dankbar, hör nie auf zu lernen, hör nie auf zu wachsen.

Nur ein paar der Dinge, die ich von ihm gelernt habe. Ich habe gesehen, wie er jede Situation bewältigen kann, sogar Leid, und sie in Energie verwandelt, um etwas Wunderschönes zu erschaffen. Er hat mir gezeigt, dass ich das auch kann.

Dass ich jeden Tag aufwache und ihn nutzen kann, um es besser zu machen. Die beste Version meiner selbst zu sein. Jeden Tag etwas Sinnvolles tun.

Hey, Austin. Seit du tot bist, gibt es nur noch zwei Momente, in denen ich mich schwerelos fühle.

Einer ist beim Kiten. Wenn sich Himmel und Erde voneinander lösen.

Der andere ist, wenn Sam mich ansieht.

Jetzt gibt es eben nur noch einen.

38. KAPITEL

Ich hatte keinen blassen Schimmer, wie ich weiter zur Uni gegangen war. Wie die Wochen verstrichen und Austins Todestag näher rückte. Ich buchte meinen Flug, denn es stand außer Frage, dass ich auch diesen elften Februar in Toronto verbringen würde.

Obwohl es mir irgendwie besser ging, seit ich wie im Rausch diesen Brief an Austin geschrieben hatte, fühlte ich mich innerlich wie betäubt. Auch nun, am Abend vor seinem vierten Todestag, als ich mit Amber, Jack und ein paar alten Freunden im *Prenup Pub* saß. So wie früher. So als könnte Austin jeden Augenblick hereinspazieren. Seine gefütterte Jeansjacke über einen der dunklen Holzstühle werfen und sich dafür entschuldigen, dass er wieder mal viel zu spät war.

Es war für uns nach seinem Tod unausgesprochen zu einer Tradition geworden. Im ersten Jahr hatte es keiner von uns ertragen, an diesem Abend allein zu sein. Im zweiten hätte es sich wie Verrat angefühlt, ihn nicht dort zu verbringen, wo wir die besten Stunden zusammen hatten. Im dritten war es selbstverständlich geworden. Jetzt, im vierten, unterhielten wir uns und lachten sogar, auch wenn jeder in Gedanken bei Austin war.

Jack hatte seine Freundin Mary mitgebracht, und ich empfand nichts außer ehrlicher Freude für die beiden. Wenigstens ihm schien es gelungen zu sein, in ein normales Leben zurückzufinden. Amber gab sich unbeschwert, doch ich spürte den ganzen Abend, dass sie mich nicht aus den Augen ließ.

Um 1:48 Uhr schloss ich die Finger fester um mein Glas. Unsere Gruppe verstummte, ohne dass es nötig gewesen war, ein Wort zu sagen. Unser Schweigen war schwer und bitter, aber es vereinte uns auch. Keiner von uns war allein. Zumindest nicht in diesem Moment.

Unterm Tisch legte Amber die Hand auf mein Bein. Jacks Fuß streifte meinen. Ich glaubte nicht an Zufälle. Aber ich glaubte daran, dass der Verlust eines Menschen, der uns allen so wichtig gewesen war, zusammenschweißte.

Als ich die Augen schloss, war ich todtraurig und glücklich zugleich. Es war okay. Es war irgendwie okay.

Ich würde immer wieder weinen. Und noch immer hätte ich alles dafür gegeben, ihn in die Arme schließen zu können, statt nur an ihn zu denken. Doch zum ersten Mal in all den Jahren hielt ich es aus. Ich wehrte mich nicht gegen den Schmerz, ich spürte ihn, und etwas daran war gut.

Als ich die Augen öffnete, war er immer noch da, doch meine Freunde waren es auch.

Ambers Augen waren leer, aber trocken. Jack wischte sich die Tränen mit dem Ärmel seines Hemds weg. Mary löste den Blick von der Tischplatte und sah ihn an. Ich wandte den Blick ab, als sie sich küssten. Es war tröstend, dass wir hier saßen und gemeinsam trauerten. Und dann tief durchatmeten und zu unseren Gläsern griffen.

Es war der elfte Februar, 1:49 Uhr.

Und ich fragte mich, wer bei Sam war und das mit ihm aushielt.

Vermutlich niemand.

39. KAPITEL

Hi, Laurie,
raste jetzt bitte nicht aus.
Also ... ich hab ein bisschen was Dummes getan.
Aber ich wollte dir echt nur helfen!

Die schlimmsten Geschichten fingen so an.

Raste jetzt bitte nicht aus.

Ich wusste nicht, wie mir geschah, während ich auf dem Handy Emmetts Texte überflog. Wieder und wieder. Die Schneeflocken fielen auf das Display, um dort zu schmelzen. Ich wollte überhaupt nicht auf mein Handy schauen. Auf einem Friedhof hatte es nichts verloren. Mit Mom und Dad vor Austins Grab erst recht nicht.

Ich biss die Zähne zusammen und tippte trotzdem schnell eine Antwort.

????

Emmett kam online. Sekundenlang geschah nichts. Was war sein dummes Problem?

Dann begann er zu schreiben. Und ein Text nach dem anderen erschien auf meinem Bildschirm.

Kits hat sich vorgestern in deinem Zimmer versteckt, als ich
Staub gesaugt hab.
Ich wollte echt nicht bei dir rumspionieren!
Aber von deinem Schreibtisch ist mir der Brief an deinen Bru-
der entgegengesegelt. Und womöglich hab ich ihn gelesen.
Sorry!!!
Das macht man echt nicht, ich weiß.
Ich hab ihn Sam gegeben.
Ich hatte irgendwie das Gefühl, dass er das lesen sollte.
Und wenn ich das richtig mitbekommen hab, sitzt er im Flug-
zeug nach Toronto.

Mein Herz blieb stehen.

Nein.

Nein, verdammt. Das war gerade hoffentlich nur ein schlechter Scherz. Und nicht Emmetts verfluchter Ernst.

Wann ist er los?

Die Antwort kam prompt.

Heute Morgen.
Ich hab ihm gesagt, er soll Amber bei Insta schreiben …
Ich dachte, ich sag's dir lieber.
Don't hate me, bitte! Hab's echt nur gut gemeint …

Trotz der eisigen Temperaturen wurde mir schlagartig heiß.
Intuitiv drehte ich mich um. Ein Zittern ergriff meinen ganzen
Körper, während ich die hochgewachsene Gestalt erblickte.

Ich konnte nicht mehr atmen.

»Laurie?« Dads Stimme kam von ganz weit weg.

Ich reagierte nicht.

Vielleicht war es eine Halluzination. Vielleicht verlor ich endgültig den Verstand.

Dicke Flocken fielen vom Himmel, und es hätte jeder x-beliebige Mann sein können, der da unter dem Vordach der Trauerhalle stand. Doch als er aus dem Schatten hervortrat, erstarrte ich.

»Honey, geht es dir gut?«

Ich nickte wortlos, während ich weiter unverwandt in die Richtung sah, aus der er sich näherte. Dunkler Mantel, hochgeschlagener Kragen. Ein einziger Gedanke ging mir durch den Kopf.

Er hatte ihn gelesen. Er hatte all die Worte an Austin gelesen.

Ich wusste nicht, ob das gut oder schlecht war. Ich wusste überhaupt nichts mehr.

Dad folgte meinem Blick, dann drehte sich auch Mom um.

Ich wusste nicht, was er vorhatte. Ob das hier eine gute Idee war.

Am liebsten wäre ich losgerannt und in seine Arme gefallen, um mich zu vergewissern, dass das hier wirklich geschah.

»Laurie, was …«, begann Mom, verstummte jedoch, als Sam zweieinhalb Meter vor uns stehen blieb. Der Schnee knirschte, ich sah, wie seine Atemluft kleine Nebelschwaden bildete. Er blickte auf Austins Grab. Zwei, drei Sekunden, in denen eine grenzenlose Leere in seine Augen trat. Ich spürte, wie er kämpfte.

Dann schaute er zu meinen Eltern.

»Misses Clayburn, Mister Cavelle.« Seine Stimme schwankte. »Mein Name ist Samuel Averett.«

Ich hörte, wie Mom nach Luft schnappte, ich sah Dad zusammenzucken, als sie begriffen, wer da vor ihnen stand.

Einen Moment lang schwieg Sam, dann fuhr er fort. »In

dieser Nacht vor vier Jahren war ich bei Ihrem Sohn. Ich war dabei, als alles passiert ist. Ich habe ihn gedrängt zu trinken. Ich habe zugesehen, wie er die Drogen geschluckt hat. Ich habe es nicht verhindert, und ich mache mir bis heute Vorwürfe deswegen.« Er stockte, und einen Augenblick lang befürchtete ich, dass ihm alles zu viel wurde. Ich wusste nicht, ob es geschmolzener Schnee oder Tränen waren, die über seine Wangen liefen. Auf meinen waren es Letztere. »Ich habe Austin allein gelassen, und ich war nicht rechtzeitig bei ihm. Ich hätte ihn vielleicht retten können, aber ich habe es nicht geschafft. Und ich habe es auch nicht geschafft, Ihnen danach unter die Augen zu treten. Stattdessen bin ich abgehauen. Ich war schockiert und wie gelähmt. Ich habe erst Monate später verstanden, was eigentlich geschehen ist.« Er schluckte und wandte den Blick für den Bruchteil einer Sekunde zu mir. »Ich habe Ihre Tochter kennengelernt, ohne zu wissen, wer sie ist. Und durch sie habe ich Austin besser kennengelernt. Ich kannte ihn damals erst seit Kurzem, ich wünschte, ich hätte mehr Zeit mit ihm verbracht. Und ich wünschte, ich hätte den Mut gehabt, Ihnen zu sagen, wie leid es mir tut. Ihr Verlust und mein Versagen. Aber ich tue es heute, und ich hoffe von ganzem Herzen, dass Sie meine Entschuldigung irgendwann annehmen können.«

Er senkte den Kopf, als seine Stimme brach.

Die Tränen rannen mir über die Wangen. Er war so unendlich stark. Er war hier, er sprach mit meinen Eltern, obwohl er davor so große Angst gehabt hatte. Er tat es, obwohl ich ihn so enttäuscht hatte.

Mom löste sich als Erste aus ihrer Starre. Einen furchtbaren Augenblick lang war ich mir nicht sicher, was sie tun würde, als sie geradewegs auf ihn zuging. Ihm eine scheuern, ihn zum Teufel schicken? Ihr Gesicht war tränenüberströmt.

Ich begriff erst, dass das unterdrückte Schluchzen aus meiner Kehle kam, als sie Sam in eine feste Umarmung zog. Im ersten Moment schien er nicht zu begreifen, wie ihm geschah, dann wagte er es, ebenfalls die Arme um sie zu legen.

Mein Herz zerriss, als ich sein Flüstern hörte.

»Es tut mir leid, es tut mir so unendlich leid ...«

Ich verstand nicht, was Mom sagte, doch ich sah, wie seine Schultern bebten. Als Dad näher trat und ihn ebenfalls umarmte, presste ich die Lippen aufeinander, um nicht aufzuschluchzen. Mom wischte sich mit dem Ärmel ihres Mantels über die Augen.

Sam holte tief Luft und wandte den Blick zu mir.

Er war seinetwegen hier. Wegen Austin. Um abzuschließen.

»Ich warte am Wagen«, brachte ich mühsam heraus, ehe ich mich umdrehte. Der Schnee knirschte unter meinen Sohlen. Ich war vielleicht fünf Schritte gegangen, als ich einen festen Griff an der Schulter spürte.

»Warte.«

Mein Herz setzte aus.

Ich wandte mich um und sah in sein tränenüberströmtes Gesicht. Ich wollte jede seiner Tränen einzeln wegküssen.

Er biss die Zähne aufeinander, schluckte. Und dann hob er die Hand, um mir über die Wange zu streichen. Sein Blick war unergründlich.

»Hey, Austin«, flüsterte er, und ich brauchte Sekunden, bis ich begriff, dass er meinen Brief zitierte. Die Knie drohten unter mir nachzugeben. »Ich bin's. Von ganz unten, du weißt schon ...« Er schluckte, während ich mir die Hand vor den Mund presste. »Ich hab da dieses Mädchen kennengelernt, und ich weiß nicht, wie mir geschieht, seit sie das erste Mal über meine dummen Witze gelacht hat. Ich wusste es irgendwie sofort. Sie ist die Einzige, die fühlt, was ich fühle. Aber ich liebe sie nicht deshalb. Nicht nur. Ich liebe sie, weil sie mir das Gefühl gibt, dass ich okay bin, so wie ich bin. Weil ich ihr auch die Dinge erzählen kann, die ich sonst keinem erzähle. Sie hat mich verletzt, aber ich habe sie auch verletzt. Wir hatten einen holprigen Start. Ein Versprechen, das vielleicht nicht das klügste war, das ich je gegeben habe.«

Ich wollte den Kopf senken, es war zu viel, zu viel auf einmal, doch sein Finger unter meinem Kinn zwang mich, ihn weiter anzusehen. Er schaute mich an, und die Tränen liefen ihm über die Wangen.

»Hey, Laurie«, flüsterte er.

Und dann nahm er mein Gesicht in beide Hände.

40. KAPITEL

Der Moment, in dem er mich an sich zog, sein Atem über meine Lippen strich, war der, in dem die Verzweiflung der letzten Wochen in heiseren Schluchzern aus mir herausbrach. Sein Atem wärmte meine Haut, er presste die Lippen auf meine. Unendlich sanft und bestimmt. Seine Finger streichelten mein Gesicht, und ich hatte das Gefühl, in eine Million kleine Stücke zu zerbrechen. Doch er hielt mich fest.

Seine Nase streifte meine, seine Stirn sank gegen meine Stirn. Es war egal, dass wir nass waren, durchgefroren. In meinem Inneren breitete sich Wärme aus.

»Versprich es«, flüsterte er, und meine Beine schienen mich nicht länger zu tragen. »Keine Lügen mehr, keine Geheimnisse. Ich will alles von dir, ich will das ganze Programm. Anfang bis Ende, die dunklen und die hellen Momente. Die echte Laurie. Das ist der Deal.«

Meine Hände suchten nach ihm, ich wollte ihn näher, nur Berührungen konnten ausdrücken, was ich in diesen Sekunden empfand.

»Versprich es«, wiederholte er sanft.

»Ich will alles. Ich will, dass du alles über mich weißt.« Meine Stimme war nicht mehr als ein Zittern, doch es war nicht von Bedeutung. Seine Hände hielten mich fest. Er war hier, und er war echt.

Es brauchte Jahre, um den Tod eines geliebten Menschen zu verkraften. Vielleicht ein ganzes Leben lang. Vielleicht länger.

Sinn ergeben würde es vermutlich nie. Doch zwischen all dem Schatten war Licht, die Wolken flogen am Himmel, an manchen Tagen schneller als an anderen, und wenn die Sonne ihre wärmsten Strahlen schickte, stand er neben mir, um sie mit mir aufzufangen. Mal ich für ihn, mal er für mich.

Hey, Sam.

Ich wusste es irgendwie sofort.

DANKE

Der Literaturagentur erzähl:perspektive, Michaela und Klaus Gröner. Dafür, dass ihr an mich und meine Ideen glaubt und das Unmögliche wieder und wieder wahr werden lasst. Ihr macht einen großartigen Job.

Alexandra Panz, weil mir (und meinen Geschichten) nichts Besseres hätte passieren können, als mit dir zusammenzuarbeiten. Danke, dass du so viel Vertrauen in mich hast und genau verstehst, was ich erzählen möchte. Ich könnte mir wirklich keine fantastischere Lektorin wünschen. Vielen Dank an Susanne George für deinen scharfen Blick und die intensive Arbeit am Text. Ich danke dem gesamten Team des LYX Verlags, insbesondere Simone Belack und Ruza Kelava für ihren unermüdlichen Einsatz. Es ist mir eine Ehre, eine LYX-Autorin sein zu dürfen. Danke, dass ihr Bücher macht. Ich fühle mich so wunderbar aufgehoben bei euch.

Julia, Rebecca, Sabrina, Jule, Jess, Leo. Für eure Zeit, eure Begeisterung und die lieben Worte, wenn mich die Zweifel überfallen.

Sophie, Gaby, Kathinka, Eva V., Emily, Ava, Rebekka. Weil ich mir keine tolleren Autorenkolleginnen wünschen könnte.

Danke, dass ihr mir Mut zusprecht, mich unterstützt und anfeuert, als wäre es eine Selbstverständlichkeit. Denn es ist keine, und es wird nie eine sein.

Eva J., Simon, Daniela, Felicitas, Nina. Danke, dass ihr immer und seit so vielen Jahren da seid (und mich sogar dann aushaltet, wenn ich wieder über nichts anderes als die Bücher sprechen kann).

Meiner Familie. Ein simples Danke scheint weder angemessen noch ausreichend, wenn ich an euch denke. Daran, wie ihr hinter mir steht, egal was geschieht. Danke, dass ihr mich über den großen Teich geschleppt und mit Kanada-Liebe infiziert habt, bevor ich überhaupt laufen konnte. Danke Steffen, für unseren Roadtrip, auf dem aus einer vagen Idee Laurie und Sam wurden.

Allen Buchhändler*innen, die *What if we Drown* eine Chance geben, empfehlen und präsentieren. Danke, einfach nur danke an alle Blogger*innen und Bookstagramer*innen, die oft keinen einzigen Cent mit ihrer großartigen Arbeit verdienen, und deren Leistung viel zu wenig anerkannt wird. Ich hoffe, ihr fühlt euch wahrgenommen und wertgeschätzt, denn genau das werdet ihr.

Dir, liebe Leserin, lieber Leser. Danke, dass du zu diesem Buch gegriffen hast. Es bedeutet mir alles. Ich hoffe, du hattest eine schöne Zeit mit Laurie und Sam in Vancouver. Vielleicht sehen wir uns im Frühjahr 2021 zu Ambers und Emmetts Geschichte wieder. Ich würde mich unbeschreiblich freuen.

Er steht für alles, was sie verabscheut. Ihrem Herzen lässt er dennoch keine Wahl

Sarah Sprinz
WHAT IF WE STAY

ISBN 978-3-7363-1463-4

Amber hat den Bogen überspannt. Nachdem sie von der Uni geflogen ist, sind die Beziehungen ihres Vaters zur UBC die letzte Chance, ihr Studium zu retten. Im Gegenzug soll sie sich zurück in Vancouver im Architekturbüro ihrer Eltern beweisen. Aussichtslos – bis Emmett ihr seine Hilfe anbietet. Er ist intelligent, zuvorkommend, engagiert. Und verkörpert alles, woran Amber scheiterte. Was sie nicht ahnt: Während sie sich näherkommen, setzt sie nicht nur Emmetts Vertrauen, sondern auch die Existenz seiner gesamten Familie aufs Spiel ...

LYX

*Er verbirgt sein Gesicht vor der Welt. Doch
vor ihr kann er sich nicht verstecken*

Sarah Sprinz
WHAT IF WE TRUST

ISBN 978-3-7363-1490-0

Kaum jemand in Vancouver weiß von der Fanfiction über den
maskierten Sänger PLY, für die Hope ihre ganze Schulzeit verur-
teilt wurde. Bis ein Verlag sie veröffentlichen möchte. Kurz darauf
steht Scott Plymouth vor ihr. Sein Blick aus unergründlich blauen
Augen ist Hope erschreckend vertraut – durch eine Maske. Was
Hope nicht weiß: In ihrer Geschichte kommt sie Scotts dun-
kelstem Geheimnis viel zu nah, und schon bald wird die ganze
Welt davon lesen können ...

LYX

Eine Liebesgeschichte, die unter die Haut geht

Ava Reed
MADLY

416 Seiten
ISBN 978-3-7363-1297-5

June hat ein Geheimnis, das sie mit aller Macht bewahren will. Deshalb hält sie jeden Mann, der an mehr als einem One-Night-Stand interessiert ist, auf Abstand. Beziehungen machen verwundbar, genauso wie die Liebe. Doch sie hat nicht mit Mason gerechnet. Er ist charmant, reich und absolut planlos, was seine Zukunft angeht – und er kann nicht genug von der temperamentvollen sowie faszinierenden Studentin bekommen. Mason will weitaus mehr als nur eine Nacht mit ihr. Und June fragt sich das erste Mal, was passieren würde, wenn sie ihre Mauern einreißt …

LYX

Ihr größter Traum ist es, endlich frei zu sein.
Niemals hätte sie gedacht, dass sie ihr Herz
dabei verlieren würde

Kara Atkin
FOREVER FREE –
SAN TERESA UNIVERSITY

480 Seiten
ISBN 978-3-7363-1298-2

Raelyn Miller kann es kaum erwarten, ihr Studium in Kalifornien zu beginnen und weit weg von zu Hause noch einmal ganz von vorn anzufangen. Doch schnell stellt sie fest, dass es gar nicht so leicht ist, auf eigenen Beinen zu stehen, und dass ihr altes Leben sie stärker im Griff hat, als sie dachte. Vor allem, als sie den geheimnisvollen Hunter kennenlernt, zu dem sie sich magisch hingezogen fühlt, obwohl er doch alles verkörpert, was Raelyn endlich hinter sich lassen wollte ...

LYX